U0098173

世界文學
經典名作

查泰萊夫人的情人

LADY CHATTERLEY'S LOVER
D · H · LAWRENCE

D·H·勞倫斯 著
張瑜 譯

作者序

現在市面上出現了好幾種《查泰萊夫人的情人》的盜印版，所以我決意在法國印行這種六十法郎的廉價普及版。我希望這一來可以滿足歐洲讀者的需求。但是，盜印家們——至少在美國——是猖獗的。原版的第一版書從佛羅倫斯寄到美國不到一個月，在紐約已有第一版的盜印本了。這種盜印本，係用影印方法印出來的，逼眞的程度，連書局都當作原版書拿來賣給讀者，售價是十五塊美元，而原版本的價錢是十元；買者對於這種欺騙是茫然無知的。

這是很大膽的作風，很多人也如法炮製起來了。有人告訴我，紐約還出有另一種版本；我自己也得到了一本，那是一本很舊的書，用的是晦暗橙色布面，綠色的封條，是油穢紙影印出來的；裡面還有盜印者家裡的小孩僞造的簽字。這種盜印版自一九二八年來，從紐約出現到倫敦，索價三十先令；於是，我決意在佛羅倫斯印行第三版——兩百本——價錢是一鎊。我原想再延一年以上再出的，但是我不得不發了出去，去抗議那卑鄙的橙色盜賊。〈註：因盜印者用橙色做封面，所以作者叫他們Orange Pirate〉不過發行的數量實在太多了，一時還無法消滅。

以後，我又得到了一本怪異的盜印本，黑的書皮，長方的式樣，悽涼得像一本聖經或聖歌。這一次，盜賊不但是賣空了，而且踱起來了，書裡每頁都印了一隻美國老鷹的小插畫，頭上繞著六顆星，電光在它的爪上飛閃，一個桂冠把整個圖畫環繞了起來，以示慶祝劫掠成功的行爲。眞的，這是一本面目可憎的書，它令人想起臉孔塗黑的船長奇德，對那些正要跳海而死的人讀著禱文。爲什麼那盜印家要用書眉去把書形放長，我不知道，結果是把這書弄得特別地令人討厭！當然，這本書也是影印出來的，可是卻忘了簽名。我聽說這本書，還賣到十塊、三十塊，甚至五十塊美元，那要看賣書者的高興，和買書者是否願意上當？

由此可以證實，在美國就有三種盜印版是無疑了。我聽說還有第四種，也是原版的摹本。但是我既然沒有見過，便情願不去相信它。

此外，還有一種歐洲的盜印版，出了一千五百冊，是巴黎一間書店弄出來的，書上註明：「在德國印刷」。姑且不管是否在德國印刷，至少那是排印的，而不是影印的，因爲原版上有些錯字都給改正了。這是很不錯的一本書，雖然沒有我的簽字，卻複製得和原本差不多，唯一區別是在它的書背夾上的綠色和黃色的絲邊，這種版本賣給書商是一百法郎，而賣給讀者是三百、四百，或五百法郎。

據說，有些奸商，弄了我的簽字在上面，而當原版賣出。我希望這不是眞的。因這一切皆有悖商業道德行爲。不過有一點足以慰藉的是，有部分的書商堅持拒賣盜印版，人情和商業道德不容他幹這勾當。有些雖然賣但並不熱誠，顯然地他們都是情願賣作者許可的典藏本的。所以這種反盜印行爲的純正觀念是可貴的，雖然還是無法阻止盜印之路。

所有這些盜印版都未經我的許可，我也沒有得到過他們一個辨士。雖然，還有一個紐約的良心未泯的書商寄給了我一些錢，說是該書在他店裡銷售後的十分之一版稅，他還附了一封信說：「我知道，這不過是滄海一粟。」自然，他是說這只是大海裡漏出來的一滴罷了。就這麼一滴，已經是很可觀的一筆收入了，足見盜印家們的那個大海是洋洋大觀的了！

我到了歐洲，盜印家們給了我一個不太經濟的提議，他們因爲覺得書商們太沒公德心了，情願讓我抽已賣和未賣之書的版稅，只要我肯承認他們的版本。我想，好吧，在這個世界裡，你不利用他們，他們便要利用你的——爲什麼不呢？——但是當我準備這麼做時，我的自尊心卻抬頭了。顯然地，負義的猶大總是準備著給你一個親吻的……

因此我決意出這種法國版。它是從原版影印的，價錢是六十法郎。英國的發行商，力勸我出一個刪減本，答應給我豐富的報酬或許是一桶——一個孩子們在海灘玩沙的小桶——的黃金吧，而且他們授意我告之讀者，那刪改本亦是一部優美的小說，所有「猥褻」與「淫穢」都沒有了。這個建議令我心動，而開始想著手去刪改。但那也是不可能的！那等於拿把剪刀剪自己的鼻子；而書卻流血了。

人們要反對只管反對，我卻要嚴謹地表白這部小說是一本純正的、健康的、是我們今日所需要的書。有些字眼，乍看是令人震驚的，過了一會便毫不驚奇了。這是否表示我們的心地給習慣所腐化了呢？絕不是。那些字眼只不過驚刺了我們的眼睛，而非驚刺我們的心地。沒有心的人只管震驚去吧！這亦不足爲奇的，有心地的人自知他們是不震驚的，而事實上，他們從沒有震驚過；他們只感到有一種解脫的感覺。

重要的地方就在這兒。我們今日的人類，已經進化到超出我們的文化所附帶的種種野蠻禁忌之外了，這種面對現實的認識是非常重要的。

在十字軍時代的人，儘管只是最簡單的字眼，對於他們都是一種挑逗，這絕非我們今日所能想像的。所謂「猥褻的」字眼的挑逗，對於中古時代人的愚昧、混沌、暴烈的天性，一定是具有危險的；即使對於今日天生卑下、遲鈍、進化不全的人，也許還是太強烈了點。但是眞正的教化，是使我們對於一個字眼，要用心的、想像的反應；而不是肉體的、暴烈的、無理智的反應，這是要破壞社會風化的。

從前，人心是太愚或太野了，一意想到他的肉體和肉體的官能的時候，便不免爲主宰他的肉體之反應所苦。現在卻不然了。教化和文明教我們把字眼與事實、思想與行爲或與肉體反應脫離開來。我們現在知道，行爲不一定是跟著思想走的。

事實上，思想和行爲，字眼與事實，是意識的兩種分離的形式，是我們所過的兩種分離的生活。我們是需要把這兩種東西聯合起來的。最大的需要，是我們依照思想而行動，和依照行動而思想。但是，當我們在思想中的時候，我們便不能眞正行動，當我們在行動中的時候，我們便不能眞正思想。思想與行爲這兩種情境是互相排擠的。可是這兩種情境必須要和諧地相生相承的。

這本書的眞正意義便在這兒，我要世間的男女，能夠充分地、完備地、純正地、無瑕地去思想「性」的事情。縱令我們不能隨心所欲地做「性」的行動，但至少讓我們有完備無瑕的「性」思想。所有那些逸話，什麼純潔的少女，潔白得像一張未染墨的白紙，都是一派胡言。一個少女和一個年輕男子，是性的感情和性的思想之一種苦惱的網，一種沸騰的混亂，只有時間才能清理出頭緒的。多年純正的性思想，多年的性之奮鬥行爲，將使我們達到我們所要達到的地方，達到眞正功德圓滿的貞潔，達到完備的終點，那時我們的性行爲與性思想是和諧的，不相左的。

我無意要所有的女子都去追求她們的看守人做情人，我也無意要她們去追逐任何人。我們今日有許多男人和女人，都覺得能過著與性愛隔絕的生活，而同時更充分去明白和了解性愛，是最幸福的。在我們現在的時代，與其行動不如了解。在我們的過去中行動太多了——尤其是性愛的行動，厭煩地做來做去都是那一套，沒有相當的思想，沒有相當的了解。現在，我們所要努力的是性愛的了解，在今日對性愛充分的覺悟和了解是比行動更重要的，在蒙昧了千百年以後的精神，現在要求認識（充分的認識），肉體實在是太被人們忽視了。

現在的人在實行性愛的時候，他們大半的時間只覺得那是照例的行爲。他所以做——是因爲他們以爲那是他們的任務。而實際上，卻只有精神在興奮，肉體是要等人去挑逗才行的。原因是我們的祖先們，在實行性愛的時候，一向就沒有過思想和了解，到了現在，這行爲便漸漸變爲機械的、麻木的、令人沮喪的了。只有一種新鮮的、內心的了解，才能使原來的鮮艷恢復過來。

在性愛中，精神是落後的；其實在所有肉體的行爲中，精神都是落後的。我們的性愛的思想，匍匐地爬行在一種黑暗中，一種秘密的驚恐中，這驚恐是我們粗野的、未開化的祖先們所遺傳下來的。只有在性愛的和肉體的這一點上，我們的精神是沒有進化的。我們現在得要迎頭趕上去，使肉體的感覺意識，和這感覺本身和諧起來，使行爲的意識和行爲本身和諧起來。這便要對於性愛有適當的尊敬，對於肉體的奇異的經驗有相當的敬畏；這便要能夠自由運用所謂「猥褻」的字眼，因爲這些字眼，是精神對於肉體所有意識自然的一部分。猥褻之由來，是因爲精神蔑視和懼怕肉體，而憎恨肉體才引起了反抗精神罷了。

派克上校的事件，便足以使我們醒悟了。派克上校原是一個假扮男裝的女子。這位上校娶了一個女子，和「她」共度五年幸福的伉儷生活。可憐的妻室在這五年中，自以爲和普通人一樣，快樂地嫁了個眞丈夫。待最後發覺的時候，這個可憐婦人的無知與慚愧，是難於想像的。這種情境是怪異的。可是我們今日卻有上千成萬的女子，也許受著同樣的欺騙，而在五里霧中繼續生活下去。爲什麼？因爲她們毫無所知，因爲她們完全不能有性愛的思想。在這一點上，她們是傻大姐兒。所以這本書最好是拿給所有十七歲的少女們看看。

還有一位可敬的校長兼牧師的事件，也是一樣可以作爲借鏡的。他過了多年無瑕的神聖與道德的生涯後，在六十五歲的時候，終於因爲強姦女童而現身法庭。這事正發生在當內政部長——他自己也上了年紀了——大聲疾呼地要求對於所有性愛的事件，皆應謹守緘默的時候。難道那另一位可敬的、年高德劭的先生的經驗，毫不使他考慮一下嗎？

但是事情就是這樣。精神對於肉體和肉體的機能，有一種淵源古遠的潛伏的恐懼。在這一點上，我們得把精神解放出來，開化起來。精神對於肉體的恐怖，使無數的人癲狂。一個偉大如斯維夫特（Swift）的精神之所以倒錯，這種原因至少可以用來解釋一部分。在他寫給他的情婦賽利亞的詩裡，有這樣的一句癲狂的疊句「……賽利亞，賽利亞拉屎了。」足見精神恐懼的時候，對於一個大智能有怎樣的影響了。大智如斯維夫特，竟不知其自陷於多麼可笑的情境，當然，賽利亞是要拉屎的。誰又不呢？如果她不這樣的話，那就糟了。想想這可憐的賽利亞吧，她的「情人」竟把她的自然官能說得使他感覺屈辱！這是怪異的。這一切都是因爲禁用的字眼，和精神對於肉體與性愛的意識不夠啓發的緣故。

有人懼怕著肉體，而否認肉體的存在；有些青年們卻走向另一個極端，把肉體當作一種玩具，有時嫌它厭煩，但是它沒有放棄你之前，你卻可以得到某些樂趣。這些青年是前衛的、高傲的，類似《查泰萊夫人的情人》的書，他們根本不放在眼裡的。他們覺得這書是太迂腐了。他們視那些字眼爲家常便飯，都是些老掉牙的玩意兒，何必大驚小怪？把愛情當杯酒喝算了！他們說「這書只是代表一個十四歲的男孩心情罷了。」但是，也許一個對性愛還存著點自然的敬畏，與適當的懼怕的十四歲男孩的心情，比之拿愛情當酒喝的青年們的心情還要健全呢！這些青年，簡直是目空一切，只知玩著生活的玩具，尤其是性愛的玩具，而在這種遊戲中，便失去了他們的精神！

因此，在這衛道的老頑固之間（他們上了年紀，大概也要犯強姦的），在這些前衛的青年們之間（他們說：只要我們想幹什麼，我們便能幹什麼），以及在這些喜歡追逐著齷齪東西的下流野蠻的人們間，這本書是沒有活動餘地的……

但是，我要對這些人吶喊道：「固守著你們的腐敗吧！如果你喜歡這種腐敗；固守著你們衛道主義的腐敗吧！固守著你們骯髒的心地去腐敗吧！至於我，我的態度是忠於我，忠於我的書：如果精神與肉體不能和諧，如果它們之間沒有自然平衡和自然的互相尊敬的話，生命是難堪的！」

勞倫斯・巴黎・一九二九年四月

小說描寫的性美學

《查泰萊夫人的情人》與《普西凱》的問題所在

在文藝作品的評價方面，屢次被提出的問題是——藝術乎？猥褻乎？由此可見，性的描寫是很艱難的一件事。

其中尤以《查泰萊夫人的情人》爲甚。

關於會《查泰萊夫人的情人》這一本書，「是藝術？是猥褻？」的問題，我們暫且不討論，現在，我要舉出《查》書中的性描寫，跟法國作家朱魯·羅曼的《普西凱》所描寫的性，互相對比，把它當成D·H·勞倫斯與J·羅曼的「性美學」看待。

查泰萊的性描寫屬於抽象性

《查泰萊夫人的情人》這本書，描寫女主角康斯坦絲（康妮）與於戰爭中殘廢的丈夫生活一段日子後，突然在性方面覺醒，以致跟劇作家麥克里斯互通款曲。但是隔不久，她發覺麥克里斯缺乏人情味，感到失望之餘，投進卑微的森林看守者——梅樂士的懷抱。從此，她跨越身分的懸殊，品嚐到身爲女人的喜悅，以及愛情的醉人。

這部小說成爲問題的性愛描寫，在出版時幾乎全被刪除，如非引用原文，根本就不可能復原。不過，憑下面的描寫也不難看出勞倫斯的素質，以及他的寫意方向——

他把手放在她的肩上。那一隻手溫柔、寧靜的沿著她背部的曲線，展開盲目的愛撫動作，緩慢的往下移動，來到了她蹲著的腰部。從那兒起，他的手又展開盲目式的、本能式的愛撫，一面撫摸著她側腹的曲線。

接下來——

她以叫人感到歎息的婉柔態度，橫躺於毛毯上面。旋即，一隻柔軟富於刺探性，以及按捺不住欲望的手，開始觸摸她的面孔，那種柔和而充滿憐香意味的撫摸，給了她無限的慰藉。最後，他對她的面頰，投以柔情綿綿的吻。

這種描寫是近乎抽象的方式。乃是康妮邂逅梅樂士之後，第一次演變到情交的情景——

他躺在康妮的玉體上面，他汗濕的身體緊貼在她細緻的肌膚上面，再用他的手臂擁抱著她。

同樣是描寫情交的場面，但是比起前一段來，更有著明顯的具體表現。不過，緊接下來的靜態描寫，即不難理解，勞倫斯並非把上述一段當成性愛描寫等閑視之——

到目前爲止，康妮完全不知道他的一切。雖然如此，她內心仍然非常的安詳。因爲，他現在的所作所爲，已經足夠叫她感受到靜謐所帶來的安詳了。

梅樂士憑「我擁有一顆溫暖的心，堅信溫暖之心能融化一切」的信念接近康妮，因爲康妮是貴族階級的人物，以致有些擔心跟梅樂士發生肉體關係一事，將會勾起他的「階級意識」。儘管如此，爲了求取身爲女人的歡樂，她再也顧不了這許多了。

在這種局面之下，男女性愛的描寫，將是不可或缺的。

勞倫斯在描寫性行爲時，爲了使讀者妥當的理解當場的事實，雖然也基於人物的行動，縝密的寫出人物的心理及思想，但是，僅止於最低限度。

是故，有關男女性器的形狀、顏色，以及愛撫所引起的現象之變化，例如——男子性器與女子陰核的勃起，女體巴多林腺液的分泌都不曾被表現。

現在，我們來看看他的性描寫方式——

「梅樂士的手指，在她身上蠕動，刺激起了康妮腰部纖細的性感帶。」

本來，這應該是相當具體的性行爲描寫，但是，勞倫斯的表現方式很抽象。又如；很多地方以會話的方式表現，但是，並沒有具體的行爲描寫——

梅樂士轉過他的臉，好像忘了康妮似的。

「有如你撫摸過我一般，我也想撫摸你。」康妮說。

梅樂士看著她，微微一笑。
「就現在嗎？」
「噢……不是的！不能在這裏。我們進去小屋裏面吧……」
「妳喜歡我愛撫妳嗎？」他仍然笑著對她說。
「是啊，那你呢？你喜歡我愛撫你嗎？」康妮說。
「我嗎？」他改變了聲調。「不必問妳也該知道的……」

除此以外，像——「爾後，他的手，盲目的沿著她的身體而下。隔著衣裳，他觸及她光滑而溫暖的地方。」就是有關性行爲的描寫，也只限於「她以含情脈脈的眼光看他。他停止行動，很快的安靜下來，撇開了他的面孔。他的身體歸於安靜。不過，他並沒有移開身體。」始終是以抽象的筆調描寫，何以會構成猥褻呢？實在令人費解。其實，比《查泰萊夫人的情人》更露骨的性描寫方式可比比皆是呢！

露骨又詳細的性描寫之例

勞倫斯的描寫與現代日本小說的描寫，以具體性來說，有如下的不同——

以石原愼太郎的《行爲與死》來說，甚至把男女的性行爲，描寫到又露骨、又淋漓盡致的地步，以下是該作品性描寫的一部分——

床上有一部分是濕漉漉的。她無視於這種現象，有如避開污物似的，從那兒挪開身體。他有如要「驗明正身」一般，把自己的手放在濕漉漉的地方。沒有錯，那是她所排泄出來的東西。在那個節骨眼裏，他抽開了自己的身體，拚命忍著那股勁兒，俯下身來看她，她有如要追隨他一般，「噴」出了那話兒，使四周化成濕漉漉之地。那正是她巴多林腺噴出的「愛液」之海。誰知，他又把自己投入那一片愛液之海中……

他有如拉扯一般，迅速的剝掉美奈子身上的衣物。其實，用不著他動手，她自己已經迫不及待的脫掉身上的衣物，用手捧著自己光裸的乳房，使勁的磨擦到他的身上，再抓著他的手，把它夾在她的兩腿間，任他的手指潛入她私處，她再利用一隻空的手，拉掉他的內褲，抓住那膨脹的東西，頻頻的親吻它，再度的把它握緊。

兩個人光溜溜的，開始翻雲覆雨，氾濫的精液，形成了一片慾望之海。他撥開她欲遮掩的手，把自己的頭部貼近，猛嗅他倆的體液構成的慾海。他感覺自己快溺斃了。她忙用自己的兩腿夾住了他的頭……

用這一段跟前面勞倫斯的性描寫相比，就可以知道他的文章是如何抽象了。《行爲與死》的男主角，想看看女體中的自己器官，而《查泰萊夫人的情人》的康妮，則看到了自己肉體中的梅樂士器官，這一點吻合之處，倒叫人感到趣味盎然。《查泰萊夫人的情人》這部小說，並非沒有大膽的描寫。例如；身體卑微的森林看守者——梅樂士，就曾經在野外跟康妮繾綣——

他出其不意地在山丘的小徑上，推倒她，在雷雨交加中，有如一隻發情的野獸，焦躁的剝開她的身體，逞了他的情慾……

這也是相當扣人心弦的描寫。

《普西凱》的性描寫屬於觀念性

如果說D．H．勞倫斯以象徵方式表示性的話，那麼，相對的，J．羅曼的性描寫，不僅富有詩意，而且充滿了觀念性。在性描寫方面，比起勞倫斯來，他的表現更爲細膩，甚至寫實方面也更勝一籌。他的作品《普西凱》就是最明顯的例子。

《普西凱》描寫商船事務長比耶．費爾娶了年輕的鋼琴家——柳妍奴。雖然他渾身充滿了對初夜的不安，但是，柳妍奴還是把自己的身體湊近比耶——

她以鋼琴家敏捷的手，打開衣裳的上方，露出了柔滑的肩膀。她似乎欲罷不能，再用手觸開內衣吊帶。隨著內衣的滑落，兩個乳房露出。對於她秀色可餐的肉體，我仍能克制一時的衝動。不過，待她脫完衣裳時，她以熱情十足的口吻對我說：「親愛的，柳妍奴一向崇拜您，因爲你使我篤定，您一向不說話……讓我們進入肉體的王國闖蕩吧……」

說罷，她曲身靠近我，用兩隻纖手觸摸我的脖子，如此一來，她的乳房自然的壓到我的面孔，我頓時萌生了萬千的感動，我伸出自己的舌尖，循著渾圓的乳房，到處游走，偶爾停止下來，用嘴封住乳頭，用力的吮吸。再沿著吻過的濕漉痕跡，從一個乳房滑走到另外的一個乳房。

不久以後，她就風情萬種的撥弄我說：「我要看看老公的身體啊！」她解開了我的衣領，再把我的上半身推倒在沙發上面，接著她自己也躺下來。她好不容易使我的頸部及胸部裸露在外頭。這時，她的眼神與呼吸仍然很平靜，沒有任何淫邪或猥褻的陰影，她開始緩慢的嗅我的肉，使用她的芬唇接觸我的裸身。當她的臉龐鑽入我的腋窩時，呼吸就開始變成不規則，吐氣也越來越熱，表情也變成陶陶然，她似乎在享受丈夫的肉，舔在我身上的舌尖，有如一座火山般，叫人感到燠熱。

她的裸體給予我很大的刺激，一種近乎狂暴的熱情佔據了我。我進入她裡面時，她身體有點蜷曲，臉孔朝向側面，兩腿收縮，用手遮掩腹部。她有點羞澀的說：「老公，你瞧瞧你的老婆……瞧瞧你淫蕩的老婆……」

旋即，她有如勝利者一般，放開了腹部上面的手，她的腿呈爲半閉。我在她柔軟的草叢投下三個吻……

勞倫斯的作品中，情景相似的場面有兩節——

「請你吻一下我的子宮吧！說說你很高興那裡有胎兒。」

他感到自己對康妮萌生了純粹的愛情。他吻了她的腹部以及維納斯之丘。順便給子宮中的生命，也獻上一吻！

有關「口交」的描寫

此處，再引用《普希凱》中「性器接吻」的描寫——

「柳妍奴吾妻，這個世界上不可能有比妳更美的女人了。」經我這麼一說，她用兩手纏繞在我的頸上，投以兩點似的吻，然後，愛撫我的身體．這時，柳妍奴突然想起了古代女人崇拜男性器的風習——原來……（她把面孔深深埋進我『那兒』——渾身都在發抖。）這『東西』……有那麼美，那麼性急，我從來就不知道呢……昨天，你瞧著我的乳房，那『東西』熱狂的勁兒，我一輩子也忘不了……我實在很崇拜你……她已經開始喘息「讓我跟那東西親熱一下……」

而勞倫斯則是這樣描述的——

有如在吻偶像的腳似的，她急速的吻了那「東西」。然後翻個身，自己打開一雙腿，把我拉近她的身體。我刺入她體內時，她的咽喉發出了一連串感激的聲音。那一連串的聲音，使我想起了叫聲、嘆息聲、鴿子的鳴聲，以及遠處的狗吠聲，這已足夠使我提早射精。

把這些跟《行爲與死》比較，即不難知道《普西凱》的性描寫比較自然。而且，肉體的結合方面，也顯得比較協調。

第一章

我們本來就活在一個悲劇的時代，因此我們不願危言聳聽說什麼大災難已經來了。我們在廢墟中，開始樹立一些新的小建築，懷抱一些新的小希望。這是很艱難的工作，現在是沒有可以通往康莊大道的路了：我們只能迂迴地前進，或攀越障礙而過。儘管披荊斬棘也要活下去。這大概就是康斯坦絲．查泰萊的心態。她曾嚐遍世界大戰的災禍，所以她了解一個人必須活下去，而且要不斷追求新知。

她在一九一七年大戰中和克利夫．查泰萊結婚，那時他從戰場請了一個月的假回到英國。他們度完蜜月後，克利夫便回到佛蘭大斯前線去。六個月後，他遍體鱗傷地被運返英國。那時康斯坦絲二十三歲，他二十九歲。

他富有驚奇的生命力。他並沒死；他的一身創傷很快的復原了。醫生醫治了兩年，結果僅以身倖免。自此腰部以下的下半身，從此將成了癱瘓。

一九二〇年，克利夫和康斯坦絲回到他的世代老家勒格貝去。他的父親已死了，克利夫承襲爵位成爲克利夫男爵，康斯坦絲便是查泰萊男爵夫人了。他們乍來時生活有點單薄沒落，他們的收入也不太充裕。克利夫除了有個不在一起住的姊姊外，並沒有其他的近親。他的長兄在大戰時陣亡了。克利夫明知自己半身殘廢，生育的希望已經絕了，因此回到迷霧沉沉的米德蘭家裡來，盡人事地使查泰萊家的聲名維持下去。

但他並不頹喪，他可以坐在輪椅上來去優遊；他還有一把裝了馬達的自動椅，這一來，他可以自己操縱，慢慢地繞過花園而到美麗的淒清的大林園裡去，他表面上裝作很不在乎的樣子，其實內心還是有點得意的。

他曾經歷苦難，致使他受苦的能力變得較爲脆弱了。可是他卻保持著奇特、活潑、愉快、紅潤健康的顏容，並有雙閃亮的灰藍色眼睛，可以說他是個樂天安命的人。他有寬大強壯的肩膀，兩隻有力的手。他穿的是華貴的服飾，結的是邦德街買來的考究的領帶。可是他的臉上卻仍然會顯示出一個殘廢者的痴呆狀態，和略帶空虛的表情。

因爲他曾經相當接近死神，所以這剩餘的生命，對他是彌足珍貴的。他不安地閃爍的眼光，流露著死裡生還的得意神情。但是他受的傷是太重了，致使心底深處某些東西已經死滅了，某種感情已經沒有了；剩下的只是個無知覺的空殼。

康斯坦絲原是個村姑，柔軟軟的褐髮、健康的身體、遲緩的舉止，卻充滿著呼之欲出的精力。她有一對靈活的雙眸，溫軟的聲音，好像是個不懂世故的人，其實卻不然。她的父親麥爾肯．勒德爵士，曾任赫赫有名的皇家畫院院員。母親是個博學的華賓協會會員。〈註：華賓協會係社會主義的團體，創立於一八八三年。〉

在藝術家與社會主義者的薰陶下，康斯坦絲和她的姊姊希爾達，受了一種可以稱爲美育（卻非傳統）的教養。她們到過巴黎、羅馬、佛羅倫斯呼吸藝術的空氣；她們也到過海牙、柏林去參加社會主義者的大會，在這些大會裡，演說的人用著所有的文明語言，與人溝通。因此，姊妹倆從小就生活在美術和政治的環境中，她們已習以爲常。她們一方面是文明的，一方面是鄉土的，她們這種文明又鄉土的美術氣氛，是和純潔的社會理想相吻合的。

她們十五歲的時候，到德勒斯登學習音樂，她們在那裡過了一段無憂無慮的快樂生活，她們和男子們爭論著哲學、社會學，和藝術上的種種問題；她們的學識並不亞於男子。壯碩的青年男子們，帶著六絃琴，和她們到林中漫遊。她們歌唱著；她們是自由的！自由是個偉大的字眼；自由和高亢的歌喉，在曠野和清晨的林間迴響，更是開懷地暢所欲言。

希爾達和康斯坦絲姊妹倆，都在十八歲的時候，初試愛情的滋味。那些熱情地和她們交談，歡快地和她們歌唱，自由自在地和她們在林中野宿的男子們，不用說都想和她們有更進一步的發展。她們先是有點躊躇；但是愛情是令人憧憬和嚮往的，而且是那麼重要的——況且男子們又是這樣低聲下氣地央請。為什麼一個少女不能以身相許，像一個皇后似的賜予恩惠呢？

於是，她們都獻身與平時交往甚密的男子了。戀愛和性交不過是一種原始的本能，一種反應。事後，她們都恢復了理智，而且有點憎恨他們的心態，彷彿他們侵犯了她們的秘密和自由似的。因為一個少女的尊嚴，和她的生存意義，全在獲得絕對的、完全的、純粹的、高尚的自由。要是不擺脫從前的污穢的兩性關係，和可恥的主僕狀態，一個少女的生命，還有什麼意義？

無論是怎樣的感情用事，性愛總是最古老、最原始的結合主僕狀態之一。歌頌性愛的詩人們大多是男子。女子們則一向追求更好、更高尚的東西。現在她們終於明白，自由是比任何性愛都可愛。不過男子對於這點的看法太落後了，他們像狗似的堅持要性的滿足。

可是女人不得不退讓。男人像孩子般的嘴饞，他要什麼，女人便得給他什麼；否則他會要賴、暴躁起來，壞了好事。只是一個女人可以順從男子，而她內在的自我並不妥協。那些高談性愛的詩人和其他的人，好像都疏忽了這點。一個女人是可以有個男人，但並不眞正委身於對方的。反之，她可以利用這性愛支配他。在性交的時候，她自己忍持著，讓男子先盡情地發洩完了，然後她便可把時間延長，而把他當作工具去滿足她自己的性慾。

當大戰爆發，她們急忙趕回家鄉時，姊妹倆都有了愛情的經驗了。她們所以戀愛，全是因爲對方是親切地、熱烈地談心的男子。和一個眞正聰明的青年男子熱情地談話，這種驚人的、深刻的、意想不到的美妙，是她們以前未曾經驗過的。

天國的諾言：「你將有可以談心的男子」還沒有吐露，而這奇妙的諾言，卻在她們明白其意義之前實現了。

在這些生動的，毫無隱諱的，親密的談心過後，性行爲是不可避免的了，那只好忍受。那像是一章的結尾，它本身也是令人情熱的：那是肉體深處一種奇特、美妙的顫動，最後是一種自我決定的痙攣，宛如最後一個亢奮的字，和一段文字的最後一行表示主題可斷的小句點一樣。

一九一三年暑假她們回家的時候，那時希爾達二十歲，康妮十八歲。〈註：康妮係康斯坦絲的小名〉她們的父親早就看出這姊妹倆已有愛的經驗了。

好像誰說的：「愛情在那兒經過了。」他自己也是過來人，所以很聽其自然。至於她們的母親呢——那時她患有痛疾，離死期不過幾個月了——她但願女兒們能夠「自由！」，能夠「成就」！但是她自己就從來沒有成就過什麼，她簡直不能。上帝知道那是什麼緣故，因爲她是意志堅強又有收入的人。她埋怨丈夫；其實只因爲她不能擺脫心靈上的某種束縛罷了。那和麥爾肯爵士是無關的；他不理她的埋怨或仇視；他們各行其事。

所以姊妹倆是很「自由」的；他們回到德勒斯登，重度往日學習音樂，在大學聽講，與年輕男子們交際的生活。她們各自喜歡她們的男子，男人們也熱愛著她們。康妮的情人喜愛音樂，希爾達的情人是學工藝的。至少在精神方面，他們全爲這兩個姊妹生活著。另外的什麼方面他們是令人厭惡的；但是他們自己並不知道。

顯然地，愛情——肉體的愛——也在他們身上經過了。肉體的愛，使男女身體發生奇異的、微妙的變化；女子更艷麗了，更顯得豐滿了，少女時代的粗糙已然消失，臉上露著渴望的或勝利的情態；男人則更沉著、更深沈了。

這姊妹倆在性的快感中，幾乎在男性奇異的支配下屈服了；但是很快地她們便自拔了，把性的快感看作是一種感覺，而保持了她們的自由。至於她們的情人呢，因爲感激她們所賜與的性的滿足，便把靈魂交給她們。

不久，他們又覺得得不償失了。康妮的男人開始有點洩氣的樣子，希爾達的對手的態度也逐漸輕蔑起來。男人就是這樣：忘恩負義而永不滿足！你要他們的時候，他們憎恨你；你不睬他們時，他們還是憎恨你，有時是毫無理由的。他們是永不知足的孩子。

大戰爆發了！希爾達和康妮又匆匆回家——她們在五月份已經回家一次，那是爲了母親的喪事。她們的兩個德國情人，在一九一四年聖誕節前也都死了；姊妹倆痛哭了一場，其實心裡早把他們忘掉了，他們早就不存在了。

她們都住在坎斯頓她們父親的——其實是她們母親的——家裡。她們和那些擁護「自由」、穿法蘭絨褲和法蘭絨的開領襯衣的劍橋大學的學生們往來。這些學生是一種上流的、感情的無政府主義者，說起話來，聲音又低又沉，講求紳士風度。希爾達突然宣布要和一個比她大十歲的人結了婚。他是這劍橋學生團體的一個老前輩，家境富有，而且在政府機構有個好差事；他也寫點哲學上的文章。她和他住在西敏寺的一幢小屋裡，來往的是政要人物，他們雖不是了不起的人，卻是——或希望是——國內頗具權威的知識份子；他們知道自己所說的是什麼，或者故意裝作知道。

康妮找到了戰時的輕鬆工作，和那些目空一切、穿法蘭絨褲的劍橋學生常在一塊兒。她的「朋友」是克利夫·查泰萊，一個二十二歲的青年。他在德國波恩研究煤礦技術，當時他才從德國回來。他以前也在劍橋大學讀過兩年。現在，他是個堂堂的陸軍中尉，穿上了軍服，更可以昂首闊步了。

以社會地位而言，克利夫·查泰萊是比康妮尊貴。康妮是屬於小康的知識階級；但他卻是個貴族。他的父親是個男爵，母親是個子爵的女兒。

克利夫雖然出身於高貴名流，卻少了一種磊落大方的神態。在地主貴族的狹小的上流社會裡，他可以處之泰然，但在其他的中產階級民眾，和外國人所組成的大社會裡，他卻覺得怯懦不安了。說實話，他對於中產階級的大眾，和階級不同的外國人們，是有點懼怕的。他自己覺得缺少某種保障，其實他是有特權的保障的。這是很奇怪的，但也是我們這一代的一個特徵。

這是為什麼？一個雍容自在的少女像康斯坦絲便使他顛倒著迷了。她處在那複雜渾沌的社會上，就比他自然得多了。

然而，他卻是個叛徒；甚至反叛徒；甚至反叛他自己的階級。也許「反叛」是言之過重了。他只是跟著普通一般青年的憤恨潮流，反對舊習俗、反對特權罷了。父執輩的人都有些可笑，尤以投機主義的英國政府為最。軍隊也是可笑的，尤其是那些老而不死的將軍們，至於那紅臉的吉治納將軍〈註：吉治納Kitchener係一九一四～一九一六年英國陸軍部長〉更是可笑之至。甚至戰爭也是可笑的，戰爭要殺死不少的人。

總之，一切都有點可笑，或十分可笑；一切有權威的東西，無論軍隊、政府或大學，都可笑到極點。自命有統治能力的統治階級，也是可笑。佐佛來男爵——克利夫的父親，尤其可笑，砍伐著他園裡的樹木，調派著他煤礦場裡的礦工，如殘枝敗草一般地送到戰場上去，他自己則安然的在後方，高喊救國；自己卻入不敷出地爲國揮霍。

當克利夫的姊姊愛瑪·查泰萊小姐從米德蘭到倫敦去做看護工作的時候，她暗地裡嘲笑佐佛來男爵，和他剛愎的愛國主義。至於他的長子赫伯特呢，卻公然大笑，雖然砍給戰壕裡用的樹木是他自己的。但是克利夫只是有點不安地微笑。一切都可笑，那是眞的；但這可笑若挨到自己身上來的時候呢？……其他階級的人們，如康妮，對有些事情很認眞，因爲他們是有所信仰的。

他們對於軍隊，對於徵兵的恐嚇，對於糖與兒童們的糖果的缺乏，是很在意的。這些事情，當然都是當局的罪過。但克利夫卻不關心。在他看來，當局本身就是可笑的，而不是因糖果或軍隊問題。

當局者自己也覺得可笑，卻又可笑地行動著，一時成了極紊亂的局面，直至前方戰事嚴重起來，路易·喬治出來救了國內的局面。這是超乎可笑的；於是目空一切的青年們不再嘲笑了。一九一六年，克利夫的哥哥赫伯特陣亡了。因此克利夫成了唯一的繼承人。甚至這個也使他害怕起來。他早就了解生在這查泰萊世家的勒格貝，作爲佐佛來男爵的兒子，是多麼重要的，他決不能逃避他的命運。可是他知道這在外面沸騰世界的人看來，也是可笑的。現在他是繼承人，是勒格貝世代老家負責人，這可不是駭人的事？這是否很美妙，而同時又帶著幾許荒唐的事？

佐佛萊男爵卻不以爲然。他臉色蒼白地、緊張地、固執地要救他的祖國和他的地位，不管在位的是路易·喬治或任何人。他擁護英國和路易·喬治，正如他的祖先們擁護英國和聖喬治一樣；他永不明白那兒有什麼不同的地方。所以，佐佛來男爵砍他的樹木，擁護路易．喬治和英國。

他要克利夫結婚，好生個兒子。克利夫覺得他的父親是個不可救藥的老頑固。但是他自己，除了會嘲笑一切，和極端嘲笑他自己的處境外，還有什麼比他父親更新穎的呢？因爲不論他心願如何，他是十分鄭重其事地接受這爵銜和勒格貝的家產了。

大戰初期的狂熱消失了，死滅了。因爲死的人太多了，太恐怖了。男子需要扶持和安慰；需要一個鐵錨把他碇泊在安全的地方；他們需要妻子。

從前，查泰萊兄弟姊妹三人，雖然認識不少人，卻很孤獨地住在勒格貝家裡。他們三人的關係是很密切的，因爲他們三人都覺得孤獨，雖有爵位和土地（也許正因爲這個），他們卻覺得地位不堅，毫無保障。他們和生長地的米德蘭工業區完全隔絕；他們甚至和同階級的人也隔絕了，因爲佐佛來男爵的性情是古怪的、固執的、不喜與人交往的，他們嘲笑他們的父親，但是他們卻不願別人嘲笑他。

他們說過要永久住在一起，但現在赫伯特已死了，而佐佛來男爵又要克利夫成婚。父親這欲望並不表示，他是很少說話的人，但是他無言地、靜默地堅持，卻使克利夫難以反抗。

但是，姊姊愛瑪卻反對這件事！她比克利夫大了十歲，她覺得克利夫如果結了婚，便是背叛了往日的約定。

然而，克利夫終究娶了康妮，和她過了一個月的蜜月生活。那正在可怕的一九一七那一年；夫妻倆，親密得宛如正在沉沒的船上的兩個落難人。結婚的時候，他還是個處男，所以在性的方面，對他沒有多大意義。他們只知相親相愛。康妮覺得這種超乎性慾，不求「滿足」的相親相愛，是可喜的。而克利夫也不似別的男子般的追求「滿足」。不！愛情是比性交更爲深刻的。性交不過是偶然附帶的事；不過是一種笨拙地堅持著的官能享受，並不是眞正需要的東西。可是康妮卻希望生個孩子，好使自己的地位強固起來，能去反抗愛瑪。

然而，一九一八年開始的時候，克利夫卻被弄得遍體鱗傷地運了回來，孩子沒有生成。佐佛來男爵也在憂憤中逝世了。

第二章

一九二〇年秋天，康妮和克利夫回到勒格貝老家來。姊姊愛瑪因憎恨弟弟的失信，已到倫敦租了間小房子住了。

勒格貝是個褐色石築的長而低的老屋。建築於十八世紀中期，後來因時加添補而凌亂不堪，直至成了一座毫不出色的大房屋。它坐落在一個高丘上，在一個很優美的滿是橡樹的老園中。可惜得很，從這兒看得見附近煤礦的煙霧成雲的煙囪，和遠處濕霧朦朧中的小山上的達哇斯村落，這村落差不多挨著園門開始，極其醜陋地蔓延一哩之長，一排排破舊骯髒的磚牆小屋、黑石板的屋頂、尖銳的屋角，帶著無限悲愴的感覺。

康妮是住慣了坎斯頓，看慣了蘇格蘭的小山，和蘇色克斯郡的海濱沙灘的景象，那便是她心目中的英格蘭。她用年輕人的忍耐精神，把這無靈魂、醜惡的煤礦區米德蘭瀏覽了一遍；那是令人難以置信的可怕的環境，最好別去想它。從勒格貝那些陰鬱的房子裡，她聽見礦坑裡篩子機的鑠鑠聲，起重機的噴氣聲，載重車換軌的響聲，和火車頭粗啞的汽笛聲。達哇斯的煤場在燃燒著，已經有數年了，要熄滅它非花筆大錢不可，所以只好任它燒著。風從那邊吹來的時候——這是常事——屋裡便充滿了腐土經焚燒後的硫磺臭味。空氣裡也帶著一種地窖下的什麼惡臭味。甚至在毛茛花上，也鋪著一層煤灰，好像是惡天降下的黑甘露。

然而，世事就是如此，一切都是注定的！這是有點可怕的，但是爲什麼要反抗呢？反抗是沒有用的。事情還是一樣繼續下去。這便是生活——和其他一切一樣！

在晚上，那低低的黝黑的雲天，浮動著一些斑斑的紅點，腫脹著、收縮著好像令人痛苦的火傷；那是煤場的一些高爐。起初，這種景色使康妮很害怕，她覺得自己活在地窖裡。以後，她漸漸習慣了。早晨醒來的時候，天又下起雨來了。

克利夫自稱勒格貝比倫敦可愛。這地方有一種特有的、堅強的意志，居民有一股強大的欲望。康妮奇怪的想著，他們除此之外，還有什麼旁的東西；無論如何，他們是沒有見解和思想。這些居民和這地方一樣，形容枯槁、醜陋、陰鬱且不和睦。不過，在他們含糊不清的土話裡，和他們在瀝青地的路上，曳著釘底鞋，一群群的散工回家時候的嘈雜聲裡，卻有些什麼可怕而帶點神秘的東西存在。

當這年輕的貴族回家時，誰也沒有歡迎他；沒有宴會，沒有代表，甚至連一朵鮮花也沒有。只有他的汽車在陰鬱的潮濕空氣裡走著，經過那傴僂的斜坡，有一些灰色的綿羊在那裡吃著草——來到了那高丘上黑褐的屋門前時，一個女管家和她的丈夫在那裡等候著，預備幾句寒暄歡迎的話。勒格貝和達哇斯村落，是互不往來的，村裡人見了他們，也不脫帽，也不鞠躬。礦工們見了只是眼睜睜地望著；商人見了康妮舉舉帽子，和對任何熟人一樣，對克利夫歉疚地點點頭，他們之間的來往只止於此了。他們之間有個無法溝通的深淵，雙方都抱著一種心照不宣的仇恨。起初康妮對於村人這種無知的仇恨，很覺痛苦。後來她也習以爲常了；反而覺得那是一服強身劑，是予人以一種生趣的什麼東西。

這並不是因爲她和克利夫不孚衆望，僅僅是因爲他們和礦工是完全不同的兩種人罷了。在特蘭河以南的地方，這種人與人間的兩端隔閡，也許是不存在的。但是在中部和北部的工業區，他們間的隔閡是言語所難形容的。你走你的，我走我的，各不相關。雖然，在表面上，村人對於克利夫和康妮還是有點同情。但是在骨子裡，雙方都抱著〈別管我的事！〉的淡定態度。

這兒的牧師，是個忠於職守的好人，約莫六十歲的和藹老人家；村人的「別管我的事！」的冷漠態度，把他差不多變成了一個無足輕重的人了。礦工的妻子們幾乎都是循道會教徒；而礦工們卻是無此信仰的。但是即使牧師所穿的那套制服，也就夠村人把他看成是一個異常的人了。是的，他是異常的人，他是亞士比先生，一個傳道和祈禱的機械。

〈管妳是什麼，查泰萊男爵夫人，我們才不輸給妳！〉村人的這種固執的態度，起初很令康妮不安、沮喪。當她對礦工的妻子們表示好感的時候，她們那種奇怪的、猜疑的、虛僞的反應，使她覺得難以忍受；然而，卻常常聽見這些女人們用著半阿諛的鼻音說：「別看小我，查泰萊男爵夫人還會和我搭訕呢！」可是，她們態度卻顯得很惡劣，這也使康妮覺得受不了。這是不能避免的！因爲他們是不可救藥的「異教徒」。

克利夫試著不在乎他們，康妮也學會了；她經過村裡時，目不斜視，村人呆望著她的表情，好像她是會走路的獵人一樣。當克利夫和他們交談時候，他的態度是很高傲、很輕蔑的，因爲這不是講究親切的時候。事實上，他對於任何不是同一階級的人，總是很傲慢而輕蔑的。他堅守著他的地位，一點也不想與人和睦相處，他們不喜歡他，也不討厭他。他只是世事的一部分，像煤礦場和勒格貝屋子一樣。

但是自從他半身不遂以來，反而變得很膽怯。除了自己的僕人外，誰也不願意見。因爲他得坐在輪椅或小車裡，他付高價給裁縫師，依舊把自己打扮得很講究，和往日一樣，結著邦德街買來的講究的領帶；他的上半身，和從前一樣的時髦動人。他的臉色紅潤，寬大的肩膀，反而有著牧人的粗獷氣息。但是他那寧靜而猶豫的聲音，以及他的勇敢卻又令人懼怕，果斷又疑惑的眼睛，卻顯示著他率眞的天性。他的態度常常忽而傲慢，忽而又謙遜、自卑，然後就畏縮下來了。

康妮和他互相依戀，但和一般夫妻一樣，各自保持著相當的距離，因爲終身殘廢的打擊太大，所以使他失去了輕快和自然。他是個負傷的人，因此康妮熱情地憐愛他。

康妮總覺得他和民間來往太少了。礦工們在某種意義上，是他的佣人，但是在他看來，他們只是物件，而不是人，他們是煤礦的一部分，而不是生命的一部分，他們是一些粗卑的怪物，而不是像自己一樣的人類，但在某種情境上，他卻又懼怕他們，怕他們看見自己的這種殘廢。他們奇怪的粗鄙的生活，在他看來，彷彿像刺蝟的生活一樣違反自然。

他遠遠地關懷著他們；這必須像透過顯微鏡去看一樣。他和他們是沒有直接接觸的。除了因爲習慣關係和勒格貝，因爲家族關係和愛瑪接觸外，他和任何人都沒有眞心的接觸。什麼也不能眞正接觸他。康妮自己也覺得沒有眞正地接觸他。也許他根本就沒有什麼可以接觸的東西，他否定了人類之間的交往的。

然而，他是絕對地依賴她的，他是無時無刻不需要她的。他雖魁偉壯健，卻不能照顧自己。他雖可以坐在輪椅裡把自己轉來轉去，還有一種自動車，可以到林園裡慢慢地兜兜圈子；但是獨處的時候，他卻像個失去主宰的東西了。他需要康妮陪著，讓他相信自己是存在的。

可是，他也是雄心勃勃的。他寫些小說，寫些關於他所知道的人事物的小說，，這些小說寫得既刁巧，又惡辣，卻又神秘得沒有什麼涵意。他的看法是異於常人的、奇怪的，可是卻沒有使人能眞正接觸的東西，一切都好像在虛無縹緲中發生。而且，因爲我們今日的生活層面，大多是人工燈光構成的一個舞台。所以，他的小說都是很忠實於現代生活的，說得確切些，是很忠實於現代心理學所說的。

克利夫對於他的小說的褒貶，幾近病態地敏感。他要人人說他的小說好、是絕無僅有的最佳作品。他的小說都在一流的雜誌上發表；因此照例受人讚美和批評。但是批評之於克利夫，如同刀刺肉般的酷刑，彷彿他全部生命都在他的小說裡。

起初，康妮極力地幫助他。她覺得很興奮，他單調地、堅持地給她解說一切的事情，她得專注的去回答和了解，彷彿她整個的靈魂、肉體和性慾，都得甦醒，而穿過他的小說裡，這使她興奮而忘我。

他們的物質生活也很欠缺。她得監督家務。那多年服侍過佐佛來男爵的女管家，是個乾枯了的、毫不苟且的老東西——她不但不像個女僕，更不像個女人。——她侍候他們已經有四十年了。其他的女僕也不再年輕了，眞可怖！在這種地方，你除了任其自然以外，還有什麼法子呢？所有這些數不盡的無人住的空房子，所有這米德蘭的習慣，被機械式維持的整齊清潔！一切都很有秩序的、很乾淨的、很精密的、甚至很正常的在進行著。然而，在康妮看來，這只是有秩序的無政府狀態罷了。那兒並沒有感情的熱力在互相維繫。整個房子陰鬱得像一條冷冷清清的街道。

她除了聽其自然以外，還有什麼方法？愛瑪．查泰萊小姐臉孔清瘦而傲慢，有時也來這兒看望他們，看見一切都沒有變動，覺得很得意。她永遠不能寬恕康妮，因爲康妮拆散了她和她弟弟的默契團體。這是她——愛瑪才應該做的事，幫助克利夫寫他的小說和書，查泰萊的小說，世界上一種嶄新的東西，由她們姓查泰萊的人經手產生出來。這和從前的思想言論，是毫無共通性和聯繫的。世界上只有查泰萊的書，是新穎的、是純粹的、是個人的。

康妮的父親，當他到勒格貝作短促的停留時，對康妮說：「克利夫的作品是巧妙的，但底子裡卻空無一物！那是不能長久的……」康妮望著這位世故的魁偉的蘇格蘭老爵士，她的眼睛，她的一雙驚異的藍色大眼睛變得模糊起來了。

「空無一物！」這是什麼意思？批評家們讚美他的作品，克利夫也快熬出名氣了，而且他的作品還能賺一筆錢呢！……而她的父親卻說他的作品空無一物，這是什麼意思？他要他的作品裡有什麼東西？因為康妮的觀點和一般青年一樣，偏重在眼前；將來與現在的相接，是不必彼此相屬的。

那是她在勒格貝的第二個冬天了，她的父親對她說：

「康妮，我希望妳不會因為環境的關係而守活寡。」

「守活寡！這話是什麼意思？」康妮漠然地問道。

「除非妳願意！否則不用再多說了。」她的父親忙著補充。

當他和克利夫單獨兩人在一起而沒有旁人的時候，他把同樣的話對他說：

「我恐怕守活寡的生活不太適合康妮。」

「守活寡！」克利夫重複道。

他沉思了一會兒後，臉色驟變。

「怎麼不適合她？」他強硬地問道。

「她愈來愈清瘦了……憔悴了，這不是她本來的樣子。她可不是那瘦小的沙丁魚，她是躍動的蘇格蘭白鱸魚。」

「毫無斑點的白鱸魚！當然了。」克利夫加強說。

之後，他想把守活寡這樁事和康妮談。但是他開不了口。他和她同時是太親密而又不夠親密。在精神上，他們是合一的，但在肉體上，他們是隔絕的，有關肉體的事，兩人都羞於啓齒。他們好像是很親密，卻又覺相隔好遙遠。

然而，康妮卻猜出了她的父親對克利夫說了些什麼，而克利夫默默地把它藏在心裡。她知道，不管她是否守活寡或是與人私通，克利夫都是漠不關心的，只要他不確切地知道，和不必一定去知道。眼所不見、心所不知的事情是不存在的。

目前康妮和克利夫在勒格貝差不多兩年了，他們過著很恬靜的生活，全神貫注於克利夫和他的著作上。他們對於這種工作的共同興趣日益濃厚。他們談論、爭執，好像行文結構中，眞正地有了什麼發生似的。

他們共同工作著，這便是生活——處於空虛中的生活，除此而外，便沒有其他了。

勒格貝山莊，僕人們……都形成了鬼影，而不是現實。康妮也常到花園裡和林間散步，欣賞那裡的幽靜和神秘，踏著秋天的落葉，或採摘著春天的蓮馨花。但是每一步伐，都像是幻夢。橡樹的葉子，在她看來彷彿在鏡子裡搖動，她自己是書中的人物，採著蓮馨花，而這花兒只不過是些影子，或是記憶，或是一些字。她覺得什麼也沒有，沒有實質，沒有接觸，沒有聯繫！有的是與克利夫的共同生活，以及一些無窮盡的長談和心理分析，只有這些麥爾肯爵士所謂的底子裡一無所有的，而不能長久的小說。爲什麼底子裡要有什麼東西？爲什麼要流傳久遠？我們何不「得過且過」？

克利夫的朋友——實際上只是些相識——很不少，他常把他們請到勒格貝來。他請的是各種各樣的人，批評家、作家、一些歌頌他的作品的人們。這些人都覺得被請到勒格貝來是很大榮幸的，於是他們歌讚他。

（康妮心裡明白這一切。）

爲什麼呢？這是鏡中遊影之一。

她並不覺得有什麼不好的地方。

她款待這些客人——其中大部分是些男子。她也款待著克利夫的不常來的貴族親戚們。因爲她很溫柔，臉色紅潤，略帶村姑的純樸，有那易生色斑的嫩白的皮膚，大大的藍眼睛，褐色的頭髮，溫和的聲音和圓潤的腰部，所以人家把她看成一個不大時髦卻富有風情的女人。她像一條「小沙丁魚」，胸部稍微扁平，臂部細瘦。

因此，男子們、尤其是年紀不輕的男子們，都對她大獻慇懃。但是，她知道如果對他們稍微表示一點輕佻，那便足使可憐的克利夫深感痛苦。所以啊！她從來不讓這些男子們有機可乘。她保持著嫺靜而淡漠的態度；她和他們從不親密交往，她也沒這個意思。這一點倒使克利夫鬆了一口氣。

克利夫的親戚們對她也很親切。她知道這是因爲她不使人害怕；她也知道如果你不使這些人有點怕你，他們是不會尊敬你的。但是她和他們也是保持君子之交。她接受他們的和藹和輕蔑，她讓他們了解用不著劍拔弩張，她和他們是毫無眞正的關係的。

無論什麼事，都不像是眞正地發生過，因爲她幾乎和外界隔絕了。她和克利夫活在他們的理想國裡，在他的著作中過著生活。她款待著客人——家裡常高朋滿座。日子便是如此這般地飛逝而過。

第三章

然而，康妮感覺到有種與日俱增的不安存在，因爲她與外界隔絕，所以不安的感覺便瘋狂似地把她佔據。當她要寧靜時，這種不安便牽動她的四肢，當她要舒適地休息時，這種不安便挺直起她的脊骨，它在她的體內、子宮裡，到處跳動著，直至她覺得非跳進水裡去，用游泳擺脫它不可，這是一種瘋狂的不安。往往使她毫無緣由地狂亂起來——之後，她漸漸地消瘦了。

這種不安，有時會令她狂奔越過林園，拋開了克利夫，在草叢中俯臥著，這樣使她覺得可以擺脫她的家——擺脫她的家人和周遭的一切。樹林是她唯一的安身處，她的避風港。然而，樹林也不是一個眞正避難的地方，因爲她和樹林間也沒有眞正的接觸。這只是她可以暫時擺脫其他一切的一個地方罷了。她從來沒有接觸過樹林本身的精神——假如眞有這種怪誕的說法的話。

她覺得自己好像漸漸地委靡凋謝了；她知道和一切都斷絕了聯繫；她已與實質的、有生命的世界脫離關係。她只有克利夫和他的書，而這些書是沒有生命的……裡面是空無一物的！只是一片片的空虛罷了。她隱約地知道，但是她卻覺得好像拿自己的頭去碰石頭一樣。

父親又提醒她說：「康妮，你爲什麼不找個情人呢？那對妳會有好處的！」

那年冬天，麥克里斯來這兒住了幾天，他是個年輕的愛爾蘭人，他寫的劇本正在美國上演，發過一筆大財。曾有一時，他頗受倫敦時髦社會的熱烈歡迎，因爲他所寫的都是時髦社會的故事。後來，這些時髦社會的人們，才忽然領悟到自己只是被這達布林街的小混混所嘲弄了，於是來一個反擊。麥克里斯的名字遂成爲最下流、最被輕視的字眼了。他們發覺他是反英國的，這一點，是罪大惡極的！自此，倫敦的時髦社會，把他詬罵得體無完膚，把他像一件髒東西似的丟在垃圾桶裡。

可是，麥克里斯卻仍住在貴族的梅惠區裡，而且走過邦德街時，竟然一表堂皇，儼然貴族；因爲只要你有錢，縱令你是個下流的人，最好的裁縫師也不會拒絕你的惠顧的。

這個三十歲的青年，雖然正走霉運，但是克利夫卻毫不猶豫地把他請到勒格貝。麥克里斯大概擁有幾百萬的觀衆；而正當他被時髦社會所遺棄時，居然能被請到勒格貝來當上賓，在感激之餘，毋庸置疑地，他便要幫助克利夫在美國成名起來。不露馬腳的吹噓，是可以使人赫赫顯名的！——不管出的是什麼名——尤其是在美國，克利夫是個具有潛力的作家；而且名聲正在昇起。還有，麥克里斯曾在他一齣劇本裡描寫克利夫偉大的情操，使克利夫成爲大衆的英雄——直至他發覺自己其實是受人嘲弄了的時候爲止。

這是克利夫盲目地沽名釣譽的天性，他渴望使功名浮游於無定的大千世界（其實這世界是他自己陌生而且懼怕的！）這一點使康妮非常驚訝，從她那老而益壯的老父麥爾肯爵士身上，康妮知道藝術家們，有的是用吹牛方法，使自己的「產品」增色的。她父親用的是些老方法，這些方法是皇家畫院的院員們兜售他的作品時所通用的。至於克利夫呢，他則利用各種新的宣傳方法。他把各樣的人請至勒格貝來，他雖不至於奴顏婢膝，但又由於急欲成名，簡直是無所不用其極。

麥克里斯乘著一部漂亮的汽車，帶了一個司機和一個男僕來了。他穿得相當體面！看見了他，克利夫鄉紳的心理便感到一種退縮，麥克里斯與他的外表並不陪襯，更確切的說應是表裡不一的。這點在克利夫看來是毫無疑義了。可是克利夫卻對他很友善；對他驚人的成功表現出無限的羨慕。在半謙卑半傲慢的麥克里斯身邊，成功光芒四射的籠罩著他，使克利夫整個的威嚇住了；因爲他自己也是想把靈魂賣給「成功」的。

不管倫敦最高級區的裁縫師、商人、理髮師、鞋匠，怎麼樣去打扮麥克里斯，他都不像是個英國人。不！不！他很明顯地不是英國人；他的平板而蒼白的臉孔，他的舉止和他的怨念，都不是一個英國人所有的。他的委曲與憤懣；都會在舉止中流露出來，這些是一個眞正的英國紳士所不齒的。可憐的麥克里斯，因爲他受過了冷眼和許多攻擊，所以現在總是處處留神、小心謹愼，有點像狗似的把尾巴藏在兩腿之間。全憑著自己的本能，尤其是他很厚顏的用他的戲劇在社會上替自己打開一條路，直到出了名，他的劇本得到了觀衆的歡心。也以爲受人冷眼和攻擊的日子即將過去了。

唉！誰知道其實並不然……而且似乎永遠不會過去呢！因爲在某種意義上來說，這一切都是他咎由自取的。他渴望得到不屬於他的——在英國的上流社會裡生活。但是上流社會卻冷酷無情的給他以種種攻擊！相對的，他是多麼地痛恨他們哩！

然而，這個達布林街的雜種狗，卻還帶著僕人，乘著漂亮的汽車旅行著。

他有些地方倒是令康妮喜歡的。他並不擺架子，對自己也沒什麼飄飄欲仙的想法。克利夫所要知道的事情，他說的有條有理，又簡潔，又實際，且不誇張或任性。他知道克利夫請他到勒格貝來，是爲了要利用他。因此，他像一個狡猾老練的大腹商賈似的，態度冷靜地讓人盤問種種問題，而他也能從容大方的回答。

「金錢！」他說。「金錢是一種天性！把錢弄到手是一個男子的天賦本能。不論你幹什麼，都是爲了錢，不論你玩什麼把戲，也是爲錢。這是你天性中的一種本能，你一旦開始賺錢了，你便會繼續賺下去！」

「但你得有個開始才行！」克利夫說。

「啊，那是當然的，你得先打開一條通路；一旦有了通路，你就可以暢行無阻了。」

「你除了寫劇本外，還有弄錢的方法嗎？」克利夫問道。

「啊！大概沒有了！不管我是個好作家，還是個壞作家，但我總是一個劇作家，毫無疑問，我除此以外，沒有別的天賦了。」

「你以爲──你一定會成爲一個成功的劇作家嗎？」康妮問道。

「是的，那是一定的！」他突然地回轉頭去向她說。「那是虛無的！成功並不代表什麼，甚至大衆也是多餘的。我的戲劇裡，並沒有什麼特殊之處。沒有！和天氣一樣……是一種不得不這樣的東西……至少目前是如此。」

他似乎沉溺在無底的幻滅中，以遲鈍而微笑的眼睛，轉向康妮望著；使她覺得微微戰慄起來！他的樣子似乎……呈現無限的老態，他似乎像是個由一層一層的幻滅所累積而成的東西，而同時又像個孤零零的小孩子。在某種意義上，他是個被社會唾棄的人；然而，他卻像一隻老鼠似的竭力掙扎地生活著。

「總之，你這樣年紀已經有這種成就，是很了不起了！」克利夫吃味的說。

「我今年三十歲了……是的，三十歲了。」麥克里斯一邊銳敏地說，一邊怪異地笑著，這笑是空洞的，而又帶苦澀的。

「你還獨身嗎？」康妮問道。

「妳是什麼意思？妳是說獨自生活著嗎？而我卻有個僕人。據他自己說，他是希臘人，卻是個什麼也不會做的傢伙。但是我卻留著他。而我呢，我要結婚了。啊！是的，我一定要結婚。」

「你把結婚說得好像你要割掉扁桃腺似的。」康妮笑著說。「難道——結婚是這麼困難的嗎？」

他傾慕地望著她。「是的，查泰萊夫人，那是困難的！我覺得……請妳原諒我說這話……我覺得我不能跟一個英國女子，甚至不能跟一個愛爾蘭女子結婚……」

「那麼就娶一個美國女子吧。」克利夫說。

「啊！美國女子！」他空洞地笑了起來。「不，我曾叫人替我找個土耳其女子，或者一個……一個比較近乎東方的女人。」

這個奇特的、沮喪的、富有的成就者，真使康妮覺得驚訝。這個人據說單在美國方面，就有五萬美金的進款。有時，他是漂亮的：當他向地下或向旁邊注視時，光線照在他的臉上，他像一個象牙雕刻的黑人似的，有著一種沉靜的魅力。他的眼睛有點突出，他的眉毛濃厚而奇異地彎曲著，他的嘴緊緊的抿著；這種暫時顯露的鎮靜，這種超越時空的鎮靜，是彷彿有所追求，而黑人有時自然流露出來的，是帶點古老意味屈於人類血統的東西！是多少世紀以來我們不敢與之個別的抵抗，而屈服於人類命運下的什麼東西。然後，悄悄地浮游而渡，像一隻老鼠在一條黑暗的洞裡一樣。

康妮忽然地對他產生同情起來，她的同情裡有憐憫，也有點煩厭，這種同情差不多接近愛情了，這個受人排擠、受人唾棄的人！人們說他是淺薄無聊！但是克利夫卻比他更有過之而無不及，不但喜歡自作聰明，而且蠢笨得多呢！

麥克里斯很快看出她對他有好感。他那有點浮突的褐色的眼睛，不經意地望著她。他打量著她，考量著她對他的印象到底有多深。他和英國人在一起的時候，是永遠受人漠視的。

甚至有愛情也不管用。可是女子們有時卻會爲他顛倒……是的，包括英國女子們呢！

他很清楚他和克利夫的關係如何。他們倆像是一對異種的狗，原應互相張牙舞爪的，卻因爲情境所迫，便不得不掛著一副笑臉。

早餐是在各人的寢室裡；克利夫通常在午餐以前是不出來的；喝過咖啡後，麥克里斯逐漸地煩躁起來，不知做什麼好。這是十一月裡美麗的日子……在勒格貝，這算是美麗了。他望了望那淒涼的林園。上帝喲！這是一塊什麼地方！

他叫僕人去問查泰萊夫人要他幫忙什麼，因爲他打算乘車到雪菲爾德走走。僕人回來說，查泰萊夫人請他上她的起居室裡坐坐。康妮的起居室是在三樓，這是最高層樓。克利夫的住所，當然是在樓下，他覺得很榮耀的被請到查泰萊夫人的私人客室裡去。他盲目地跟著僕人走……他是從不注意外界的事物，可是在她的小客室裡，他卻無意地望了一眼那些美麗的德國複製的雷諾瓦和塞尙的作品〈註：雷諾瓦和塞尚都是法國近代印象派大畫家〉。

「這房子眞是可愛。」他一邊說，一邊怪異地笑著，露著牙齒，彷彿這微笑會讓他痛苦似的，「居高臨下的，妳眞是聰明啊！」

「可不是嗎？」她說。

她的起居室，是這大廈裡唯一的華麗新式的房子，在勒格貝只有這個地方能夠表現出她的個性。克利夫是從來沒有到過這房子的；而她也很少請人上這兒來。

現在，她和麥克里斯在火爐邊相對坐著談話。她問及他的父母、他的兄弟的事情……以及他自己的事情，康妮聽來覺得有趣而神秘，而當她有了同情的時候，階級的成見便頓然消失了。麥克里斯爽直地談著他自己的事，很誠實地，披露著他的痛苦，冷淡的、喪家犬的心情，然後流露出他成功後的一種報復的高傲。

「但是你怎麼還覺得孤寂呢？」康妮問道。

他微笑著，炯炯有神的褐色眼睛又向她望著。「有的人是這樣的。」他答道，然後以一種熟練的、諷刺的語氣說：「但是，妳自己呢？妳自己不也是孤寂的人嗎？」康妮聽了有點吃驚，沉思了一會兒，答道：「也許有點兒，但和你的孤寂是不同的！」

「我眞的是這麼孤寂嗎？」他一邊問，一邊苦笑，好像他在牙痛似的。好矯情的微笑！他的眼睛裝滿憂鬱、忍痛的、幻滅的和懼怕的神氣。

「但是……」她說，看他的神氣，令她有點喘起氣來。「你的確是孤寂的，不是嗎？」

她覺得他發出了一種急迫的求援，這使她著慌了。

「是的，的確！」他說著，把頭轉了過去，他靜默了起來。受到他冷淡的態度，使康妮不由感到氣餒了。

他舉頭望著她。他似乎看透一切。同時，又像一個在深夜裏哭喊的小孩，從他的內心向她哭喊著，使她的子宮都深深地震盪著。

「妳這樣關心我，妳眞的太好了。」他簡短地說。

「爲什麼我不關心你呢？」

他發出勉強而急速的苦笑。

「啊，那麼……我可以握一下妳的手嗎？」他突然地問道。兩眼催眠似的凝視著她，他這樣懇求，直接撼動了她子宮的深處。

她神魂顚倒地呆望著他，他走了過來，兩手緊緊地握著她的兩腳，他的臉伏在她的膝上，一動也不動，她已完全被迷惑住了，在驚駭中俯望著他的柔嫩的頸背，覺著他的臉孔緊壓著她的大腿。她茫然迷失了，不由得把她的手，溫柔地，憐憫地，放在他的無抵抗的頸背上；他全身戰慄了起來。

然後，他舉起他的頭，用那閃爍的、帶著熱切的懇求的兩眼望著她，她完全不能自主了，她的胸口裡泛流著一種對他回答的無限的慾望；她可以給他一切一切的。

他是個奇特的情人，他不能克制地戰慄著；又同時冷靜地默聽著外界的一切動靜。

而她呢？除了知道自己願委身與他之外，其他都不在乎了。慢慢的，他恢復了冷靜，而且安靜起來了。她憐憫地愛撫著他在她胸前的頭。

當他站起來的時候，他吻著她穿著羔羊皮拖鞋的兩腳，默默地走到房子另一邊，背向著她站著。兩人都靜默了一會兒，然後他轉身向她走回來，她依舊坐在火爐旁的那個老地方。

「現在，我想你要恨我了。」他又溫和、又無奈地說道。

她迅速地仰望著他。

「爲什麼要恨你呢？」她問道。

「女人們多數是這樣的。」他說，然後又修正的說。「我的意思是說……人家都認爲女人是這樣的。」

「我就要恨你，也決不在此刻恨你。」她悻悻然說道。

「我知道！我知道！應該是這樣的！妳對我實在太好了……」他可憐地叫著。

她很奇怪爲什麼他要這樣可憐巴巴的。他向門邊望了一望。

「你不再坐一會兒嗎？」她說。

「克利夫男爵。」他說：「他，他不會？……」

她沉思了片刻，說道：「也許！」然後她抬頭看著他。「我不願意克利夫知道……甚至不願讓他起疑心。那會使他太痛苦了。但我並不以爲那有什麼錯，你說是不是？」

「錯？天呀，決不！妳只是對我太關心了……使我有點受不了罷了，這有什麼錯？」

他轉過身去，她覺得他好像快哭了。

「但是我們可以避免讓克利夫知道吧！是不是？」她懇求著說，「那一定會使他受不了的。假如他永遠不知道，永遠不猜疑，那該有多好。」

「我！」他有點凶暴地說：「我不會讓他知道什麼的！你看吧。我，我會自己去洩露！哈！哈！」想到這個，他不禁自嘲的冷笑起來。她驚異地望著他。他對她說：「我可以吻吻妳的手再走嗎？我想到雪菲爾德走一趟，在那兒午餐，如果妳喜歡的話，午後我將回這裡喝下午茶。我可替妳做些什麼事？我可以確信妳不恨我嗎？——妳不會恨我吧？」他一口氣說完了這話。

「不，我不恨你。」她說，「我覺得你很可愛。」

「啊！」他興奮地對她說，「我聽妳說這句話，比聽妳說愛我更開心！這裡面的含意深沈多了呢……那麼下午再會吧。我現在要做的事情多著呢！」

他謙恭地吻了她的兩手，然後走了。

在午餐的時候，克利夫說：「我看不慣這年輕人。」

「為什麼？」康妮問道。

「他是個虛有其表的傢伙……他時時準備向我們攻擊。」

「我想大家都對他太冷酷了。」康妮說。

「難道妳以為他會幹些什麼好事？」

「我相信他有某種慷慨之心的。」

「對誰慷慨？」

「這點我就不太清楚了。」

「當然妳不知道啊！我恐怕妳把任性妄爲都認爲是慷慨了。」

康妮不做聲。這是眞的嗎？也許。可是麥克里斯的任性，有著某種使她迷惑的力量。他已經飛黃騰達了，而克利夫卻還在原地匍匐。也可以說，他已經把世界征服了，這是克利夫所望塵莫及的。難道麥克里斯的方法和手段，會比克利夫的更卑鄙嗎？難道克利夫的自吹自擂的登龍術，比那可憐無助的人以自力掙扎前進的方法更高明嗎？「成功的女神」後面，跟著成千張嘴裡垂舌的狗兒。那個先得到她的便是狗中的王者！所以麥克里斯可以高舉著他的尾巴的。

奇怪的是，他並沒這樣做。他在午後茶點的時候，拿著一束紫羅蘭和百合花回來，依舊帶著那喪家犬的神氣。康妮有時自問著，他是不是就是拿這種不變的神氣，作爲克敵的一種假面具。他眞是一隻這麼可憐的狗嗎？

他整個晚上堅持那種用以掩藏自己的喪家犬的神氣，雖然克利夫已看穿了這神氣裡面的厚顏無恥。康妮卻看不出來，也許因爲那種厚顏無恥並不是對付女士，而專是用來對付男子和他們的傲慢與專橫。麥克里斯這種無法掩飾的內在的厚顏無恥，便是使男子憎惡他的原因。只要他一出現，那管他裝得多麼斯文，上流人士還是引以爲恥的。

康妮是愛上他了，但是她卻設法抑住眞情，坐在那兒若無其事地刺繡著，讓他們去談話。至於麥克里斯呢，他不露痕跡地；完全和昨晚一樣，憂鬱、專心，而又冷淡，和男女主人像隔幾百萬里似的，只和他們禮尙往來，而不願意獻點殷懃，康妮覺得他一定是忘了早上的事了！但是他並沒有忘掉！他知道他所處的境地……他仍舊是屬於圈外的人，在那些天生被摒棄的人所處的那個地方。這回的戀愛，他毫不在乎。因爲他知道這戀愛是不會把他從一隻無主的狗——從一隻戴著鎖鍊到處受人怒罵的無主狗，變成一隻幸福的上流社會的家犬。

在他的靈魂深處，他的確是反對社會的局外人（他內心裡也承認這個）。雖然他表面穿得那麼入時。他的離群孤立，在他看來，是必要的；正如他表面上是力求從衆，奔走名流門第，也是屬於必要的一樣。

但是，偶然的戀愛一下，藉以調劑身心，也是一件好事，他並不是個忘恩負義的人，反之，他對一切自然、出自內心的愛，是熱切地感激，感激得幾乎流淚的。在他蒼白的、無情地、幻滅的臉孔後面，他的童稚靈魂，對那女人感恩地啜泣著，他焦急地要去親近她；而同時，他的被人摒棄的靈魂，卻告訴自己應該遠遠地躲開她。

當他們在客廳裡點著蠟燭要就寢時，他找到機會對她說：

「我可以找妳去嗎？」

「不，我來找你。」她說。

「啊，好吧！」

等了好久……她終於來了。

他是個容易顫抖和興奮的情人，高潮很快地掀起，一會兒便結束了。他赤裸裸的身體，有一種孩子似的毫無抵抗的東西：他像一個赤裸裸的孩童，他的抵抗力全在於機智和狡猾之中，而在他狡猾的本能收起來時，他則顯得相當單純，更像一個孩子，嫩稚的肉體卻在拚命地掙扎著。

他引起了康妮近乎一種狂野的憐愛和溫情，引發了她瘋狂的渴望的肉慾。但是他並沒有滿足她的肉慾；他的快感來得太快，去得太快，然後他萎縮在她的胸前，他的本能又開始甦醒，而她這時，卻昏昏沉沉地、失望地、麻木地躺在那兒。

不久，她發覺自己緊緊地摟著他，使他留在她裡面，雖然他的快感已經完了。但還堅硬地留在她裡面，一任她動作著……一任她瘋狂地熱烈地搖動著，直至她得到了高潮。當他覺得她瘋狂的極度快感，是由他堅硬的固守中得來的時候，他不禁奇異地覺得自得和滿足。

「啊，實在太美好了！」她戰慄地低語著；她緊貼著他，現在她完全鎮靜下來了。而他呢，卻孤寂地、帶著幾許驕傲的神氣，一動不動地躺在那兒。

他只住了三天，他對克利夫的態度，和第一天晚上一樣；對康妮也是一樣。他的外表沒有任何的改變。

他用著平日那種憂鬱的語調和康妮通信，有時寫得精彩，但總是強調一種奇異的、無性愛的愛情。他覺得對她的愛情是一種無望的愛情，他們之間原來的隔閡是不變的，他心的深處是絕望的，而他也不願有希望。他對希望存著一種懷恨，他在什麼地方讀過這句話：「一個龐大的希望穿過了大地。」他自己添加了一個註解：「這希望把一切有價値的東西都掃蕩無餘了。」

康妮覺得自己並不了解他；但是她愛他。她的心裡對他感到有點失望。她是不能深深地、深深地愛，而不存一絲希望的，而他呢，因爲他沒有希望，所以也決不能深愛。

他們繼續互通書信，偶爾也在倫敦相會。她依舊喜歡在他極度高潮完畢後，去主動得到那種強烈的肉體快感。他也依舊喜歡滿足她。這一點便足以維繫他們之間的關係。

只這一點便足以給她一種微妙的自信，予她一點盲目的驕傲。那是一種對於她自己的力量的機械性的自信，同時，這使她很快活。

她在勒格貝非常地快樂。她用這種種快活和滿意去激勵克利夫！所以，他在這時的作品寫得最好，而且他也迷糊地覺得快活。

其實，他是沾光了。她是從麥克里斯堅挺在她裡面時，用主動去得到性的滿足的果實的。當然他不會了解這個的，要是他知道了，他是決不會感謝的！

然而，當她覺得快活而使人激勵的日子完全過去時，她又變得頹喪而易怒，克利夫是多麼愚蠢啊！要是他知道個中緣由，也許他還願意她和麥克里斯重新相聚呢！

第四章

康妮似乎預測到她和麥克（人們都這樣叫他）的關係，是不會有什麼好結果的。可是她根本不把別的男人看在眼底，她心繫的是克利夫。他需要她的大部分生命，而她也給他。但她也需要一個男子給她大部分的生命，這點是克利夫給不了的，也是無法給的。於是，她斷續地和麥克里斯幽會。但是，她已預知這一切已結束了，和麥克之間是沒什麼東西可以長久的。他的天性會逼他破壞一切，而重新成爲自由的、孤獨的、寂寞的野狗的。在他看來這是極爲重要的，雖然他總是說：她把我丟棄了！

人們以爲世界上是充滿著可能的事。但是在多數的個人經驗上，可能的事卻這樣的少。大海裡有許多好的魚……也許……但是大多數似乎只是些沙丁魚和鮮魚；如果你自己不是沙丁魚或鮮魚；你大概便要覺得在這大海裡，好魚是很少的了。

克利夫的名聲大噪起來，甚至賺著錢了。許多人來勒格貝看他。康妮差不多天天要招呼客人。但是這都是些沙丁魚或鮮魚，偶爾也會來一尾較稀罕的鯰魚或海鰻。

倒有幾個是常來的客人，他們都是克利夫在劍橋大學時的同學。有一個是唐米·督克斯的，他是個服務軍界的人，一個旅長。他說：「軍隊生活使我有餘暇去思想，而且免得我加入生活的爭鬥。」

還有查理·梅，他是愛爾蘭人，他寫些關於星辰的科學著作，還有一位也是作家，名叫韓蒙。他們都和克利夫年紀相若，也是當時的青年知識份子。他們都信仰精神生活。除了精神生活範圍以外的行爲，都是無關重要的。你什麼時候上廁所，誰也不想打聽；這種事除了自己外，誰也不覺得興趣的。

就是日常生活上大部分的事情也是這樣：你怎麼弄錢，你是不是愛你的太太，你有沒有外遇，所有這一切只是你自己的事，和上廁所一樣，對他人一點興味也沒有。

韓蒙身材高瘦，他已有妻室，但他和一個女打字員過從甚密，他說：「性問題的要點，便是裡面並沒有甚麼要點。嚴格地說，那就不是個問題。我們既不關心他人上廁所與否，那麼爲甚麼又要管別人的床笫閒事？問題就在這兒。假如我們把床上的事看成和上廁所一樣，那便沒有甚麼問題了。這完全是毫無意義的事，這僅是把好奇心擺錯位置罷了。」

「說得對，韓蒙，你說得眞對！但是如果有甚麼人跟朱麗亞求愛，你心裡就不舒服，如果他再追求下去，那你便要發作了。」（朱麗亞是韓蒙的妻子。）

「那是當然呀！要是有什麼人在我的客廳裡撒尿，我一定會不高興的。每個東西有每個東西的位置呀！」

「這是說如果有人和朱麗亞躲在壁櫥裡做愛，你就不介意嗎？」

查理．梅的態度是有點曖昧，因爲他和朱麗亞曾有過眉目傳情的事，而給韓蒙嚴峻地破壞了。「那我當然會介意。性愛是我和朱麗亞兩人之間的私事；如果誰想插進來，我會不在乎嗎？」

那清瘦而有雀斑的唐米．督克斯，比起蒼白而肥胖的查理．梅，更具有幾分愛爾蘭人的色彩。他說：「總而言之，韓蒙，你有很強的佔有慾，和很強烈的自負，而且你老想成功。自從我毅然地投身軍界以來，我已經罕與世俗接觸，現在我才知道人們是多麼渴望著成功和出人頭地，我們的個性在這方面發展得多麼過火！當然，像你這樣的人，以爲得到一個女子的幫助就很容易邁向成功，這便是你善於嫉妒的緣故。所以性愛在你看來……是你和朱麗亞之間關係重大的發電機，是應該使你成功的東西。如果你不成功，你便會像失意的查理一樣，開始向女人眉來眼去起來。像你和朱麗亞這種結過婚的人，都在旅客手提箱上貼著一樣的標籤。朱麗亞的標籤上寫的是：『韓蒙太太』，好像一個屬於某人的箱子似的。你的標籤上寫的是：『韓蒙由韓蒙太太轉交』。啊，你是對的！精神生活是需要舒適的家庭和可口的飯菜。你沒有錯！精神生活甚至還需要子孫興旺呢！這一切都以成功與否爲轉移，成功便是一切事情的主軸。」

韓蒙聽了似乎有點生氣。他對自己的心地一向自詡清高而不隨世俗浮沉。雖然這樣，他也確實希望成功。

「那是眞的，你沒有錢便不能生活。」查理．梅說。「你得有相當的錢才能生活下去……沒有了錢，甚至連思想都不能自由，因爲你是不能餓著肚子去想事情的。但是在我看來，在性愛上，你儘可以除去標籤。我們既可以自由地向任何人談話，那爲甚麼我們不能向任何我們所喜歡的女子求愛呢？」

「這是好色的塞爾特人的說法。」克利夫說。

「好色！哼！有甚麼不可以？我不明白爲甚麼跟一個女子睡覺，會比同她跳舞……或談談天氣的好壞，對她而言，會有什麼不好？那只是用感覺來代替思想的交換罷了，又有什麼不可以呢？」

「這是和兔子一樣的隨意苟合！」韓蒙說。

「爲甚麼不可以？兔子有甚麼不對？難道兔子會比那神經病的、革命的、充滿仇恨的人類更壞嗎？」

「問題是我們並不是兔子呀！」韓蒙說。

「不錯！我是有心靈的，我有些關於天文的問題要計算，這問題對我比生死還重要。有時消化不良會妨礙我的工作；飢餓的時候就更厲害了。同樣的，性的飢餓也會妨礙我，怎麼辦呢？」

「我想你是受了性慾過度後的消化不良吧。」韓蒙譏諷地說。

「不是！我不吃過量，也不淫慾過度。這些都是可以控制的。但是飢餓便沒有辦法，你想叫我餓死嗎？」

「一點也不！你可以結婚呀！」

「你怎麼知道我適合結婚？結婚也許不宜於我的精神結構，結婚也許會造成我的精神變成荒謬，我是不適合結婚的……那麼我就應該像和尚似的關在狗籠裡嗎？這太矯枉過正了，我的朋友。我需要生活，和做我的計算，我有時也需要女人，這是天經地義的事，何必標榜或自命清高！反之，如果有個女人，帶著我的名字和住址的標籤，到處亂跑，我又會覺得相當羞恥的。」

因爲和朱麗亞糾葛不清的感情，這兩人各有說詞。

「查理，你這意見倒很有趣。」督克斯說：「性交不過是談話的另一種形式，談話是用文字表白，而性交卻用動作表示罷了。我覺得這是很對的。我以爲我們可以和女人們交換天氣好壞的意見，也儘可以和她們交換性慾的感覺和情緒。性交可以說是男女之間肉體的正當談話。假如你和一個女子沒有共通的意見，你就不可能和她談話；談起來也是索然無味的。同樣的道理，假如你和一個女子沒有共通的情緒或同情，你便不可能跟她睡覺。但是你若有了……」

「你若和她有了共通的情緒或同情時，你便可以和她睡覺了。」查理．梅說。「和她睡去，這是唯一可幹的正經事。同樣的道理，要是你和誰談得投機，你便可以談個痛快，這是唯一可幹的正經事。你何不坦白說？那時你是欲罷不能的！和女人睡覺也是這個道理。」

「不！」韓蒙道。「這話不對。拿你自己來說吧，老梅，你把一半的精力都浪費在女人身上。你固然有才能，但你卻不幹你應幹的事。你的才能在那另一方面用得太多了。」

「也許……不過，親愛的韓蒙，可能是你結過了婚，你的才能卻在這一方面用得太少了。你的心靈也許保持著純潔正直，但卻是乾枯的。在我看來，你那純潔的心靈已乾枯得和木頭一樣。而且愈來愈乾涸了。」

唐米．督克斯不禁大笑起來。

「算了吧，你們兩個！」他說。「你們看我……我才不標榜什麼高尚純潔的心靈，我只記取他人的意見。然而我既不結婚，也不追逐女人。我覺得查理是很對的；要是他想去追逐女人，他有他絕對的自由，我也決不禁止他去追逐。至於韓蒙呢，他是有侵略的天性，因此那筆直的路和狹隘的門，自然是很適合他的了，你們瞧著吧，他不久便要成爲眞正的英國文豪，從頭到腳都是ＡＢＣ的。至於我自己呢，我什麼都說不上。我只喜歡紙上談兵。你有什麼看法，克利夫？你以爲性愛是幫助一個男人步上成功的發電機嗎？」

在這種狀況下，克利夫通常是緘默的。他一向是不當衆演說的；他的思想缺乏力量，他心思太紊亂，也太易衝動了。督克斯的問題使他不安地臉紅起來。

「唔！」他說。「因爲我自己是個『失了戰鬥力的人』！所以，我覺得對這問題，是沒有什麼好說的。」

「不！」督克斯說：「你的上半身的戰鬥力一點也沒有失掉。你的心靈生活是健全的、完整的。所以讓我們聽聽你的意見吧。」

「唔！」克利夫木訥地說。「我沒有什麼意見……我想『結婚吧，不要多說話了。』便是我的意見。但是，我相信，房事對相愛的男女是一件重要的事，這是不可否認的。」

「怎樣重要呢？」督克斯問道。

「啊……那可以增進感情。」克利夫說。這種話題，使他有點不安。

「好，查理和我都相信性交是一種互通聲氣的方法，像說話一樣。要是一個女子開始向我談性的話題，只要時機成熟，我便要把這種談話和她到床上去完成了。不幸的是，沒有女人和我開始談這種話，所以我只好獨自上床去；而我的身體也沒什麼異樣……至少我這樣希望，我怎麼知道呢？無論如何，我沒有什麼天文計算會被妨礙，也沒有什麼不朽的著作要寫，我只是個隱匿在軍隊裡的懶骨頭罷了……」

此時，屋裡忽然沉靜下來了。四個男人都手持著一根煙。康妮坐在那兒，一針一針地做著活兒……是的，她坐在那兒！她得一聲不響地坐在那兒。她得像一隻小耗子似地靜坐在那，不去打擾這些智識淵博的紳士們的「無限重要」的爭論。但她又不得不坐在那兒；沒有她，他們的談話便沒有這麼起勁；他們的意見便不能這樣自由的發揮了。沒有康妮，克利夫便要變成更侷促，更不安，更易煩躁，談話了無生氣。其中唐米．督克斯最爲健談；康妮的在場，使他談興甚濃。她不太喜歡韓蒙，她覺得他是個自私自利的人。至於查理．梅，她雖然覺得他有他的立論，卻也有點討厭他，管他的什麼星象。

多少個晚上，康妮坐在那兒聽這四個人的，或其他一、兩個人的討論！他們的討論從來沒有什麼結果，她也不覺得有多大的煩惱。她喜歡聽他們的心曲，特別是當唐米在座的時候。那是有趣的。他們並不來吻你、觸摸你，但是他們卻把心靈向你全盤托出。那是很新鮮的事。不過他們的心是多麼冷酷啊！

然而有時也有點令她厭煩。他們一提起了麥克里斯的名字，便盛氣凌人地，罵他是雜種的僥倖者，是沒有教養的下流人；但是康妮卻比較尊重他，不論他是不是雜種或下流的人，他卻一直向目的地走去。

康妮並不反對精神生活；並且她還從中得到激勵。但她覺得人們把精神生活的好處說得太過誇張了。她很喜歡在那香菸的煙霧裡，參加這些「密友夜聚」，這是她私下起的名字。她覺得很有趣，而且感到自得，因爲沒有她默默地在座的時候，他們連談話都不起勁。她很尊重思想，而這些人，至少是努力地作純正的思想的溝通。但是無論如何，那兒有個深不可解的神秘；他們漫無目的地談論著，但他們究竟是在談論什麼，她不知道。而麥克也弄不明白。

麥克並不想做些什麼，他只求明哲保身，他實在是反對社會的，這是克利夫和他的密友們都反對他的緣故。克利夫和他的密友們是擁護社會的，他們多少是志在拯救人類，至少是想開導人類的。

星期日晚上，又有個熱絡的聚會，話柄又轉到愛情上。

「讓我們志同道合的心，有愉快而持久的聯繫。」唐米．督克斯說：「我很想知道這聯繫究竟是什麼……此刻把我們結合起來的聯繫，就是我們精神的交觸。除此以外，我們間的聯繫的確太少了。我們一轉身，也許便互相詆毀起來，像所有其他的該死的知識份子一樣，像所有的該死的人一樣，因爲所有的人都會這麼幹。不然的話，我們便把這些互相詆毀的話，用甜言蜜語包裝起來。說也奇怪，精神生活，若不植根於怨恨裡，便像是無法得到舒展似的。這事一向就這樣的！看看蘇格拉底和柏拉圖一類人吧！那種深仇大恨，那種以毀謗他人爲快樂的態度，不論是他們的敵人普羅達高拉斯（protagoras）或是任何人！亞西比德（Alcibiades）和其他所有的狐群狗黨的弟子們都加入作亂！這使我們不得不佩服那靜默地坐在菩提樹下的釋迦牟尼，或那毫無詭譎狡猾的心，而和平地向弟子們說教的耶穌。不，精神生活在基本上就有缺失。它是植根於仇恨與嫉妒之中的。就像你看了葉子便知道樹是什麼一樣的道理。」

「我不相信我們大家都有這樣的仇恨。」克利夫抗議說。

「我親愛的克利夫，想想我們大家互相批評的德性吧！我自己比任何人都糟糕。因爲我寧願那自然而然的仇恨，而不願那虛僞的甜言蜜語；甜言蜜語是一種毒藥。當我開始說克利夫是個好人這一類的恭維話時，那就表示克利夫太可憐了的緣故。天呀，請你們批評我吧！這一來表示你們還看得起我。千萬別說些甜言蜜語，我不愛聽這些話。」

「啊，但是我相信我們彼此是相親相愛的。」韓蒙說。

「我告訴你，我們安得不相愛？……因爲我們在背地裡都說彼此的壞話！我自己便是一個頂壞的人。」

「我相信你把精神生活和批評生活混在一起了。蘇格拉底在批評活動上推動力很大，這點我是和你同感的，但是他的工作並不盡於此。」查理．梅煞有介事地說。

他們這班密友們，表面上假裝謙虛，其實都是自命不凡。他們骨子裡是目空一切，卻要裝出那低聲下氣的神氣。

督克斯不願再談蘇格拉底了。

「的確，批評和學問是兩回事。」韓蒙說。

「當然，那是兩件事。」巴里附和說。

巴里是個褐色頭髮的羞怯青年，他來這兒訪督克斯，晚上便留下來過夜了。

大家都好奇地望著他，彷彿聽見驢子說話似的。

「我並不是討論學問……我是在討論精神生活。」督克斯笑著說：「眞正的學問是從有意識的肉體產生出來的；不但從你的腦裡和精神產生出來，而且也從你的肚裡和生殖器裡產生出來。精神只能分析和解釋。你一讓精神和理智箝制住其他一切時，這兩種東西便只有用來批評了。這是很重要的。我的上帝，我們現在的世界需要批評——致命的批評。所以還是讓我們過著精神生活，而把腐舊的西洋鏡拆穿吧。但是你要注意到這一點：當你過著你的生活時，你多少是參與全生活的機構的一部分。但是你一開始了精神生活後，你就等於把蘋果從樹上摘了下來；你把樹和蘋果的關係——固有的關係截斷了。如果你在生命裡，只有精神生活，那麼你是從樹上掉下來了……你自己就是一個摘下來的蘋果了。這一來，你便自然地仇恨起來，正如一個摘下來的蘋果，放久了以後，一定會腐壞一樣。」

克利夫睜著兩眼；這些話對他是毫無意義的。康妮對自己暗笑著。

「好，那麼我們都是摘下來的蘋果了。」韓蒙有點惱怒地說。

「既是這樣，讓我們把自己釀成蘋果酒吧。」查理說。

「但是你覺得布爾什維克主義怎樣？」那褐色頭髮的巴里問道，彷彿這些討論應該歸結到這上面似的。〈註：布爾什維克，俄國社會民主工黨，一九一七年取得政權。一九五二年十月改稱，蘇聯共產黨。〉

「妙哉！」查理大聲叫道。「你覺得布爾什維克主義怎樣？」

「算了吧！讓我們把布爾什維克主義切成肉醬罷了！」督克斯說。

「我恐怕布爾什維克主義是個大問題。」韓蒙搖著頭鄭重地說。

「在我看來，」查理說，「布爾什維克主義就是對於他們所謂的布爾喬亞的一種極端的仇恨主義，至於布爾喬亞是什麼，卻沒有確實的界說，它便是資本主義，這是界說之一。」

「其次談到個人主義，尤其是個性主義，那也是布爾喬亞的，所以定要剷除。你得淹沒在更偉大的東西下面──在蘇維埃社會主義下面。甚至有機體也是布爾喬亞；所以，最高理想是機械。機械是唯一的、個體的、無機體的東西，由許多不同的，但都是基要的部分組合而成。每個人都是機械的一部分，這機器的推動力是仇恨……對布爾喬亞的仇恨。在我看來，布爾雪什克主義便是這樣。」

「的確！」唐米說：「但是你這一篇話，我覺得也可作爲工業理想的確切寫照。簡言之，那便是工廠主人的理想，不過他定要否認推動力是仇恨罷了。然而推動力的確是仇恨；對於生命本身的仇恨。瞧瞧米德蘭這些地方吧，不是滿處都是仇恨嗎？……但那是精神生活的一部分；那是合乎邏輯的發展。」

「我否認布爾什維克主義是合乎邏輯的，它根本就是反對前提上的大前提的。」韓蒙說道。

「但是，親愛的朋友，它卻不反對物質的前提；純粹的精神主義也不反對這物質的前提……甚至只有這物質的前提它才接受呢！」

「無論如何，布爾什維克主義已經到達事物的絕底了。」查理說。

「絕底！那是無底的底！布爾什維克主義者不久便要有世界上最精銳的、機械設備最佳的軍隊了。」

「但是這種仇恨的狀態是不能持久下去的，那一定要引起反動的……」韓蒙說。

「那，我們已經等候多年了……我們還要再等呢。仇恨是和別的東西一樣日見滋長的。那是我們最深固的天性受了強暴的必然結果；我們強迫我們最深固的感情，去適合某種理想。我們用一種公式推動我們自己，像推動一部機械一樣。邏輯的精神自以爲可以領導一切，而一切卻變成純粹的仇恨了。我們都是布爾什維克主義者，不過我們都是假仁假義的。俄國人是不假仁假義的布爾什維克主義者。」

「但是除了蘇維埃這條路外，還有許多其他的路呀！」韓蒙說。「布爾什維克主義者們實在是不聰明的。」

「當然不，但是如果你想達到某種目的，有時候愚蠢反而是一種聰明的方法。我個人認爲布爾什維克主義是愚蠢的；但是我們西方社會生活也是愚蠢的；甚至我認爲我們標榜的精神生活也是愚蠢的。我們大家都和獃子一樣冷酷，和癡人一樣無情。我們大家都是布爾什維克主義者，不過我們另起一個名稱罷了。我們相信我們是神……像神一樣的人！布爾什維克主義也是這樣。如果我們不想做神，或不想做布爾什維克主義者，我們便得有人性，有心，有生殖器……因爲神和布爾什維克主義者都是一樣的；他們太好了，所以就不眞實了。」

大家正在不滿意地沉默著，巴里突然不安地問道：

「那麼你相信愛情吧！唐米，是不是？」

「可愛的孩子！」唐米說，「不，我的小天使，十之八九我是不相信！愛情在今天也不過是許多愚蠢的把戲之一罷了。那些虛有其表的登徒子們，和那些喜歡爵士舞、屁股小得像領子口般的小妮子們苟合，你說的是這種愛情嗎？還是那種財產共有、夫妻感情甚篤的愛情呢？不！我的好朋友，我一點兒也不相信！」

「但是，你總相信點什麼東西吧？」

「我？啊，理智地說來，我相信要有一顆善心，一條生動的陽具，銳利的智慧，和在一位高尚的婦女面前說『媽的！』〈註：原文shit即「屎」之意〉的勇氣。」

「那麼，這種種你都有了。」巴里說。

唐米．督克斯狂笑起來。「你這個好孩子！要是我眞擁有這種種，那就好了！不，我的心麻木得像馬鈴薯一樣，我的陽具痿垂不振，若要我在我的母親和姑母面前說「媽的！」我寧可乾脆地把這陽具割了……她們都是眞正的高尚婦女，請你注意；而且我實在沒有什麼智慧，我只是個附庸精神生活的人。有智慧，這是多美好的事情！有了智慧，一個人全身的各部分——便或不便說出的各部分，都要活潑起來。陽具對於任何眞正有智慧的人都要抬起頭來；你好？雷諾亞（Renoir）說過，他的畫是用他的陽具畫出來的……的確是的，他的畫多麼美！我也想用我的陽具作些什麼事情。上帝！奈何一個人只能這麼說，這是地獄裡多添了一種酷刑！那是蘇格拉底第一個發起的。」

「但是，世界上也有好女子呢！」康妮終於舉起頭來說。大家聽了都有些怪她……她應該裝聾作啞才是啊！這麼一種談話她竟細細地聽著，那使他們大爲不悅。

「我的上帝！要是她們不跟我好，那生來與我何關？」

「不，那是沒有辦法的。我簡直不能和一個女子共鳴起來。沒有一個女子使我在她面前的時候，覺得我是眞正地需要她的，而我也不打算勉強我自己……上帝，不！我將依然故我地過我的精神生活。這是我所能做的唯一的正經事。我可以和女子們談天，而得到很大的樂趣！你以爲怎樣，我的小朋友？」

「要是一個人能夠保持著這種純潔的生活，那就可以少掉許多麻煩了。」巴里說。

「是的，我們的生活是太單調了！」

第五章

二月的某一個降霜的早晨，克利夫和康妮出去散步，穿過了大花園向樹林裡走去，克利夫駛著他的小自動車，康妮在他旁邊走著。

嚴冷的空氣裡依然帶著硫磺味，但他倆都已習慣這種氣味了。近處的天邊籠罩著一種乳白色的霜和煙灰混成的濛霧，頂上便是一塊小小的藍天；因此，人還是被關禁在一個有限的範圍內。

幾隻小羊在園中乾枯的亂草叢裡喘著，那兒的草窩積著一些帶藍色的霜。一條淺紅色的小路，像一條美麗的帶子似的，蜿蜒地橫過大花園直至樹林門口。克利夫新近才叫人在這小路上，鋪了一層從煤坑邊取來的篩過的沙礫。一些焚燒過而沒有硫磺質的沙礫，在天氣乾燥的時候，呈著鮮明的淺紅的蝦色，在天氣陰濕的時候，便呈現著濃濃的蟹色。現在這條小路是呈著淡淡的蝦色，上面鋪著灰白帶藍的薄霜。康妮很喜歡這條鋪著細沙的玫瑰色路徑。天下事有時是有弊亦有利的。

克利夫小心地從他們的房屋所在的小山丘上，向著斜坡駛了下去。康妮在旁邊用手扶著車子。樹林在他們的面前開展著，最近處是榛樹叢林，稍遠處便是帶紫色的濃密的橡樹林。樹林的邊緣，一些兔子在那兒跳躍或咀嚼著。一隊小烏鴉突然地飛了起來，在那小小的天空裡翱翔而過。

康妮把木柵的門開了，克利夫慢慢地駛了過去，到了一條寬大的馬路。這馬路向著一個斜坡上去，兩旁是修剪得很整齊的榛林。這樹林是從前羅賓漢打獵的大森林的殘餘，而這條馬路是從前橫過這個鄉野的很古老的大道。但是現在，這只是一條私人樹林裡的馬路了。到曼斯菲德的路是往北折轉了。

樹林裡的一切都靜息著；地上乾葉子的背面藏著一層薄霜。一隻怪鳥粗啞地叫道，許多小鳥都在振翼待飛。但是這兒已沒有供人狩獵的野獸，也沒有雉雞了，因為大戰時都給人殺光了，樹林也荒著沒人看管；一直到現在，克利夫才再雇了一個狩獵的人。

克利夫深愛這個森林；他深愛那些老橡樹。他覺得它們經過的許多世代都是屬於他的。他要保護它們。他要使這個地方不為人所侵犯，使它與世界隔絕。

小車子慢慢地駛上了斜坡，在冰凍的泥塊上顛簸著前進。忽然左邊現出一塊空地，那兒只有一叢枯槁了的蕨草，四下雜佈著一些斜傾的細長小樹，幾根鋸斷了的大樹樁，毫無生氣地露著他們的頂和根；還有幾處烏黑的地方，那是樵夫們焚燒樹枝和廢物過後的痕跡。

這是大戰中，佐佛來男爵伐木以供戰壕用的一個地方。在馬路的右邊漸次隆起的圓丘，整個是光濯濯的，怪荒蕪的。圓丘的頂上，從前有的許多橡樹，現在一株也沒了；在那兒，你從樹梢上望過去，可以看見煤礦場的鐵道，和史德門的新工廠。康妮站著遠眺，這兒是與世界隔絕的樹林中的一個開口，從這開口處便可與世界相通。但她並沒告訴克利夫。

這塊光禿禿的地，常常使克利夫覺得非常地忿怒。他曾參與大戰，他知道戰爭是怎麼一回事。但是大戰並沒有使他忿怒，直至他看見了這光濯濯的小山之後，才真正地忿怒起來。他現在正叫人重新植些樹木。不過，這小山使他看了便怨恨他的父親。

小車徐徐地向上前進著，克利夫坐在車裡，呆板地向前面望著。當他們到了最高處時，他把車停住；他不肯向那不平的斜坡冒險下了去。他望著那條馬路，向下降落時，在蕨草和橡樹中間形成了一個開口。這馬路在小山腳下拐彎而隱沒，但是它的迂迴是這樣的美好而自然，令人聯想起往日的騎士們和乘馬的貴婦們在這兒行樂的情形。

「我認爲這兒是眞正的英格蘭的心。」在二月的淡陽下坐著的克利夫，對康妮這樣說。

「是嗎？」康妮說道。她穿著一件藍色的絨線衣裳，坐在路旁的一棵樹樁上。

「是的！這樣老英格蘭的心，我打算保持它的完整無瑕。」

「是啊！」康妮說著，卻聽見了史德門煤礦場發來的十一點鐘的汽笛聲。

克利夫是太習慣於這聲音的了，他一點也沒注意到。

「我要使這個樹林完整……無瑕，誰也不許侵犯它！」克利夫重複道。

克利夫的話裡，帶著某種憤慨悲傷的情緒。這樹林還保持著一點荒野的老英格蘭時代的什麼神秘東西。但是大戰時候佐佛來老爵士的伐木，卻把它損壞了。那些樹林是多麼靜穆，無數的彎曲的樹枝向天上伸，灰色的樹幹，倔強地從棕色的蕨草中直立。鳥雀在這些樹林間飛翔著，多麼安逸！從前，這兒有過鹿，有過弓箭手，也有過騎驢經過的修道士。這地方還沒有被遺忘，還被追憶著呢！

克利夫靜坐著，灰色的陽光照著他那光滑的、近乎金粟色的頭髮，照著他那圓滿紅潤、複雜多變的面孔。

「當我來到這兒時，我比平時更會有種無後的缺憾感。」他說。

「但是這樹林比你的家族還要老呢！」康妮溫和地說。

「的確。」克利夫說。「但這是我們把它保存好的。沒有我們，它們已消滅了，像其餘森林似的早已消滅了。我們定要保存點老英格蘭的東西。」

「一定要嗎？」康妮說。「甚至這老英格蘭不能自力存在，甚至這老英格蘭是反對新英格蘭的，我們也要保存它嗎？我覺得這有點不通情理。」

「要是我們不能保存點老英格蘭的東西，連英格蘭本身都要沒有了。」克利夫說。「我們已有著這塊地，而且我們愛它，那麼我們就一定要保存它。」

兩人憂鬱地靜默了一會兒。

「是的，在一個短時間內！」康妮說。

「在一個短時間內！這是我們僅能做到的。我們只能盡我們的職務。我覺得自從我們有了這塊地以來，我們家族中每個男子都曾在這兒盡過他的職務。一個人可以超越習俗之外，但是傳統慣例是一定要維持的。」

他們又保持緘默了。

「什麼傳統慣例？」康妮問道。

「英格蘭的傳統慣例！便是這個！」

「啊！」她徐徐地說。

「這是不得不有個兒子的原因。一個人不過是一條鏈鎖中的一個環節呀！」他說。

康妮並不喜歡這鏈鎖的話，但是她沒說什麼，她覺得他那種求子的欲望是怪異且不近人情的。「可惜，我們不能有個兒子。」她說。

他的淡藍色的眼睛凝視著她。

「要是你能和另一個男人生個兒子，那也許是件好事。」他說，「要是我們把這孩子在勒格貝養大了，他便要成爲我們的，和這塊地方的。我不太相信什麼父道，要是我們要養他，他便是我們的，而承傳我們，你不覺得這是件值得考慮的事嗎？」

康妮終於抬起眼睛向他望著。孩子，她的孩子，於他不過是件物品似的！

「你說什麼另一個男人？」她問道。

「那有什麼大關係？難道這種事情和我們有什麼很大的影響嗎？……妳在德國時不是有過一個情人嗎？……現在他怎麼了？不是差不多什麼都沒了？我覺得在生命裡，我們所做的那些小動作，和他人發生的那些小關係，並沒什麼大不了的。那一切都要消逝的。而且誰知道那一切消逝到那兒去了？那兒是去年的白雪？……在一個人生命中能持久的東西，這才是重要的東西；我自己的生命，在長久的持續與發展裡，於我是最重要的。但是與人發生偶爾的關係，特別是那偶爾的性愛關係，那有什麼重要呢？這種關係，如果人們不把它可笑地擴大起來，事情便像鳥類交尾似的過去了。事情本來應該這樣，那有什麼重要呢？重要的是終身的結合，重要的是天天的共同生活，並不是那一兩次的苟合。

妳和我，無論發生怎樣的事情，我們總是夫妻，我們彼此習慣著在一塊兒。我覺得習慣比任何偶爾的興奮都重要。我們所憑以生活的，是那長久的、緩慢的、持續的東西，並不是什麼偶然的、瞬息的快感。兩個人在一塊兒，一步一步地達到一致，他們的感覺密切地交合著，結婚的眞諦便是這個，並不是性行爲，尤其不是那簡單的性功能，你和我由結婚而互相聯繫著。命運已經不幸地把我們的肉體關係斬斷了，我們只要能夠維持著結婚的基本觀念，性的問題我想是很容易解決的……不見得會比找牙醫生醫治牙齒更難吧！」

康妮坐在那兒，在一種驚愕和恐懼的情緒中聽著。她不知道他說的是有理還是無理。她愛麥克里斯，至少她自己這樣想。但是她的愛不過是她和克利夫結婚生活中的一種開心的小旅行罷了。她和克利夫的婚姻生活，那便是由多年的苦痛和忍耐所造成的又長又慢的親密的習慣。也許是人類的靈魂是需要一些開心的小旅行的，而且是不可拒絕這個需要的。但是所謂的旅行，那是終究得回家去的。

「我和什麼男人生的孩子，你都不介意嗎？」她問道。

「用得著嗎，康妮？我相信你選擇的本能是高尚的。你決不會讓一個壞男人來接觸你的。」他說。

她想起了麥克里斯！他是克利夫所認為壞男人的那種人。

「但是男人和女人對於壞男人的看法，也許是有些不同的。」她說。

「不見得。」他答道。「妳應該會尊重我，我不相信妳會找個我絕對不會喜歡的男子。妳一定不會那樣做的。」

她靜默著。邏輯謬誤到絕點時是不容人辯答的。

「要是我有了個男子時，你要我告訴你嗎？」她偷偷地向他望了一望。

「一點也不要，我還是不知道的好……不過，偶爾的性行為，和長久的共同的生活比起來，簡直不能並論，這一點妳同意吧，是不是呢？妳相信長久的共同生活，比性生活更重要吧？我們已到了不得不如此的地步，那麼在性慾上只好放縱點，是不是？總之，那些一瞬之間的興奮，有什麼重要關係呢！難道生命的整個問題，不是在日積月累地、慢慢地創造一個完備的人格嗎？不是要生活於一個完備的生活中嗎？一個不完備的生活是沒有意義的。如果缺乏性的滿足，使妳不完備，那麼就找一個對手去。如果沒有兒子，使妳不完備，那麼只要妳能夠，生個兒子吧。不過，做這種事的前提是要以獲得一個完備的生活為目的，要以獲得一個長久而和諧的完備生活為目的，這是妳和我都可以共同去做的……妳說是不是？……我們是能夠，如果我們使自己適應於需要，而同時把這種適應和我們持久的共同生活打成一片。妳以為呢？」

康妮有點感動。她知道他在理論上是對的。但在事實上，當她考慮到和他過著那種持續的生活時……她不禁猶豫了。難道眞是命中注定要她今後的一生，都斷送給這個人嗎？這樣就完結了嗎？

只這樣就完結了嗎？她只好知足地去和他組成一種持續的共同生活，組成一塊布似的，也許偶爾地，在這布上繡上一朵浪漫的花。但是她怎能知道明年她又要如何感覺？誰能知道？誰能說一個年年有效的是「是」字？這個小小的「是」，是一出氣便流出來的！一個人爲什麼要對這輕輕如蝴蝶似的飄飄飛逝，好讓其他的「是」和「不」來代替？

「那我相信你是對的，克利夫。就我所能判斷的說，我同意你。不過，生活也許要完全改變面目的。」

「但是，在生活沒有完全改變面目以前，你是同意的吧？」

「啊，是的！我相信我的確同意。」

忽然她看見一頭棕色的獵犬，從路旁小徑裡跑了出來，向他們望著，舉著嘴輕輕吠著。一個帶著鎗的人，輕快的帶著獵犬，向他們走來，彷彿要向他們攻擊的樣子。不過，他突然站住了，向他們行了一個禮，然後回轉頭向山下走去。這不過是新來的看守人，但他卻把康妮嚇了一跳，他出現得這樣的突然，像是一種驟然的威嚇，從虛無中跑了出來。

這人穿著深綠色絨衣，帶著腳絆（綁腿）……老式的樣子，紅潤的臉孔，紅的髭鬚和冷淡的眼神，他正迅速地向山下走去。

「梅樂士！」克利夫喊著。

那人輕快地回轉了身，迅速地用一種小姿勢行了個軍人禮。

「你可以把我的車子轉過來，再把它推一下嗎？這樣比較好走些。」克利夫說。

那人馬上把鎗掛在肩上，用那種同樣奇異的姿態走了上來，又敏捷又從容，好像他要使自己不給人看見似的。他的身材中等，有點清瘦，抿緊著唇，他看也不看康妮一眼，只望著那車子。

「康妮，這是新來的看守人，叫梅樂士。你還沒有和太太說過話吧，梅樂士？」

「沒有，先生。」他回答得又快又冷淡。

這人脫下他的帽子，露著他那濃密的金粟色頭髮。他用那種充分地、無懼地、淡淡地視線，向康妮的眼裡直望著，好像要看她是怎樣的一個人似的。他使她覺得羞怯。她羞怯地低下了頭，他把帽子放在左手裡，微微地向她鞠了一個躬，像紳士似的。但是，他一句話也沒說。他手裡拿著帽子靜靜地站在那兒。

「你在這兒有些日子了吧，是不是？」康妮問他道。

「八個月了，太太……男爵夫人！」他鎮靜地改了稱呼。

「你喜歡在這兒嗎？」

她望著他的眼睛，他帶著諷刺的，也許是鹵莽的神氣，把眼睛閉了一半。

「啊，是的，謝謝妳，夫人，我是在這兒生長的……」他又輕輕地鞠了一個躬，然後回轉身去，把帽子戴上，走過去推著車子。他的腔調，說到最後幾個字，帶著沉重的拖拉的土音……也許這是由於侮慢吧，因爲他開頭說話時，並不帶一點兒土音的。他差不多可說是個紳士呢。無論如何，他是一個奇異的、靈敏的、孤獨的人，雖然孤獨，卻很有自信心。

克利夫把車子開動了，那人小心地把車子移轉過來，使它面向著那漸次地向著幽暗的榛林下去的山坡。「還有什麼事嗎，克利夫男爵？」他問道。

「是的，你還是跟著我們走過去，萬一車子要走不動了的話，這機器上山實在是不夠力氣的。」那人的眼睛關心地探望著他的獵犬，獵犬望著他微微地搖搖尾巴。一種輕輕地微笑，嘲諷的或戲弄的、但是和藹的微笑，顯現在那人的眼裡，一會兒，便又消失了，變得毫無表情了。他們走下山坡，車子走得有點快，那人扶著車背，使他安穩地前進。他的神氣，與其說是僕役，不如說是個自由的鬥士。他的某些地方，使康妮想起了唐米．督克斯。

當他們來到樹叢林時，康妮突然跑到前頭去把園門打開了。康妮扶著那扇打開的門，兩個男子經過時都向她望著，克利夫帶著非難的神氣，另一個帶著一種冷靜的驚異的樣子，似乎想看透她是個什麼樣的人，她看見他的藍色平淡的眼睛裡，帶著一種痛苦超脫的神情，可這眼睛裡，尚有著一種什麼熱力。但是，他爲什麼這樣的孤高、這樣的遠隔呢？

當他們經過園門後，克利夫把車子停住了；那個人趕忙跑回去，溫雅地把園門關好。

「妳爲什麼這樣忙著去開門呢？這種事梅樂士會做的啊！」克利夫問著，他的鎭靜冷然的聲音，表示著他是不高興的。

「我想這樣你可以一直開進去，不必停著等呀！」康妮說。

「那妳爲什麼要用跑的過來呢！」克利夫問道。

「啊！我有時倒喜歡跑一跑呢！」

梅樂士回來重新扶著車子，好像什麼都沒有聽見的樣子，可是，康妮卻覺得他很注意這一切。當他在林園裡推著車子上那有點峻峭的山丘時，他嘴唇張著，呼吸有點急促了起來。他並不怎樣強壯啊。雖然他是奇異地充滿著生氣，但是卻又有點脆弱和乾涸，她憑著女人的直覺感覺到這些。康妮跟在後面，讓車子繼續前行。天色變成灰暗了，霧環繞著的那塊小青天合攏了，好像蓋上了蓋子似的，這時天氣嚴冷起來，雪就快要下了。一切都是灰色，全是灰色！世界好像陡的衰憊了。

車子在那淺紅色的小路盡頭等著。克利夫回轉頭來看康妮來了沒有。
「累不累?」他問道。
「啊,不!」她說。
但是,她實在是累了。一種奇異的、疲乏的感覺,一種渴慕著什麼、不滿著什麼的情緒充塞著她,克利夫並沒有注意到;這種事情不是他所能覺察的。但是那個陌生人卻能洞悉。康妮覺得在她的環境裡和她的生命裡,一切都好像衰頹了,她覺得不滿的心情,比那些小丘還要古老得多。
他們到了屋前,車子繞到後門去,那兒沒有階沿的。好不容易克利夫從那小車裡把自己投到家裡用的輪椅裡。他的兩臂是又敏捷又有力的。然後康妮把他那沉重的兩條死的腿,搬了過去。那看守人,一邊等待著主人的辭退,一邊端詳地、無遺地注視著一切。當他看見康妮把克利夫的兩條死腿抱起來放到輪椅裡去時,他恐懼得臉色蒼白起來。他驚駭住了。
「梅樂士,謝謝你的幫忙。」克利夫漠然地說。說著把椅子向走廊裡轉去。
「沒有別的事情了嗎,先生?」那平淡的、像在做夢的聲音說道。
「沒有了,你走吧!」
「是的,先生。」
「謝謝你把車子推上山來……我想你不覺得太重吧!」康妮望著門外的那個人說道。
他的眼睛立刻和她的相遇著,好像如夢乍醒般。他的心裡已有了她。
「啊,不,不重!」他迅速地回答著。然後,他的聲音又帶了那沉重的土腔說:「夫人,再見!」
午餐的時候,康妮問道:「你的看守人是誰?」

「梅樂士！妳已經看見過了的。」克利夫說。

「是的，但是他是從那裡來的？」

「我也不清楚。是達哇斯的本地人……一個礦工的兒子，我相信。」

「他自己也曾做過礦工嗎？」

「做過礦場的鐵匠，也許他做過鐵匠的工頭。在大戰前……在他沒有去從軍前，他曾在這兒當過兩年看守人。我的父親很看得起他。所以，當他回來要在礦場裡再當鐵匠時，我就叫他到這兒來。我實在很喜歡——很喜歡得到他……在這兒要找一個好的看守人，並不是那麼容易的……我非要一個熟悉附近的人不可的。」

「他結了婚沒有？」

「他曾結過婚。不過，他的女人跟了幾個不同的男子……最後是跟了一個史德門的礦工走了。我相信現在她還在史德門那邊吧。」

「那麼他現在是單身一個人了？」

「差不多！他有個母親住在村裡……我想他還有一個孩子。」

克利夫用他那無光彩的、稍微突出的藍眼望著她，這眼睛，顯現某種曖昧的東西。在外表上看來，他好像是精明活潑的，但是在背後，他便同米德蘭一帶的氣氛似的，迷霧沉沉。這煙霧好像蔓延起來。所以當他用那奇特的神情注視著康妮，一邊簡明地回答著她的問話時，她覺得克利夫的心靈背後，似乎給煙霧和虛無充滿了。這使她害怕起來。這種神氣，使他幾乎失掉了人心，而差不多成了一個白癡了。

模糊中，她感悟了人類靈魂的一條偉大的法則；那便是當一個人受了創傷的打擊，而肉體沒有被擊死的時候，靈魂便好像和肉體一樣痊癒起來。但這只限於外表罷了。那實在不過是習慣恢復過來的一種機制作用，慢慢地、慢慢地，靈魂的創傷開始顯露，好像一個傷痕，剛開始時是輕微的，但是慢慢地它的痛楚加重起來，直至把靈魂的全部充盈了。正當我們相信自己是痊癒了，而且把它忘記了的時候，那可怕的反應才最難忍受地被人覺察出來。

克利夫正處在這種情境中。當他覺得痊癒，回到勒格貝時，他寫著小說，相信著無論怎樣他的生命是安全了。他好像把過去不幸的遭遇忘記了，而精神的均衡也恢復了。但是現在，一年一年地過去了，漸漸地，康妮覺得那驚懼的創傷又死灰復燃，把他佈滿了。好一陣子，那創傷是深伏著，好像沒有那回事似的不被人覺察著，現在這創傷，徐徐地在悸動著，並且展開來了，竟使人感覺癱瘓。精神上，他仍然是安全的；但是那癱瘓……那太大的打擊過後的創傷——漸漸地又植在他的感覺之中了。

雖然那創傷是在他身上復甦，康妮卻覺得已蔓延到她身上來了。一種包含所有事物在內的恐懼、空虛、冷淡，已一步一步的闖進她的靈魂裡了。當克利夫好的時候，他還能興致勃勃地談論，或可以說是，他還能支配將來；譬如，在樹林裡時，他還對她說著要有個孩子，給勒格貝一個繼承人。但是第二天，這一切漂亮話只像是些枯死的葉子，粉碎成灰，毫無意義，宛如一陣風便給吹散了。這些話並不是眞有生命所灌注青春力量的翠綠葉子，它們只是毫無目的的生命中的一叢落葉。

她覺得一切都是無目的的，達哇斯的礦工又說著要罷工了。而康妮覺得那也不是力量的表現，那不過是大戰過後留下的一個創傷，隱伏了些時日後，慢慢浮現出來，而產生了這種不安的痛苦，和不滿現狀的恐怖，那虛偽且不人道的大戰所留下的創傷，實在是太深了……那一定要好些時日，才能使後代人的活血，去把深藏在他們的靈肉裡面的無限的創傷的黑血塊溶解掉。那要有一個新希望才行。

可憐的康妮！歲月悠悠地過去，她在生命的空虛之前戰慄著。克利夫和她自己的精神生活，漸漸地覺得變爲空虛了，他們的結婚生活，克利夫所常說的那種基於親密習慣的完備生活，有些日子竟成爲完全地空洞、純粹地虛發了。那是些漂亮的言詞——只不過是些漂亮的言詞罷了。在這虛僞的言詞裡面，唯一的眞實，便是「空虛」。

克利夫事業上是成功了，他幾乎是成名了，他的書一年可以賺一千鎊，他的相片隨處都是，在一個畫展裡，有一幅他的半身像，還有其他兩處畫展，也陳列了他的肖像。他的作品，似乎是最入時的東西。憑他的宣傳本能，那殘廢者的奇異的本能，在四、五年之間，他已成爲青年「知識界」中最出名的一個了。康妮不太清楚究竟他的才智在那裡。的確，克利夫幽默地對於人的分析與動機做了研究，最後又把一切弄成碎片，在這一點上，他的技巧是很出色的。但是那有些像小狗的戲謔，把沙發上的墊枕撕個破碎，不同的是克利夫缺少那份天眞，那種戲謔只是奇異地老成持重，和固執地誇張自大罷了。那是悖異的、空虛的。這便是康妮心靈深處所反覆察覺的；那一切都是空虛，一個空虛得令人驚異的炫耀。然而，那終是一個炫耀！一個炫耀啊！

麥克里斯把克利夫拿來做一個劇本的中心人物；劇情擬好了，第一幕也已經寫完了。因爲麥克里斯對於空虛的炫耀，比克利夫更高明。他們這群人所有的熱情只剩下這個——炫耀的熱情。在性慾上，他們是沒有熱情的，甚至是死的。現在，麥克里斯所擁有的欲望，已不是金錢了。克利夫呢，他從來就沒有把金錢看得重要；但是他能夠弄錢時還是不會放鬆，因爲金錢是成功的象徵。成功，這便是他們所有的欲望，他倆都想美麗的炫耀；凡是一個人所能做到的自我炫耀全部都表現出來，以博取大眾的歡心。

康妮毅然地跳出了成功女神化身的圈套後，她驚愕得感到麻木了，這一切只是空虛。雖然那些男人都賣身給成功的女神。不過，這一切還是虛無的。

麥克里斯寫信把劇本的事告訴克利夫。當然這事康妮早已知道了。克利夫高興得很。他又要活在掌聲中了，而這一次，卻是由別人把他捧出來的。他請麥克里斯把寫好的第一幕帶到勒格貝來。

麥克里斯來了，那是夏天，他穿著一套灰白色的衣服，戴著白麂皮的手套；他帶了些可愛的淡紫羅蘭給康妮。第一幕的劇本寫得很成功。甚至康妮也迷醉了。麥克里斯呢，他也興奮極了——爲了他自己有這樣迷醉人的能力；在康妮的眼裡，他這時眞是卓絕非凡，而且十分帥氣。她從他身上，看出一種不再迷於幻象的人類之古老的窒息情態，一種極端的不純潔，而這不純潔到了極端，也許可說是純潔的。從他的至高無上的賣身於女神看來，他似乎是很純潔的，純潔得像非洲的象牙面具似的，那象牙面具上的陰處和陽處的不純潔，都給夢幻變爲純潔了。

當查泰萊夫婦神迷驚嘆的時候，這是麥克里斯生命中最可貴的片刻，他已經成功了；他使他們臣服了。甚至克利夫一時間也鍾情於他了……如果我們可以這樣說的話。

第二天早上，麥克里斯顯得比以往更不安；焦躁著，自抑著，兩隻不安的手插在褲袋裡。康妮在夜間沒有去找他，而他又不知道到那間屋子去找她，正値他在衝動的時候，這種撩人的風情可眞叫人受不了呢！

早上，他跑到樓上她的起居室裡去。她早知道他要來的。她看出了他的不安。他問她對於那幕戲劇的意見……是否覺得好？他需要受人讚美，那可以給他一種微妙熱情的顫抖比性慾之高潮滿足時的顫抖更甚。她表面上用心地稱讚著劇本，在內心中，她卻覺得那劇本無聊極了。

「喂！」最後，他突然說道。「你和我爲什麼不乾脆把事情公開做呢？爲什麼我們不結婚呢？」

「但是，我已經結婚了。」她雖有點驚愕，但並不特別感到什麼。

「那有什麼關係！妳可以和他離婚的，你和我爲什麼不結婚呢？我是認眞的。我知道這對我是最好的事……結婚而過著正常的生活。我現在過的是非人的生活，這種生活簡直把我的精神和肉體都撕毀了。你看，你和我，眞是天生的一對……好像手和手套一樣。我們爲什麼不結婚呢？妳有什麼不能結婚的理由呢？」

康妮望著他，驚愕著，但她還是沒什麼感覺。這些男子都是一個樣兒，他們總是不顧一切的。他們像火箭似的向天上衝，而希望你跟著他們一同上天去。

「但我已是有夫之婦了。」她說。「你知道我是不能丟棄克利夫的。」

「爲什麼不能？爲什麼不能呢？」他嚷嚷地叫道：「只要過了半年，他便忘記了。除了他自己的存在以外，別人的存在於他是無關緊要的，據我所知，妳於他是無用的；他只想著他自己。」

康妮覺得這話很眞切。但是，她也同時覺得麥克不過是個自私自利的人罷了。

「難道所有的男子不都只是想著他們自己嗎？」她問道。

「是的，多少是的，我承認。一個人不得不如此以達到他的目的。不過，問題並不在這裡。問題是一個男人所能給與女人的是什麼；他能否使她快樂？要是他不能的話，他對這女人便沒有權利……」他停著，用他那近乎催眠的、褐色的眼睛望著她，「我，我認爲我能夠給一個女人她所要求的一切幸福，我可以保證這個。」

「什麼樣的幸福呢？」康妮問著。她總是以那種像是熱情、其實是空無感覺的訝異態度望著他。

「各式各樣的幸福和快樂！衣裳、珠寶，無論那個夜總會，只要你願意去，無論那個人，只要你願意認識，所有的時髦東西……旅行，和到處受人尊重。……總之，各式各樣的幸福和快樂。」

他揚揚得意地說，康妮望著他，像是被迷惑著，而實際上，她還是不為所動。所有這些冠冕堂皇的理由，連她心靈的表面都不為感動。在此以前，或許她聽了麥克這番話，是會很興奮的！可是，現在卻一點感覺也沒有。她簡直沒有任何知覺，她不能「動」了。她只是端坐著，像是被迷惑著，一點也不動容；她聞到了什麼地方有一種成功女神的臭味罷了！

麥克如坐針氈似的，在椅子裡身體向前傾著，用一種歇斯底里的神氣向她注視著。他究竟是由於虛榮心而希望著她說「是」呢，還是驚悸於她眞的會承諾下來？誰能知道？

「我得想一想，」她說：「現在我能回答你的是，你可把克利夫看得不算什麼，但是我對他卻是必要的。如果你想一想他是多麼需要我……」

「老天！如果要說一個人需要什麼的，我也可以說，我是多麼孤寂空虛啊！一向就是無助的我需要跳出這套公式啊！老天！如果一個人什麼東西都沒有，只有拿自己的無能去乞人憐愛……」

他轉過身去，兩隻手憤怒地在褲袋裡亂動。

那天晚上他對她說：「今夜你到我的房裡來好嗎？我不知道妳的臥室在那裡。」

那天晚上，他奇異的、像孩子似的、脆弱的裸體，比一向更顯得他是一個興奮的情人。

在他還沒有完畢以前，康妮覺得她簡直不能得到終極的快感。他的裸體和他孩子似的軟嫩，引起了她熾熱的情慾。他完畢了以後，她在一種狂野的騷動中，搖擺起伏著她的腰部繼續下去，而他呢，用著毅力和犧牲的精神，英武地挺著在她的裡面，直等到帶著奇異細微的呼喊，而得到了她的最高度的快感的時候。

最後，當他從那兒抽出來時，他用一種痛苦、幾乎是嘲諷的細聲說道：「妳難道不能和男子一起完畢嗎？難道妳一定要在自己痛快的時刻，自己幹那回事嗎？」

這短短幾句話，是她有生以來少有過的打擊。

「你這話是什麼意思？」她說。

「妳知道是什麼意思。我完畢了以後妳還是繼續著，儘是繼續著……我不得不倒懸在那兒，咬緊牙關直等到妳那股勁兒幹完了，才能罷休！」

正當她給一種不能言語形容的快樂燃燒著，正當她滋生著一種對他的愛情的這個節骨眼上，這種粗野的話，意外地把她嚇呆了。畢竟他也是像許多現代的男子們一樣，抽送沒幾下子就完畢了。因此，使女人不得不採取「自立救濟」的方式，來滿足自己。

「然而，你不希望我繼續幹下去，而後得到滿足嗎？」她說。

他陰陰沉沉地笑著說：「我願意！妳眞好！妳以為我願意停憩在那兒，咬緊牙關，等妳向我衝撞？」

「你不願意嗎？」她堅持著說。

他迴避著這問題，「所有的女人都一樣！」他說：「她們要麼就是沒高潮，彷彿在那方面是木頭……要麼就等男人筋疲力盡後，她們才開始使自己達到高潮，男人必須支持下去……我還沒有碰過一個與我同時抵達高潮的女人。」

這種關於男性的新奇知識，康妮只聽著一半，她被他那種殘酷的感情，和他那種不可思議的粗野嚇呆了。她覺得自己眞是無辜。

「但是，你願意我也得到高潮吧？」她重複地說。

「啊，算了！我是很願意的。但是一動不動地懸在那裡，等著女人拼命去享受，那可一點也不好玩呀！……」

這話是康妮有生以來所受到的最殘酷的打擊。她心裡的什麼東西被毀滅了。她並不十分喜歡麥克；在她沒有做這事以前，她並不想要他，她好像是爲了這一回事，而得到了滿足，而爲了這個，那晚上她差不多愛上他了，而且還想和他結婚呢。

也許他本能也知道這個，所以他才那樣的粗野，而把一切的海市蜃樓全都破壞了。所有她要他的性愛，以至對任何男子的性愛，在那晚上都崩毀了。她的生命和他的生命完全地分開了。好像他這個人是從來沒有存在過似的。

她繼續度著她毫無生氣的日子。現在什麼也沒有了，她徒具克利夫所謂完備生活的空殼子，那種兩個人彼此習慣著在同一個屋頂下面的漫漫長日的共同生涯。

空虛！接受這生命的龐大空虛，好像便是生活的唯一目的了。所有那些忙碌的和重要的瑣事，都構成了空虛的整體！

第六章

「爲什麼我們現在的男人和女人都不眞正地相愛了？」康妮問著唐米．督克斯，他多少像是她的問道鮮惑之師。

「啊，誰說他們不相愛？我相信自人類被創造以來，男女之愛，沒有更甚於今日的了；他們是眞心相愛的。拿我自己來說……我實在覺得女人比男人更可愛；她們的勇氣比男人還大，我們可以更開誠布公地對待她們。」

「呵，是的！但是你從來就還沒和她們有過什麼關係喲！」

「我？那麼我此刻正做著什麼？我不是正和一位女人在誠懇地談話嗎？」

「是的，談話……」

「假如妳是一個男子，妳想，除了和妳誠懇交談外，我還能和妳怎樣？」

「也許不能怎樣。但是一個女人……」

「一個女人要你去喜歡她，和她談話；而同時，又要你去愛她，追求她。我覺得這兩件事是不能同時並行的。」

「但是，這兩件事應該可以並行才是啊！」

「無疑地，水不應該這樣濕才是哦；水未免太濕了。但是就是這樣濕的；我喜歡跟女人談話，所以我能不愛她們，不追求她們。在我來說，這兩件事是不能同時發生的。」

「我覺得，這兩件事是應該可以同時發生的。」

「好吧！事情本來就是這樣，若定要說事非如此，這我可沒有法子。」

康妮默默地想著。

「這不見得是眞的。」她說。「男人是可以愛女人，並且和她們談話的，我不明白男人怎麼能夠愛她們，而不和她們談話，不和她們親熱，他們怎麼能夠？」

「唔，這個我可不知道。」他說。「爲什麼要一概而論呢？我只知道我自己是這樣。我喜歡女人，但是我不追求她們，我喜歡和她們談話、和她們很親密，但是，我一點也不想和她們接吻。我就是這樣！但不要拿我當一般的例子，也許我是一個特殊的例子。我是一個喜歡女人、但不愛女人的男子之一，如果，她們要逼我裝模作樣地講愛情，或做出如膠似漆的模樣，我還要恨她們呢！」

「但是，那不會使你覺得悲哀嗎？」

「爲什麼要悲哀？一點也不！當我看見查理．梅和其他許多與女人有關係的男子時……不，我一點也不羨慕他們！如果命運送給我一個我能愛而追求的女人，那好極了。但是我從來就沒有碰到過這樣的女人……我想，我是冷漠的；但有些女人卻是我非常喜歡的。」

「你喜歡我嗎？」

「很喜歡！而妳可以看出我們根本沒有接吻的問題的，不是嗎？」

「不錯！」康妮說。「但是也許我們之間應該要有這問題吧？」

「爲什麼？請問，我喜歡克利夫，但假如我走去抱吻他，妳會作何感想？」

「但這其間是有所差別的！」

「不同的地方在那裡？拿我們都是有智慧的人類，男女關係暫時擺著，擺到一邊去。如果我突然在此刻玩起男性的把戲，向妳顯示出好色的慾念，妳會覺得怎樣？」

「那我一定會感到很可恨！」

「你瞧！我告訴妳，如果我眞是個有個性的男人，我是永不會遇著一個和我相投的女人的。可是，我並不芥蒂於心。我喜歡女人，那就結了。誰還會逼我愛她們或假裝愛她們，而玩性的把戲呢？」

「我並不會。但是這其中恐怕有些誤會的地方吧！」

「妳或許會這樣覺得，我卻不。」

「是的，我覺得男女之間，假如有什麼不對勁，女人對男人就再也沒有魔力了。」

「男人對女人呢，有沒有？」

她考慮了問題的那一面，「不會有的。」她誠實地答道。

「那好，我們不要再說這個了。只要我們彼此作有分寸的交往便行了，至於那不自然的談情說愛，我是絕對拒絕的！」

康妮知道他是對的。但是他這番話，使她覺得毫無主見，顯得相當迷惘；她覺得自己好像一枝草梗似的迷失在一個荒涼的沼澤上，她的和一切事物的「要點」在那裡呢？

那是她的青春在反叛了。這些男子彷彿都是這樣的老，這樣的冷淡。麥克里斯是這樣的令人失望；他是毫無用處的。男子們都不需要妳；他們實在不需要一個女人；甚至連麥克里斯也不需要。

而那些壞蛋們，假裝著他們需要女人，而玩著愛的遊戲，這種人比一切更壞。多麼悲慘啊！可是一個人卻不得不忍痛遷就。

那是眞的；男人對於女人，已沒有眞正的魔力了，假如你能瞞著你自己去幻想著他們還有魔力，正和康妮瞞著她自己去幻想著麥克里斯還有魔力一樣，那是最好的一件事。同時你只是敷衍著生活下去；那是毫無意義的。她很明白人們爲什麼要有醇酒宴會、爵士音樂，和卻爾斯登舞……這些宴會像浸過藥的東西。原來你得讓青春沉醉，否則青春會把你呑掉。但是，多麼可憎，這青春！你覺得像麥修撒拉一樣地老，〈註：麥修撒拉（Methuselah）係聖經中人物，相傳年高至九百六十九歲。〉而這青春卻沸騰著，使你坐寢難安。多麼卑賤的一種生活！又毫無希望！她幾乎懊悔沒有跟麥克去，而把她的生活變成一個不赦的醇酒宴會，一個爵士音樂的長夜。無論如何，這總比打著呵欠等死好吧！

在一個她覺得不愉快的早晨，她一個人到樹林裡去散步，沉鬱地走著，漫不經心的，甚至不知道她自己身在何處。不遠處的一響鎗聲，嚇了她一跳，而激起了她的怒氣。

她向前走著，她聽見了些聲音，使她有點退縮。似乎有人在這兒呢！她是不願意遇著什麼人的。但是她靈敏的耳朵聽見了另一種聲響，她驚悸著。原來是個孩子的哭聲，她再聽著——什麼人在罵孩子。她迅速地向那濕路上走下去，陰鬱的感情和怒氣充滿著她，她覺得已準備好要去向誰發脾氣了。

轉了個彎，她看見了兩個人在妳前面的路上；看守人和一個穿著紫色外套、帶著鼠皮帽的女孩，那女孩正在哭著。

「喂，不要哭，你這小鬼！」那人怒聲道。

孩子哭得更厲害了。康妮走上前去，眼睛發著光。那人回轉身來望著她，冷淡地行了一個禮，他的臉正氣得發白。

「什麼事？她在哭什麼？」康妮問道，盛氣凌人，但有點喘不過氣來。

一個輕輕的微笑，好像嘲弄人似的，顯現在那人的臉上。「妳何不去問她！」他用他沉濁的土腔冷淡的答道。

康妮覺得好像被他在臉上打了一下似的；氣得臉色都變了。她倨傲地望著他，她那深藍色的眼睛隱含怒意。「我是問你。」她喘著氣說。

他舉著帽子向他行了個奇特的鞠躬——「是，男爵夫人！」他說，然後他又帶著土腔說：「但是我不能告訴妳。」他又變成了一個兵士似的，不可捉摸的態度，令人為之扼腕。

康妮轉過身到孩子那邊去。這是一個九歲或十歲的女孩，紅通通的臉，黑頭髮——「什麼事呀，親愛的？告訴我妳哭什麼？」康妮在這種情況下，用著相當和藹的口氣說道。孩子則故意嗚咽得更厲害了。康妮更溫柔地對待她。

「好了，好了，不要再哭了！告訴我是不是有人欺負妳了？……」聲音中帶著無限的溫柔。同時她在絨繩編織的短衣袋裡摸著，恰好找到了一個六辨士。

「不要哭了！」她向孩子彎著身說，「妳看，我給妳什麼東西？」

嗚咽著，吸著鼻涕，那掩著哭腫了的臉的一隻手掌移開了，一雙靈活的黑色眼睛向六辨士瞥了一瞥。她還是嗚咽著，但是聲音輕多了。——「好，告訴我什麼事，告訴我！」康妮說著把錢放在孩子的小手裡，這隻小手把錢接著。

「那是——那是……為了貓貓！」

嗚咽減低了，依然抽搐著。「什麼貓貓，親愛的？」

等了一會，那握著六辨士的小手，羞縮地伸了出來，指著一叢荊棘。

「在那兒！」

康妮望著那兒，不錯，她看見了一隻大黑貓，身上染著血，猙獰地躺在那兒。

「啊！」她憎惡地叫道。

「這是一隻野貓，夫人。」那人嘲諷地說。

她怒視了他一眼。「……怪不得這孩子哭了。」她說。「原來你當著她的面把貓打死，怪不得她要哭了！」

他望著康妮，唐突地，傲慢地，一點也不隱藏著他的感覺。康妮的臉色變紅了；她覺得她剛才發了他的脾氣，這個人並不尊敬她了。

「你叫什麼名字？」她和氣地向孩子問道。「你肯告訴我你的名字嗎？」

孩子吸著鼻涕，然後用一種矯揉造作的尖聲說：「達妮．梅樂士！」

「達妮．梅樂士！啊！這是個美麗的名字呢！妳是和爸爸一同出來的嗎？他向那貓貓開鎗是嗎？但那是一隻壞貓貓呀！」

孩子用她那勇敢的黑眼睛望著她、探究著她，打量著康妮這個人和她的憐愛態度。

「我本來要跟祖母留在家裡的。」女孩說。

「是嗎？但是妳的祖母在那兒？」

孩子舉起手臂，向馬路下邊指著：「在村舍裡。」

「在村舍裡？你要回到她那裡去嗎？」

想起了剛才的哭泣，她突然發抖抽噎起來。「是的，我要去！」

「那麼來吧！我帶妳去好嗎？把妳帶到祖母那裡去好嗎？這樣妳爸爸便可以做他所要做的事情了。」她轉過臉去向那人說道：「這是妳的女孩，是不是？」

他行了個禮，輕輕點了點頭。

「我想我可以帶她到村舍裡去吧？」康妮問道。

「如果夫人願意的話。」

他重新望著她，用他那種冷靜的、探究的、不在乎的眼光望著她，這是一個很孤獨的人，只管著他自己事的人。

「你喜歡同我到村舍裡，到妳祖母那裡去嗎，親愛的？」那孩子又用著那尖銳的聲音，嬌媚地說：「是的！」

康妮並不喜歡她，這個嬌養壞了的陰險的小女孩。但是她卻替她揩了臉，拉著她的手走了。看守人行了個禮，不說什麼。

「再見！」康妮說。

到村舍裡差不多有一哩的路。還沒有到那看守人的富有風趣的村舍以前，康妮已經覺得很厭煩那女孩子了。那孩子像猴子似的狡猾，而且是這樣的坦然自己的行爲。

村舍的門開著，聽得到裡面的聲響。康妮猶豫著，孩子撒開了手，向屋裡跑去。

「奶奶！奶奶！」

「怎麼，妳已經回來了！」

祖母把火爐用黑了，那是星期六的早晨。她穿著粗布的圍裙，手裡拿著一個黑刷子，鼻子上染著黑灰，走到門邊來。她是個乾枯的老婦人。

「啊，什麼事嗎？」她叫道。當她看見了康妮在門口站著，急忙地用手臂擦著臉。

「您好！」康妮說。「她哭了，所以我把她帶回來。」

老婦人迅速地瞥了一瞥小女孩。

「但是，妳爸爸在那兒？」

女孩牽著她祖母的圍裙，癡笑著。

「他在那邊。」康妮說；「他打死了一隻野貓，把小孩嚇慌了。」

「呵，眞不應該這樣麻煩妳的，查泰萊夫人，妳太好了，但是眞不應該這樣麻煩妳的。」——她回過頭去向著孩子說：「你瞧，查泰萊夫人爲了妳竟受了這樣的麻煩！呵，眞不該這樣的麻煩夫人呀！」

「沒有什麼麻煩，我正巧可以散散步呢！」康妮微笑著說。

「妳太好了！妳眞太好了！呵，妳哭了嗎？我早知道他們倆走不多遠就會出事的。這女孩子怕他，她就是怕他。他好像是陌生人似的，這對父女是不容易合得來的。她爸爸是個古怪的人。」

康妮不知道說什麼好。

「妳瞧，奶奶，」孩子作媚態說。

那老婦人望著孩子手中的六辨士。

「還有六辨士！呵！夫人啊，妳眞是太好，太好了！妳瞧，查泰萊夫人對妳多好，妳今早眞走運喲！」

她把「查泰萊」這個字，好像一般平民似的讀成「查泰」——「妳說，查泰萊夫人對妳好不好？」

康妮不由得望了那老婦人的黑鼻子一眼，老婦人重新用著腕背擦著臉，但是沒有擦淨那黑灰。康妮正要轉身離去……「啊，多謝得很，查泰萊夫人。說謝謝查泰萊夫人！」——最後這句話是向小孩子說的。

「謝謝妳。」孩子尖聲說。

「好孩子！」康妮笑著說。她說著「再見」就走了，走遠了後，心裡覺得很舒服，至少已經離開她們了。她覺得有些奇怪，那清瘦而驕傲的人的母親，便是這個乾枯的老婦人。

當康妮走了以後，那老女人連忙跑到廚房裡，對著小鏡子照著。她看見自己的臉孔，忍不住頓起了腳來。

「自然啦，穿著這粗圍裙，看這張臉有多髒！她定要說我是多麼『好』看了！」

康妮慢慢地走回家去！……用「家」這個溫暖的字眼，去稱呼那所鬱悶的大房子。這已經有些過時的字，並沒有什麼多大的意義了。康妮覺得所有偉大的字眼，對於她的同代人，好像皆失掉意義了。愛情、歡樂、幸福、家、父、母、丈夫，所有這權威的偉大字眼，在今日都呈半死狀態，而且一天一天地死下去了。家不過是一個人生活的地方；愛情只是一個愚弄人的玩意兒；歡樂是個「卻爾斯登」酣舞時用的字；幸福是一個人用來欺騙他人的虛僞的語調，父親是一個享受他自己的生活的人；丈夫是一個你和他同住，而且要忍性耐氣和他住下去的人。至於「性愛」呢，這最後而最偉大的字眼，只是一個輕佻的名稱，用來指那肉體的片刻銷魂——銷魂後使你更感破碎的名稱。破碎；好像你是一塊廉價的粗布做成的，這塊布漸漸地破碎變爲烏有了。

剩下的唯一東西，便是倔強的忍耐。而倔強的忍耐中，卻有某種樂趣。在生命之空虛的經驗本身中，一段一段地、一程一程地，有著某種可驚的滿足。不過就是這樣！這常常是最後一句話：家庭、愛情、結婚、麥克里斯，不過就是這樣！一個人到了瞑目長眠的時候，向生命分別的最後一句話也是：不過就是這樣！

至於金錢呢？也許我們便不能這樣說。人總是需要金錢的。金錢和成功的女神！這名字是唐米．督克斯依照亨利．詹姆斯〈註：亨利．詹姆斯（Henry James），英國小說家。〉的說法，常常是拿來象徵成功的……那是永久需要的東西。你不能把你最後的一枚銅板花光了，結尾說：不過就是這樣！不，還可說你還有十分鐘，你還是需要幾個銅板。若是使生命的機械運轉不停，你便需要金錢。你得有錢。錢以外你實在不需要其他的！就是如此罷了。

當然，你在世界上生活著，這並不是你的過錯。你既生活著，你便需要金錢，這是唯一的絕對的必需品。其餘一切你都可以不要。

她想著麥克里斯，想著她要是跟他而能擁有的金錢；但雖是這樣，她還是不想要他，她寧願幫助克利夫用著作去賺來的小錢。因爲這個錢實在是她幫助他賺來的。——「克利夫和我，我們用著作一年賺一千二百鎊！」從無中賺得！從稀薄的空氣中賺得！這是一個人可以自誇的唯一技藝！此外，一切都不去管它！

這樣，她緩緩地回到克利夫那裡去，重新和他合作，從虛無中找出一篇小說；所謂小說，那便是代表金錢。克利夫好像很關心他的小說是否被人認爲是第一流的。但是她，她都不在乎。雖然她的父親常說：「克利夫的作品是空洞的！」但她卻簡單堅決的反駁：「去年他可賺了一千二百鎊呢！」

要是你還年輕，只要咬緊著牙，忍耐著，等到金錢從無中開始湧出來，這是力量的問題；這是意志的問題；一種微妙的有力的意志，從你身體裡發了出來，使你感覺金錢之神秘空虛；一張紙上一個字。它是一種魔術，無疑地它也是一個勝利。好吧，要是一個人不得不出賣自己的話，還是賣給「成功」好了；我們甚至正在賣身與「她」的時候，還可以輕蔑著「她」，以求自慰。

克利夫當然還有許多孩子氣念頭。他要人家視他爲「眞正的好作家」，其實這是很可笑的。眞正的好作家，是個能攫取許多讀者的人。做一個眞正的好作家，而沒有讀者，那有什麼用？大部分的「眞正好作家」，都像趕不上公共汽車的人，只好留在街頭，和其他沒有趕上車的失敗者們在一起。

康妮計畫冬天來時，要和克利夫到倫敦去過個冬。她和他都是趕上了公共汽車的人。所以，他們很可以驕傲地坐在巴士上層炫耀一番。

最不幸的就是克利夫日趨於不踏實和分心，幾度陷於空洞抑鬱的病態中。這是他靈魂創傷的併發症。可是這卻使康妮覺得窘迫了。啊，上帝呀！要是意識的運用不靈活了，這怎麼好呢？由它吧，我們只有盡力而為了，難道我們就這樣讓自己失盡了勇氣嗎？

有時她痛哭著。但是，她一邊哭著、一邊對自己說：「傻子！把一些手絹哭濕了，也不會有什麼用處的！」

自從她和麥克里斯發生關係以後，她已決心不再需求什麼了。沒有辦法解決時，這似乎是最簡單的解決方法了。除了她自己得到外，她不再需要什麼了。她只願把她已得到的東西，好好地保持下去。克利夫、小說、勒格貝、查泰萊男爵夫人的地位、金錢、名譽，她要把這一切好好地料理下去！愛情、性慾，這一類東西只是糖水！吞了它後就會把它忘掉。如果你心裡不牽掛著它，它是沒有什麼的。尤其是性慾……更沒有什麼！如果能忍耐，問題便解決了。性慾和一杯醇酒，都一樣是不能持久的東西，它們的效力一樣，它們的意義，也差不多。

但是一個孩子！一個嬰兒！那倒是件令人興奮的事情。她決不能冒昧行事。首先，要找到那個男子；說來奇怪，世上竟沒有一個男子是她喜歡和他生個孩子的。和麥克生孩子嗎？這是多麼可憎的想法！那等於想和兔子生孩子一樣！唐米．督克斯呢？他固然可愛，但是講到生孩子，求後代，你是不能提他的。他是一個在自己身上完結的人。此外，在克利夫的許多友人中，沒有人使她想起了和他生孩子，即使有也會使她感到可鄙的。其中雖然也有幾個如果把他當做情人，還算可以過得去，至於麥克；若是要和他生個孩子！唉！那是多麼丟臉而可惡的呢？

顯然地，康妮的心靈深處，是想著孩子的。等待吧！等待吧！她要把這些當代的男人們，用她的篩子過濾一番，看看有沒有一個合用的。——「到耶路撒冷的街頭巷角走走看，看你能找一個『男人』否！」在這預言者的耶路撒冷，也找不著一個男人，雖然那兒雄性的人類多著呢；但是一個「男子」，那是不同的東西啊！

她想，也許，那得要一個外國人；不是英國人，更不是愛爾蘭人。那得非要一個眞正的外國人不可。

只有等待了！等待吧！冬天來了，她要帶克利夫到倫敦去；再下一個冬天，她要帶他到法國南部或義大利去。等著吧！孩子的問題是不能著急的。這是她的私事，對這事她是十分女性的，她是十分鄭重其事的。她決不冒險，也不隨便，她決不！一個人差不多隨時都可以找到一個情人；但是找個可以使妳生孩子的男子……那得等一等，那是很不同的事——「到耶路撒冷的街頭巷角走走看……」這並不是愛情的問題；那是一個「男人」的問題。呵，你私底下也許要恨這個男子。但是，如果他是個你所要的男人，那麼一點私人的恨有什麼重要；這已不是恨與愛間的問題了。

天下著雨，和往常一樣，園裡的路濕濘濘的，克利夫不便坐著車子出去；但康妮還是想出去走走。現在她天天一個人出去，大部分是在樹林裡，那兒，她是眞正地孤寂著的。不會遇見半個人影。

這天，克利夫有什麼話要吩咐看守人。而看守人卻因患著流行感冒，不能起來——在勒格貝好像總有誰在流行感冒似的——康妮說她可以到村舍那邊去。

空氣是這樣的沉悶，好像世界就要斷氣了。一切都是灰色、滑濕、靜寂。煤礦場的聲音也聽不見，因爲今天停工了。好像世界末日就要到了！

樹林裡，一切都像毫無生命似的靜息著。僅有無葉樹枝上落下來的大雨滴，發著空洞的迴音。在老樹叢中，只有無邊的灰色，絕望的靜止、寂靜、虛無。

康妮朦朧地向前走著。這古老的樹林發出一種古代的憂鬱，這卻使她覺得有點安慰；因爲這憂鬱比之外面世界的那種頑固的痲痺狀態還要好些。她喜歡這殘餘的森森靈性，和那些老樹的無言的隱忍。它們像是一種靜默的力量，卻又是一種有生命的現實。它們也是等待著，固執地、含忍地等待著，而發揮著一種靜默的權勢。也許它們只等著它們的末日——被人砍伐，被人運走！森林之末日，對於它們就是一切之末日！但是，也許它們的高傲的有力的靜默，那大樹的靜默，是含有其他的意義的。當她從樹林的北邊出去時，她看見了看守人的村舍。這是一座有些灰暗的、棕色的石砌的屋子，有著尖角的屋翼和雅致的煙囪，冷靜孤僻，好像是沒有人住似的。但是煙囪裡卻冒著一縷輕煙，而屋前圍著欄杆的小花園，也修理得很是整潔，門是關閉著的。

現在她來到門前了，她覺得那人，那有著奇異敏銳眼神的人，使她有些瑟縮。她並不喜歡對他下達命令，正想走開，猶豫了一會兒，她還是輕輕地扣了門，可是沒有人出來。她輕輕地再扣著，也沒有人答應。她從窗口向內窺視，看見了裡面陰沉沉的一間小房子，好像有著什麼隱秘氣氛，不願被人侵犯似的。

她站在那裡聽著，好像覺得屋後有些聲響。因爲沒有人聽見她，她感到很不高興，她不願就此干休。她繞著屋子走了過去。在村舍後邊，地面是高高凸出來的，因此後院子是陷在裡面，四周圍著矮矮的石牆。她再繞過去，站住了。

在那小院子裡，離她有兩步遠的地方，那人正在洗著他的身子，一點也不知道有外人來了。他的上身全裸著；那棉絨褲子在他那瘦小的腰際懸著。他細長白皙的背部，在一盆盛著肥皀水的盆裡彎曲著，他把頭浸在水裡，用一種奇異迅捷的小動作搖著他的頭，舉起著他瘦長白皙的兩臂，把耳朵裡的肥皀水擠出來，又迅捷又靈敏，好像一隻鼬鼠在玩著水似的，完全地孤獨著。康妮繞回到村舍面前去，急忙地向樹林裡走開了。她不禁有點感動起來。畢竟這只是一個男子在洗澡罷了，一點也不值得驚怪的。

但是，那種印象，於她卻是一個很奇異的經驗，她的身體內好像受了打擊似的。她看見厚重的褲子在他腰際懸著，那純潔的、白皙的、纖弱的腰，骨骼在那兒微微露著；這樣一種純粹地寂寞著的男子，孤獨著的人物，完全的、純粹的、孤獨的裸體。不單這樣，那是一個純潔的人的美，那不是美的物質，更不是美的肉體；而是一種光芒，一個寂寞生活的溫暖的白光，觸目可及的是一種可以觸摸的輪廓——肉體！

這種印象深入到了康妮的心坎裡，她知道的，這印象已嵌在她身體的裡面了。但是她的心裡卻覺得有點可笑；一個在後院裡洗著身體的男子！無疑地他還用著惡臭的黃色肥皀呢！——她覺得有點討厭；爲什麼她偏偏碰著了這種不高尙的私事？

她一步步地走開，忘了自己地走著。但是，過了一會，她坐在一棵樹樁上。她的心亂如麻，不能思索什麼了。但是在迷亂之中，她仍然決意要去把克利夫的話傳給那人。無論如何她得送去。不過還得讓那人有穿衣服的時間，只是不要讓他出去就得了。（因爲他大概是準備好要出去的。）

她向著村舍慢慢地走回來，耳朵豎著聽。當她走近了村舍時，那村舍還是和剛才一樣。一隻狗吠了起來，她扣了扣門，心裡不由自主地狂跳著。

她聽見了那人下樓的聲音。他敏捷地把門打開了，使他吃了一驚。他自己也好像不安的樣子；但是他立刻露出了笑容。

「查泰萊夫人嗎？」他說。「請進來！」

他的樣子是這樣的斯文而自然，她只好跨過了門檻而進到那間有點沉鬱的小屋子裡。

「克利夫男爵有點話吩咐你，我就是爲這個來的！」

她用她那溫柔的、有點急促的聲音說道。

他用那藍色的、能洞悉一切的眼睛望著她，這使她的臉微微地向旁邊躲開。在她的羞懼中，他覺得她是可愛的，而且可以說是美麗的，他馬上佔了上風。

「請妳坐一下好嗎？」他問道。心裡想著她是不會坐下的，門還是開著的。

「不坐了，謝謝！克利夫男爵想問你，如果……」她把吩咐的話對他說了，無意地望向他的眼睛。現在，他的眼神是溫暖的、仁慈的，一種特別地對女人而有的仁慈，無限的溫暖、仁慈，而且恬靜。

「好的，夫人，我這就去。」答應著她吩咐的話時，他完全變了，他給一種堅硬和冷淡的神氣籠罩著了。

康妮猶豫著。她應該走了，但是她用著一種頹喪的樣子，向這所整潔的、有點憂鬱的小屋子四下打量著。

「你只有一個人住在這兒嗎？」她問道。

「是的，夫人，只一個人。」

「但是你的母親呢？」

「她住在村中她自己的村舍裡。」

「和孩子在一起嗎？」康妮問道。

「和孩子在一起！」

他那平凡的、有點衰老的臉孔，顯著一種不可解和嘲笑的神氣。這是一個難於捉摸的、不停地變換的臉孔。

當他看見了康妮莫名其妙的樣子時，他補充說著。

「唔，我的母親每星期六上這兒來幫我打掃一次，其他時間是我自己打理的。」

康妮再望著他。他的眼睛重新露出笑意，有點自嘲，但是藍藍地，很溫暖，而且可親。她驚異地望著他。他穿著長褲和法蘭絨的襯衣；他的頭髮柔軟而潤濕，他的臉孔有點蒼白而憔悴。當他的眼睛不帶笑的時候，顯得孤獨的樣子，但是總不會把熱力失掉的。突然地，一種孤獨的蒼然色呈現在他的臉上；彷彿她不存在似的！

她有許多話想說，可是說不出來。她望著他說：「我沒有打擾到你吧？」

一個輕輕的譏諷微笑，把他的眼睛縮小了。

「不，我剛才正在梳著頭髮。請妳原諒我沒有穿上外衣，因爲我並不知道是誰在敲門的，意外的聲音，總是令人覺得驚訝！」

他在她面前走著，到了園路的盡頭，把門打開了。他只穿著襯衣，沒有那笨重的棉絨衣，她更看出了他是多麼的纖瘦，而有點向前傾曲。但是，當她在他面前走過的時候，她覺得他那生動的眼睛和淺褐色的頭髮，帶著點年輕而活潑。他大約是個三十七、八歲的人了。

她倜促地走到了樹林裡，知道他是正在後面望著她。他使她這樣的不安且不能自制。他呢，當他走進屋裡時想：她是可愛的，她是眞的！她不知道她自己是這樣可愛呢！

她在心裡反覆地想著他。他的樣子不像是一個看守的人，無論如何不像是一個工人；雖然他有些像本地平民的地方，但他有些和他們很不相同的氣質。

「那個叫梅樂士的看守人，是個奇怪的人。」她對克利夫說：「他幾乎像一個上流階級的人。」

「是嗎？」克利夫說。「我倒沒有注意到。」

「但是，他的氣質與人不同吧？」康妮堅持著說。

「我想他還不錯。不過，我並不太了解。他是去年才離開軍隊的——還不到一年。我相信他是從印度歸來的。他也許在那邊養成了一些什麼怪癖。他也許是軍官的傳令兵，這地位比較吃香些。許多士兵是這樣的。但是，這於他們是沒有好處的。當他們回到老家的時候，他們便只好恢復舊態了。」

康妮凝望著克利夫，心裡沉思著。她看見了他對於較下階級稍有晉升希望的人，所產生的那種狹窄心態的反感，她知道這是他們這一類人的特性。

「但是，你不覺得他是有點什麼特別的地方嗎？」她問道。

「老實說，我不覺得，我絲毫沒有注意到什麼。」

他奇異地、不安地、半猜疑地望著她。

她覺得他並沒有對她說實話，說貼切點，他也沒有對他自己說眞話。他厭惡人家提起什麼地方特別的人，別人必須是站在他的水平線邊或以下，而不應該超出他的！

康妮又發現到，當代的男人們心胸竟是如此的狹隘與鄙吝。他們是這樣的膚淺，這樣的對生命喪失自信！

第七章

當康妮回到樓上寢室時，她做了一件許久以來沒做的事；她把衣服脫光了，在一面大鏡子前注視自己的裸體。她不知道究竟是看什麼或找什麼；但是，她把燈火移到使光線能滿照她全身的地方。

她想到常常想著的一件事：一個赤裸著的人體，是多麼地脆弱，易受傷害，而且有點可憐！那是多麼的欠缺而不完備的東西！

往昔，她的容貌被認為十分美好；但是現在卻不再年輕；有點成熟女人味了。她身材適中，有點蘇格蘭風味；但是她有著流暢優雅的風韻，這種風韻可說天生麗質。她的皮膚微微帶點褐色，她的四肢舉止充滿嫻靜的氣質，她的胴體應該相當豐滿，不過，現在卻欠缺些什麼似的！

她的肉體豐實，曲線玲瓏，現在卻平平板板，而且有點粗糙了。彷彿這身體是欠缺著陽光和熱力；它是有點蒼白而了無生氣。對一個真正成熟的女性，這胴體是失敗了，它沒有處女般透明無瑕的身體；反而顯得暗晦不清了。

她的乳房有點瘦小，像梨子似的下垂著。它們是不成熟的、略帶苦味的、沒有意義地吊在那兒。她在青春期所有的——當她年輕的德國情人真正愛她的肉體時所有的，那小腹圓滑鮮明的光輝已經失掉了。那時候，她的小腹是幼嫩的，含著希望的，有著它所特有的真面目。現在呢，它比以前消瘦了，那是一種鬆弛的瘦態。她的大腿也是一樣，從前富有女性的圓滿的彈性，靈活而光輝的，現在卻扁硬而無意義了。

她的胴體日見失去彈性，成為沈悶暗晦，現在只是一個無意義的物質了，這使她覺得無限的頹喪和失望。還有什麼希望呢？她老了，二十七歲便老了，肌肉了無光彩，缺乏晶瑩剔透。她為疏忽與犧牲而老了。是啊！為著犧牲而老了，時髦的婦人們，用外表的攝養法，把她們肉體保持得像一個脆嫩的瓷器似的光輝，瓷器的內面自然是什麼都沒有的。但是，康妮卻連這種虛假的光彩都沒有。啊，精神生活！她突然瘋狂地憎恨這種精神生活！這欺騙人的精神生活！

她向後邊那面鏡子照著，望著她的腰身。她是日漸纖瘦了，而這種纖瘦的樣子，於她是不合適的。當她轉身，她看見她腰部的皺褶是疲乏的；但這從前卻是很輕盈愉快的！臀部兩旁微微地下傾，已失去它的光輝和富麗的神態了。失掉了她那年輕的德國情人曾經愛過的這一切；而他卻已經死去近十年了。時間過得多快！他死去已經十年了，而她現在只有二十七歲！她曾目睹過，那壯健青年新鮮笨拙的性的欲望！她何處可以找到呢？現在男人們再也不會有了。他們只能維持那可憐兩秒鐘的一陣抽搐，如麥克里斯……那種可憐性慾，再也沒有那使人的血液沸騰，使人全身全心清爽的性高潮了。

雖然，她覺得她身體最美的部分，是從她背窩處開始的那臀部的優美下弧的曲線，與臀部幽靜起伏的豐滿。如阿拉伯人說的，那像是些沙丘，柔和地成坡狀的下降。生命在這兒還留存著希望。但是這兒也比以前消瘦，而且有點苦澀了。

她在自己赤裸身子的前面，不由感到悲傷了起來。這部分已經開始鬆弛了，沒有眞正的生活，已經衰老了。她想到將來也許要有孩子的，她究竟行不行呢？

她穿上了睡衣，倒在床上痛苦地哭著。在她的痛苦裡，她對克利夫，他的寫作和他的談話，對所有欺罔的人，和欺罔她們的肉體的男子們，燃燒著一種冷酷的憤懣！
這是不平的！不平的！那肉體的深深不平的感覺，燃燒著了她靈魂的深處。

即使如此，翌晨七點鐘時，她還是照樣起來，到樓下克利夫那裡去，幫他梳洗更衣的一切私事，因爲他已沒有男僕，而他又不願意女僕來幫忙他。女管家的丈夫——他是當克利夫還是孩童的時候便認識他的，幫助著他做些粗重的事情。康妮卻管理他的私事，而且出於自願。那是無可奈何的！但是，她願意盡她所能地去做。

因此，她幾乎從不離開勒格貝，即使離開也不過一、二天；那時是女管家白蒂絲太太照料著克利夫。他呢，日子久了，自然而然地覺得康妮替他所做的事情是理所當然的。而他這種感覺畢竟也是自然的！

雖然如此，在康妮內心，卻開始產生一種委屈和上當的感覺了。肉體一旦感覺到了不平，這種感覺便是危險的。這種感覺需要發洩出來，否則它便會把懷有這感覺的人給予鯨吞蠶食的。可憐的克利夫！那並不是他的錯。他比康妮更加不幸呢！這一切都是人間整個災禍的一部分啊！

果眞如此，他眞沒一點兒可責備的地方嗎？毫無熱情，缺乏基本、親密的肉體接觸，這不是他的錯嗎？他從不親熱，甚至也沒同情；只有一種受過教養的對人的懇切與尊重。但他從來沒有過一個男人對於女人的那種熱情，甚至如父親對她的那種親愛也沒有；父親是懂得享樂的，但也是一個能以男子漢的氣度去愛一個女人的大丈夫。

但克利夫並不是，他那一類的人並不是這樣。他們的內心都是狠硬無情，與人疏遠，認爲熱情是多餘的東西。你得冷酷下去，守著你的地位那是最好的，如果你是同階級的人，你便可以冷淡下去，使人尊重你，守著你的地位，而心滿意足地享受著你能守著的地位。但是，如果你不是那階級的人，這便不行了；光守著地位，覺得你自己是屬於統治階級的人，那不是好玩的事。那有什麼意義？因爲甚至最高貴的貴族，事實上也已沒什麼地位可守了，而他們的所謂統治，實際上只是滑稽把戲罷了。那有什麼意義？保持什麼地位這一切只是無聊的胡鬧罷了！

康妮反抗的感覺滋生了。那一切究竟有什麼用？她的犧牲，以她的生命犧牲於克利夫，究竟有什麼用處？畢竟只有一種冷然的虛榮心，沒有溫熱的人道接觸，正如任何最上流的猶太人一般的缺德，盼望著賣身求得成功。而克利夫，那樣的冷漠，那樣的遙遠，那樣自以為是的保持身分者，然而在追求名利時，還不是像一條狗一樣。眞的，嚴格的說，克利夫只是個丑角；而一個丑角是比一個光棍更卑賤的！

在這兩個男人之間，她對於麥克里斯是較有用處的。而他比克利夫也更需要她。因爲任何一個好看護都能照顧一個兩腿癱瘓的人！如果拿他們所做的英雄事蹟來說，麥克里斯是個英雄式的小耗子，而克利夫只是個裝腔作勢的貴族犬。

家裡現在來了些客人，其中一個是克利夫的姑媽愛娃．班納利爵士夫人，約六十歲，是個紅鼻子的瘦小寡婦，依舊還有點貴婦的派頭。出身於名門，很有教養的氣息。康妮很喜歡她，只要她願意，她是相當坦誠與率直而且慈祥。其實她是相當精明而且也認爲比他人高一等的。她不但勢利也很自負。在社交上，她很擅長且很冷靜地保持身分，使他人尊敬她。她對康妮很親切，用著她出身名門的觀察力，像尖銳的鑽子努力地探測她靈魂的秘密。

「我覺得妳眞了不起！」她對康妮說：「妳替克利夫付出太多了。他的天才橫溢，我是從不懷疑的。現在他更是驚天動地的了。」——愛娃姑媽對於克利夫的成功，是十分得意和驕傲的。因爲那是很光耀門楣的！至於他的著作呢，她倒不關心，關心幹什麼呢？

「啊！我並沒有幫上什麼忙。」康妮說。

「那一定是妳的力量，除了妳之外，還有誰能呢？我覺得他太虧欠妳了！」

「怎麼說呢？」

「老是關在這個地方！我曾對克利夫說過，要是那女孩有一天變心了，那就只能怪他自己了！」

「但是，克利夫從來沒有阻止過我什麼。」康妮說。

「親愛的，妳聽我說吧！」班納利夫人說著，把那瘦小的手放在康妮手臂上。「一個女人得過她的生活，否則她便要後悔沒有活過。相信我吧！」她再啜了一口白蘭地，那也許就是她後悔的形式吧？

「但是，我不是正在過著我的生活嗎？」

「不，我不這樣想，克利夫應該把妳帶到倫敦去，讓妳走動走動。他那些朋友對他還不錯；但是對妳呢？假如我是妳的話，我卻不會滿意的。妳將虛度了青春；妳將在後悔中度老年生活，甚至中年生活。」

這貴婦人給白蘭地的力量鎮住著，漸漸地陷入沈思的靜默中了。

但是康妮並不很想到倫敦去，由班納利夫人引導到那時髦的社會去。她覺得她和那種社會是合不來的，並且那種社會是不能使她發生興趣的。她倒覺得那種社會的背後，隱藏著近乎怪異的令人畏縮的冷酷；地面上盡是開著一些愉快的小花朵，像拉布拉多的土壤般〈註：拉布拉多（Labrador）係英屬加拿大的一個半島〉，可是一尺以下卻是冰凍的。

唐米．督克斯也在勒格貝。此外，還有哈里．文達斯洛、賈克．司登治威和他的妻子奧莉芙。他們之間的談話是不連貫的；不像知己們在一塊兒時候那樣的一瀉千里；大家都有點沈悶；因爲天氣既不好，而消遣的東西又只有打彈子和開著自動鋼琴跳舞罷了。

奧莉芙正在唸著一本描寫未來世界的書，說將來孩子們是要在瓶子裡用人工培育出來的，婦女們是可以「超越」的。

「那是件美妙的事喲！」她說：「那時婦女便可以享受她們的生活了。」原來她的丈夫司登治威是希望生個孩子的，她卻不要。

「妳喜歡怎樣的超越呢？」文達斯洛獰笑著問她。

「我希望我自然地超越出來。」她說：「無論如何，將來是會比現在更合理的，而婦女們不會再給她們的『天職』累壞了。」

「也許她們都要飄飄欲仙了。」督克斯說。

「我實在覺得如果文明是名副其實的話，便應該把肉體的弱點加以排除。」克利夫說。「就拿性愛來說，這便是可以不必要的。我想假如我們可以用人工在瓶子裡培養孩子，這玩意兒就可省掉了。」

「不！」奧莉芙叫道。「那也許會給我們更多好玩的東西呢。」

「我想，」班納利夫人帶著一種沈思的樣子說。「假如性愛這東西消滅了，一定會有旁的什麼東西來代替。也許整個空氣會浮散著一點嗎啡味，那時人人定會覺得非常爽快。」

「每到了星期六，政府便在空中散佈些醚，這一來，星期天全國人民準會快活無比！」賈克說。

「那似乎好得很；但是，星期三我們又會怎樣呢？」

「只要你能忘卻你的肉體，你便會快活。」班納利夫人說。「只要一想起了肉體，你便會痛苦。所以，假如文明有點什麼用處的話，它便要幫助我們忘掉肉體，那時歲月便可以在悠哉遊哉中度過了。」

「還要幫助我們把肉體完全除掉呢。」文達斯洛說。「現在正是時候了，人類得開始把他本性改良了，尤其是肉體方面的本能。」

「想想看，假如我們能像香菸的煙似的飄浮著，那就妙了！」康妮說。

「那是不會有的事。」督克斯說。「我們的老把戲就要完了，我們的文明就要崩毀了。我們的文明正向著無底的井中和深淵中崩毀下去了。相信我，將來深淵上唯一的橋樑便只是一條『法樂士』！」〈註：法樂士（Phnllus），從前希臘人於狂歡節時用以象徵陽具之物，此處即指陽具而言。〉

「唉呀，將軍，請你不要胡說八道了！」奧莉芙叫道。

「我相信文明是要倒塌了。」愛娃姑媽說。

「例塌了以後，要來些什麼呢？」克利夫問道。

「我一點兒也不知道，但我想總會來些什麼東西的。」老夫人道。

「康妮說來些像是煙波的人；奧莉芙說來些超越的婦女和瓶子裡的孩子；督克斯說『法樂士』便是渡到將來去的橋樑。我奇怪究竟要來些什麼東西？」克利夫說。

「啊，不要擔心這個！」奧莉芙說。「但請趕快製造些養孩子的瓶子，而讓我們這些可憐的婦女們清靜好了。」

「在將來的時代，也許要來些眞正的人。」唐米說。「眞正的、有智慧的、健全的男子，和一些健全可愛的孩子！這可不是一個轉變嗎？我們今日的男子並不是眞男人，而婦女們也並不是眞婦人。我們只演著權宜之計的把戲，做著機械的智慧實驗罷了。將來也許要來一個眞男眞女的文明，這些眞男眞女將代替我們這群小丑——只有七歲孩童智慧的我們。那一定要比煙波人和瓶子裡養的孩子更爲奇觀了。」

「啊，男人們如果開始講什麼眞正的婦人的話，我便不談了。」奧莉芙說。

「當然啊，我們所有的、唯一的、可貴的東西，便是精神。」文達斯洛說。

「精神！」〈註：此處「精神」一字係雙關語，蓋原文Spirits又可作酒精解。〉賈克一邊說，一邊飲著他的威士忌蘇打。

「你以爲那樣嗎？我呢，我以爲最可貴的是肉體的復活！」督克斯說。「但是肉體的復活總會來到的，假如我們能把精神上的重載、金錢及其他，推開一些，那時我們便要由接觸的民主，以代替腰包了。」

康妮聽了，心裡好像有什麼在反應著，「我以爲最可貴的是接觸到的民主，那是肉體的復活！」她實在一點都不知道那是什麼意思，但是那使她得到安慰，好像其他不知意義的東西，有時可使人得到安慰一樣。

然而，一切事物都是愚蠢的，這所有的一切：克利夫、愛娃姑媽、奧莉芙、賈克及文達斯洛，甚至督克斯，都使她厭煩不堪。空談、空談、只是一些空談！這無止盡的空談，眞叫人活受罪！

當客人都走了，她也不覺得好過些。她繼續著做她憂鬱的散步，滿腦子怒火佔據著她的身體，使她無法擺脫。她漸漸地消瘦了；甚至女管家也注意到了，問她是不是有什麼不舒服。甚至唐米．督克斯也重複說她病了，雖然她否認。那達哇斯教堂下的小山旁直立著的那些不祥的白色墓石，開始使她懼怕了，這些墓石有一種奇特的、慘白的顏色，像加拿大的大理石一樣，像假牙一樣的可憎，她可以從園中清楚地望見。這些假牙似的醜惡墓石，聳立在那小山上，給她一種陰森的恐怖，她覺得她不久便要被埋葬在那兒，加入那墓石和墓碑下的鬼群中，在這污穢的米德蘭地方。

她知道她需要幫助。於是她寫了一封信給她的姊姊希爾達，吐露了一點她內心的呼喊：

「我近來覺得不好，我不知道是怎麼回事！」

希爾達從蘇格蘭趕了來，那是三月時候，她開著一部兩人座的輕便小車。按著喇叭，沿著馬路駛了上來，然後繞到屋面前，有兩棵毛櫸樹的那塊橢圓形的草場。

康妮忙趕到門口台階上去接她。希爾達把車停了，走了出來擁吻著她的妹妹。

「啊！康妮喲！」她說。「妳怎麼了？」

「沒有怎麼！」康妮有點難過地說；但是，她知道她自己和姊姊是完全相反了，這一點使她很難過。從前這姐妹倆有著同樣的光輝而帶點金黃的膚色，同樣的棕色的柔輕的秀髮，同樣的天然地健康而溫暖的體質。但是現在呢，康妮是瘦了，容顏憔悴；她的頸項從胸衣上挺了出來，又瘦又帶點黃。

「我看妳是病了，親愛的！」希爾達用從前姊妹倆同樣溫柔的、有點氣喘的聲音說。希爾達比康妮差不多大兩歲。

「不，沒什麼，也許是因爲有點悶吧。」康妮說。她的聲音是有點可憐。

希爾達的臉上，煥發著一種戰鬥的光芒，雖然她的樣子看起來是溫柔的嫻靜，但她卻有著和男子們合不來的剛烈個性。

「多可怕的地方！」她恨恨地望著這所殘敗的老勒格貝，輕輕地說。她的外貌是柔和，溫熱的，像是一個成熟的梨子一樣，其實她是一個道地的古代女武士。

她靜默地進去見克利夫。克利夫心裡想，她長得眞漂亮，但同時她卻使他懼怕，她妻子家的人是沒有和他一樣的舉止儀態的。他視他們爲圈外人。但既已成了親家，便只好另眼相待了。

他堂堂地坐在椅子裡，金黃的頭髮發著亮，臉孔紅潤，淡藍色的眼睛有些突出；雖面無表情，但氣色不錯。不過，希爾達卻覺得他很可厭而且愚笨。他態度非常鎭靜的等待著；但是希爾達才不管他態度鎭不鎭靜。

準備戰鬥了，他就算是教皇或皇帝，她也不怕。

「康妮的樣子是病了。」她用柔軟的語調說道，她那美麗的灰色眼睛，眨也不眨地望著他看。她和康妮一樣，有著那種很淑女的神態。但是克利夫知道那裡面卻藏隱著多麼堅強的蘇格蘭的固執天性。

「她只是瘦了一點。」他說。

「你不想點辦法嗎？」

「妳認爲有什麼辦法可想？」他問道。他的聲音是很英國式的，又堅定柔和。這兩種特質常常是混在一起的。

希爾達瞪著他，沒有回答。她同康妮一樣，沒有唇槍舌劍的本事。她只是目不轉睛地望著他。這使他覺得很難受，比她說什麼都更難受。

「我得把她帶去看醫生。」過了一會兒，希爾達說。「你知道這附近有好醫生嗎？」

「我不太知道。」

「那麼我要把她帶到倫敦去，那兒有位可靠的醫生。」

克利夫雖然怒火中燒，但也沒說什麼。

「我想，我還是在這兒過夜吧。」希爾達一面除去手套、一面說。「明晨，我再帶她到倫敦去。」

克利夫憤怒得臉色發青；一到晚上，他眼睛的白膜也有點發黃了。他的肝臟是有毛病的。但是希爾達依舊是這樣地溫柔，一如淑女。

晚飯過後，大家似乎安靜地喝咖啡時，希爾達說：「你得找個看護或什麼人來打理你的私事才好。最好還是找男僕。」

接著，他又說：「當然啊！那是必要的。父親和我得把康妮帶開去住幾個月才行。事情不能再這樣下去的。」

「什麼事情，不能照這樣子下去？」

「難道你沒有看見這可憐的女孩子怎麼樣了嗎？」希爾達問道，兩眼瞪著。她覺得他這時候有點像是煮過了的大龍蝦。

「康妮和我曾商量過這事的。」他說。

「我已經和她商量過了。」希爾達說。

克利夫曾經給看護們照顧過不少的時間。他憎恨她們，因爲她們都知道他的一切秘密了。至於一個男僕！……他就是忍受不了一個男子在他的身邊。那還不如任何一個婦人的好。但是爲什麼康妮不能看護他呢？

姊妹倆在次日的早晨一同出發。康妮有點像復活節的羔羊，在開著車的希爾達身旁坐著，身子似乎較瘦小。那時麥爾肯爵士不在倫敦，但是坎斯頓的房子是開著門的。

醫生很細心地診療康妮，詢問她生活中的各種瑣事。

「在畫報上我有時看見過妳和克利夫男爵的相片。你們差不多是名人了，雖然畫報上刊過妳的玉照，但妳卻還只是個溫靜的女孩子呢。不要緊的，各部器官都毫無病狀。但是卻不能這樣繼續下去！告訴克利夫男爵，他得把妳帶到倫敦，或帶到外國去，給妳點娛樂消遣的東西。妳得有點娛樂才行；妳的活力太差了：沒有一點兒儲備。心的神經狀況已經有點異狀了；哦！對了，就是這神經太糟了！到坎城或皮亞瑞斯〈註：坎城（Cannes）、皮亞瑞斯（Biarsite）皆係法國南部之海邊遊樂勝地。〉去玩一個月，保妳復原起來。但是千萬不能這樣繼續下去，否則將來會怎樣，我可不敢說。妳消耗著妳的生命力，而不使它再生。妳得要散散心，找些適當有益健康的娛樂！妳只消耗妳的活力，而沒有遞補些新的活力，妳知道那是不能繼續下去的。絕對要避免精神鬱悒！」

希爾達緊咬著牙關，那是她的一種習慣。

麥克里斯聽見她們已在倫敦，很快的帶著玫瑰花來。

「哎呀，怎麼了？」他叫道。「妳只剩下一個影子了。唉！我從來沒有見過一個人變得這麼厲害的？爲什麼妳全不讓我知道？和我到威尼斯去吧！到西西里去吧！那兒正是最可愛的時候。妳需要陽光，需要快樂的生活，不然妳會更消瘦的！跟我去！到非洲去！唉，該死的克利夫，丟了他跟我去吧！你們一離婚，我便馬上娶妳，來吧，試一試新的生活吧！天喲！勒格貝那種地方無論誰都會悶死的！骯髒的鬼地方！無論誰都會悶死的！跟我到有陽光的地方去吧！妳需要陽光，陽光和一點正常的生活方式！」

但是，就這樣甩掉克利夫，康妮卻有點過意不去。她不能那樣做。不！不！她簡直不能。她得回勒格貝去。

麥克里斯惱恨極了。希爾達並不喜歡麥克里斯，但是她覺得似乎比克利夫好一點。她們姊妹倆又回到米德蘭去了。

希爾達向克利夫交涉，克利夫的眼睛還是黃的。他有些焦慮過頭的地方；但他不得不聽希爾達的話和醫生的話；當然啦，他卻不能接受麥克里斯的那種話。他像是接到最後通牒而麻木了。

「這是一個好男僕的地址，他服侍過那個醫生診治的一個殘廢病人，那病人是前個月才死了的。這是一個很好的傭人，他一定肯來的。」

「但是我並不是一個病人，而且我不要一個男僕！」克利夫這可憐的傢伙說。

「這兒還有兩個婦人的地址，其中一個是我見過的。她很合適；她是一個五十上下的婦人，安靜、健壯、和藹，而且也受過相當的教養……」

克利夫只是慍怒著，不答應什麼。

「好吧，克利夫，要是到明天還不能決定，我就打電話給父親，我們便把康妮帶走。」

「康妮願意走嗎？」克利夫問道。

「她是不願意走的。不過，她已了解事態嚴重。我們的母親是癌症死的，她這病是精神憂鬱後得來的，我們不要再冒同樣的險了。」

到了次日，克利夫主動僱用波爾敦太太，她是達哇斯教區內的一個看護。顯然地這是女管家白蒂絲太太想起的，波爾敦太太正辭去教區裡的職務，而成為一個私人看護。克利夫有一種怪癖，他很怕把自己委身於一個不相識的人；但這位波爾敦太太，是曾經服侍過他，當他有一次患了猩紅熱的時候，他認識了她。

姊妹倆立刻去見波爾敦太太，她住在一條街上的新房子裡，這條街在達哇斯算是很高雅的。她是一個四十多歲模樣很體面的婦人，穿著看護婦的制服，白色的衣領和白色的圍裙，她正在一個小起居室裡煮茶。

波爾敦太太是頂殷勤頂客氣的，看起來似乎十分可愛，她說話時帶著點土音。但說的是很正確的英語；因爲她多年來看護那些礦工病人，並且把他們治得服服帖帖地。所以，她對自己很自負也很有自信。簡而言之，在她的小環境裏，她是村中領導階級的一個代表，很受人尊敬。

「眞的，查泰萊男爵夫人的臉色眞不好！是喲，她從前是那麼豐美的，可不是嗎？但是一個冬天下來她就瘦弱了！啊，那眞是難過，可憐的克利夫男爵！唉，那場戰爭！好多痛苦都是大戰的罪惡啊！」

波爾敦太太答應了，如果沙德羅醫生允許的話，她馬上就可以到勒格貝去。因爲她在教區裡，還要盡半個月的職務，但他們也許可以找到一個替手的。

希爾達忙跑去見沙德羅醫生，波爾敦太太星期天便帶了兩口箱子，乘著馬車到勒格貝來了。希爾達和她談過了話。波太太是無論何時都準備和人談話的。她看起來是這樣的年輕！熱情來了時，她那有點蒼白的兩頰就會潮紅起來的。她已四十七歲了。

她的丈夫泰德．波爾敦，是在礦坑裡出事死的，那是二十二年前的事了，那時正是聖誕節，他拋下了她和兩個女孩，其中一個還在襁褓之中。啊，這小女孩愛蒂斯現在已和雪菲爾德的一個青年藥劑師結婚了。另外一個女兒是在齊斯特菲德當教員，她每逢週末便回來看望母親，如果波太太在家的話。現在的年輕人都太優閒了，不像她，愛薇．波爾敦以前年輕的時代了。

泰德．波爾敦在煤礦坑裡發生爆炸而喪命時是二十八歲。當時前面的一個夥伴，向他們喊著身體伏下，大家都及時伏下了，除了泰德，他就這樣喪失了性命。事後勘察時，礦主方面說泰德是慌張起來想逃出，沒有服從他們的命令，所以，他是咎由自取而死的。於是，賠償費只有三百鎊，他們還認爲這是施惠，因爲死者是因自己的過錯死的。

而這三百鎊他們也不肯一次交給她；（她是想拿這筆錢來開個小鋪子的）他們說要是一次交了，她定會花光，也許會花在酗酒上呢！她只好每星期去領三十先令。是的，她只好每星期一的早上去辦事處，在那裡枯站兩個鐘頭後才輪到她；差不多四年中，她每星期一都去。兩個孩子都是這樣幼小，她能怎樣呢？但是泰德的母親卻對她很好。當孩子們會走路時，白天裡她常幫她看管；而她，愛薇．波爾敦呢，卻到雪菲爾德去上戰地醫院的課，到了第四年，她又攻讀看護的課程，而且得到了文憑。

她決心不依靠別人而養育孩子。這樣，她在阿斯魏特醫院找到一個助手的小職位，達哇斯煤礦公司的當事人——事實上便是克利夫男爵——看她能獨立奮鬥，對她起了好感，他們給她教區看護的職務，事事從旁贊助，這是她不能不說的。她在那裡工作，直至現在，她覺得這工作有些使她疲倦了；她需要找點清閑的事了；一個教區看護的工作，可眞是忙個沒完的工作啊！

「是的，公司對我很好，我常常這樣說。但是我永遠忘不了他們對泰德所說的那些話；因爲從來沒有一名礦工是像泰德那樣穩健而勇敢的，而他們所說的話，等於罵他是個懦夫。但是，他人已死了，他再也不能辯白了。」

她的話流露著各種複雜情感。她喜歡那些多年來看護過的礦工們；但是，她覺得自己比他們高尚多了。她差不多覺得自己是上層階級的人；而同時，她的內心裡卻潛伏著一種對於統治階級的怨恨。在工人與老板間起著爭論的時候，她是常常站在工人一邊的。但是如果那兒並沒有什麼爭論的話，她是熱切地希望自己比工人高一階層的。上層階級蠱惑她，引起她的英國人所特有的躋身於顯貴的熱望。到勒格貝來眞是使她嚮往極了，她心醉能跟查泰萊男爵夫人談話，老實說，這位男爵夫人不同於那些礦工的妻子們！這是她可大言不慚的。但是，卻也可以覺察出來她有種對查泰萊家的仇恨，有著一種對老板們的仇恨的。

「那當然啊，那查泰萊夫人一定是操勞過度的！幸虧她有個姊妹來幫忙她。男子們是無法想像的。無論尊卑都一樣，他們覺得一個女子對他們所做的事是理所當然的。我是常常告訴礦工們這話。但是克利夫男爵也有他的難處，他是個兩腿殘廢的人呢！查泰萊家裡一向都是些很尊貴的人，總常常站在人的前頭，這倒也是他們的權利。但現在，受這麼一個打擊！這對於查泰萊夫人是很難受的，也許她比別人更覺難受呢。我想她是多麼地遺憾啊！我擁有泰德只有三年，但是，老實說，我有了這段日子，我能說我有個永難忘懷的丈夫。千人中也找不出第二個的，他是快活得和春天一樣的人，誰能想到他要死於非命呢？直到現在我還是不相信他已走了；雖是我親手洗淨他的屍體的，但我從不能相信這個事實。我曉得他是沒有死的，我決不能說他是死了啊！」

在勒格貝講這種話是有趣的，康妮覺得很新鮮；那使她發生了一種新的興趣。開始的時候，波爾敦太太在勒格貝是很泰然的；但漸漸地，她安泰的樣子，趾高氣揚的聲調變了，她成爲驚懼不安的人了。對於克利夫，她覺得害羞，差不多覺得懼怕，並且靜默不敢多言。克利夫倒喜歡她這樣，他不久便重振了他的威嚴，讓她替他忙碌著而不自知。

「她是個有用的廢物！」他說。

康妮驚訝地圓睜著兩眼，但她並不反駁他。兩個不同的人所得的印象是這麼有差異！

不久，他對那看護的態度變為王侯似的威嚴了。這本是預料中之事，但卻來得比想像中快！現在克利夫卻使她覺得自己微小得像個僕人，而她也只好忍氣吞聲的接受這種情境，以討好主人的歡心。

她來服侍他的時候總是噤若寒蟬，她那稍長而標緻的臉上，兩隻眼睛只敢向地下望。

她很謙卑地說：

「克利夫男爵？我現在做這個、還是那個呢？」

「不，現在妳什麼都不用管，我以後再叫妳做。」

「是的，克利夫男爵。」

「半點鐘後妳再來吧。」

「是的，克利夫男爵。」

「把這些舊報紙帶出去吧。」

「是的，克利夫男爵。」

她溫順地走開了，半個鐘頭後，她又溫順地回來。她給人差遣，但她並不介意。她正經驗著上層階級是怎樣的一個階級。她不抱怨克利夫，也不討厭他；他只是一個怪物，一個上層階級的怪物——這個階級是她以前所不認識的，但今後她便要認識了。她覺得和查泰萊夫人在一起時好過多了；在一個家庭裡，畢竟是女主人才算要緊啊。

波太太每天晚上幫助克利夫上床就寢，她自己是睡在隔著一條走廊的屋子裡，夜裡如果他按鈴要她，她得去。早晨她也去幫忙他，她服侍他一切梳洗穿著的事，甚至還要替他刮臉，用她的柔和而女性的動作替他刮臉，她很和藹、很機伶，不久她便懂得如何去管束他。當她在他的兩頰上塗著肥自的泡沫、柔和地擦著他粗硬的鬍鬚時，他畢竟並不怎樣的異於普通的礦工們啊！那種高傲的神氣和虛僞的樣子，並不使她難過；她正嘗試著一個新經驗呢。

雖然在克利夫的心裡，他還不太諒解康妮，因爲她把從前替他所做的私人工作都交給一個外來的婦人了。他對自己說，她把他們兩人間的親密之花戕害了。但是，康妮對這個卻滿不在乎。所謂他們之間的親密之花，她覺得悲哀得像牽牛花，寄居在他人的生命之樹上，這樣生出來的花，在她看來，是夠難看的了。現在，她比以前自由多了，她可以在她樓上的房間裡，優閒地彈著鋼琴，而且唱著：

不要觸摸那刺人的野草……

因為愛之束縛不易解開。

她直至最近還不明白那是多麼不易解開的愛的束縛。感謝老天，終於解開了！她是這樣的快活，她現在自由了，不必常常和克利夫說話了。當他是一個人的時候；他不停的打著打字機。但當他不「工作」的時候，而她又在他身邊時，那麼，他總是一刻不停地談著；相當瑣碎地分析著各種人物，現在她已經受夠了。好幾年以來，她曾經喜歡過這些談話，直至她受夠了，突然地，她覺得再也不能忍受了。好了，現在清靜了，她眞是感恩不盡！

他倆的心靈深處，好像生著成千成萬的小根蒂和小絲線，互相交結著而成了一個混亂的大團，直至再也不能增加時，這個植物便漸漸地萎死下去。現在，她冷靜地、細密地把他倆的心靈間交錯的亂團清理著，好好地把亂絲一條一條地折斷，忍耐地又著急地，想使自己解放出來。但是這麼一種愛情的束縛實在很難解脫。而後波爾敦太太來了，那不啻是一個很大的助手。

他還是和從前一樣，每個晚上總要和康妮親密地談話；談話或高聲地唸書。但是現在康妮可有了波太太，自己再也不必替克利夫憂慮什麼了。波太太同白蒂絲太太在女管家的房子裡吃飯，這辦法倒是挺方便。眞奇怪，從前僕人的地方是那麼遠，現在像是移近了，好像在克利夫的書房門口了。因爲女管家白太太常到波太太的房裡去，當康妮和克利夫獨處的時候，她可以聽見她們低聲地談話，她好像覺得那另一種強有力的雇傭者的生命在顫動著，而把起居室都侵佔了。這便是自從波爾敦太太來到勒格貝後的變化。

康妮眞的覺得自己解脫了，彷彿到了另一個世界；她覺得連呼吸都不同了。但她還是懼怕地自問：「究竟我還有多少根蒂——也許是攸關生命的根蒂，和克利夫的根蒂交結著？」雖然這樣，她畢竟是呼吸得更加自在；她的生命就要展開一種新的姿態。

第八章

波爾敦太太對於康妮也很憐惜的，她覺得自己必須把女性的職業立場，擴張到女主人的身上。她常常勸男爵夫人出去散步，乘車到斯維特走走，去吸些新鮮空氣。因爲康妮習慣整天在火爐旁邊，假裝看著書，或做著活兒，差不多不出門了。

希爾達離開之後的一個大風天，波太太對她說：「妳爲什麼不到樹林裡去散散步，到看守人的小屋後邊去看看野水仙？那是一幅不容易看到的最美麗的景色。並且妳還可以採些來放在房裡呢。野水仙總是帶著那麼悅目的丰姿，不是嗎？」

康妮覺得這主意不壞。是啊！去看那些水仙花！爲什麼要困坐愁城、摧殘自己呢？春天回來了……「春夏秋冬去而復返，而那歡樂的日子，那甜蜜前來的黃昏或清晨，卻永不爲我返回了。〈註：引自米爾頓的『失樂園』。〉

而那個看守人！他那纖細的白皙的身體，像是一枝肉眼不能見的花朵裡孤寂的花心！她在極度的頹喪抑鬱中竟把他給忘記了。可是現在又撩起了她的心思……「幽暗地，在門廊與大門的彼處」〈註：此句係引自Swinburn的Garden of Proserpjne〉現在她想做的，便是通過那些門廊與大門。

她精神抖擻起來了，走路也更輕快了些。在樹林裡的風，不像在花園裡的風那麼緊吹著她，而使人疲乏。她要忘卻，忘記這世界和所有可怖的行屍走肉的人們。在三月的風中，有無窮的語彙在她的心中迅疾地經過：「你必得再生！我相信肉體之復活！假如一粒小麥落在土中而不死，它就是要發芽了。……當鬱金香綻放時，我也要露出頭來看太陽！」

一陣陣的陽光乍明乍暗的，閃爍著光輝，林邊榛樹下的毛莨草，在陽光照耀下，好像金葉似的閃著金光。樹林裡寂靜著，這樣地寂靜著，但給一陣陣的陽光照得惴惴不安。新出的白頭翁都在開花了，滿地上散布著它們蒼白的顏色。整個樹林都像蒼白了。

「在你的呼吸之下，世界變成蒼白了。」〈註：引自Garden of Proserpine〉但這一次，那卻是波斯芬妮〈註：波斯芬妮（Persephone）係希臘神話中的地獄皇后〉的呼吸；她在一個寒冷的早晨，從地獄中走了出來。一陣陣的風呵著冷氣，在頭頂上，那糾纏在樹枝間的亂風在憤怒著。原來風也是和亞浦沙龍〈註：亞浦沙龍（Absalom）係聖經中猶太大衛王子。有一次戰敗逃往林中，長髮為樹枝所絆，掙扎不能脫身，卒為追兵刺死。〉一樣，被困著，但是掙扎著想把自己解脫出來。那些白頭翁草看來多麼怕冷的樣子，在它綠色的衣裙上，聳著潔白、赤裸的肩膊。可是它們卻忍得住，在小徑的旁邊，還有些新長的櫻草，乍開著黃色的花蕾。

狂怒的風在頭頂上怒吼著，下邊只有一陣陣的冷氣，康妮在樹林裡奇異地興奮起來，她的兩頰上潮紅湧起，兩隻眼睛藍得更深。她緩緩走著，一邊採些櫻草，和早春的紫羅蘭，又香又冷的紫羅蘭；她只管前進著，不知自己是在那裡。

她到了樹林盡頭的空曠處，她看見了那帶綠色的石築的小屋，遠看起來差不多是淡紅色的，像是一朵菌的下層的顏色，屋宇的石塊給陽光溫暖著，在那關閉著的門邊，有些櫻草在閃著黃色的光輝。但是闃寂無聲；煙囪裡也不冒煙，也沒有狗在吠。

她靜默地繞到屋後面去，那兒地勢是隆起的。她要有個託詞——她是來看野水仙的。

它們都在那兒，那些花柄短短的野水仙。發著沙沙聲搖曳、顫抖著，這樣的光輝而富有生命，但是它們都想避著風向，而不知將臉兒藏匿何處。

在窘迫至極的時候，搖擺著她們光輝的向陽的小花瓣。但是，事實上也許她們喜歡這樣——也許她們喜歡如此的擺首弄姿。

康妮靠著一株小松樹坐下，這小松樹在她的背後，動蕩著一種彈性，有力的向上的生命。直聳著活動著它的樹梢在太陽光裡！她望著那些野水仙花，在太陽光下，變成金黃的顏色，這同樣的太陽，把她的手和膝蓋都溫暖起來。她甚至還聞著輕微的柏油味的花香。因爲是這樣的靜寂、這樣的孤獨，她覺得已進入她自己的命運的川流裡去了。她曾經被一條繩索繫著、顛簸著、搖動著，像一隻碇泊著的船。現在呢，她是可以自由飄蕩了。

冷氣把陽光趕走了，野水仙無言地深藏在草蔭裡，它們整天整夜的在寒冷中這樣深藏著，雖然是嬌弱，但是多麼地堅強！

她站了起來，覺得身體有些僵硬，採了幾朵野水仙便走了。她並不喜歡摘斷花枝：她只要一兩朵伴她回去。她不得不回勒格貝的牆壁裡去。唉！她多麼恨它！尤其是它堅厚的牆壁！總是牆！雖然，在這樣的風裡，人是需要這些牆壁的！

她回到家裡時，克利夫便問她道：

「妳到那兒去了？」

「一直穿過了樹林！你瞧這些小野水仙花不是很可愛嗎？想想，它們是從污黑的泥土中出來的！」

「還不是從空氣和陽光裡出來的。」他說。

「但是在泥土中形成的！」她反駁地說。自己有點驚異著怎麼能反駁的這樣快。

第二天下午，她又到樹林裡去，她沿著落葉松樹叢中的那條彎曲而上坡的大路走去，直至一個被人叫做約翰井的泉水邊。在這山坡上，冷氣襲人，落葉松的樹蔭下，沒有一朵花兒。但是那冰冷的泉源，卻在它那由白帶紅的純潔細石堆成的井床上，優閒地湧著，多麼晶瑩剔透！無疑地那是新來的看守人添放了些小石子，她聽著溢出的水，流在山坡上，發著叮噹的細微聲。這聲音甚至比那落葉松林的嘶嘶怒號聲更響，這落葉松林在山坡上遍佈著暗影。她聽見好像一些渺小的水鈴在叮噹響著。

這地方有點陰森、冷而潮濕。可是，幾個世紀以來，這塊井一定曾經是人民飲水的地方，現在再也沒有人到這裡來飲水了。周圍的小空地是油綠的，又冷又淒涼。

她站了起來，慢慢地走回家去。一邊走著，她聽見了右邊發著輕微的敲擊聲，她站著靜聽。這是鎚擊聲呢？還是一隻啄木鳥的聲音？不，這一定是鎚擊聲。

她繼續走著一邊聽著。她發現了在小杉樹的中間，有一條狹窄的小徑，一條迷失的小徑。但是她覺得這條小徑是被人走過的。她冒險地沿這小徑走上去，那兩旁的小杉樹，很快便要給老橡樹林掩沒了。鎚擊的聲音，在充滿著風的樹林的靜默中——因爲樹林甚至在它們的風聲中，也產生一種靜默的——愈來愈近。

她看見了一個幽秘的小小的空地，和一所粗木築成的幽秘的小屋，她從來沒有到過這兒的！她明白了這是養育雛雉的幽靜地方，那看守的人，只穿著襯衣正跪在地上用鐵鎚鎚擊著什麼。狗兒向她走了過來，尖銳地狂吠著，看守人突然地抬起頭來，看見了她，他的眼睛裡表現出驚詫的神色。

他站了起來向她行禮，靜默地望著她四肢無力地走了過來。他不喜歡她侵犯了他的孤獨，這孤獨是他所深愛，且認爲這是他生命裡唯一的和最後的自由。

「我奇怪著這鎚擊聲是怎麼來的。」她說著。覺得自己無力，而且有點怕他，因爲他是這樣毫不遮掩地望著她。

「我正準備些小鳥兒用的欄子。」他用沉濁的土腔說著。

她不知怎麼說好，而且她覺得軟弱無力。

「我想坐一會兒。」她說。

「到這小屋裡坐坐吧。」他說了先她走到小屋裡去，把些廢木材推在一邊，拖出了一把榛樹枝做的粗陋椅子。

「要給妳生點火嗎？」他用那種奇異地天眞的土腔問道。

「不，不用麻煩了。」她答道。

但是他望著她的兩手；這兩隻手冷得有些泛青。於是，他迅速地拿了些松枝放在屋隅的小磚爐裡。一會兒，黃色的火焰便向煙囪裡直冒。他在那火爐的旁邊替她安排了一個位置。

「坐在這兒暖一暖吧！」他說。

她服從著。他有一種保護性質的威嚴，使她坐了下來，在火焰上暖著兩手，添著樹枝，而他呢，卻在外邊繼續工作。她實在不願意坐在那兒，在那角落的火旁邊藏匿著；她寧願站在門邊去看他工作。但是她已受著人家的款待，那麼她只好服從。

小屋裡是很舒適的，板壁是些沒有上漆的松木做的；除了一把椅子外，有一張桌子、一把粗陋的小凳、一條木匠用的長凳、還有一口大木箱、一些工具、新木板、釘子和各種各樣的東西掛在鉤子上：大斧、幾個捕獸的夾子、幾袋東西和做的外衣，那兒並沒有窗戶，光是從開著的門邊進來的。這是一個堆放雜物的藏儲室，但同時卻像一個僧道參禪的地方。

她聽著鎚擊聲，這並不是一種愉快的聲音。他是不高興的！一個女人！侵犯了他的自由與孤獨，這是多麼危險的侵犯！他在這大地上所要的，便是孤獨，但是他沒有力量去保衛他的孤獨；他只是一個被僱傭的人，而這些人卻是他的主子。

尤其是，他不想再和一個女人接觸了。他懼怕因爲過去的接觸使他受到一個很大的創傷，他覺得要是他不能孤獨，要是人不讓他孤獨，他便要死亡。他已經完全從外界脫離了，他的最後翻身處便是這個樹林，他把自己藏在那兒！

康妮把火生得猛旺，她覺得溫暖起來了，一會兒她覺得熱起來了。她走到門邊坐在一張小凳上，望著那個工作的人，他好像沒在注意她，但是他是知道她在那兒的。不過他仍然工作著，似乎很專心地工作，他褐色的狗兒坐在他的旁邊，視察著這不可信任的世界。

清瘦、沈靜而又敏捷，那人把欄子做好了，把它翻了過去，試著那扇滑門，再把它放在一邊。然後他站了起來，去取了一把舊欄子，把它放在剛才工作著的斫板上，他蹲伏著，試著上面的木棒是不是堅實；他把其中的幾根折斷了；他開始把釘子拔了出來，然後把木欄前後翻轉著考量，他一點兒也不露出他覺察到一個女人在那兒的神態。

康妮出神地望著他。那天當他裸體的時候，她感受到的那種孤獨，現在也能在他的衣服下感覺出來，又孤獨、又專心，他像一隻孤獨工作的動物，但是他也深思默慮著，像一個退避的靈魂，像一個退避人間一切關係的靈魂。即在此刻，他也靜默地、忍耐地、躲避著她，這麼一個熱情躁急的男子的這種靜默，這種無限的忍耐，使康妮的子宮都感動了。她可以從他俯著的頭，他敏捷的兩隻手，和他那纖細多情的彎著的腰部，看出這些來；那兒有著什麼忍耐著退縮著的東西。她覺得這個人的經驗比她廣博得多了，也許比她的還要殘酷。想到了這個倒使她覺得輕鬆起來；她差不多覺得自己是不必負什麼責任了。

就這樣，她坐在那小屋的門邊，作夢似的，全忘了時間和環境的知覺。她是這樣地恍惚，他突然地向她望一望，看見了她臉上那種十分靜穆和期待的神情。在他，這是一種期待的神情。驟然地，他彷彿覺得他的腰背，有一支火焰在燃燒著，他的心裡呻吟起來。他害怕著，拒絕著一切新的密切的人間關係。他最切望的便是她能走開，而讓他孤獨下去。他懼怕她的意志，她女性的意志，她新女性的固執。尤其是，他懼怕她那上流社會婦女的泰然自若，果敢無畏的恣情任性。因爲，畢竟他只是個傭人。他憎恨她的現身於這個小屋裡。

康妮忽然不安地醒轉過來。她站了起來。天色已近黃昏了；但是她不能走開。她向那人走了過去，他小心翼翼地站著，他憔悴的面孔僵硬而呆滯，他注視著她。

「這兒眞舒服，眞安靜。」她說。「我以前從沒有來過呢。」

「沒有嗎？」

「我看我以後會偶爾來到這兒坐坐。」

「是的！」

「你不在這兒的時候，是不是把屋門也鎖起來的？」

「是的，夫人。」

「你認爲我也可以得一支鑰匙嗎？這樣我便可以隨時過來，鑰匙有兩支沒？」

「據我知道，並沒有兩支。」

他又哼著。康妮猶豫著；他這是在排斥她了。但是，難道這小屋是他的嘛？

「我們不能多配一支鑰匙嗎？」她用她那溫柔的聲音問道。這是一個女人決意要滿足她的要求時的聲音。

「多一支？」他一邊說，一邊用一種忿怒和嘲諷混合的眼光望著她。

「是的，多做一支同樣的。」臉紅著，她說。

「也許克利夫男爵另有一支吧。」他用土腔說。

「是的！」她說：「也許另有一支。但是我們可以照你那支另做一支。我想那用不了一天的工夫。在這一天內你可以不用鑰匙吧？」

「我可不知道，夫人！我不認識這附近誰會打鑰匙的。」

「好吧！」她說。「我自己去辦。」

「是的，夫人。」

他倆的視線遇著。他的眼睛是冷酷的，充滿著厭惡和侮蔑，漠然於未來的事情；她的呢，則是含恨的、盛怒的。

但是她的心裡難過著，她知道當她反對他時，他是多麼地厭惡她。她看見他是在一種失望的精神中。

「再見了！」

「再見，夫人！」他行了一個禮，猝然地轉身走了。她把他心裡隱伏著的狂暴的舊恨──那對於堅執的女人的憤怒，撩醒了。而他卻無力反抗的、莫可奈何的。他知道這個！

她呢，她對於男性的固執也憤怒著，尤其是一個僕人！她憂悶地、生氣地回到家裡。

她看見波爾敦太太在那棵大山毛櫸樹下等著她。

「我正奇怪著妳回來了沒有，夫人。」她快活地說。

「我回來晚了嗎？」康妮問道。

「啊……不過克利夫男爵正等著妳喝茶罷了。」

「妳也可以幫他沖呀！」

「啊，我覺得我不適合那種職務喲！並且我相信克利夫男爵不會喜歡的，夫人。」

「我不明白他爲什麼會不喜歡。」康妮說。

她走進書房裡去看克利夫，那把舊的銅水壺正在托盤上冒著氣。

「我來遲了吧，克利夫？」她說著，把她採的幾朵花插好，再把茶葉罐取了來，她站在托盤旁邊，帽子沒有取下，圍巾也還在頸上。「我眞抱歉！爲什麼你不叫波太太弄呢？」

「我沒想到這個。」他冷嘲地說。「我不覺得她在茶桌上執行主婦的職務是合適的！」

「啊，拿茶壺斟茶，並不見得怎麼神聖呀。」康妮說。他奇異地望著她。

「妳整個下午做什麼來著？」

「散散步和坐在一個背風的地方休息。你知道大冬青樹上還有小果子嗎？」

她把披肩除下了，但是還戴著帽子，她坐下去弄著茶。烤的麵包已軟了不脆了。她把茶壺套子套在茶壺上，站起來去找了一個小玻璃杯，把她的紫羅蘭花放在裡面，可憐的花兒，在柔軟的枝頭上低垂著。

「它們會活轉過來的！」她一邊說，一邊把杯子裡的花端在他的面前讓他聞。

「比朱諾的眼瞼還要溫馨。」〈註：出自莎士比亞『冬天的故事』裡的人物〉他引了這句話說。

「我覺得這句詩和這紫羅蘭，一點關係也沒有。伊莉莎白時代的人都是些空泛不著邊際的人。」

她替他斟著茶。

「約翰井過去不遠，那個養育雛雉的小屋，你知道有第二把鑰匙嗎？」

「也許有吧！爲什麼？」

「我今天無意中發現了這個地方——以前我從不曉得有這麼一個地方的。我覺得那兒眞可愛。我可以隨時到那裡去坐坐，是不是？」

「梅樂士也在那裡嗎？」

「是的！就是他的鐵鎚聲使我發現那小屋的。他似乎很不樂意我去侵犯了那個地方。當我問他有沒有第二把鑰匙時，他就表現出很唐突無禮的樣子！」

「他說了什麼？」

「啊，沒有什麼，只是他那態度。他說鑰匙的事他全不知道。」

「在我父親的書房裡也許有一把吧。這些鑰匙白蒂絲都認得；所有鑰匙都在那裡。我得叫她去找出來。」

「啊，謝謝您！」她說。

「妳剛才不是說梅樂士唐突無禮嗎？」

「啊，那個人是不值得去談的，而且我相信他不喜歡我在他的城堡裡自由出入的。」

「我也這麼想。」

「但我不明白是爲什麼？畢竟那又不是他的家，那又不是他的私人住宅，我不明白爲什麼我喜歡時，卻不能到那兒去坐坐？」

「的確！」克利夫說。「這個人，他自視太高了。」

「你覺得他是這樣的人嗎？」

「無疑地，他是這樣的一個人！他相信他是一個特別的人。你知道他曾經娶過一個女人，因爲和她合不來，他便在一九一五年那年入伍被派到印度去。無論怎樣，他曾在埃及的馬隊裡當過一時的蹄鐵匠；他常管著馬匹，這一點他是能幹的。以後，一個駐印度軍的上校看上了他，把他升做一個中尉的軍官。是的，他們把他升爲一個軍官。他跟他的上校回印度去，在西北部弄了一個職位。他在那裡得了病，於是他得了一份撫恤金。他大概是去年才離開軍隊的吧。這當然啊，像他這種人想要回到從前的地位，並不是一件容易的事。但是他倒能盡他的職務，至少關於我這裡的事他是很稱職的。不過，我是不喜歡他擺出中尉梅樂士的樣子的。」

「他講的是一口德爾貝的土話，他們怎麼能把他升爲一個軍官呢？」

「他的土話是他覺得要說時才說的。像他這種人，他能說很正確的英語的。我想他以爲自己既陷在這種地位中，最好便說這種階級的人所說的話吧。」

「爲什麼這些事你以前不對我說？」

「啊，這些浮華不實的事我是最嫌煩的，它會破壞一切的秩序的。」

康妮同意這種說法。這些無處可以適合的、不知足的人，有什麼用處？

天氣依舊晴朗。克利夫也決意到樹林裡去走走。風是冷的但並不令人疲憊，而且陽光像是生命的本身一樣，又溫暖又充實。

「眞奇怪！」康妮說。「在一個眞正新鮮而晴朗的日子裡，人的心情也跟著大不相同。平時，一個人覺得甚至空氣都是半死的，人們甚至連空氣都要拿來毀滅了。」

「妳這樣想嗎？」他問道。

「是的，我這樣想。各種各樣的人的許多煩惱、不滿和憤怒的氣氛，把空氣裡的生氣都毀滅了。這是毫無可疑的。」

「也許是空氣的某種情況把人的生氣削減了吧？」

「不，是人類把宇宙摧殘了。」她斷然道。

「他們把自己的巢窩摧殘了。」克利夫說。

小車子前進著。在榛樹的矮林中，懸著一些淡金色的花絮，在太陽曬著的地方，白頭翁盛開著，彷彿在讚賞著生之愉快，正如往日人們能夠和它們一同讚賞的時候一樣。它們隱約地散發著蘋果花香。康妮採了一些給克利夫。

他接在手裡，奇異地望著這些花。

「啊，你是未被姦污的淑靜的新婦……」〈註：引自濟慈（Keats）的「希臘瓶歌」〉他引了這句話說。「這句詩與其用在希臘古瓶上，似乎遠不如用在這些花上合適。」

「姦污是個醜惡的字！」她說。「是人類把一切事物姦污了。」

「啊，我可不知道。像蝸牛……」

「甚至蝸牛們也不過只知嚼食，而蜜蜂們並不把東西姦污呢。」

她對他生起氣來，他把每樣東西都變成空虛的字眼，紫羅蘭拿去比朱諾的眼瞼，白頭翁拿來比未姦污的新婦。她多憎恨這些空虛的字，它們常常站在她和生命之間，這些現成的字句，便是姦污者，它們吮吸著一切有生命的東西的精華。

這次和克利夫的散步，是不太愉快的。他和康妮之間，有著一種緊張的情態，兩個人都假裝不去留意，但是這緊張的情態是存在著的。忽然，她覺得自己要以全副的力量，把他擺脫掉，她要從他那裡解脫出來，尤其要從他的「我」，從他的空虛的字句，從他的自我的魔力中，從他的無限的單調的自我的魔力中解脫出來。

天空又開始飄雨了。但是，下了一、兩天後，她冒著雨走到林中去。一進入樹林，她便向那小屋走去。雨下著，天氣並不冷。在這朦朧的雨天中，樹林是這樣地寂靜，這樣地隔絕，這樣地遙不可及。

她來到了那塊空曠的地方。一個人影兒都沒有！小屋門是鎖著的，她坐在那粗陋的門簷下的門檻上，蜷伏在她自己的暖氣裡。她這樣坐著，望著霏霏的雨，聽著無聲的雨滴，聽著風在樹枝上奇異的嘆息，而同時卻又彷彿沒有風似的。老橡樹環立著，它們的灰色的有力的樹幹，給雨濕成黑色，圓圓地，充滿著生命地，向四周迸著豪放的樹枝。地上並沒有什麼細樹亂草，有的是繁衍的白頭翁，一兩株矮樹、香木或雪球樹，和一堆淡紫色的荊棘。在白頭翁的綠衣下面，衰老而焦紅的蕨草並不多是被掩沒了。

也許這是一個未被姦污的地方。未被姦污！而全世界卻都被姦污了。

某種東西是不能被姦污的。你不能姦污一罐沙丁魚吧。許多女子是像罐裡的沙丁魚的，還有男子。但是這塊大地……

雨稍微停住了，橡樹叢裡的陰暗差不多散了。康妮想走，但是她還是坐著。她漸漸覺得冷了；但是她的內在的、怨恨的、不可抗拒的力量壓迫著她，使她像痲痺似的釘在那兒。

被姦污！唉！一個人是可以不被人觸摸而被姦污的！一個人是可以被那些淫穢的死字眼，和魔鬼纏身似的死理想姦污的！

一條被雨淋濕了的褐色的狗跟著前來了，牠並不吠，只是舉著牠的濕尾巴。狩獵人跟在後面，穿著一件像車夫穿的黑油布的給雨淋濕了的短外衣，臉孔有點紅熱。她覺得當他看見了她時，疾速的步伐停頓了一下，她在門簷下那塊狹小的乾地上站了起來。他無言地向她行了一個禮，慢慢地走上前來，她準備要走開了。

「我正要走了！」她說。

「妳是等著要進裡面去的吧？」他又用土話說道。他望著小屋，並不望著康妮。

「不，我只坐在這兒避避雨的。」她尊嚴而鎮靜地說。

他向她望著。她的模樣似乎是覺得冷。

「那麼，克利夫男爵沒有另一支鑰匙嗎？」他問道。

「沒有！但是沒有關係。我只要在這屋簷下避雨的。再見！」她恨他滿口的土話。

當她走開時，他緊緊的盯著她，他掀起了他的外衣，從他的褲袋裡，把小屋門的鑰匙取了出來。「你還是把這個鑰匙拿去吧，我會另外找個地方去養雛雉的。」

她望著他，問道：

「這是什麼意思？」

「我說我會另外找個地方養幼雉去。要是妳到這兒來，大概妳不會喜歡看我在妳的身邊，老是來來往往、忙這忙那的。」

她望著他，明白了他那模糊不清的意思。她冷淡地問：

「爲什麼你不說大家說的英語？」

「我？我以爲我說的就是大家說的英語呢。」

她忿怒地沈默著。

「那麼，要是妳要這鑰匙，妳還是拿去吧。或者，我還是明天再交給妳吧，讓我先來把這地方整理出來。妳覺得好不好？」

她更生氣了。

「我不要你的鑰匙。」她氣憤地說。「我不要你整理什麼東西出來。我一點也不想把你從這小屋裡趕走，謝謝你！我只要隨時能到這兒來坐坐，像今天一樣。但是我也可以坐在這門簷下。好了，請你不要多說了。」

他的兩隻狡猾的藍眼睛又向她望著。

「但是，」他用那沉濁的、緩慢的土話說。「這小屋是歡迎夫人來的，鑰匙是他的，其他一切也都是他的。不過在這個時候，我得飼養小雉，我得忙這忙那。如果在冬天，我便差不多用不著這屋子，但是現在是春天了，而克利夫男爵要我開始養些雉雞……夫人到這兒來時，無疑地我在身邊會礙事的！」

她在一種朦朧的驚愕中聽著。

「你在這裡於我有啥關係呢？」她問道。

「是我自己會很礙事！」他簡單地、但是意味深長地說。她的臉紅了起來。

「好！」她最後說：「我不妨礙你好了。但是我覺得坐在這兒，看你管理著小雉雞，於我一點也沒有關係。而且我很喜歡。但是你既以爲這是礙你的事，我便不再妨礙你好了，你不要害怕了。你是克利夫男爵的看守人，而不是我的。」

這句奇異的話，連她自己也不知道她爲什麼會說得出來。

「不，夫人，這小屋子是夫人的。夫人隨時喜歡怎樣就怎樣。你可以在一星期前通知我，把我辭退了。只是……」

「只是什麼？」她不知所措的問道。

他怪可笑地把帽子向後推了一推。

「只是，妳來這裡時，儘可以要求這小屋子歸妳一個人用，儘可以不願意我在這兒忙這忙那的。」

「這是爲什麼？」她惱怒地說。「你不是個很開化的人嗎？你以爲我應該怕你嗎？爲什麼我一定要留心你，和你的在與不在？難道那和我有關嗎？」

他望望她，臉上閃著乖戾的笑容。

「沒有的，夫人，一點兒關係也沒有的。」他說。

「那麼，又爲什麼呢？」她問道。

「那麼，我叫人另做一支鑰匙給夫人好嗎？」

「不，謝謝！我不要。」

「無論如何我另做一支去。兩支鑰匙好些。」

「我認爲你是個很魯莽的人！」康妮說。臉紅著，也有些氣喘。

「啊，啊！」他忙說道。「妳不要這樣說！我是沒有惡意的。我只是想，要是妳到這兒來，我便得搬遷，而在別的地方另起爐灶，那是要花好大的工夫的。但是如果夫人不要理會我，那麼……小屋子是克利夫男爵的，而一切都聽夫人的指揮，聽夫人的便，只要當我在這兒做這做那的時候，夫人不要理會我就行了。」

康妮迷亂得恍恍惚惚地走開了。她不知道自己究竟是不是受他侮辱了，是不是受他冒犯了。也許他說的話並不含有什麼惡意；也許他不是要說，如果她在那小屋裡，她便要他避開。好像眞有這個意思似的！好像他那傻子在不在那裡，有什麼關係似的！

她在紛亂的情緒中回家去，不知道自己在想著什麼、感覺什麼。

第九章

康妮驚訝於自己對克利夫的厭惡感覺。尤其是，她覺得自己一向就深深地討厭他，那不是恨，因爲這其中是並沒有什麼熱情的，那是一種肉體上深深的厭惡。她似乎覺得所以和他結婚，正因爲她厭惡他，一種不可思議的肉體上的厭惡他；而實際上她所以和他結婚，是因爲他在精神上吸引她、刺激她之故。在某種情形下，他像是比她高明，是她的支配者。

現在，精神上的吸引已經衰退了、崩潰了；她感覺到的只是肉體上的厭惡了。這種厭惡從她的心之深處升起，她領悟了生命曾經對她的摧殘！

她覺得自己毫無力量，而且完全地孤獨無依了，她希望有什麼外來的救援。但是整個世界中並沒有可以救援的人。社會是可怕的，文明的社會是癲狂的，金錢和所謂的愛情，便是這個社會的兩個瘋狂慾念，尤其是前者，在迷失中，每個人在這兩種狂慾中——金錢與愛情中——追逐著。看看麥克里斯！他的生活、行動，只是瘋狂罷了。他的愛情也是一種瘋狂的併發症。

克利夫也是一樣。所有他的談話，所有作品，所有他的使他自己飛黃騰達的狂野掙扎！這一切都是瘋狂的。事情卻越來越糟，而成了眞正的瘋狂了。

康妮驚怕得麻木了。但是還好，克利夫對她的操縱，改向波爾敦太太施展了。她覺得輕鬆了許多。這一點克利夫自己不知道的。好像許多瘋狂者一樣，他的瘋狂可以從他所不自知的事物多少看出來，可以從他的意識的太虛中看出來。

　　波太太在許多事情上是可欽佩的。但是她有一種駕馭他人的怪癖，和堅持自己意志的無限的固執，這是新女性的一個瘋狂的標識。她相信自己是全心地盡忠於他人。克利夫使她覺得迷惑，因爲常常地，或很常地，他使她受挫，像他的本能比她的更精細似的。是的，他比她有著更微妙的高明之處。這便是克利夫迷惑她的地方。

　　也許，那也是以往他迷惑康妮的地方吧。

「今天天氣多麼美好！」有時波太太會用這種迷人的、動聽的聲音說。「我相信你今天坐著小車子出去散散步，一定會覺得寫意的，你看，多美的太陽！」

「是麼？給我那本書吧——那邊，那本黃皮的。噯，把那些風信子拿開吧。」

「爲什麼，這樣好的花！它們的香味簡直是迷人的！」

「剛好是那氣味我不愛聞。我覺得有些殯儀館的味道。」

「你覺得嗎？」她驚訝地叫。有點惱怒，但是被他的威嚴制伏了，她把風信子拿出去，深覺於他的難於應付。

「今天要我替你刮臉呢，還是你喜歡自己刮呢？」一樣是那種溫柔的聲音，但卻含有支配的意味。「我不知道。請妳等一會吧。我準備好了再叫妳。」

「是的，克利夫男爵！」她溫柔地屈服了。然後靜靜地退了出去。但是每一次的挫折，卻更加強了她的意志。

　　過了一會兒他按鈴時，她馬上便到他那裡去。他便說；

「我想今天還是妳替我刮臉吧。」

　　她聽了心裡微微地顫動起來，她異常溫柔地答道：

「是的，克利夫男爵！」

她是很伶俐的，她的撫觸是溫柔的、纏綿的，而又很緩慢。起初，她的手指在他臉上的這種無限溫柔的撫觸，使他覺得不快。但是現在他卻喜歡了，而且覺得舒服愉快的了。他差不多每天都要她來替他刮臉了。她的臉孔親近著他的，她的視線很集中地注意著她的工作。漸漸地，她的手指尖熟悉了克利夫的臉頰和嘴唇、下頷和頸項了。他是個養尊處優的人，他的臉孔和喉部是很好看的，而且他是一位貴紳。

她也是個漂亮的婦人，她的蒼白的、有點細長的臉孔，非常地肅穆，她的眼睛是晶瑩的，但是很含蓄的。漸漸地，用著無限的柔情，差不多是用著愛情，她可以握著他的咽喉，而他也對她馴服起來了。

她現在是什麼都替他做了，他也覺得在她手裡比在康妮手裡更自然，更無羞赧地去接受她卑賤的服役了。她喜歡管理他的事情。她竭盡所能，甚至於最微賤的工作。

有一天，她對康妮說：

「當你深深地認識他們的時候，一切男子實在都是些嬰孩。啊，我看護過達哇斯礦坑裡最可怕、最難對付的工人。但是他們遇有什麼痛苦，而需要被照顧時，他們便成為大嬰孩了，所有的男人都差不多的！」

起初，波爾敦太太以為一位貴紳，應是與衆不同的，一位眞正的貴紳如克利夫男爵這般。所以克利夫開始佔了上風。但是當她深深地了解之後，她才發覺了他沒什麼較他人特殊，只是一個有著大人的身體的嬰孩罷了；不過這個嬰孩的性情是怪異的，舉止也是斯文的，他富有權威，他有種種她所欠缺的，而他能夠用以這些知識駕馭她。

有時康妮很想對克利夫說：

「千萬不要沉溺深陷在這個婦人的手裡吧！」但是，她並沒有說出來，因為她總覺得自己並非關心他到這種地步。

他倆依舊守著從前的習慣，晚上是要在一起度過的，直至十點鐘。他們談著，或一起讀書，或校閱他的草稿，但是此中的樂趣早已消失了。他的草稿使康妮覺得煩厭，但是她還是盡她的義務，替他用打字機抄錄著。不過，不必等待多久，那將由波太太來做這工作了。

因爲康妮對波太太提議過她應該學習打字。波太太是隨時都準備著動手的人，她馬上便開始了，而且勤勉地練習著。現在克利夫有時口唸著一封信叫她打，她也可以打出來了，雖然速度不快，但多半不會出錯了。她很有耐性把難字和遇著要用法文的時候，一個字一個字唸給他聽。她是這樣的興奮，所以教她差不多也可說是一件樂事了。

現在，有時康妮在晚飯後，便藉口頭疼上樓去了。

「或者你可以和波太太玩玩牌吧？」她對克利夫這樣說。

「啊，不要擔心，妳回房休息吧！親愛的。」

但是她走了不久，他便按鈴叫波太太來玩Piquet或bezique紙牌戲，甚至下象棋。他把這些遊戲都教了她。康妮覺得波太太臉紅得像興奮的女孩，手指不安地舉著她的棋子又不敢動的樣子，眞是難看。克利夫用著一種勝利者的半嘲弄的微笑對她說：

「妳應當說，我調子了。」〈註：調子，係象棋遊戲中舉子不定時之用語。〉

她用她那光亮、驚異的眼睛望著他，然後含羞地、馴服地低聲說：

「我調子了！」

是的，他正教育著她，他覺得是一件快樂的事，這給他一種權威的感覺。而她呢，也覺得興奮。她漸漸地得到了一切上流階級所知道的東西，除了金錢以外，這也使她沉醉。相反地，她亦使他覺得需要她在身邊。她的興奮的沉醉，對他是一種微妙且深深的阿諛。

而康妮呢，她覺得克利夫的眞面目顯露出來了：他有點肥胖臃腫，更有點庸俗、平凡，並沒有什麼才氣。波太太的把戲，和她的謙卑的威風也太透明了。不過，康妮所奇怪的便是這個婦人從克利夫那裡所得到的興奮快感。說她已愛上了他，是不對的。他是一位上流社會的人，一位有爵銜的貴紳，一個照片在許多畫報登著、能夠著書吟詩的人，能和這麼的一個人親近，使她覺得沉醉罷了。她的沉醉到了一種怪異的熱化地步；他「教育」她，對她所引起的一種熱情，是比戀愛所能引起的更深且更寬廣的。實際上，他因不能使他倆間發生愛情關係，反而使他更無所拘束地，對於這另一種的熱情——「知識」的熱情，如獲得像他一樣的知識——而興奮沉醉呢！

在某種觀點上，毫無疑問地這婦人是鍾愛他了；姑且不論我們把鍾愛兩字怎樣看法。她看起來是這樣的漂亮，這樣的年輕，她的灰色眼睛有時很迷人的。而同時，她還有一種溫柔的滿足，那幾乎是得意的、秘密的滿足。唉！這種秘密的滿足，康妮覺得多麼惡厭！克利夫之深陷於這個婦人的手中，是不足驚訝的！她深深地、堅持地愛慕他，全心全力地服侍他，使他可以任意的使用她。

康妮詳細地聽著他倆的談話。大部分是波太太在說話。她對他說著一大堆達哇斯村裡的閒話。那是比閒話更甚的；那是什麼格絲太太、佐治．愛里歐、梅芙小姐，湊在一起的。關於平民生活的事情，只要波太太一開口，那是比一切書本都更詳細的。所有這些平民都是她所深悉的，她對他們的事情是這樣的感覺興趣、這樣的熱心。聽她說話是令人歎服的，雖然那未免有點丟人。起初她不敢對克利夫講「說起達哇斯」——這是她自己的口吻，但是一說起了，可就起勁了！克利夫聽著，是爲了找「材料」，他覺得其中或許有些材料的。康妮明白他的所謂天才就是了；知道利用閒話的一種伶俐的才幹，而外表則表現得滿不在乎。波太太的「說起達哇斯」來時是很起勁的；甚至滔滔不絕的。什麼事情她都知道！她很可以說出十二部書的材料來呢！

康妮很迷惑地聽著，但是聽了之後又常常覺得很丟臉。她不應該這樣好奇、津津有味地聽著。不過，聽他人最秘密的故事也沒有什麼不可以，只要用一種尊敬的心，用一種體貼的銳敏力，去同情於掙扎的受苦的人的靈魂。眞正決定我們生命力的就是同情的消長。這點便是一篇好小說最重要之處。它——小說，能夠引導我們的同情心流向新的境地，也能夠把我們的同情心從腐朽的東西引退。所以，好的小說能夠把生命最秘密處啓示出來；因爲生命中之熱情的秘密處，是最重要銳敏的感悟之波濤，去作一番澄清淨化的工作。

但是小說和閒話一樣，能夠興起假的同情而爲靈魂機械的致命傷。小說能把最齷齪的感情描寫得極大尊貴，使其在世人的眼中看來是「純潔」的。於是小說和閒話一樣，流於腐朽了，而且和閒話一樣，因爲常常地假裝著站在道學方面，那當更屬於惡毒了。波爾敦太太的閒話，是常常站在道學方面說的。「他是這麼一位可惡的男人，她是這麼一個好的女人。」這類批判性的話不絕於耳。

因此，康妮從波太太的閒話裡，看出女人是個喜歡甜言蜜語的東西，男人則顯得忠厚多了。但是太忠厚了反而使一個男子「壞」：而甜言蜜語則使一個女人「好」。所以，閒話使人覺得羞恥；這也是多數小說，尤其是流行小說，使人讀了覺得羞恥的緣故。現在的大衆，只喜歡迎合他們的腐敗的心理的東西了。

雖然，波太太的閒話，使他對達哇斯村得了一個新認識。那種醜惡的生活多麼齷齪可怖！全不像從表面上所見的那麼可愛。所有這些閒話中的主人翁，自然都是克利夫所熟悉的，康妮只略知一二。聽了這些生活故事，人們會覺得那是在一個非洲的野林中，而不像是在英國裏。

「我想你們已經聽見愛爾蘇小姐在上星期結婚了！誰想得到！愛爾蘇小姐是鄉村裡，那老鞋匠詹姆士·愛爾蘇的女兒。你知道他們在派克有了一棟房子。老頭兒是去年摔了一跤死的！他八十三歲了，卻強健得像個小夥子似的。他在北斯島山上一條滑冰道上摔了一跤，把大腿折斷了，便完結了他的一生；可憐的老頭兒，眞是可憐，他把所有的錢都傳給黛蒂了；他的男孩們卻一枚辨士也沒得到！黛蒂，我很熟悉，她大我五歲……是的，她去年秋天是五十三歲。你知道他們都是十分虔誠的教徒，眞的！

「她在主日學校教了三十年的書，直至她父親死了。父親死後，她開始和一個金波洛克的男子來往；我不知道你是否知道這個人，他叫威爾格，是一個有好看的紅鼻子、上了年紀的人，他在哈里遜的木廠裡做工。他至少有六十五歲了；但如果你看見了他倆勾肩搭臂、在大門口擁抱接吻的情形，你準會以為他們是一對年輕的小鴛鴦呢！是的，在正對著派克羅的大街的窗口上，她坐在他的膝上，誰都可以瞧得見。幾個兒子都已四十多了，他太太也才死去，兩年多呢！如果那老詹姆士沒有從墳墓裡爬出來發她的脾氣，那是因為他出不來；因為他生前對她是很嚴厲的！現在他們結婚了，到金波洛克去住了。人們說，她從早至晚都穿著一件睡衣跑來跑去，多不體面的事！

「眞的，我敢說這些上了年紀人的行為是很噁心的！他們比年輕人更壞，更令人厭惡呢。在我看來，這是受到電影的毒素。但是你不能禁止他們去看電影。我常說：去看好的有益的影片，但是天啊，千萬不要去看激情浪漫的愛情片子。無論如何不要讓孩子們去看！但是事實上，大人比孩子更壞，而老人更是糟！說起什麼道德來，沒有人會理你的。

「人們都是為所欲為，我不得不說，他們是無所謂道德的。但是在這個年頭，他們不得不收斂一些，現在礦務不景氣，他們也沒錢。他們的抱怨是要不得的，尤其是婦女們。男人們都很安分、很有耐性，這些可憐的傢伙實在沒辦法！但是婦女們呢，她們還是繼續下去。她們湊錢去送瑪麗公主的結婚禮物；但是當她們聽說公主收的禮物都是些貴重的東西時，她們簡直瘋了：『她是誰，難道比我們更值錢？』爲什麼史璜艾格公司〈註：史璜艾格公司是倫敦的一家大百貨公司〉送了她六件皮外套，而不給我一件？我眞後悔出了十先令！奇怪我出了十先令給她，又得到什麼回報？我父親的收入這樣少，我甚至想一件春季外套都買不起，而她卻幾車幾車的收禮。現在是時候了，窮人們應有些錢來花，富人們是享福享夠了。我要一件新的春季外套，我實在需要；但是我怎麼才能得到呢？

「我對她們說：『算了吧！既然得不到你所想的這些艷麗的東西，也就算了，妳能吃得飽、穿得暖已經是託天之福了。』而她們卻反駁我說：『爲什麼瑪麗公主不穿上破舊衣裳？我不能得到一件春季的新外套？眞是豈有此理！一個公主！一個公主就能這樣！只是錢在作怪罷了；而她有的是錢，所以人人巴結，雖沒有人給我錢，但我和他人卻有同樣的權利呢。不要對我說什麼教育。金錢才是好的。我需要一件春季的新外套，但我不會得到的，因爲我沒有錢……』

「她們所關心的，便是衣服。她們覺得拿七、八個金鎊去買一件冬季外套——你要知道她們只是些礦工的女兒們喲——很理直氣壯的用兩個金鎊去買一頂夏季的童帽。她們戴著兩金鎊的帽子到教堂去，這些女孩們，要是在我年輕的時候，她們只要有頂三先令的帽子，已經很了不起了！聽說今年教堂舉行紀念會時，他們要替主日學校的孩子們，建造一座講壇似的大平台，高到和天花板一樣高，那主日學校女生第一班的教師湯森小姐對我說，這平台上的人所穿的新的禮拜衣裳，價值一定超過一千鎊以上！社會這麼的不景氣！但是你不能阻擋她們幹什麼。她們對於衣裳飾品是瘋狂的。男孩們也是一樣；他們掙的錢全都花在自己的身上：衣服、香菸、喝酒，一星期跑三次雪菲爾德去胡鬧。

「唉！世界變了。所有這些青年都無所忌憚、無所尊敬的了。上了年紀的男子們，便都是安分的、耐心的，可是他們讓婦女們把一切都拿了去。事情所以到了這步田地，婦女們簡直是惡魔呢。但是青年們都不像他們的父親了。他們什麼都不能缺少，什麼都不能犧牲；他們的一切都是為了自己。要是對他們說，應該省點錢成個家，他們便說：『那不用著急的，我要及時享樂。其餘一切都可慢慢再說……』啊，他們是多麼魯莽、自私！一切都讓老人去幹，一切都越糟了。」

克利夫對於他的本村，開始有個新的認識了。他常常懼怕這個地方！本來他以為安然無事的，而現在……

「村中社會主義和布爾什維克主義很流行嗎？」他問道。

「哦！」波太太說。「聽說有些人在叫囂，不過叫的人大多是負債的婦女。男子們並不管這些的。我們不相信達哇斯的男子變成赤色份子。他們相當穩重，不管那些事的。」

「所以你認為那是無關緊要的？」

「啊，那是只要生意好，危險是不會發生的。如果事情長久惡化，年輕人便不免會迷糊起來。我告訴你，這些都是自私放縱的孩子。但他們不見得會做出什麼事情來的。他們無論什麼事都不會認真，除了坐在機器腳踏車上出風頭，和到雪菲爾德的舞廳去跳舞。沒有事情會使他們正經的。最正經的人是穿了晚禮服去跳舞的，在一群女子的面前炫耀，跳著那些新式的卻爾斯登舞，什麼都不幹！有時公車上擠滿了這些穿著晚禮服的青年，礦工的兒子們。他們對什麼事都不認真……除了對於卡斯特和達比的賽馬會，因為他們賭馬賽。還有足球呢！足球也不像從前了，差得遠了。他們說玩足球太辛苦了。周末下午，他們認爲不如乘機器腳踏車到雪菲爾德或諾丁漢去玩的好。」

「但是他們到那裡去幹什麼？」

「呀，他們到那裡去流浪……到講究的茶館如美卡多一樣的地方喝茶……帶著女友去跳舞、電影院或者皇家戲院去。女孩們也和男孩們一樣的放蕩不羈，她們喜歡什麼便做什麼的。」

「當他們沒有錢去供這種揮霍的時候又怎麼樣呢？」

「他們總像是有錢似的，也不知道怎樣來的。沒有錢的時候，他們便開始說些難聽的話了。但是，據我看來，既然這些青年男女們所要的，只是以金錢來享樂和買衣裳，怎麼會沾染著什麼布爾什維克主義。他們的頭腦是不能使他們成爲社會主義者的。他們不夠正經，他們永不把什麼事情正經的看待。」

康妮聽了這番話，心裡想，下層階級和其他一切階級相似極了。到處都是一樣，達哇斯或倫敦的貴族區梅費爾或坎斯頓，都是一樣。我們現在只有一個階級了——拜金主義者，男拜金主義者和女拜金主義者，唯一不同的地方，就是你有多少錢，和你需要錢多罷了。

在波太太影響下，克利夫開始對於他的礦場發生新興趣了。開始覺得事情是與自己有關係的。一個新的擴展需要在他心裡產生了。畢竟他是達哇斯的眞正主人，這點使他重新建立權威，那是他一向懼怕而不去想的。

在達哇斯只有兩處煤場了：一處就是叫達哇斯的，其他一處叫新倫敦。從前達哇斯是一個著名的煤場，賺錢出名的。但黃金時代已經過了。新倫敦從來就沒多大出息，平素不過勉強維持開銷。但是現在像新倫敦這種礦場，根本是要被人放棄了的。

「許多達哇斯的男子們都到史德門和費德華去了。」波太太說。「克利夫男爵喲，你去史德門看過大戰後成立的那些新工廠嗎？那天你得看看，那全是新式的偉大的化學工廠建築在煤坑上；那全不像是個採煤的地方了。人們說，他們從化學產品所得的錢，比煤炭所得的還要多……我忘記了什麼化學品了。而那些工人的宿舍，簡直像王宮！附近的光棍們當然是趨之若鶩了。但是許多達哇斯人也到那裡去了，他們在那邊生活得很好，比我們這裡的工人還好。他們說，達哇斯是完了，再過幾年便要關閉了，而新倫敦早就完了。

「老實說，如果達哇斯煤坑停工了，那可不是好玩的事！在罷工的時候，已經是夠不幸的了，如果眞的倒閉下去，那便要像是世界的末日來到了。當我年輕的時候，這是全國最好的礦場，那時在這裡工作的人都引以爲傲！而現在礦工們都說，這是一條沉著的船，大家都得離開了。眞令人寒心，不到不得已的時候，許多人不會就此離開，他們不喜歡那些新式的、掘得很深的、用機器去工作的礦坑。有些人是看見了那些鐵人——他們所取的名稱——就害怕的，那些砍煤的機器，代替了以前的人工，但是他們所說的話，在從前放棄人工織襪的時候，就有人說過的。我記得還看見過一兩架那種人工織襪機呢。

「但是老實說，機器越多，人好像也越多了，他們說，你不能從達哇斯的煤炭裡，取得和史德門那裡一樣的化學原料，那是奇怪的事，這兩處煤礦相距只有三哩路。總之，這是他們所說的，但人人都說，不想一點方法改良人們生活，不僱用女工——所有那些每天跑到雪菲爾德的女孩們——都是可恥的。老實說，達哇斯的礦場，說是像一隻沉著的船，大家都得像老鼠離開沉船似的離開了……這些話，那時談起來一定有趣呢！

「當然呀！當在大戰的時候，什麼都是欣欣向榮的。那時候佐佛來男爵自己把財產囑託保管起來，這樣所有的金錢才可以永遠安全，我其實也並不很清楚啦，這是人們傳說的！但是他們說，現在連主人和東家都得不到什麼錢了。眞令人難以相信！可不是！我一向相信煤礦的事業是永恆的，誰想得到會有今天這種情形呢！但是新英格蘭公司已關門了，而高維克林公司也一樣，如果到那小樹林裡去看看高維克林礦場，在樹林間荒蕪著，煤坑上長滿了荊棘，鐵軌腐鏽得發紅。天呀！要是達哇斯關門的話，我們將怎樣呢？……那眞令人不忍想像。除了罷工以外，還是有擠擠擁擁的人群在工作著，這世界多奇怪。我們今年永遠不知道明年會有何事，眞是茫茫然啊！」

波太太的一番話，引起了克利夫的鬥志。無疑地，他的進帳，都是得自於父親的遺產，雖然那一筆進帳並不太大。實際上，他並不眞正關心那些煤坑。他所欲奪得的是另一個世界，文學和榮耀的世界；換句話說，是名譽的成功世界，而不是那勞工的世界。

現在，他明白了名譽的成功，與勞工的成功之間不同了；一個是享樂的群衆，一個是勞工的群衆。他呢，站在個人的地位上，供給著享樂的群衆以享樂的糧倉——小說；這點他是成功了。但是在享樂的群衆以下，還有個猙獰、齷齪而且可怕的勞工群衆。而這個群衆也有他們的需要。去供應這種群衆的需要，比去供應其他群衆的需要，是更嚴厲的工作。當他的小說，正在那一邊發跡的時候，這一邊達哇斯卻正在碰壁了。

他現在明白了成功需有兩個主流：一個是著作家或藝術家一類的人所供給的諂媚、阿諛；而另一個是肉和骨，是由實業上發財的人去供給的。

是的，有兩大群人在爭奪著成功的寵愛：一群是諂媚者，他們向她貢獻著誤樂、小說、影片、戲劇；另一群是不太鋪張的，但是粗野得多的向她供給肉食——金錢的實質。那裝飾華麗的供給娛樂的狗群，彼此張牙舞爪地吵著爭取寵愛。但是比起那另一群不可少的、骨肉供給者們的你死我活的暗鬥來，卻又相差千里了。

在波太太的影響下，克利夫想去參與鬥爭了，想利用工業產品的粗暴方法，去奪取那成功女神的寵愛了。他張牙舞爪起來了。在某一種說法，波太太使他成爲一個大丈夫，這是康妮沒有做到的。康妮冷眼旁觀，她了解——波太太使他感興趣的只是外界的事物，內在地，他已開始腐化了。但外表看來他卻虎虎生風了。

他甚至勉強地重新回到礦場裡去；他坐在一個大桶子裡，向礦穴裡降下，被人牽曳著到各處的礦洞裡去。大戰前他所熟悉的，現在都重新顯現在他眼前了。他現在是殘廢了，端坐在那大桶子裡，辦事人員用著很強的光亮照著礦脈給他看。他所言不多，但是他心裡已開始工作了。

他開始把關於採礦工業的專門書籍重新拿來閱讀；他研究著政府公報，而且細心地閱讀德文的採礦場、煤炭化學及石油化學的最新書報。當然，最有價值的發明，是很被人守住秘密的。但是，當你開始探求採礦工業技術上的深奧，和研究各種方法之精密，及煤炭的一切化學可能性時，你是要驚訝於近代技術精神之巧妙，及其近於神秘的智慧的，那彷佛是妖魔本身的智慧，都好像借給了工業的科學家似的。這種工業的專門科學，比之文學與藝術那種低能者的感情廢物有意義多了。在這園地中，人好像是神或有靈感的妖魔，奮鬥著去發現。在這種活動中，人不受心理年齡的限制。但是克利夫知道，這些同樣的人，如果講到他們的感情與生活狀態，他們的年齡，大約只有十三、四歲——只是少不更事的孩童罷了，這種科學與情感之天壤差異，是令人驚駭的。

管它的！讓人類在感情上和處世方面，陷到愚鈍的極端去，克利夫是不會關心的。讓這一切都見鬼去吧！他所注意的是近代採煤礦工業的技術和達哇斯的再造。

他天天到礦場去，他研究著，把各部門的經理和工程師，都詳細地查詢起來，這是他們從來沒有夢到的。權威！他覺得在自己的心裡，滋長著一種新的權威的感覺：對這些人的、和幾千個礦工的權威。他發現了，他漸漸地把事情掌握到手裡來了。

眞的，他像是再生了。現在，生命重新回到他身上來了！他以前和康妮過著那種藝術家的，和自己覺得孤寂的生活時，他是漸漸地萎死消沉的。現在，他屏棄了一切。他覺得生命從煤炭裡、從礦穴裡，蓬勃地向他湧來。於他，礦場的齷齪空氣，也比氧氣要好呢！那予他以一種權威的感覺。他正開始他的事業了，他正去開始他的事業了。他就要得勝了，得勝了！那並不像他用小說所得到的那種勝利，那只是竭盡精力用盡狡猾的廣告的勝利而已。他所要的是一個大丈夫的勝利。

起初，他相信問題的解決是在電力方面，把煤炭變成電力。以後，又來了個新主意。德國人已發明了一種不用燒煤伙夫的發動機。這發動機所用的是一種新燃料，這燃料燒起來只需很少的量，而在某種特殊情形之下，能發生很大的熱力。一種新的集中的燃料，燒得慢而熱力又猛，這主意首先引起了克利夫的注意。這種燃料的燃燒，得要一種外界的刺激物，光是空氣的供給是不夠的，他便開始做著實驗，他得了一位聰明的青年來幫助他，這青年在化學的研究上，是有很大的成就的。他終於從自我中跳脫出來。藝術沒有使他達到這目的，而只是把他牽制住了。但是現在呢，他的心願已經實現了。

他並不知道波太太對他的幫助有多大，也不知道自己是多麼依靠她。但是有一件顯然的事，就是當他和她在一起的時候，他的聲調是變成安閒親切的，差不多有些庸俗的。

對於康妮呢，他顯示著有點硬直的樣子。他覺得他愛她的一切的一切，所以對康妮儘可能表示敬意與尊重。但是顯然地，他在暗地裡懼怕她。他心裡的新阿奇里斯〈註：阿奇里斯，係希臘神話中的英雄。相傳少時，其母將其浸於Styz河中，以避免受傷害。但腳跟卻為母手所執，未浸水中，後來阿即於腳跟處被刺損命。〉有個可以受傷的腳跟；在這腳跟上，一個女人如康妮，他的妻子，是足以給他一個致命傷的。他抱著某種半屈服的怕她心理，對她顯得非常地友善。當他對她說話時聲音會有點緊張，所以當她和他在一起的時候，他儘量靜默起來了。

只有和波太太在一起的時候，他才眞正覺得自己是一個主子，一位老爺，他差不多和她一樣起勁地、津津有味、絮絮不休地談著天。他讓她替自己刮臉，或以海綿洗抹他的全身，好像是一個孩子似的，眞的好像他是一個孩子似的。

第十章

孤獨——目前對康妮而言，已是很平常的事了。來勒格貝的人也少了。克利夫不再需要這些人了。他變得古怪，甚至連知己好友也索性不要了。他寧願有架無線電收音機，所以他花了不少錢架設了一架。雖然米德蘭收聽情況不好，但是有時他還可以聽著馬德里和法蘭克福的廣播。

他可以獨自連續幾個鐘點收聽著那機器的吼叫。這把康妮都弄昏頭了，但他卻沉迷不已，面無表情，好像是個失去靈魂的人。

也不知他是否專心在聽？抑或像服了鎮靜劑似的？康妮可搞不清楚。她逃回房裡或樹林裡去。有時她會覺得駭怕那蔓延了整個文明人類的初期癲狂病所生的恐懼。

現在克利夫正朝向另一個實業世界前進了，他差不多變成一隻動物，有著堅殼，內部卻是柔軟的漿髓，變成了一隻近代的、實業與財政界的奇異蝦蟹，康妮覺得自己彷彿獨居於荒島上。

她還是身不由己，克利夫總需要她，擔心會被她遺棄了。他的內心迫切的需要她，像一個孩子的需要，也像一個白癡的需要——查泰萊男爵夫人，他的妻子，否則他會像白癡似的迷失在一個荒野上。

康妮在駭怕中也明白這種驚人的依賴性。她聽著克利夫對他手下的經理們、董事們，和青年科學家們說話，他聰明銳利的眼光，他的權威，他對於這些所謂實業家的人們的奇異的物質的權威，都使她駭怕了。康妮覺得克利夫的轉變，是受了波太太的影響。

但是這個精明的實行家，一旦回到了他個人感情生活時，他又成爲幾分白癡了。他對康妮如神般地敬愛，她是他的妻子，一個更高的生物，他以崇拜偶像的心態，奇異地、卑賤地崇拜她，好像一個野蠻人，因爲深怕、甚至嫉恨神的權威，而去崇拜神的偶像一樣。他唯一要求的事，便是要康妮發誓不要離開他，發誓不要遺棄他。

「克利夫！」她對他說！這是在她得到那小屋門的鑰匙以後的事了——「你是不是眞的要我生個孩子？」

他灰色的、突出的眼睛向她望著，顯示出幾分不安。

「我是無所謂的，只要我們之間不發生變化。」他說。

「什麼變化？」她問道。

「不使你我之間的關係產生變化，不使我們相互間的愛情變質。要是有什麼變化的話，我是決然反對的，可是也許那天我自己也可以有個孩子！」

她驚訝地望著他。

「我的意思是說，這些日子裡，我那個也許可以恢復過來的。」

她瞪著他，這使她覺得不安起來。

「那麼，要是我有個孩子，你是不願意的了？」她說。

「我告訴妳，」他像隻走入死巷的狗，趕快答道：「我十分願意的，只要不影響到妳對我的愛情，否則我是絕然反對的。」

康妮只好靜默無言，內心感到驚懼且輕蔑。這種談話是白癡的囈語。他再也不知道自己在說些什麼了。

「啊！那不會影響到我對於你的感情的。」她帶點嘲諷意味說著。

「好！」他說：「關鍵就在這兒！如果那樣的話我是毫不介意的。我想，有個孩子在家裡跑來跑去，而且知道他偉大前途是被確定了，這很可愛。我的努力得有個目的，我得知道那是妳生的小孩，是不是？我一定也要覺得那是跟我自己生的一樣。因爲，這種事情，完全是爲了妳，妳知道吧！親愛的！我呢，我是毫無重要的，我是一個零。在生命的事件上，唯有妳才是重要的。我是說，除了爲妳以外，我是絕對地一個零。我是爲妳和妳的前途活著的。我自己是毫無重要的。」

康妮聽著他的話，心裡的反感和厭惡越發加深下去。他所說的，都是些敗壞人類生存的歪理。一個理智健全的男子，怎麼能對一個女人說這種話呢？不過男子們的理智是不健全的。一個稍微高尚的男子，怎麼能把那可貴的生命責任，委諸於一個女人身上，而讓她孤伶伶地虛度青春？

半個鐘頭後，康妮聽到克利夫對波太太，用著興奮起勁的聲音談著，流露著他對這個婦人的純粹熱情，彷彿她是他的半個情婦、半個奶媽似的，波太太小心地替他穿晚禮服，因爲家裡來了些重要的企業界客人。

在這時期，康妮有時覺得她彷彿要斷氣了。她覺得自己活在一個充滿妖魔的謊言、白癡的殘暴的世界中。克利夫在企業上的無形才幹，使她太懼怕了，他自稱對她的崇拜，使她驚慌。他們之間，已經什麼都沒有了。他們之間現在再也不互相愛撫了，他甚至不再友善地握著她的手了，他們已完全分離了，他只用著崇拜偶像的宣言去挖苦她。這是一個性無能者的殘暴。她覺得自己定會瘋了或者死亡。

她儘可能地常常逃到樹林裡去。一天下午，當她坐在約翰井旁邊，思索著，望著泉水冷清地湧出的時候，看守人突然出現在她的旁邊了。

「我替你另外做好了一支鑰匙，夫人！」他一邊說，一邊行禮，把鑰匙交給了她。

「眞謝謝你了。」她慌張地說。「小屋不太整潔，」他說：「請妳不要見怪。我會盡我可能地收拾一下。」

「但我是不想麻煩你的！」她說。

「啊，那沒有什麼麻煩的。再過一個星期，我便要把母雞安頓好來。但是這些母雞不會煩妳的。我早晚都會去看的；我會盡我的能力不去打擾妳。」

「你並不會打擾的！」她堅持著說：「如果我打擾了你的話，我寧可永遠不到那小屋裡去的。」

他用靈活的藍眼睛望著她。好像很仁慈，實際上卻是冷淡的。雖然他的樣子看起來是瘦弱的病態，但是他的肉體與精神是健全的。他咳嗽起來了。

「你怎麼咳了？」她說。

「那沒什麼的……只是受了點涼罷了。前些時候患了肺炎，給我留下了這咳嗽，但那沒有什麼關係的。」

他疏遠地站起來，而不願親近她。

早晨或午後，她經常地走到小屋裡去；但是他總不在那裡，無疑地他是故意躲避她。他要保持他的孤獨與自由。

他把小屋收拾得很整潔，把小桌子和小椅子擺在火爐旁邊，放了一堆取火的木柴和小木頭，把工具和捕獸器推到很遠的角落裡去，好像是爲了要消滅自己的蹤跡似的。屋外那靠近樹林的空地上，他用樹枝和稻草起了個矮小的棚，是給小雞避風雨的，在這棚下有五把木欄子。有一天，當她到那裡時，她看見欄子有了兩隻棕色的母雞，兇悍地戒備著，正在孵著雉雞的蛋，很驕傲地蓬鬆著羽毛。康妮看得心都碎了。她覺得自己是這般的悽涼失落，根本就不像個女性，只是一個可悲的可憐蟲罷了。

不久，五個欄子都有了母雞了，三隻是棕色的，一隻是灰色的，還有一隻是黑色的。五隻母雞都一樣地，發揮母性偉大而溫柔的撫養職務。當康妮在牠們面前蹲下的時候，牠們光耀的眼睛注視著她，繼而忿怒地驚惶地發著尖銳的咯咯叫聲，但是這種忿怒大概是緣由不予被侵犯的母性保護本能吧！

康妮在小屋裡找了些穀粒。她用手拿著餵牠們，牠們卻置之不理。只有一隻母雞在她手上猛啄了一下，把康妮嚇了一跳。但她卻焦慮著想把些什麼東西給牠們吃。她拿了一罐的水給牠們，其中一隻喝了一口，她眞是喜歡極了。

現在，她每天都來看這些母雞，牠們是世上唯一能令她的心溫暖起來的東西了。克利夫的囉嗦宣言，使她全身發冷。波太太的聲音，和那些企業界人士的聲音使她發冷。麥克里斯偶爾地寫給她的信，也使她覺得同樣的冷然。如果沒有什麼新鮮的事情到來，她定要死了。

雖然這是春天了，吊鐘花在樹林裡搖曳，榛樹的芽正在發育著，好像一些青色的雨滴似的。多麼快呀，春天到了！只有那些母雞，在牠們母性孵化的熱力中溫暖著！康妮覺得自己在暈眩中。

某日，那是陽光燦亮的可愛的一天，櫻草花在榛樹下一簇一簇的盛開著，小徑上綴滿著許多紫羅蘭花，她在那午後來到了雞棚裏，在一個雞棚前面，一隻小雞傲然自得地蹣跚著，母雞正驚駭地叫喊，這隻纖弱的小雞是棕灰色的帶了些黑點，此時整個大地上最有生氣的東西，就是這隻小雞了。康妮蹲了下來，凝神地注視著。這是生命！這是生命！這是純潔的、閃亮的、無所畏懼的新生命！

康妮被這幅美麗的圖畫迷住了。而同時她那種棄婦的失望感覺，濃郁地掠過她的心頭。那感覺使她忍受不下了。

她現在只有一個欲望；便是到林中這塊空地上走走，其他的一切都不過是一場噩夢。但為了盡她主婦的職務，她有時還得整天留在家裡。那時，她便覺得自己也彷彿陷入空虛的瘋狂中了。

有一天黃昏，用過了茶點以後，她不管家裡有沒有客人，便跑了出來。天已晚了。她飛奔過花園，好像怕被人叫回去似的。當她進入樹林裡去時，玫瑰色的太陽正向西方沉沒，她在花叢中快步走著。大地上的餘暉，還可以持續很久的。

她臉色緋紅，走到了林中的空地時，那看守人，只穿著襯衣，正在關雞欄，這樣小雞才可安全過夜。但還有三隻褐色的活潑小雞，在那稻草棚下亂竄著，而不聽母親的焦喊。

「我忍不住要趕來看看這些小雞！」她一邊喘著氣說，一邊羞赧地望著那人，好像她並不在乎他似的。「又添些小雞了嗎？」

「現在已經有三十六隻了。」他說，「還不錯！」

他也同樣感染到一股奇異的快樂，去等候著這些小生命的來臨。

康妮蹲在最後的一個欄子面前。那三隻小雞已經進去了。但是牠們的毫無畏懼的小頭顱，從那黃色羽毛中鑽了出來，一會兒又藏了進去，只有一隻小頭顱，還在那廣大的母體深處，向外窺視著。

「我眞想摸摸牠。」她說著。她的手指膽怯地從欄格裡伸了進去。但是那雙母雞兇悍地把她的手啄了一下，康妮嚇得向後驚退。

「你看牠怎麼啄我！牠恨我呢！」

她用一種驚異的聲音說。「但是我並不想傷害牠們呀！」

站在她旁邊的他，笑了起來，然後在她旁邊蹲了下去，兩膝自信地開著把手慢慢地伸進欄裡去。老母雞雖然也啄了他一下，但是沒有那樣兇悍。緩緩地，輕輕地，他用那穩當而溫和的手指，在老母雞的羽毛中摸索著，然後把一隻微弱地啾唧著的小雞握在手中拿了出來。

「喲！」他說，伸手把小雞交給她。她把那小東西接在手裡，牠用那兩條小得像火柴棒似的腿兒站著，牠的微小的，飄搖不定的生命顫抖著，從牠的細小的兩腳傳到康妮的手上。但是牠勇敢地舉起了清秀的美麗小頭顱，向四周觀望，啾叫了一聲。

「這麼可愛！牠好大膽呢！」她溫柔地說。

那看守人，蹲在她的旁邊，也在欣賞著她手裡那隻毫無畏懼的小雞。忽然地，他看見一滴眼淚落在她的手腕上。

他站了起來，走到另一個欄去。因爲突然地，他覺得往昔的火焰，正在他的腰際發射著，飛騰著，這火焰是他一向以爲永久熄滅的了。他和這火焰掙扎著，他背著康妮翻轉身去。但是這火蔓延著，向下蔓延著，把他的兩膝環繞著了。

他重新回轉身去望著她。她正跪在地上，夢幻地，慢慢地，伸著兩手，讓那小雞回到母雞那裡去。她的神情是這樣的緘默，這樣痛苦，這一切不禁令他燃起對她哀憐的情緒。

他也不知道自己在做著什麼，迅速地向她走過去，在她旁邊蹲了下來，從她的手裡接過了小雞。在他的兩腰背後，火焰驟然激發起來，比先前更爲強烈了。

他惶恐地望著她，她的臉孔偏了過去，沒頭沒腦地痛哭起來。她的心突然軟了，化成一團火焰，他的手伸了出來，把手指放在她的膝上。

「不要哭！」他溫柔地說。

她聽了，兩手更掩住臉，覺得她的心眞是碎了，一切好像都變得無關重要了。

他把手放在她的肩上，溫柔地，輕輕地，他的手沿著她的背後滑了下去，不由自主地用著一種盲目的撫慰動作，直到了她的腰際。在那兒溫柔地、用著一種盲目的本能撫慰著，他愛撫著她的腰窩。

她找到了小手絹，無意識地拭著眼淚。

「到小屋裡去吧！」他用鎭靜的聲音說。

他溫柔地用手扶著她的手臂，使她站了起來，慢慢地帶她向小屋走去，直至她進了裡面。然後他把桌椅推在一邊，從用具箱裡取出了一張褐色的軍氈，慢慢地鋪在地上，她呆木地站著，在他臉上望著。

他的臉孔是蒼白的，沒有表情的，好像一個屈服於命運之前的人的臉孔似的。

「妳就躺在這兒吧！」他溫柔地說，然後把門關上，刹時小屋裡暗了，完全地黑了。

奇異地，馴服地，她在氈子上躺了下去，然後她覺著一隻溫柔的，不定的，無限貪婪的手，摸觸著她的胴體，探索著她的臉。那隻手溫柔地愛撫著她的臉頰，無限的溫慰，無限的鎭靜，最後，她的頰上來了個溫柔的吻觸。

在一種沉睡的狀態中，一種夢幻的狀態中，她靜默地躺著。然後她顫抖起來，覺著在她的衣裳中，那隻手正溫柔地，卻又笨拙地，猶豫地摸索著。但是這隻手，卻知道怎樣在該停留的地方，把她的衣裳解開了。他慢慢地，小心地，把那薄薄的綢褲向下拉掉，直脫到她的腳上。然後在一種快感的顫抖中，他摸觸著她溫軟的肉體，在她肚臍上吻了一會兒。他已經抑不住，他得馬上向她搶灘，攻入她柔軟而安靜的桃源之境去了，進入一個女人的胴體裡，於他而言，可以得到暫時的安寧。

在那種停止沉睡的狀態中，她靜默地躺著。所有的動作、所有的性慾衝動，都是他的，她卻不明白什麼是興奮。他兩臂緊緊地摟著她，他身體的激烈的起伏動作，以及他的精液向她裡面噴射，這一切都在那種沉睡的狀態中進行著，直至他完畢後伏在她的胸前輕輕地喘息著時，她才開始醒轉過來。

這時她才驚訝住了，矇矓地問著自己，爲什麼？爲什麼需要這個？爲什麼這玩意兒竟把她長年積壓的鬱悶減輕了，有種寧靜安舒的感覺？這是眞的嗎？這是眞的嗎？

這是眞的嗎？她明白，假如她自己願意獻身與這個人，那麼這便是眞的；但是假如固守自己時，這便是不眞了。她老了，她覺得自己是一百歲的老女人了。總之，她再也不能支持自己的重量了。她是整個放在那裡，任人拿去，任人隨心所欲。

那人在神秘性的靜息中躺著。他又感覺到什麼？他想著什麼？她不知道。她覺得他是一個陌生人，她是——不……不認識的一個人。她只好等待，因爲她不敢擾亂了他的神秘性靜息。他躺在那兒，他的兩臂環抱著她，他的身體在她的上面，他的潮濕的身體疊著她，如此地接近著。完全是一個陌生人，卻又不會令人感覺不安。他的靜息的本身也是安詳的。

這一點，當他最後激醒來而從她的身上抽退時，她覺得，那好像他把她遺棄了似的。在黑暗中他把衣裳蓋在她的下腹，他站了一會兒，顯然在整理著他自己的衣服。然後他默默地把門打開走了出去。

她看見在那橡樹的梢頭，落日殘輝的上面，懸著一個皎亮的眉月。她趕快把衣裳整理好了，然後向那小屋的門邊走去。

樹林下是昏暗了，差不多黑了，可是樹林的上面，天空還帶著水晶似的幽明，不過沒有那種晴朗的白光罷了。他從林下的昏暗中向她走了過來，他的臉孔昂舉著，像是一個灰點。

「我們走吧！」他說。

「到那兒去？」

「我陪妳到園門口去。」

他有自己料理事情的行徑。把小屋的門鎖上了，然後跟著她出去。

「妳不懊悔嗎？」當他在她旁邊走著時，他問道。

「不！不！你呢？」她疊聲說道。

「懊悔那個？不！」他說。過了一會，又加了一句：「不過還有旁的事情罷了。」

「什麼旁的事情？」她說。

「克利夫男爵。其他的人。和一切的糾紛。」

「什麼糾紛？」她沮喪地問道。

「事情常常是這樣的。於妳和於我都是一樣，總會發生些什麼糾紛的。」他在昏暗中，穩定地走著。

「你懊悔嗎？」她說。

「在某一方面是有點兒的！」他一邊回答、一邊仰望著天空。「我自以爲和這些事情是絕緣了。現在我卻又開始起來了。」

「開始什麼？」

「生命的復活。」

「生命！」她應聲說道，感覺著一種奇怪的興奮。

「那是生命。」他說。「沒有辦法逃避的。如果妳逃避它，你便等於是死了。所以我只好重新開始，我只好這樣。」

她卻不把事情看成這樣。但是……

「那是愛情。」她愉快地說。

「無論那是什麼，反正一樣。」他回答道。

他們在靜默中，在漸近昏黑下去的林中前進著，直至他們將到園門口的時候。

「但是你不討厭我吧？」她有點不安地說。

「不！不！」他答道。突然地，他用那種古代人類的結合熱情，把她緊緊地抱在懷裡。

「不，我覺得那個太好了，太好了！妳以爲呢？」

「是的，我也覺得。」她有點不誠實地答，因爲她實在沒懂得多少。

他輕輕地，溫柔地，熱烈的吻著她。

「假如世界上沒有這許多其他，那就太好了。」他悲傷地說。

她笑著。他們到了園門口了，他替她把門開著。

「我不再送了。」他說。

「不！」她把手伸出去和他握別，但是他卻用雙手接著。

「你要我再來嗎？」

「是的！是的！」

她離開了他，向園中走去。他在後面望著她向灰暗的園中進去，心裡充滿了痛苦，望著她走了。

他原本是要守住自己的孤獨，現在她使他再建起人間的關係來了。她使他犧牲了自由，一個孤獨苦澀的自由。

他向黑暗的林中走去。一切都靜寂了，月亮也沉了。但是他聽得見夜之脈動，他聽得見史德門的機器，和大路上來往的車輛。他慢慢地攀登那赤裸的山坡，在山上他可以看見整個鄉村，史德門的一排排的燈光，達哇斯煤坑的小燈光，和達哇斯村裡的黃光，昏暗的鄉村裡，隨處都是光，遠遠地，他可以看見高爐在發著輕淡的紅色，因爲夜色清朗，白熱的金屬發著玫瑰的顏色。史德門的燈光，又尖銳又刺眼！多麼令人難解的惡之光輝！這一切米德蘭工業區的，夜的不安和那永久的邪氣。他聽得見史德門的車盤響著，載著七點鐘的工人到煤坑裡去（礦場是採三班制輪流工作的）。

他向幽暗僻靜的樹林裡下去。但是他知道樹林的僻靜是欺人的了。工業區的嘈聲，把寂靜破壞了，那尖銳的燈光，雖不能見，也把寂靜嘲弄著。再也沒有誰可以享受孤獨，再也沒有眞正僻靜的地方，世界再也不容有隱遁者了。現在他已經取得了這個女人，並且替自己加上一個新的痛苦與罪罰的伽鎖了，因爲他從經驗得知這是怎麼一回事的。

這並不是女人的過失，甚至不是愛情的過失，也不是性慾的過失。過失是從那邊來的，從那邪惡的燈光，和惡魔似的機器之囂張裡來的。那邊，那貪婪的機器世界，那貪婪的機器化世界——閃著燈光，吐著熾熱的金屬，激發著熙來攘往的喧聲，那兒便是無限罪惡所在的地方，把不能同流合污的東西一概毀滅。不久那世界便要把這樹林毀滅了！吊鐘花將不再開花了。一切可以受傷的東西，定要在鐵（工具）的蹂躪之下消滅了。

他用無限的溫情想著那女人。可憐的無依的東西，她不知道她自己是這樣可愛，啊，太可愛了！她所接觸的庸俗之流，太不配她了！可憐的人兒，她也有點像野玉簪花似的易受傷地嫩弱，如同它們壓倒一切自然的溫柔的生活一樣。溫柔！她有點什麼溫柔的東西，像滋長著的溫柔的玉簪花似的溫柔的東西，這東西是今日化學品的婦女們所沒有的了。但是他定要誠懇地把她保護一些時日。只一些時日，直至無情的鐵的世界，和機器化的貪婪世界，把她和他一同毀滅。

他帶著狗和鎗歸去，到了他陰暗的小屋裡，把燈點了，把火爐升起，然後吃他的晚餐；一些小蔥頭和啤酒。他在深愛的靜默中，孤獨著。他的房子是整齊清潔的，但是有些冷冷清清。可是，爐火是光耀的，爐床是白的，白漆布鋪著的椅子上面，懸掛著一盞煤油燈，也是光亮亮的。他想拿一本關於印度的書來看，但是今晚他卻不能看書了。他穿著一件襯衣坐在火爐旁，並不吸煙，但是有一罐啤酒在手邊，他正思念著康妮。

實在說他是懊悔發生了那種事情，那懊悔也許大部分是爲了她的緣故。他覺得有股恐懼感，那並不是做錯事或是罪惡感，很顯然地他也懼怕這個社會，他本能地知道這社會是頭惡毒的半癲狂的野獸。

那女人！要是她能夠在這裡和他在一起（而除了他倆以外，世界絕無第三者了），那該多好！情慾又重新湧起，他的陰莖像一隻跳躍的小鳥般興奮著。同時他又覺得被一種恐懼壓制著，他恐懼著自己和她，要被外面那些電燈光裡含惡意地閃耀著的「東西」所吞食。她——這可憐的年輕的女人，在他看來，她只是一個年輕的女性之生物罷了；但這卻是一個他曾深入過，並且還希望再進去的一個年輕的女性的生物。

在衝動中，他伸展四肢打著呵欠，伸著腰，因爲他遠隔著男與女孤獨地生活著已經四年了；他站了起來，把燈光弄小了，拿了外衣和鎗，帶著狗兒出去，那是一個繁星之夜。慾望，以及對於外界邪惡的「東西」的恐懼情緒，推著他，他緩緩地、幽幽地在樹林中巡邏，他愛黑暗，他把自己投入黑暗的懷抱裡。夜色正適合於他那膨脹的慾望，這慾望，無論如何是豐源的；不安而興奮著的陰莖，燃燒著的他兩腰的股間！要是可以和一些人聯合起來，去和那外界的、閃光的、電的「東西」抗戰，去把生命的溫柔，女人的溫柔，和自然慾望的資源保存起來，那就好了！但是所有的人都是在那邊，迷醉著那些「東西」的勝利者，或慘敗於那機械化的或貪婪的機械主義的鐵蹄之下。

康妮，在她這方面，差不多並沒有深入思索些什麼，她趕快穿過花園回家去。她還來得及吃晚飯。

可是，當她到了門口時，門卻關著了，這一來，她得去按鈴了，這卻使她煩惱起來。來開門的是波爾敦太太。

「呀，妳回來了，夫人！我正開始奇怪著妳是否迷失了呢！」她有點笑謔地說。「但是克利夫男爵卻沒有問起妳；他同林先生在談著。我想他會在這兒晚餐吧，是不是，夫人？」

「大概是吧！」康妮說。

「要不要晚一刻鐘開飯，這一來，妳便可以從容地換衣裳了。」

「也許——這樣好些。」

林來先生是礦場的總經理，是個上了年紀的北方人，他沒什麼魄力，這是克利夫不滿他的地方；他不能迎合戰後的新環境，和那些戰後的礦工們一起，只守著老成持重的成規。但是康妮卻喜歡林先生，雖然她討厭他太太一副諂媚的樣子。所以，今天地心裡很慶幸他太太並沒有一起來。

林來留在那兒吃飯，康妮顯然是個男子們極喜歡的主婦，她是這樣的謙遜，而又這樣的殷勤體貼，她那對大大的藍眼睛和她優閒的神態，是儘夠把心事掩藏起來的。這把戲康妮做得多了，已經差不多成了她的第二天性了。奇怪的是，當她表現出這第二天性時，卻也顯得相當坦然，幾乎這才是她的本性哩！

她耐心地等待著，直至她上樓時，才去思索自己的事情。她老是等著，等待好像是她拿手的好戲了。

但是當她回到房裡時，她依舊覺得模糊而昏亂，不知道打那裡想起。他究竟是怎樣的一種人呢？他眞是喜歡她嗎？她不大相信，不過他是和藹的。他有著一種什麼溫暖的，天眞的，和藹的東西，又奇特又突然，這東西差不多使她的子宮不得不爲他展開。但是她覺得他也許對於任何婦女都是這樣和藹的。雖然是這樣，他的和藹卻是奇異地使人覺得很溫慰。他是一個熱情的人，健全而熱情的人。但是他也許並不是專一的；他對她這樣，而對任何女人也許也一樣，這並不表示眞是什麼情愛。她之於他，只不過是一個女性罷了。

但是，也許這樣反而好些，畢竟他對她是十分體貼的：這是從沒有別的男子做過的。男人們只愛她的外表，而不是愛她。男人們對於康妮小姐或查泰萊男爵夫人都是十分和藹的；但是對於她的胴體卻很淡然的。他呢，他是全不管什麼康妮小姐或查泰萊男爵夫人的；他只溫柔地撫著她的腰或她的兩個乳房。

第二天，她到樹林裡去。那是一個灰色的恬靜午後，深綠色的水銀菜，在榛樹下蔓延著，所有的樹都在靜默中努力著發芽了。她今天幾乎可以感覺著她自己的身體裡面，潮湧著那些大樹的精液，向上湧著，湧著，直至樹芽的頂上，最後爲橡樹的發光的小葉兒，紅得像血一樣。那像是漲著的潮水，向天上奔騰。

她來到了林中的空曠地，他並不在那兒。她原來也不過抱著一半的期望到這兒來的。小雉雞兒輕捷得像昆蟲似的，遠在欄外奔竄著，黃母雞在欄子裡咯咯掛慮著。康妮坐了下來，一邊望著牠們，一邊等著。她也不是在看什麼小雞，她是在等待著。

時間像夢一般地悠悠過去，而他卻沒來。午茶的時間到了，她得回家去。她勉強地強迫著自己，然後才站了起來走開。

當她回到家時，霏霏的細雨，開始下著了。

「又下雨了嗎？」克利夫看見了她搖著帽子上的雨滴說。

「只一點兒細雨。」

她靜默地斟著茶，出神地想著心事。她今天實在很想看到那個人，看看昨天的事，究竟是不是眞的？

「回頭要不要我給妳唸書？」克利夫問道。

她望著他，難道他猜疑什麼了？

「春天使人覺得奇怪……我想去休息一會兒。」她說。

「隨妳便吧！妳眞覺得不舒服嗎？」

「是的，有點疲倦……這是春天到了的緣故。你要不要波太太來和你玩牌？」

「不！我聽聽收音機好了。」

她聽見他的聲音裡，含著一種滿足的音調，她上樓到寢室裡去。在那兒，她聽見收音機在呼號著一種矯揉造作的嬌媚的蠢笨的聲音，這像是一種市塵的囂喧，像是一個人摹仿一個老商販的令人嘔吐的聲音。她穿上了她的紫色舊雨衣，從一個旁門閃了出去。

濛濛的細雨好像是遮蓋世界的帳幕，神秘、寂靜而不冷，當她急促地穿過花園時，她覺得全身熱了起來。她得把雨衣解開來。

在黃昏的細雨中，樹林是靜止而幽秘的，半開著的葉芽，半開著的花和孵化萬千的卵子，充滿著神秘。在這一切朦朧中，赤裸裸的幽暗樹木發著冷光，好像把自己的衣裳解除了似的；地上一切青蒼的東西，都好像在青蒼地低吟著。

在那空曠處，依然一個人影兒也沒有，小雉雞差不多都藏到母雞的羽翼下了，只有兩隻較為冒失的，還在那草棚乾地上啄食著。牠們都是猶豫不安的。

原來如此！還沒有來。他是故意不來的。也許發生了什麼事情，或者她最好過去看看。但是她是為等待而來的。她用鑰匙把小屋門打開。一切都很整齊的，穀粒盛在一個箱裡，幾張氈子摺疊在架上，稻草整潔地堆在一個角落裡；這是新添的一堆稻草。一盞風燈在釘子上懸著。在她躺過的地上，桌子和椅子也都放回原處了。

她在門口一張小凳子上坐下。一切都是非常的靜寂！細雨輕柔地被風吹著，但是風並沒有聲音。一切卻都沒有聲息，樹木站立著，像是些有權威的生物，朦朧靜謐而有生氣。一切都多麼的富有生氣！

夜色又近了；她得回去了。他是故意躲著她的。

但是突然地，他大踏步地來到空曠處，他穿著車夫的油布短外衣，顯得發亮。他向小屋迅疾地望了一眼，微微地行了一個禮，然後轉身走到雞欄邊去。他靜默地蹲了下去，小心地注視著一切，然後小心地把門關好了。最後，他慢慢地向她走了過來。她還是坐在小凳子上。他在門廊下站在她的面前。

「妳來了。」他用著土話的腔調說。

「是的！」她望著他說：「你來晚了。」

「是的！」他一邊回答、一邊向林中望著。

她緩緩地站了起來，把小凳子拉在旁邊。

「你要進來嗎？」她問道。

他向她尖銳地望著。

「要是妳天天晚上到這兒來，人們不會說什麼嗎？」他說。

「爲什麼？」她不解地望著他。「我說過我要來的。沒有人會曉得的。」

「但是他們不久就會曉得的。」他答道。「那時怎麼好？」

她不知道怎樣回答的好。

「爲什麼他們會知道呢？」她說。

「人們總會知道的。」他悽然地說。

她的嘴唇有點顫抖起來。她訥訥地說：

「那我可沒有法子。」

「不！」他說：「妳不來是可以的……要是妳願意。」他低聲地添了一句。

「但是我不願意不來。」她怨聲地說。

他無言了，回轉眼睛向樹林裡望著。

「但是假如給人曉得了，妳將怎樣？」他終於問道。「想想看！妳會覺得多麼屈辱，一個妳的丈夫的僕人！」

她望著他側著的臉。

「你是不是……」她支吾地說，「是不是不要我了？」

「想想看！」他說：「要是人們知道了，妳將會怎樣？要是克利夫男爵和……大家都……」

「那麼，我可以走。」

「走到那兒去呢？」

「無論那兒！我有我自己的錢。我的母親給了我兩萬鎊還保管著，我知道這筆錢克利夫是不能動的。我可以走。」

「但是假如妳不想走呢？」

「那樣的話！我將來怎樣，我是不顧慮的了。」

「啊，妳這樣想嗎？但是，妳是顧慮的！妳不得不顧慮，人人都是這樣的。妳要記著妳是查泰萊男爵夫人，而我是個看守人。假如我是一位貴族紳士的話，那麼事情當然又不一樣了。」

「我！」

「我不！男爵夫人有什麼好顧慮的，我實在恨這個名稱！人們每次這樣叫我的時候，我總覺得他們在嘲弄我，他們實在是在嘲弄我！甚至你這樣叫我的時候，你也是在嘲弄我。」

「我並沒嘲弄妳。」他說。

這是他第一次向她正視著，與她的眼睛直接接觸。

當他這樣望著她時，她看見他的眼睛陰鬱起來，完全陰鬱起來，兩隻瞳孔張大著。

「妳寧可不顧一切地冒險嗎？」他用一種沉啞的聲音說。「妳應該顧慮的！別到時候才發現已經太遲了！」

他的聲音裡，含著一種奇異的警告與懇求。

「但是我沒有什麼東西可以失掉的。」她急躁地說：「假如你知道眞實的情形是怎樣，你便會明白我是很歡喜失掉它的。但是你是不是爲你自己而有所懼怕呢？」

「是的！」他簡單地說。「我怕！我怕！我怕那些東西！」

「什麼東西？」她問道。

他奇異地把頭向後一仰，指示著外面的世界。

「所有的東西！所有的人！所有的他們！」

說了，他彎下身去，突然地，在她愁苦的臉上吻著。

「但是——」他說：「我已經管不了這許多了！讓我們盡情地做吧，其他一切管它的，不過，要是那一天妳懊悔起來……」

「不要把我拋棄了！」她懇求道。

他的手指撫觸她的臉頰，突然地又吻了她一下。

「那麼讓我進去吧。」他溫柔地說。「把妳的雨衣脫掉。」

他把鎗掛了起來，除去他自己的濕外衣，然後去把氈子拿下來。

「我多帶了一張氈子來。要是我們喜歡的話，我們可以拿一張來蓋在身上。」

「我不能久留呢。」她說：「晚餐是七點半開始的。」

他迅速地看了她一眼，然後望著他的錶。

「好的。」他說。

他把門關了，在懸著的風燈裡點了一個小小的火焰。

「哪一天，我們多玩一會兒。」他說。

他細心地鋪氈子，把一張摺疊起來做她的枕頭，然後他坐在一張小凳子上，把她拉到他的身邊，一隻手緊緊地抱著她，另一隻手探摸著她的身體。當他摸著她的時候，他聽見她的呼吸緊促起來。在她的薄裙子的底下，她什麼也沒穿！是赤裸裸的！

「啊！摸觸妳是多麼美妙的事！」他一邊說，一邊愛撫著她的臀部和細嫩的腰部，溫暖而隱密的皮膚。他俯著頭，用他的臉頰，頻頻地摩擦著她的小腹和她的大腿。

他迷醉的狀態，使她再次覺得有點驚訝起來，他在摸觸著她生動而赤裸的肉體時所感受的美，這種他沉醉於她肉體之美的欣賞神態，她是不了解的。光是觸摸到她那活生生的、神秘的胴體，便幾乎達到銷魂之樂，因爲情慾使人了解肉體之美，缺乏或失去了情慾，便無法了解這亢奮的肉體之美，甚至還會輕視這種又溫暖又柔軟的胴體之神秘呢！她感覺他的臉頰在她的大腿上，在她的小腹上，和她後臀上，溫柔地摩著，他的髭鬚和他的柔軟而濃密的頭髮，緊緊地擦著她，她的兩膝開始顫抖起來了。

在她很遙遠的靈魂裡面，她覺得有些什麼新的東西在那裡跳動著，她覺得一種新生的裸體在那裡浮露了出來，她有點害怕起來，她有點希望他不要這樣愛撫她了，她只覺得被他深深的熱情環抱著。然而，她卻等待著，等待著。

當他強烈地感到滿足而向她的裡面進去時，她還是等待著。她覺得自己有點被遺忘了。但是她知道，那一部分是她自己的過失。她想這樣便可以固定著她與他的距離。現在也許是命中注定這份固守了。她一動不動地躺著；她感覺到他在她裡面的動作，她發覺他深深地專心地沉伏著，她也感受到當他發射精液時的驟然的戰慄，然後他俯衝的動作緩慢了。這種臀尖的衝動，的確有些可笑的。假如你只是一個處在當事人之外的女人的話，一個男子的臀尖的那種衝壓，必定是太可笑了。在這種姿態、這種動作中，男子確是十分可笑又可愛的！

但是，她仍然一動不動地躺著，也不畏縮。甚至當他完畢之後，她也沒有興奮起來，尋求她自己的滿足，好像她和麥克的時候一樣，她靜靜地躺著，眼淚慢慢地在她的眼裡滿溢了出來。

他也是一動不動地。但是他緊緊地摟著她，他的兩腿壓在她那可憐赤裸的腿上，想使她溫暖著。他壓在她的上面，用一種緊密的、無限的熱力溫暖著她。

「妳冷嗎？」他很溫柔地輕聲問道。好像她是很近很近的；其實她卻覺得隔得好遠，好像被遺忘的了！

「不！我得走了。」她柔柔地說。

他嘆了一聲，更緊摟抱著她，然後放鬆，重新靜止下來。

他還沒發現她在流淚，他只以爲她是和他一樣舒暢的。

「我得走了。」她重新說道。

他從她那兒抽退出來，在她旁邊跪了一會兒，吻著她的兩腿的內側，把她的裙拉了下來，然後在微微的、微微的燈光裡，毫無心思地把自己的衣服扣好，甚至沒有轉過身去。

「那天妳要再來？」他一邊說著，一邊熱切地望著她。

她還是毫無生氣地躺在那兒，沉思地望著他。

陌生人！陌生人！她甚至覺得有點怨恨他。

他把她的外衣穿上，找著她摔在地上的帽子，然後把鎗掛在自己的肩上。

「來吧！」他用熱烈的、溫和的眼睛望著她說。

她緩緩地站了起來。她不想走；卻又不喜歡留下。

他幫她穿上薄薄的雨衣，望著她是不是衣裳都整理好了。

然後把門打開。外面的天色已黑了，在門廊下坐著的狗兒，看見了他，愉快地站了起來，細雨在黑暗中濛濛地降著。

「我得把燈籠帶去。」他說：「不會有人的。」

他在狹徑中，在她的面前走著，低低地把風燈搖擺著，安閑地照著地上的濕草；和蛇一樣的光亮之樹根和蒼暗的花，此外一切都是灰濛濛的雨霧和一片黑暗。

「那天妳要再來？」他說。「妳來不來？反正山羊或羔羊都會受到一樣的懲罰的。」

對這種奇特固執的慾望，使她驚訝著，而他們之間卻沒有愛情，他也從來沒有對她眞正地說過話，而且她不自禁地憎恨他的土話。他的「那一天妳要再來？」的粗俗的土話，好像不是對她說的，而是對任何一個普通女人說的。她看見了馬路上的指形花的葉兒，她知道大約是走到什麼地方了。

「現在是七點一刻。」他說。「妳來得及回去吃晚飯的。」他的聲調變了，好像覺察出她疏遠的態度。當他們在馬路上轉過了最後一個彎，正向著榛樹的籬牆和園門走去的時候，他把燈火吹熄了。他溫和地握著她的手臂說：「好了，這裡我們可以看得見了。」

但是，話雖這樣說，實在並不容易啊！他們腳下踏著的大地是神秘的。不過他是習慣了，他可以摸索出道路。到了園門口時，他把手電筒交給了她，說：「園裡是光亮的，但是把這個拿去吧，恐怕妳會走錯了路。」

眞的，在空曠的園中，有著一種幽靈似的、灰暗的微光。突然地，他把她拉了過去，重新在她的衣裳下面撫摸著，他的濕而冷的手觸著她的溫暖的肉體。

「摸觸著一個像妳這樣的女人，我死也甘心了！」他沉啞的聲音說：「要是妳可以多停留一會兒的話……」

她覺得他又想佔有她的慾望又驟然的熱炙了起來。

「不，我得趕回去了！」她有點慌亂地說。

「好吧！」他說著。態度突然變了，讓她走開了。

她正要走開，卻立即回轉身來對他說：「吻我一下吧！」

在昏暗中，他彎著身在她的左眼上吻著。她向著他的嘴唇。他又輕輕地在上面吻一下，立即便縮回去了。他是不喜歡在嘴上接吻的。

「我明天再來。」她一邊走開了，一邊說：「要是我可以來的話。」她加了一句。

「是的，但是不要來得這麼晚了。」他在黑暗裡回答道。她已經完全看不見他了。

「晚安！」她說。

「晚安，男爵夫人。」他的聲音回答著。

她停著了，回過頭來向著潮濕的黑暗望著。在這夜色裡，她只能看見他的形影。

「你爲什麼這樣叫我？」她說道。

「好，不這樣叫了。」他回答道：「那麼，晚安，快走吧！」

她在朦朧的夜裡隱沒了。她看見那旁門正開著，她溜了進去，直至她的房裡，並沒有被人看見。當她把房門關起來的時候，晚餐的鈴聲正在響起。雖然這樣，她還是決意要洗個澡——她得洗個澡。「但是我以後不要再遲歸了。」她對自己說著：「這未免太討厭了。」

第二天，她並不到樹林裡去。她背著克利夫到艾斯威去。他現在有時可以乘汽車出去了。他僱了一個年輕而強壯的車夫，在需要的時候，這車夫可以幫助他從車裡下來。他是特別去看他的父執萊斯里．文達的。文達住在艾斯威附近的希伯來大廈裡，他是一位富有的老紳士，是愛德華王時代繁榮過的許多富有的煤礦主人之一。愛德華王爲了打獵曾來希伯來住過幾次。這是一個粉牆的美麗的古老大廈，裡面的家具和佈置是非常講究的，因爲文達是個獨身者。因此，他對於他家裡的整潔雅致的佈置是很自傲的；但是，這個大廈卻給許多煤礦場環繞著。

文達對於克利夫是關心的。那是因爲他的文學作品和畫報上刊登他的相片，他私下對他卻也沒有什麼。這老紳士是一個愛德華王一派的花花公子，他認爲生活就是生活，而粗製濫造的作家是另外一件事。對於康妮，這老鄉紳總是表示慇懃溫雅的，他覺得她是純潔如處女的、端莊的、動人的女人，她對於克利夫就如同一朵鮮花插在牛糞上。並且她的命運不能給勒格貝生個承繼人是非常可惜的。因爲他自己也是沒有承繼人的。

康妮自己問著，假如他知道了克利夫的看守人和她發生了關係，他會怎麼想呢？他一定會鄙視她，因爲他是恨勞工階級冒犯上階層的人哩！假如她的情人是和她同樣階級的人，那麼他可不會介意的，因爲康妮是天生有股端莊的、馴服的、處女的風采，也許她生來就是爲了戀愛的。文達叫她「親愛的孩子」，給了她一幅十八世紀貴婦人的可愛小畫像，她實在不想要，不過也不好意思拒絕。

但是，康妮一心只想著她和看守人的事情。畢竟，文達先生確是個上等人，是個上流社會的一份子，他當她是個高尚的人看待；他不把她和其他婦女混爲一談，而是會用「您」以及「您的」這種字眼。

那天她沒有到樹林裡去，再隔一天，她也沒有去，第三天，還是沒有去。只要她覺得，或者自以爲覺得那人在等著她、想著她，她便不到那兒去，可是到了第四天，她異常地煩躁不安起來了。不過，她還是不願到林中去，不願再去爲那男子張開她的大腿。她心裡想著可以做的事情——到雪菲爾德去，訪友去，可是想到了這些事情就使她覺得憎惡。

最後，她決定出去散步，並不是到樹林裡，而是朝相反的方向走去；她可以從大花園的其他一面的小鐵門裡出去，到瑪爾海去。那是一個寧靜而灰色的春日，天氣尚且暖和。她一邊走去，一邊沉味在縹緲的思想裡，什麼都沒有看見。直到了瑪爾海的農莊時，她才被狗的狂吠聲，從夢幻裡驚醒了。瑪爾海農莊！這兒的牧場，寬展到勒格貝的花園牆邊，這樣他們還是近鄰呢；但是康妮好久沒有到這兒來了。

「貝兒！」她向著那隻白色的大狗兒高聲地喊著。「貝兒！你忘記了我了嗎？你不認識我了麼？」——她怕狗。貝兒一邊吠著，一邊向後退著；她想穿過那農家大院到畜牧場那條路去。

弗林太太走了出來。這是和康妮一樣年紀的人，她曾當過學校教員；但是康妮疑心她是個虛僞的人。

「怎麼，是查泰萊男爵夫人！」弗林太太的眼睛閃爍著，她的臉孔紅得像個女孩子。「貝兒！貝兒！怎麼了！你向著查泰萊夫人吠呢！貝兒！趕快停止！」她跑了過去，用手裡拿的白手巾打著狗，然後向康妮走來。

「牠一向是認識我的。」康妮說著，和她握了握手，弗林一家是查泰萊的佃戶。

「怎麼會不認識夫人呢！牠不過只是想賣弄賣弄一番罷了。」弗林太太說，她臉紅而羞赧地望著康妮。

「不過，牠好久沒有看見妳了，妳的身體好些了吧？」

「謝謝妳，我很好。」

「我們差不多整個冬天都沒有看見夫人呢，請進來看看我的小孩好嗎？」

「唔！」康妮猶豫著。「好吧，不過只停留一會兒。」

弗林太太趕快跑進去收拾屋子，康妮緩緩地跟了進去，在那幽暗的廚房裡，水壺正在爐火邊沸騰著，康妮在那裡躊躇了一會兒。弗林太太走了回來。

「對不起得很。」她說。「請妳走這邊吧。」

她們進了起居室，在爐火旁邊地氈上坐著一個小嬰兒，桌子上草率地擺著茶點用的東西。一個年輕的女僕，害羞且笨拙地向走廊裡退了出去。

那嬰孩約一歲左右，是個伶俐的小東西，頭髮是紅的，像她父親，兩隻傲慢的眼睛是淡藍色的，這是一個女孩，怪不怕生的。她坐在一些墊枕中間，四周擺著許多布做的洋囡囡和其他玩具，這是時下的一種風尚。

「啊，眞是個寶貝！」康妮說。「她長得多快！一個大女孩了！一個大女孩了！」

女孩出世的時候，她送過一條圍巾，聖誕節的時候，也曾給了她膠質做的玩具鴨。

「喂，約瑟芬，妳知道誰來看妳呢？這是誰，約瑟芬？查泰萊男爵夫人……妳認得查泰萊男爵夫人嗎？」

這奇怪的不怕生的小東西，鎮靜地望著康妮。「男爵夫人」於她還是毫無意義的。

「來！到我這兒來好不好？」康妮對孩子說。

孩子表示無可無不可的樣子，康妮把她抱在膝上。抱著一個孩子在膝上是多麼的溫暖，多麼可愛啊！兩隻小手臂是這樣的柔軟，兩條小腿是這樣的無拘無束啊！

「我正想隨便喝點茶，陸克上市場去了，因此我什麼時候用茶點都隨我的便。請喝茶好不好，查泰萊夫人？這種粗茶點自然不是夫人慣用的，但是如果妳不介意的話……」

康妮雖不介意，雖然她不喜歡人家提到她慣用什麼。桌子上已很鋪張地擺了些最漂亮的茶杯和茶壺。「只要不麻煩妳就好了。」康妮說。

但是假如弗林太太不厤煩的話？那兒還有什麼樂趣！康妮和小孩玩著，她一派天真。她溫柔雅稚的溫暖，使康妮覺得有趣而得到一種濃厚的快樂。這年輕的小生命！這樣的無畏！那是因爲毫無抵抗的緣故。所有的成人們都是給恐懼壓得這樣的狹小！

康妮喝了一杯有點太濃的茶，吃了些美味的奶油麵包和罐頭李子。弗林太太臉紅著，非常興奮地，彷彿康妮是一個多情的武士似的。她們談些女性家常，兩個人都覺得很愉快。

「不過，這茶點太怠慢了！」弗林太太說。

「比我家裡的還好呢。」康妮誠實地說。

「啊！……」弗林太太說，她自然是不相信的。

最後康妮站了起來。

「我得走了。」她說。「我先生並不知道我到那裡去了。他會疑神疑鬼的。」

「決不會想到妳在此地的。」弗林太太高興地笑道。「他要派人滿村找呢！」

「再會，約瑟芬。」康妮一邊說，一邊吻著孩子，撫弄著她紅色的鬈髮。

大門是上了閂鎖著，弗林太太替康妮打開了。康妮走出到了農莊門前的小花園裡，這小花園的四周是用矮冬青樹圍繞著的。沿著行人路的兩旁，種著許多櫻草花，柔軟而美麗。

「多可愛的櫻草花！」康妮說。

「陸克把它們叫野閑花。」弗林太太笑著說。「帶點回去吧。」

弗林太太熱心地採著。

「夠了！夠了！」康妮說。

她們來到了小花園的門邊。

「妳打從那條路去呢？」弗林太太問道。

「就從畜牧場那條路去吧。」

「讓我看……啊，是的，母牛都在柵欄裡；但是牠們還沒有起來呢。不過那柵門是鎖著的，妳得爬過去呢。」

「我會爬的。」康妮說。

「也許我可以陪妳到柵欄那邊去。」

她們走過了被兔子蹂躪得很難看的草上。在樹林中鳥雀在啾唧著勝利的晚唱。最後的牛群慢慢地在被踐踏得像行人路似的草場上，曳著笨重的步伐，一個人在呼喝著牠們。

「今晚他們擠乳擠得晚了。」弗林太太嚴厲地說。「因爲他們知道陸克在天黑以前是不會回來的。」

她們來到了柵欄邊，這柵欄的後面，蔓生著小杉樹的叢林。那裡有一小扇門，但是鎖著的。在裡面的草地上，放著一個空瓶子。

「這是看守人盛牛奶的空瓶子。」弗林太太說著。「我們裝好牛奶送到此地，他自己就會來取走。」

「什麼時候？」康妮問。「哦！那可不一定，他什麼時候經過此地，便什麼時候取走，大多是早晨。好了，再會吧，查泰萊夫人！請妳常來。妳能來，眞是我們的榮幸。」

康妮跨過柵欄，走上一條狹隘的小徑上，兩旁都是些叢密的小杉樹，弗林太太戴著一頂教師戴的遮陽帽，從牧場跑回去。康妮不喜歡這麼叢密的新植樹林，這種地方令人覺得沉悶。她低著頭趕著路，心裡想著弗林太太的孩子。那是個可愛的小東西，不過她的兩腿將來會像她父親似的，有點彎曲罷了，弗林太太顯得多麼得意！她至少有一樣東西是康妮沒有的，而且顯然是不可能有的。是的，弗林太太在炫耀「她自己」。康妮有點微微地嫉妒。這是她所不能自己的。

突然地，她從沉思中微微地驚叫一聲，因爲她看見一個人在那裡！是那個看守人，他站在狹徑中截住了她。

「怎麼是妳？」他驚愕地問。

「你怎麼來的？」她喘著氣問道。

「妳呢？妳到小屋裡去過嗎？」

「不！不！我剛從瑪爾海回來。」

他以探究的眼光望著她，她低著頭，覺得有點罪過。

「妳現在是到小屋去嗎？」他有點嚴厲的問。

「不，我不能去。我在瑪爾海已經待了一會兒。家裡人都不知道我到那裡去了，我要遲了。我得趕快跑回去。」

「妳準備把我丟棄了？」他微微地冷笑。「不，不，不是這樣。只是……」

「只是——還有什麼？」他說著，向她走過去。兩手摟著她。她覺得他的胸膛緊貼著她，十分興奮。

「啊，不要現在，不要現在！」她邊喊邊想把他推開。

「爲什麼？現在只是六點鐘。妳還有一個半鐘頭。不行！不行！我要妳。」

他緊緊地抱著她，她覺察到他的急迫。以她的本性她該爲自由而掙扎。但是她的內心裡有著一種又遲鈍又沉重的怪東西。他的身體緊迫地頂著她，她再也無法掙扎了。

他向四下望了一望。「來……這兒來！從這邊來。」他邊說邊敏銳地望著濃密的小杉樹叢，這些小杉樹還沒有他們一半高。

他回頭望著她。她看見他的眼睛是熱烈的、閃亮的、凶悍而不帶溫柔的。但是她已不能自主了。她覺得她四肢奇異地沉重起來。她退讓了，她馴服了。

他引著她在不易穿過的、刺人的樹叢中穿梭，直至一塊稍微空曠、有著一叢枯死的樹枝的地方。他把些乾枯的樹枝鋪在地上，再把他的外套和上衣蓋在上面，她只好像一隻野獸似的，在樹下躺了下去，同時，只穿著襯衣和短褲的他，站在旁邊等著，牢牢地望著她。但是他還是體貼周到的，他使她舒舒服服地躺著。不過，他卻把她的內衣的帶子扯斷了，因為她只管慵懶地躺著，而不幫助他。

他也是把前身裸露著，當他進入她裡面的時候，她覺得他裸著的肌肉緊貼著她。他在她裡面靜止了一會兒，在那兒膨脹著、顫動著。當他開始抽動的時候，在驟然而不可遏止的狂亂情慾中，她裡面有一種新奇的、驚心動魄的東西，在波動著醒了過來。

波動著、波動著、波動著，好像輕柔的火焰輕撲，輕柔得像羽毛一樣，向著光輝的頂點直奔，美妙地、美妙地把她融解，把她整個的內部融解了。那好像是鐘聲一樣，一波一波地登峰造極。

她躺著，不自覺地發出狂野的、細微的呻吟，呻吟持續到最後。但是他結束得太快了，太快了；而她再也無法用自己的力量得到自己所要的結果。因為這一次是不同了，感覺完全不一樣了。她毫無能力了。她再也不能挺起來纏著他，去博得她自己的滿足了。當她覺得他引退著、收縮著，就要從她裡面滑脫出來的可怕的片刻，她的心裡在暗暗地呻吟著，她只好等待、等待。她的整個的肉體在溫柔地開展著，溫柔地哀懇著，好像一根潮水中的海葵，請求著他再進去，而使她滿足。

她在熾烈的熱情中昏迷著、緊貼著他；他並沒有完全滑脫了她，她覺得他溫軟的肉蕾，在她裡面聳動起來，用著奇異的、有節奏的動作，一種奇異的節奏在她裡面氾濫起來，膨脹著，直至把她空洞的意識充滿了。於是，難以形容的動作重新開始。

其實並不是一種動作，而是純粹的深轉著的官能之旋渦，在她的肉裡，在她的意識裡，愈轉愈深，直至她成了一個感覺的波濤的集中點，她躺在那兒呻吟著，無意識的聲音含混地呻吟著。這是生命！男人在一種驚懼中聽著她發出這種聲音，同時把他的生命的源泉噴射在她裡面。當這聲音低抑著時，他也靜止下來，毫無知覺，一動不動地臥著，同時他也慢慢地鬆弛了她的擁抱，慵懶地躺著。

他們躺著，忘了一切，甚至互相忘了對方的存在，兩個人都茫然若失了。後來他開始甦醒過來，覺察自己毫無遮攔地裸露著，而她也覺察了他的身體的重壓放鬆了。他正要離開她了；而是她心裡覺得她不能容忍他讓她無所庇護。他現在是得永遠地庇護在她身上了。

但他還是引退了；他吻著她，用衣服把她遮掩起來。然後開始遮掩他自己。她躺著，仰望著上面的樹枝，還是沒有力量移動。他站起來，把短褲扣好了，向四周望著。一切都在死寂中，只有那受驚的小狗兒，鼻子挾在兩腳中間，俯伏著。他在樹枝堆上重新坐了下去，靜靜地握著康妮的手。

「這一次我們是同時完畢了。」他說。

她回轉頭來望著他，沒有回答。

「像這個樣子是很好。大部分的人，過了一輩子都還不了解這種完美的高潮滋味呢。」他像是在做夢般地說著。

「眞的嗎？」她說。「你快樂嗎？」

他回過頭來注視她的眼睛。「快樂。」他說。「但是，但是不要談這個。」他不要她談這個，他俯著身去吻她；她覺得他應該這樣永久地吻著她。

最後，她坐了起來。

「一般人是否很少同時完畢的嗎？」她用一種天眞好奇的口吻問著。

「很少。妳只要看他們呆板的樣子便看得出來。」他無可奈何地說著，心裡懊悔著爲什麼開始了這種談話。

「你和其他的女人也這樣同時完畢過嗎？」

他覺得好笑的望著她。

「我不知道。」他說。「我不知道。」

她明白了他決不會對她說他所不願說的事。她望著他的臉，她熱情地亢奮起來，在她身體內顫動著。她盡力抑制著，因爲她覺得自己迷失了。

他穿好上衣和外套，在小杉樹叢中闢開了條路直至小徑上。落日餘輝，沉在樹林梢頭了。「我不送妳了。」他說：「還是不送比較好。」

在他離開之前，她熱情地望著他。他的狗兒不耐煩地等著他，他好像沒有什麼話好說了。再也沒有什麼了。

康妮緩緩地歸去，明白了在她的體內，另有一件深藏著的東西了。另有一個自我在她的裡面活著，在她的體內、子宮內，溫柔地融化著。她以這個自我的全都，去崇拜她的情人。她崇拜到覺得走路時，兩膝都發軟了。在她的體內、子宮內，她滿足地、生氣蓬勃地、脆弱地、不能自己地崇拜他，像一個最天眞的少女。她對自己說；「那好像是個孩子，那好像有個孩子在我的裡面。」……那是眞的，她的子宮，一向好像是關閉著的，現在是展開了，給一個新的生命充實了，這新的生命雖然近乎是一種負擔，但卻是可愛的。

「要是我有了孩子！」她心裡想著：「要是我有了他的孩子！……」想到了這個，她的四肢發軟了，她明白了有個自己的孩子，和有個全心鍾愛的男人的孩子，這其間是有天壤之別的。前者是平凡的；但是從一個衷心崇拜著的男人而得到的孩子，那使她覺得和昔日的我大不相同了，那使她深深地、深深地沉醉在一切女性的中心裡，沉醉在創化以前的睡眠裡。

她覺得新奇的並不是熱情，而是那渴望的崇拜。這是她一向所懼怕的，因爲這裡崇拜的情感要使她失掉力量。她現在還是懼怕，唯恐她崇拜得過深時，會把自己迷失了，把自己抹煞了，她是不願像一個未開化的女子似的，被抹煞成爲一個奴隸。她決不要成爲一個奴隸。她懼怕她的崇拜心情，但是她不願立刻反抗起來。她胸裡有個固執的意志，那是很可以對她子宮裡的日益增多的崇拜之溫情宣戰的。甚至現在，她也可以這樣做的，至少她心裡這樣想，她可以恣意地駕馭她的熱情。

是的！熱情是像一個古羅馬時代狂飲爛醉的酒神的女祭司（Bacchante），在樹林中奔竄著找尋伊亞可斯，找尋這個毫無人性的、純粹是婦人的神祇，也是僕人的赫赫陽物！男子，這個人，可不要讓他僭越。他只是個廟堂的司閽者，他只是那赫赫陽物的持有者與守護者，這陽物是屬於女人的。

在這新的覺醒中，天生本能的熱情在她心裡燒了些時，把男子縮小到一個可卑鄙的東西，僅僅是一個陽物的持有者，當他盡了他的職務時，便要被撕成碎片的。她覺得自己四肢和身體裡面，有著那種古代狂歡節的放縱女祭司的力量，有著那種蹂躪男性的熱烈力量；但是當她這麼認爲時，她的心是沉重的，她不要這一切，這一切都不是神秘的；只有崇拜的溫情才是她的寶藏。這寶藏是這樣的深奧且溫柔，神秘且不可思議！不，不，她要放棄她堅固的、光輝的、婦人的權威；這東西使她覺得疲乏而僵硬；她要沉沒在新的沐浴的生命裡。沉沒在無聲地歌唱崇拜之歌的她的子宮深處。

「我到瑪爾海去散步，並且和弗林太太喝了杯茶。」她對克利夫說：「我是想去看她的孩子的，她的頭髮好像是紅色的蛛絲，這孩子眞可愛。弗林上市場去了，所以我們大家一起吃了些茶點。你沒有納悶我到哪兒去了嗎？」

「是的，我納悶妳到那兒去了。但是我猜著妳定是在什麼地方喝茶了。」克利夫嫉妒地說。他的心眼裡，覺察了她有著什麼新的地方，有著什麼他不太瞭解的地方；但是他把這個歸因於孩子。他相信康妮之所以苦惱，大都是因爲沒有孩子，換句話說，是因爲她不能如別人一樣地生個孩子。

「夫人，我看見妳穿過了花園是從那鐵門出去了。」波太太說：「所以，我想妳恐怕是到牧師家裡去了。」

「那我也去了，後來我轉了方向到瑪爾海去了。」

這兩個婦人的眼睛交視著，波太太的是淺灰色的、有神的、探究的；康妮是藍色的、朦朧的、奇異美麗的。波太太差不多斷定康妮有了情人，但是怎麼可能呢？哪來的男人呢？

「不時出去走走，拜訪人家，於妳是很有益的。」波太太說。「我剛對克利夫男爵說，如果夫人肯多出去走動，對她是很有益處的。」

「是的，我覺得很高興出去走了一趟；那有個孩子很可愛，一點也不怕生，好有意思！」康妮說：「她的頭髮簡直像是蜘蛛網，有明亮的橙紅色，兩隻眼睛淡藍得像磁做的一樣，眞是奇妙！當然啊，因爲她是個女孩，否則不會這麼特殊的。」

「夫人說得一點也不錯……那簡直是個小弗林，他們一家都是紅頭髮的。」波太太說。

「你喜歡看看她嗎，克利夫？我已經約了她們來喝茶，這樣你就可以看到她呢！」

「誰？」他一邊說，一邊怪不安地望著康妮。

「弗林太太和她的女孩，星期一……」

「妳可以請他們到樓上去。」他說。

「怎麼，你不想看看那孩子嗎？」她喊道。

「啊，看看倒無所謂，但是我不想整個鐘頭和她們坐在一塊兒喝茶。」

「啊！」康妮說著，兩隻朦朧的大眼睛望著他。其實她並沒有看見他，她好像看到了另一個人，她實在不了解他。

「妳們可以舒舒服服地在樓上用茶呢，夫人，克利夫男爵不在一塊兒，弗林太太一定會覺得自在多了。」波太太說。

她確定康妮已有了情人，她的靈魂裡有什麼東西在歡呼著。但是他是誰呢？也許是弗林太太替她牽的線呢！

那天晚上，康妮不願意洗澡。她覺得他身上的皮膚仍然緊貼著她，這感覺於她是珍貴的，在某一種說法，就是神聖的。

不過，克利夫卻覺得非常煩躁。晚飯後，他不願意讓她走開；而她卻渴望著快點到房裡去享受孤獨。

「我們玩玩牌呢，還是讓我唸書給妳聽？」他不安地問道。

「你唸書給我聽吧。」康妮說。

「唸什麼……詩呢？散文呢？還是戲劇呢？」

「唸點拉辛〈註：拉辛（Racine）係十七世紀法國悲劇詩人〉的詩吧！」她說。

從前，用法國式的抑揚婉轉聲調唸拉辛的詩，是他的一個拿手好戲；但是現在呢，他可也沒有那種氣派，而且有點侷促了。其實與其唸書，他是寧願聽收音機的。但是康妮卻在替弗林太太的孩子縫著一件黃綢的小衣裳；那衣料是她散步回來在晚餐以前，從她的一件衣裳剪裁下來的。她靜靜地坐著，在溫柔的情緒中沉醉著、縫紉著；同時，他在繼續地唸著拉辛的詩。

在她的心裡面，她可以感覺到體內在澎湃著，好像鐘聲的迴響……

克利夫對她說了些關於拉辛的話。他說了好一會兒，她才明白他說了些什麼。

「是的！是的！」她抬頭望著他說。「做得眞好。」

她眼睛深妙的藍光，和她溫柔地靜坐著的神情，重新使他驚駭起來。她是從來沒有那麼溫柔、那麼靜穆的。她使他不能自己地迷惑著，好像在散發出什麼香味使他沉醉似的。這使他無力繼續唸書；他的法文發音使她覺得像是煙囪裡的風似的。他唸的詩句，她一個字都沒聽進去。

她已經沉醉在她溫柔的美夢裡了，好像一個發了芽的春之林，夢幻地、愉快地在低鳴著。她可以感覺到在同一的世界裡，他和她是在一起的，「他」，那無名的男子，用著美麗的兩腳，神秘而美麗的兩腳，向前移動著。在她的心裡，在她的血脈裡，她感覺著他和他的孩子。他的孩子是在她所有的血脈裡，像曙光一樣。

「因爲她既沒有手，又沒有眼，沒有腳，也沒有金髮的寶藏……」

她像一個森林似的，像一個陰暗的橡樹交錯著的樹林似的，千千萬萬的蓓蕾在開放著，在無聲地低語著。同時，那些慾望的鳥兒，在她錯綜濃密的身體裡酣睡著。

但是克利夫的聲音，不停地、異乎尋常地咕嚕著。多麼奇怪的聲音！多麼奇怪的他！傾著身子看他的書，樣子是奇怪的、貪婪的、文明的，他有寬潤的肩膀，卻沒有兩條眞腿！多麼怪異的生物，天賦是尖銳的、冷酷無情的，沒有熱力，一點熱力都沒有！這是未來的生物之一，沒有靈魂，卻只有一個極活動的冷酷的意志。她怕他，微微地顫抖起來，不過，溫柔的、熱烈的生命火焰，是比他更強的，而且還是瞞著他的。

詩唸完了。她吃了一驚！她抬頭看見克利夫灰白而乖戾的眼睛，好像含恨地在望著她，更使她驚愕起來。

「多謝得很！你唸拉辛唸得眞好！」她溫柔地說。

「差不多唸得和妳聽著一樣的好。」他殘酷地說。「妳在做著什麼？」他問道。

「我替弗林太太的孩子做件衣裳。」

他的頭轉了過去。孩子！孩子！她只想著這個。

「畢竟呢！」他用一種浮誇的口氣說。「我們所需要的，都可以從拉辛的詩裡得到。有條理有法則的情緒，是比紊亂的情緒更重要的。」

她兩隻朦朧的大眼睛注視著他。

「是的，的確。」她說。

「近代人讓情緒放蕩不羈，這不過只會使情緒平庸化罷了。我們所需要的，便是要有古典的約束。」

「是的！」她緩緩地說，她看見他的臉孔毫無表情地，好像正在機械性地聽著收音機的痴話。「人們假裝著有情緒，其實他們是毫無所感的。我想這便是所謂的浪漫吧。」

「一點不錯！」他說。

事實上，他是疲憊了。這個晚上使他覺得很累。與其過著這樣的晚上，他是寧願讀點書，或和礦場的經理談話，或是聽收音機的。

波太太帶了兩杯麥芽牛奶走了進來。一杯是給克利夫喝了好安然入睡的，一杯是給康妮喝了好長胖一些的。這是她介紹到格勒貝來的一個經常的茶點。

康妮喝完了以後，她心裡十分高興，這下子可以走開了，並且感激著不必去幫助克利夫就寢的事了。

她向門邊走去。她沒有吻他道晚安便走了。他尖銳而冷酷的眼睛望著她。哼！他爲她唸了整晚的詩，她卻連一個晚安的吻都不給他。這樣的鐵石心腸！即使說這種親吻只是一種形式，但生命是建築在這種形式上的。她實在是個布爾什維克主義者！她的本能都是布爾什維克主義者的，他冷酷地、憤怒地望著她走出去的那個門。

再一次地，他給夜之恐懼所侵襲了，他只是一團由神經網連結成的東西，當他不全力以赴興奮地工作時，或當他不聽收音機時，他便給焦慮的情緒糾纏著，而感覺著一種大禍臨頭似的空洞。他恐懼著。假如康妮願意的話，她是可以保護他的。但是明顯地，她並不願意。她是冷酷無情的，他爲她所做的一切，她都漠然無睹。他把生命捐棄給她，她還是冷若冰霜。她仍是我行我素，任性恣意地走她自己的路。

現在她醉心的便是孩子。她要這孩子是她自己的，完全是她自己的，而不是他的！

雖然，克利夫的身體是很健壯的。他的臉色紅潤，肩膀強壯有力，胸膛寬闊，他發福了。但是，也同時怕死了。什麼地方好像有個可怕的空洞在恐嚇著他，好像一個深淵似的。

他的精力要崩潰在這個深淵裡。有時他軟弱無力地覺著自己是死了，眞的死了。

因此，他的有點突出的兩隻灰色的眼睛，顯得怪異、詭秘，且有一點殘暴以及冷酷；而同時，差不多又是無忌憚的。這種無忌憚的神氣是奇特的，好像他不怕生命如何強悍，也能戰勝著生命似的。

「誰能認識意志之神秘——因爲意志竟能戰勝天使……」

他所最恐懼的便是當他不能入睡的夜裡，那時眞是可怕，四面八方的空虛壓抑著他。毫無生命力的感覺多麼可怕；在深夜裡，毫無生命力，卻生存著！

現在他可以按鈴叫波太太了。她總是會來的。這是個很大的安慰。她穿著室內便衣走了過來，髮辮結著垂在背後，雖然她棕色的頭髮夾雜著白髮，但卻奇異地有著少女的朦朧神韻。她替他煮咖啡或煮涼茶，和他玩象棋或撲克紙牌。她有著那種對於遊戲有天份的女性才能，甚至在睡眼朦朧中還能下一手好棋，而使他覺得勝之無愧。這樣，在深夜的、靜寂的親密裡，他們坐著，或是她坐著，而他臥在床上，桌上燈光孤寂地照著他們，她失去了睡眠，他失去了恐懼；他們一起玩著，然後一起喝杯咖啡，吃塊餅干，在萬籟俱寂的深夜裡，兩人都不能說什麼話，但是兩人的心裡都覺得安之如飴。

這晚上，她奇怪地想著：究竟誰是查泰萊男爵夫人的情人？她又想起她的先生，他雖早已死了，但於她而言卻好像活著。當她想起他時，她對於人世的，尤其對於那些戕害他的生命的兒子們的心底舊恨，便甦醒了過來。那些主子們並沒有眞的戕害了他的生命。但是，在她的感情上，卻把它當成眞的。因爲這點，在她心之深處，她是個虛無主義者，而且眞的是無政府主義者。

在她的朦朧半睡中，她雜亂地想著她的先生和查泰萊男爵夫人的不知名的情人；這麼一來，她覺得那個女人值得同情，而對克利夫男爵，及代表他的一切相當的怨恨。而她卻和他玩著撲克，賭著六辨士的勝負。和一個有爵位的人玩撲克，甚至輸了六辨士，畢竟是痛快的事呢。

他們玩牌，常常是賭錢的。那可以使他忘掉他自己。但是他常贏的。這晚上還是他贏。這一來，不到天亮，他不願去就寢了。還好，在四點半鐘左右，曙光開始顯現了。

在這一段的時間裡，康妮是在床上酣睡著。但是那看守人，他也不能安寧。他把雞欄關閉了，在樹林裡巡邏了一遍，然後吃晚餐。他並不上床去，他坐在火爐邊沉思著。

他想著他在達哇斯過去的童年，和他的五、六年的婚姻生活，他照例苦澀地回憶著他的妻子，她是如此粗俗不堪的女人！自從一九一五年的春天入伍之後，至今沒再見過她。然而，她卻還在不到三哩路之遙的地方生活著，而且比以往更加令人討厭，他希望這輩子永不再見到她。

他想著在國外的士兵生涯。由印度到埃及，又回到英國來再成爲一個傭工。他只是把生命拖延著。在這樹林中，至少短期內，他相信定可安全了。在那裡並沒有人來打獵，他唯一的事便是養育雉雞。他可以孤獨而與生命隔絕，這便是他唯一希望的事。他得有塊立足地，而這兒是他出生的故鄉。甚至他老母親還住在這兒，雖則他對母親——向來沒有什麼了不起的感情。他可以一天一天地繼續著生活，與人隔離、無怨無尤。他無所奢望，他是茫然不知所措的。

他是茫然不知所措！他當過幾年軍官，並且和其他軍官和公務員，以及他們的家庭交往以來，他的一切雄心都死了。他認識了中上階級是堅韌的，像橡膠一樣奇異的堅韌，而缺乏生命的，這使他覺得冰冷，而且覺得自己和他們是多麼不同。

如此，他重新回到自己的階級裡去。在那裡去找回幾年外出所遺忘了的東西，那些十分令人生厭的卑賤心情和庸俗儀態，他現在終於承認儀態是多麼重要的了。而且，他假裝著對於一兩個銅板和其他生命的瑣事滿不在乎的樣子。但是平民之中，是沒有什麼可以假裝的。豬油的價錢多一枚或少一枚銅板，是比刪改聖經一個字還重要的。這使他眞受不了！

此外還有工資的問題。他已經與有產階級人士相處過，他知道冀圖解決工資問題是多麼徒勞夢想的事。除了死之外，是沒有解決的可能的。只有不要管了，不要管什麼工資問題。

那麼又怎樣呢？生命除了爲錢擔心以外，還有什麼？什麼都沒有了。

可是他可以孤獨地生活著，心裡淡淡地滿足著自己能夠孤獨，飼養著雉雞，這些雉雞是終究要給那些飽餐以後的肥胖先生們射殺的。多麼空泛！多麼徒然！

但是何必計較，何必煩惱呢？他並沒有計較過，也沒有煩惱過，直至現在這個女人來到了他的生命裡。他差不多大她十歲，他的經驗卻比她多一千年。他倆間的關係日益緊密。他已可以預見到那一天，他們再也不能解脫這種關係，而他們便不得不去開創一個共同的生活了。「因爲，愛之束縛不易解開！」

那又怎麼樣呢？他是不是必須赤手空拳地重新開始？他是不是定要牽累這個女人？他是不是定要和她殘廢的丈夫做激烈的衝突？還要和自己那粗俗而懷恨的妻子做番可怕的爭吵？多麼痛苦！多麼不幸！他已經不再年輕了。他也不是麻木不仁的那種人。所有的苦難和所有的醜惡都能使他受傷，還有這個女人！

即使他們把克利夫男爵和自己的妻子的障礙除去了，即使他們得到了自由，他們又將怎樣呢？他又能怎樣呢？他將怎樣的安排他的生命呢？因爲他總得做點什麼事。他不能讓自己做個寄生蟲，依靠她的金錢，和他自己很微薄的軍隊給的退休金度日吧！

這是一個不能解決的問題。他幻想著到美國去，到美國去嘗口新鮮的空氣。他是毫不相信金錢萬能的。但是也許那兒會有旁的什麼機會吧。

他不能定下心來，甚至也無法上床去。他呆呆地在苦澀的思索中。到了半夜，他突然地站了起來，取了他的外套和鎗。

「來吧，小妞！」他對狗說。「我們還是走到外邊去的好。」

那是個沒有月亮的繁星之夜。他舉著輕輕的步伐，緩緩地、小心地巡邏著。他唯一所要留神的就是礦工了，尤其是史德門的礦工們，在瑪爾海附近所放的捕兔機。但是現在是繁殖的季節，即是礦工們對這點還有點厚道，雖然是偷偷地巡邏著，去搜索偷捕野獸的人，但這卻使他的神經安靜下來，而使他忘記了思慮。

他走上山頂去，向四周眺望。除了永不停工的、史德門礦場的隱約而繼續的聲音外，沒什麼其他的聲息；除了工廠裡一排一排閃爍的光外，差不多沒有什麼其他的亮光了。世界在煙霧中陰森地沉睡著。那是兩點半了。但是這世界雖然是在沉睡中，還是不安的、殘酷的，給火車聲和大路上經過的大貨車的聲音攪擾著，給鼓風爐玫瑰色的光照耀著。這是一個錢與煤的世界，錢的殘忍，煤的烏煙，和無窮無盡的貪婪，驅使著這世上的一切。在它的睡眠裡，只有貪婪，只有貪婪騷擾著。

夜是冷的，他咳嗽起來。一陣冷風在小山上吹著。他想著那女人。現在他願放棄他所有的一切，去換取這個女人，把她抱在兩臂裡，兩個身體暖暖地擁在一張毯子裡酣睡。一切未來的希望，和一切過去的擁有，他都願意完全放棄去換取她，和她溫暖地擁在一張毯子裡酣睡，只管酣睡。他覺得把這個女人攬在他臂裡睡覺，是他唯一需要的事情。

他到小屋裡去，蓋著毯子，躺在地上預備睡覺，但是他不能入睡，他覺得冷，此外，他殘酷地覺得他自己天性的缺憾。他殘酷地覺得孤獨的他條件不夠。他需要她，他想摸觸她，想把她緊擁在懷裡，共享那圓滿而酣睡的片刻。

他重新站了起來，走出門去，這一次他是向著花園的門走去；然後，慢慢地沿著小徑向著大廈走去。差不多是四點鐘了，夜是透明寒冷的，但是曙光沒有出現。他是習慣於黑夜的人，他能清楚地辨別一切。

慢慢地，慢慢地，那大廈好像磁石似的吸引著他。他需要去親近她。那並不是為了情慾，不，那是為了那殘酷的缺憾之孤獨的感覺，這種感覺是需要一個沉默的女人抱在他的兩臂裡，才能使之消逝。

也許他能找到她吧。也許他甚至可以喚她出來，或者找個理由到她那裡去吧，因為這種需要是非常迫切地……

悄悄地、慢慢地，他攀登那小山坡向著大廈走去。他走到了山巔，繞過那些大廈門前那塊菱形的草地，而直達門口那條大路。門前那大草坪上矗立著的兩株大山毛櫸樹，在夜色中陰暗地浮出，他都看得清清楚楚了。

這便是那大廈，低低的、長長的、幽暗的，樓下點著一盞燈，那是克利夫男爵的臥室。但是那牽著柔絲的彼端裸體著地引誘著他的女人，究竟在那一間屋子呢？

他再前進了一些，手裡拿著鎗，在那大路上呆站著注視著那大廈。也許他現在還可以用個什麼方法找到她，而到她那兒去吧。這屋子並不難進入，他又有夜行人般的狡黠，為什麼不到她那兒去呢？

他呆呆地站著，等著，同時，曙光在他的背部微微地露出了。他看見屋裡燈光熄滅了，但是他卻沒有看見波太太走近窗前，把深藍色的絲綢窗幕拉開，望著外面黎明的半暗的天，希冀著曙光的早臨，等待著克利夫知道是天亮了。因爲當他知道的確天亮了時，他差不多便可以即刻入睡。

她站在窗邊，睡眼惺忪地等待著。突然地，她大吃一驚，差不多叫出來了。因爲那邊大路上，在黎明夜色中，有個黑暗的人影。她完全清醒了，留神地審視著，卻又不露聲色，免得打擾克利夫男爵的入睡。

白日的光明開始颯颯地侵襲到大地上，那黑暗的人影好像變小，更清楚了。她分辨了鎗和腳絆和寬大的短外衣——這不是奧利佛．梅樂士，那看守人嗎？是的，因爲他的狗兒在那裡，好像對著一個影子似的東西嗅著，等著它的主人呢！

但是這人要什麼呢？他是不是想把大家都叫醒了？爲什麼他釘著似的站在那兒，仰望著大廈，好像一條患著相思病的公狗，站在母狗的門前？老天爺喲！波太太陡然地醒悟了——查泰萊男爵夫人的情人便是他！便是他！

多麼令人驚訝！但是她自己——愛薇．波爾敦，也曾有點鍾情過他的。那時，他是個十六歲的孩子，而她已是個二十六歲的婦人了。她還在研究看護學，他曾大大地幫助過她研究關於解剖學和其他應學的東西。那是個聰慧的孩子，他得過雪菲爾德公學的獎學金，學過法文和其他東西；之後卻竟成了個蹄鐵匠，他自己說那是因爲他喜歡馬的緣故；其實那是因爲他不敢與世界接觸，只不過他不肯承認罷了。

但是他是個可愛的孩子，很可愛的孩子，他曾鼎力幫助過她，他利用很巧妙的方法使你明白事情。他的聰明全不下於克利夫男爵，並且他和婦人們是很合得來的；人們都說，他和婦女們要比男子們更合得來的。

一直到他蠢笨地和那白黛．古蒂絲結了婚，這種婚姻彷彿是爲了洩憤似的。有許多人是這樣的，他們是爲了洩憤而結婚的，因爲他們有過什麼失意的事情。無疑地這是個失敗的婚姻了。……在大戰期中，他外出了幾年。他得了一個中尉，做了個十足的上流人士，然後回到達哇斯來當一個看守人！眞的，有些人是不知道把握晉升機會的！他重新說起一口下流階級所說的土話，而她——愛薇．波爾敦，卻知道只要他願意，是可以說任何貴紳所說的標準英語的。

啊啊，原來男爵夫人是給他迷住了！唔，他並不是第一個……他有著一種什麼迷人的東西。不過，想想看！一個達哇斯村裡生長教養出來的孩子，卻變成勒格貝大廈裡的男爵夫人的情人！老實說，這是查泰萊大富大貴之家的一個絕大諷刺喲！

但是他，那看守人，看見白日漸漸顯現，他明白了，那是徒勞的。要想把你自己從孤獨中解放出來，這種嘗試是徒勞的。你得一生依附著這孤獨，只是有的時候，你的空虛會有人塡補一下！但是你得等待這時機來到。但是這種時機是自己來的，你是無法去勉強的。

驟然地，那引誘他去追逐她的狂慾毀滅了。這是他自己毀滅的，因爲他覺得應該如此。雙方都必須心甘情願的。假如她不向他走來，他便不會迎了上去。他不應這樣，他得走開，直至她向他前來的時候。

他緩緩地、若有所思地轉身離去，重新接受他的孤獨。他知道這樣是好一些的，她應該向他走來；追逐她是沒有用的，沒有用的！

波太太看著他消失，看著他的狗兒跟在他的後面跑著。

「啊啊，原來是這樣的！」她對自己說：「我一向就沒有想到他，而他正應是我所應該想到的！我先生死後，那時他還年輕，他曾對我很好的。啊，啊，假如『他』知道了的話，他將怎麼說呢？」

她向著已經入睡了的克利夫，得意地望了一眼，然後輕輕地走出了房間。

第十一章

康妮正在整理一間貯藏室，勒格貝有好幾間這樣的貯藏室。這大廈眞是個雜物的貯藏庫，而這家人卻永不把舊東西賣出去。佐佛來男爵的父親喜歡收藏書，佐佛來男爵的母親喜歡收藏十六世紀的義大利家具，佐佛來男爵自己喜歡收藏橡木雕刻的老箱子及教堂裡的聖衣箱。這樣一代一代地傳下來，克利夫收藏了一些不大値錢的近代畫。

在這舊物貯藏室裡，有些蘭德西爾的壞作品，有些韓特可憐的鳥巢，和其他一堆庸俗的皇家畫院院士的繪畫，都是足使一個皇家畫院院士的女兒嚇到的。她決意把這一切查閱一遍整理起來。那些粗重的老家具使她覺得有趣。

她發現了一個家傳的紅木老搖籃，謹愼地包著，以防塵埃和損壞。她把它拆開了。這搖籃有著某種可人的地方，她審視了一番。

「眞可惜用不著這個搖籃！」在旁邊幫忙著的波太太嘆著氣說：

「雖是說這樣的搖籃，現在已經太舊式了。」

「也許有一天用得著的，我也許要有個孩子呢！」康妮從容地說，彷彿說著她也許可以有一頂新帽子似的。

「難道妳是說克利夫男爵可以好起來了？」波太太吃驚著說。

「不必等到他好起來，照他現在的情況，他只是筋肉的癱瘓罷了——這對『他』是沒有妨礙的！」康妮自然得像呼吸似的撒個謊。

那是克利夫給她的主意。她說過的：「自然啦，我還可以生個孩子的，我並不是眞的殘廢了。縱使腿部和腿部的筋肉癱瘓了，而生殖力是可以很容易恢復的，那時種子便可以傳遞出去了。」

在這種活潑的日子裡，他眞的好像覺得他的性能就要恢復了。康妮恐慌地望著他。而她卻很機警地把他的暗示拿來當作自己的武器。因爲要是她能生育的話，她定要有個孩子的。不過那絕不是克利夫的孩子。

波太太呆了一會兒。過後，她知道這只是欺騙的話罷了，不足採信的。不過今日的醫生們是能做這種事的，他們很能夠做接種這類的事情的。

「啊，夫人，我只希望和祈禱著妳可以有個孩子。對於妳和大家，那是件多麼可喜的事！老實說，勒格貝大廈裡有個孩子，氣氛就大不相同了！」

「可不是嗎？」康妮說。

她選了三張六十年前的皇家畫院院士的畫，去送給薛蘭公爵夫人主辦的慈善販賣會。人家叫她做「販賣會公爵夫人」，她常常向所有的有爵位的人，徵求小物品給她販賣的。她得了三張裝了框，署名皇家畫院院士之名的畫，一定會得意極了。她也許還要親自來拜謝呢。克利夫是頂討厭她來造訪的。

（但是，天呀！）波太太心裡想。（妳準備給我們的，是不是梅樂士的孩子啊？天呀，天呀，那簡直是一個達哇斯的孩子在勒格貝大廈的搖籃裡了！不過，那也可以無愧於這個搖籃的！）

在這舊物貯藏室中推積著的許多離奇古怪的東西中，有一口點漆的大箱子，做得非常的巧妙。這是六、七十年前的東西，裡面安置著各種物品。上面是一些梳妝用品：刷子、瓶子、鏡子、梳子、小盒子、甚至三個精緻的保險小剃刀、肥皀盒和一切刮臉用品。下面是寫字檯用品：吸水紙、筆、墨水瓶、紙、信封、記事簿，再下便是女紅用具、三把大小不同的剪刀、針、針箍、絲線、棉線、補綴用的木球，這一切都是精細的上品。此外還有個放藥品的格子，瓶子上標著各種藥品，「鴉片藥酒」、「松香水」、「丁香精」等，但都是空的。一切都是沒有用過的東西！整個箱子合起來的時候，像一個小而深的手提箱，裡面擺得象迷魂陣一樣的密集。密集到瓶子裡面的水都流不出來；因爲一點空隙都沒有了。

做工和設計都非常精美，這是維多利亞時代的巧妙手藝。但是這箱子卻有點太怪異了。購置這口箱子的查泰萊前輩，一定也有這種感覺；所以從沒有人拿來使用過。這是一口無靈魂的死箱子。但是，波太太卻喜歡極了。

「看！多美麗的箱子，這麼値錢的東西。甚至連那三把刮臉用的肥皀刷，也都精緻極了！啊！還有那些剪刀！那是用錢所能買到最上等的東西了。啊！眞可愛！」

「妳眞這麼覺得嗎？」康妮說。「那妳拿去吧！」

「啊，不！夫人。」

「妳拿去吧！否則它要在這兒擱到地球末日呢。假如妳不要，我便拿來和畫一起送給公爵夫人了，她是不配受用這許多東西的？眞的，拿去吧！」

「啊！夫人，我眞不知道怎麼謝妳才好！」

「那就不要謝好了。」康妮笑著說。

波太太手裡抱著那口大而黑的箱子，興奮得滿面春風地走下樓來。

女管家白蒂絲太太駛著車，把波太太和她的箱子，帶到村裡她家裡去。那得請幾位朋友來觀賞的；於是，他請了藥劑師的女人、女教員、和一個掌櫃助手的女人、維頓太太等到家裡來。她們注視一番之後，開始低談著查泰萊男爵夫人要生小孩子的事。

「神奇的事情是常有的。」維頓太太說。

但是波太太堅信，如果孩子眞的出世了，那一定是克利夫男爵的孩子。

不久之後，教區的牧師來對克利夫和藹地說：

「我們是不是可以希望一個勒格貝的承繼者呢？啊，要是這樣，那眞是聖靈顯跡了！」

「唔！我們可以這樣希望吧！」克利夫帶著微笑的譏諷，同時又有著某種信心。他開始相信那很可能的，甚至相信孩子也許是他的了。

一天下午，大家都叫他「鄉紳文達」的萊斯里．文達來了，這個清瘦的、整潔的、七十歲的老先生，「從頭到腳都是貴紳」。正如波太太對白蒂絲太太說的一樣，的確！他說起話來那種「咳！咳！咳！」不絕口的古老樣子，好像比從前戴假髮的鄉紳還來得親切。飛奔的時光，把這些古雅的東西都給淘汰了。

他們討論著煤礦問題，克利夫的意思，是以他的煤炭品質縱使不佳，但是可以做成一種集中燃料，這種燃料如果加以某種帶酸的濕空氣，好好地強壓起來，是能夠發出很大的熱力。很久以來，人們已注意過這種事實了，在一種強有力的濕風之中，煤坑邊燃燒出來的火是明亮的，差不多是沒煙的，剩下來的只是些灰粉，而不是粗紅色的煤渣。

「但是你到那裡去找到適當的機器，去用你的燃料呢？」文達問道。

「我要自己去製造這種機器，並且用這種燃料。這樣產生出來的電力我可以拿出來賣。我確信這是可以做的。」

「假如你做得到的話，那麼好極了，我的孩子。咳！好極了！要是我能夠幫忙什麼的話，我是很願意的。我恐怕我自己和我的煤礦場，都是不太合時宜了。但是誰又知道呢？當我死了以後，還可以有像你這樣的人，好極了！這一來所有的工人又有工作了，那時你不用再管煤炭銷不銷了。眞是好主意，我希望這主意可以成功。要是我自己有個兒子的話，無疑地他們會替希伯來礦場出些新主意；無疑的！話又說回來了，我的親愛的孩子，外面傳的風聲，究竟眞不眞？我們是不是可以希望有個勒格貝的承繼人？」

「外面有這麼一個風聲嗎？」克利夫問道。

「是的，親愛的孩子，住在惠靈塢的馬沙爾向我問起這事是不是眞的，這便是我聽到的風聲。自然，要是這是無稽之談，我決不向外多嘴的。」

「唔，文達先生，」克利夫不安地說，但是兩隻眼睛發著異光。「希望是有一個的，希望是有一個的！」

文達從房子的那邊踱了過來，把克利夫的手緊握著。

「我親愛的孩子，我親愛的朋友，你知道不知道我聽了心裡多快活？知道你抱著得子的希望工作著；也許那一天達哇斯的工人都要重新受雇於你了！啊，我的孩子，能夠保持著名聲，和有著現成的工作給有意工作的任何人……」老頭兒實在感動了。

第二天康妮正把一些黃色的鬱金香，安置在一個玻璃瓶裡。

「康妮！」克利夫說：「妳知道外邊傳說著妳就要給勒格貝生一個繼承人了嗎？」

康妮覺得給恐怖籠罩住了，但是她卻安泰地繼續佈弄著她的花。

「我不知道。」她說，「那是笑話嗎？還是有意中傷？」

他靜默了一會兒，然後說道：「我希望兩樣都不是，我希望那是一個預言。」

康妮還是在整理著她的花。「我今早接了父親一封信。」她說：「他已經替我答應亞力山大．柯柏爵士，在七月和八月到他威尼斯的『愛斯姆拉達』別墅去避暑的事。」

「七月和八月？」克利夫說。

「啊！我不會留兩個月之久的，你眞的不能一起去嗎？」

「我不願到國外去旅行。」克利夫立刻說。

她把花拿到窗前去。

「我一個人去，你不介意吧？」她說：「你知道我早已經答應的了！」

「妳要去多久？」

「也許三個星期。」

兩人靜默片刻。

「那麼，」克利夫慢慢地，帶幾分憂鬱地說。「假如妳去了，還要回來的話，我想三個星期，我是可以忍受的。」

「我一定會回來的。」她以簡潔肯定的口氣說。心裡確信自己一定會回來的。她心裡想著那個男子。

克利夫見她說得那麼眞摯，便相信了，他相信那是爲了他。他覺得心上的一塊石頭鬆了，馬上笑逐顏開起來。

「這樣嘛！」他說：「我想是沒有問題的，是不是？」

「是的！」她說。

「換換空氣，妳定會覺得快樂吧？」

她奇異的藍眼睛望著他。

「我很喜歡再看看威尼斯。」她說。「並且在那淺水湖過去的小島沙灘上去海水浴。但是你知道我是厭惡麗島的！〈註：麗島（Lido）係威尼斯一個最繁華的地方。〉我相信我不會喜歡亞力山大．柯柏爵士和爵士夫人的。但是有希爾達在那兒，並且假如我們會有一艘自己的遊艇，是的，那一定很有趣的。我實在希望你也能一起去呢。」

她說這話是出於眞心的，她很願意在這種小事情上使他快樂的。

「唉，但是想像一下，我在巴黎北車站，加萊碼頭上的情形吧！」

「但是，那有什麼關係呢？我看過其他的在大戰中受了傷的人，用床板抬著呢，何況我們是可以坐汽車去哩。」

「那麼，我們得帶兩個僕人去了。」

「啊，用不著！我們帶菲爾德去便行了，那邊總會有個僕人的。」

克利夫搖了搖頭。「今年不去了，親愛的，我今年不去了或者明年再看看吧！」

她憂愁地走開了。明年！明年他又將怎麼了？她自己實在並不想到威尼斯去；現在不，現在是有了那個男人了。但是她還是要去，爲了要服從生活的變化紀律，而且要是她有了孩子的話，克利夫會相信她是在威尼斯有了個情人的緣故。

現在已經是五月了，六月間便要出發了，老是這麼一類的安排！一個人的生命老是安排定了。輪子轉著、轉著，把人驅使著、駕馭著，人實在是莫可奈何的！

已經是五月了，但是天氣又寒又冷而且多雨起來。俗語說的：寒冷多雨的五月，利於五穀和草秣，在我們今日是重要的東西了！康妮得上阿斯魏去走一趟，這是他們的小市鎮，那兒，查泰萊的姓氏依舊是威風赫赫的！她是一個人去的，菲爾德幫她開車去的。

雖然是五月天，而且處處是嫩綠，但鄉間景色仍有些憂鬱。天氣是夠冷的，雨中雜著煙霧，空氣裡浮蕩著某種倦怠的感覺。一個人不得不在抵抗中生活，無怪乎這些人都是醜惡而粗鈍了。

汽車艱辛地上著山坡，經過達哇斯的散漫齷齪的村落，一些黑色磚牆的屋宇，它們黑石板的屋頂尖銳的邊緣發著亮光，地上的泥土雜著煤屑，顏色是黑的，人行道是濕而黑的。

彷彿一切的一切都給淒涼憂鬱的情緒浸透了。絲毫沒有自然的美，絲毫沒有生之樂趣，甚至一隻鳥一隻野獸所有的美的本能都全部消失了，人類的直覺官能都全部死了，這種情形是令人寒心的。

雜貨店一堆堆的肥皂，蔬菜店的大黃菜和檸檬，時裝鋪的醜怪帽子，一幕一幕地在醜惡中過去，跟著是俗不可耐的電影戲院，廣告看板上標著「婦人之愛」和監理會新的大教堂，它的光滑的磚牆和窗上的帶青帶紅的大塊玻璃實在是夠原始的，再過去，是維斯萊派的小教堂，牆磚是黝黑的，直立在鐵欄和一些黑色的小樹後邊，自由派的小教堂，自以爲高人一等，是用鄉村風味的沙石築成的，而且有個鐘樓，但並不是個很高的鐘樓。就在那後邊，有個新建的校舍，是用高價的紅磚築成的，前面有個沙地的運動場，用鐵柵環繞著，整個看起來是很堂皇的，又像教堂又像監獄。

女孩子們在上著音樂課，剛剛練習完了「拉米多拉」，正開始唱著一首兒童的短歌。世上再也沒有比這個更不像歌唱——自然的歌唱——的東西了。這只是一陣奇異的呼號，帶了點腔調的模樣罷了，那還趕不上野蠻人；野蠻人還有微妙的節奏。那還趕不上野獸，野獸呼號起來的時候還是有意義的。世上沒有像這樣可怖的東西，而這東西卻叫做唱歌！

當菲爾德去添汽油的時候，康妮坐在車裡覺得肉麻地聽著。這樣一種人民，直覺的官能已經死盡，只剩下怪異的機械的呼號和乖戾的氣力，這種人民會有什麼將來呢？在雨中，一輛煤車轟轟地駛下山坡，菲爾德添好了油，把車向山坡上開過，經過了那些大的、但是淒涼的裁縫店、布匹店和郵政局，來到了寂寞的市場上，那兒，森．布勒克正在他的所謂「太陽旅店」的酒屋裡，伺望著外邊的行人，並且向查泰萊男爵夫人的汽車行了一個鞠躬。

大教堂在左邊的黑樹叢中，汽車現在下坡了，經過「礦工之家」咖啡店。這汽車已經經過了「靈威敦」、「納爾遜」、「三桶」和「太陽」這些咖啡酒屋，現在打從「礦工之家」門前經過了，然後再經過「機師堂」，又經過了新開的、夠華麗的「礦工之樂」，最後經過了幾個新的所謂的「別墅」住宅區，而到了上史德門去的黝黑的路，兩旁是灰暗的籬笆和暗青色的草原。

達哇斯！那便是達哇斯！快樂的英格蘭！莎士比亞的英格蘭！唔，不，那便是今日的英格蘭，自從康妮在那兒居住以後，她明白了。英格蘭正生產著一種新的人類，迷醉於金錢，反社會政治生活，有自然的直覺的官能，而卻是死滅了的新人類。這是些半死的屍體，但是活著的一半，卻奇異地固執地生活著。這一切都是怪誕的、乖戾的。這是地下的世界，不可臆測的世界。我們怎麼能夠明白這些行屍的反應呢？

康妮看見一些大的運貨車，裡面滿裝雪菲爾德鋼鐵廠的工人，一些具有人類模樣的、歪曲的妖怪小東西，正向著莫洛克去作野外旅行，她的心不禁酸楚起來；她想，唉！上帝啊，人類把人類弄成怎樣了？人類的領導者們，把他們的同胞弄得怎樣了？他們把他們的人性都消滅了，現在世上再也不能有友愛了！那只是一場惡夢！

她在一種恐怖的波浪中，重新覺得這一切都是灰色的、令人寒心的失望。這些生物便是工人群眾；而上層階級的內容怎樣也是她所深知的，那是沒有希望的了，再也沒有什麼希望的了。可是，她卻希望著一個孩子，一個承繼人！一個勒格貝的承繼人！她不禁驚悸起來。

而梅樂士卻是從這一切中出來的！是的，但如今他是與這一切遠隔著，如她自己也與這一切遠隔著一樣。不過，甚至他，也沒有甚麼友愛了。友愛是死了，那兒只有孤寂與失望。這便是英格蘭，英格蘭的大群衆；康妮很了解，因爲她今天是從這樣的英格蘭的大群衆的中心經過的。

汽車正向著史德門上去。雨漸漸停住了，空氣中浮著一種奇異的透明，五月之鄉的光景一幕一幕地過去了，往南是畢克，往東是門司非德和諾丁漢，康妮正向著南方走去。

當汽車駛到了高原上面時，她看得見左手邊，在一個高臨鄉野的高地上，那深灰色、黯淡而雄壯的華梭勃古堡，下面是些帶紅色的半新的工人住宅，再下面，便是煤場的大工廠正在冒著一縷縷的灰暗的煙和一團團的白蒸氣，這工廠每年要把幾千萬金鎊放在公爵和其他股東的腰包裡的。這雄壯的老古堡已殘敗了；然而它還是高聳天際，俯視著下面濕空氣中的黑煙和白霧。

轉了個彎，他們在高原上向著史德門前進。從這路上看來，史德門是個龐大壯麗的新飯店，離路不遠的地方，金碧輝煌的柯寧斯貝飯店，在一種荒寂的情況之中站著。但是，細看起來，你便看得見左手邊，一排排精緻的「摩登」住宅，安排得像骨牌戲似的，一家家以花園互相隔離著；這是幾個妖怪的「主人們」，在這塊驚人的大地上所玩的一種奇異的骨牌戲。在這個住宅區過去，聳立著一些眞正近代礦場的駭人的凌空建築，一些化學工廠和巨大的長廊，它們的形式是前些人類所夢想不到的。在這龐大的設備中間，連礦場本身都不算什麼了。在這大建築的前面，那骨牌戲老是驚奇地擺在那兒，等待著主人們去玩它。

這便是戰後新興的史德門。但是事實上，康妮並不認識它，老史德門是在那「飯店」下邊半哩路之遙，那兒有一個老的小礦場；一些黑磚築的老住宅、一兩個小教堂、一兩間商鋪和一兩間小酒店。

但是這一切都不算什麼了。新工廠裡冒著濃煙和蒸氣的地方，才是現在的史德門了；那兒沒有教堂，沒有小酒店，甚至沒有商鋪。只有些大工廠，這是近代的奧林匹亞神國，裡面有著一切的神的殿堂；此外便是些模範住宅和飯店。所謂飯店，雖然看起來怪講究的，其實只是個礦工們的酒店罷了。

這塊新地方，是康妮到勒格貝後才建築的；那些模範住宅裡，住著從四方八面來的一些流氓，這些人所幹的勾當之一，便是去偷捕克利夫的兔子。

汽車在高原上走著，她望著這整個的州府，一起一伏地開展過去。這個州，往昔是個驕傲的、威風赫赫的州府呢！在她面前，那矗立天際，像是海市蜃樓般的房屋，便是查維克大廈了。它的窗戶佔了牆壁的大部分，這是伊莉莎白時代的一個最出名的宮堡。它孤獨地、高貴地站在一個大花園的上頭。雖然是古舊了，過時了，但是人們還當作一個榮耀的遺物似地保存著。「瞧瞧我們的祖先是多麼顯貴！」

那是過去，現在是在那下面。將來呢，只有上帝知道在那裡了。汽車已經轉著彎了，兩旁是些老而黑的礦工的小村舍，汽車正向著阿斯魏下去。在這陰濕的日子裡，阿斯魏正冒著一陣陣的煙和蒸汽，好像是天神焚香似的。阿斯魏在那山谷的下面，到雪菲爾德的所有的鐵道線都打這兒穿過，那些長煙囪裡冒著煙和閃光的煤礦場和鋼鐵廠，那教堂上的螺鑽似的悽慘的小鐘樓，雖然就要倒塌了，但是依舊還矗立在煙霧中，這樣的阿斯魏，常常總使康妮覺得奇怪地感動的。這是個山谷中央的古老村鎮。有一個主要的旅舍名叫「查泰萊」，阿斯魏人都認爲勒格貝是一個地方的總名，而不是一個屋名的。

礦工們黝黑的村舍，是併著人行道起的，狹小得像百多年高的礦工住宅一樣。這些村舍都是沿著道路建的，道路於是成了一條街了；當你走進這街裡面的時候，你便要立刻忘記了那開闊的、起伏的原野，這原野上還有著宮堡與大廈聳立著，看來像是鬼影一般。現在康妮來到了那光赤的鐵道網的上頭，那兒四面都蓋著高大的鍛冶金屬的工廠和其他的工廠，使人覺得四周只是些牆壁。鐵的聲音在囂響，龐大的載貨車震動著地皮，號笛在大叫著。

然而當你沿著這路下去，而到了那曲折佝僂的市鎮中心時，在那教堂的後面，你便進到了一個兩世紀以前的世界裡了，「查泰萊」旅舍，和那老藥房，便在這彎曲的街上，這街從前是通到這些宮堡和權貴者們的遊樂別墅所在的曠野外去的大道。

在那街角上，兩旁擠擁著所有舊而黑的礦工住宅。再過去，便是一排較新而稍大的房屋，建在那山谷的坡上；這是些較近代的礦工的住宅。再遠一些，在那宮堡大廈的曠野上，煙與蒸汽夾雜盪漾著，星羅棋佈著無數的紅磚建築，有的在低凹處，有的獰惡地在那斜坡上突入天際，這便是礦區。在這礦區的裡頭，轎式馬車和茅舍時代的老英格蘭，甚至羅賓漢·胡德時代的英格蘭還殘留著，在那兒，礦工們不做工的時候，他們受壓制的好動的本能，無聊起來，便東奔西竄地閒散浪蕩著。

英格蘭喲！我的英格蘭！但是哪個是我的英格蘭？英格蘭的權貴者們的堂皇大廈，照起像來眞的好看極了，而且我們和伊莉莎白時代的人們間，創造了一種幻象的聯繫。古色古香的老大廈，現在還存在，和在慈愛的安娜王后與湯姆瓊斯的時代一樣。但是煙灰把那褐黃色的粉漆都弄黑了，很久以來便再也沒有那金黃顏色了。而且一個一個地，像那些宮堡般，被人遺棄了。現在開始被人拆毀了。至於那些古英格蘭時代的茅舍呢，現在卻變成荒寂的鄉野中的一些襤褸的大磚屋了。

現在，人們把古堡拆毀了，喬治風的大廈也漸漸完了。那無美不備的喬治風的大廈──「菲齊萊第」，當康妮的汽車打那門前經過時，它正在被人拆毀著。這大廈還是很完整的，大戰以前，維特萊一家人還曾闊綽地住在裡面的。但是現在，人家覺得這大廈太大了，太花費了，並被四鄰視爲仇敵了。貴族都到較爲愉快的地方去住了，那兒，他們可以揮霍著金錢，而不必知道金錢的來源的。

這便是歷史：一個英格蘭把另一個英格蘭消滅了。煤礦業曾使那些大廈致富。現在卻把那些大廈消滅了，如同把那些茅舍消滅了一樣。工業的英格蘭消滅了，一種意義把另一種意義消滅了。新英格蘭把舊英格蘭消滅了，事態的繼續並不是有機的，而是機械式的。

屬於富裕階級的康妮，曾攀附著那殘餘的老英格蘭，經過好幾年之後，她才明白了。實際上，她的階級已經給這新英格蘭消滅了，而且這消滅工作將繼續著，直到消滅淨盡了爲止。佛力治萊沒有了，菲齊萊第沒有了，文達先生所愛的希伯來也就要沒有了。

康妮在希伯來停了一會兒。屋後的園門，是挨近礦場鐵道和大路的交叉點的；希伯來礦場本身就在那樹叢後邊。園門開著，因爲礦工們是有權通過花園的，他們在園裡遊蕩著。

汽車經過了那點綴園景的水池旁邊──但礦工們卻把他們的報紙拋在這池裡──然後由一條特別的小路來到那大廈門前。這是個十八世紀中期的可愛粉漆建築。那兒有一條美麗的水松樹小徑，這小徑從前是通到一個老屋去的；大廈的正面安靜地開展著，它的喬治風的玻璃窗戶，好像是一些歡樂的眼睛似地閃爍著。屋後邊，便是一些令人羨慕的花園。

康妮覺得裡面的一切，都比勒格貝可愛得多了，光亮得多，並且更有生氣、華麗而雅致。房子的牆壁，都嵌著乳黃色的木板，天花板是漆著金色的。每樣東西都極美妙修潔，一切佈置都盡美盡善，處處都花費過大量金錢的。甚至那些走廊都佈置得寬大而可愛，幽雅地彎曲著，並且充滿著生氣。

不過，文達先生是孤獨地生活著的，他深愛他的住宅。但是他的花園卻給他自己的三個煤礦場圍繞著。他的思想是很開明的。他的花園歡迎礦工們進來的。難道不是這些礦工們使他有錢的麼？所以，當他看見一群群襤褸的工人，到他水池邊閒逛時——自然不能進入他的私人花園裡面，這兒是有個界限的——他便要說：「礦工們也許沒有小鹿那樣的可以點綴園景，但是他們比小鹿有用多了。」

但那是維多利亞王后在位的後半期！——金錢滿地的黃金時代。那時，礦工們都是些「老實的」工人。

文達把這種話，向他的貴賓，那時還是威爾斯王子，以半歉疚的口吻說著。

那王子用他帶喉音的英語回答說：

「你說的很對，要是桑德林宮的花園下面藏有煤炭的話，我定要在那青青草地上開個礦場，並且要認爲那是最上等的花園佈景。啊，我很情願用這價錢把牝鹿去換礦工，我還聽說你的工人都是些好人呢。」

那時，這王子也許把金錢之美和工業之福惠，說得過火一點吧。

後來這王子當了國王，而這國王也已崩逝了，現在是一位另外的國王，他的主要職務，似乎是在主持慈善粥廠的開幕禮。

那些「好工人」，現在卻正侵蝕著希伯來。大花園裡雨後春筍似的起了許多新的村落，「老鄉紳」的心裡，覺得這種民衆是異樣了。從前，他是心懷寬大地，覺得他是自己的產業和自己的礦工們的主子。現在呢，一種新的精神在微妙地侵浸著，他覺得被排擠了。他的產業好像再也不屬於他的了。那是不容人誤會的。礦業與工業，有著一個自我的意志，這意志是反對貴紳主子的，所有的礦工都是參與這意志的人；要想反抗這個意志是困難的。這意志使你失掉你的地位，或竟使你從生命中滾蛋！

曾經進過軍隊的「鄉紳」文達虧他還站得穩。但是他在晚飯之後，再也不想到花園裡去散步了。他差不多總是躲在家裡。一天晚上，他光著頭，穿著漆光鞋和紫色的絲褲子，陪著康妮到園邊去；以他「咳！咳！」不離口的上流社會的文雅的口氣和她談著。但是當他經過一拿礦工面前時，他們只是望著他，頭也不點，康妮覺著這清瘦高雅的老先生在退縮著，好像一隻欄子裡的美麗羚羊，給庸俗的眼睛凝視著時退縮著般，礦工們，在私人方面，對他是沒有惡意的，一點也沒有的。但是他們的精神是無情的、反抗他的。他們的心底裡，深深地怨恨著他。在醜惡中生活著的他們，對於他華麗的、斯文的、高雅的生活，是懷有恨意的。

「他是誰啊！」他們所恨的是他與他們之間「不同的地方」。

雖然，在他英格蘭人的心中和他軍人想法的秘密處，他相信他們怨恨這種「不同的地方」是有理由的。他覺得他享受這一切優越的權益，是有點不對的。但是他是代表一種制度的，所以他是不願被人排擠的。只有死才能排擠他。在康妮訪他不久以後，死神突然地把他攫去了。在他的遺囑裡，他並沒有忘記給克利夫很大的好處。

承繼他財產的人，馬上叫人把希伯來拆毀了。因爲保存這大廈太花錢了，誰也不願意住在那裡。於是這大廈便毀滅了。那美麗的水松樹的路，被砍伐了。園中的樹木也砍光了。整個產業也分成小塊了，這地方靠近阿斯魏的。在這新的「無人之城」的奇異荒原上，新起著一排排的舒適屋宇：於是，便變成了希伯來新村了！

康妮到那裡去的一年以後，一切都竣工了。現在那裡是希伯來新村了，一座座紅磚的屋宇，在那些新闢的街道上。誰也不會想到十二個月以前，那裡還有一座壯麗的大廈。

但這是愛德華王花園佈置法的新時代，這是一種拿煤礦來點綴草地花園的佈置法。一個英格蘭把其他一個英格蘭消滅了，鄉紳文達和勒格貝大廈的英格蘭是完了、死了；不過這種消滅工作還沒有做到盡頭罷了。

以後將怎樣呢？康妮是不能想像的。她只能看見一些新的磚石的街道鋪在田野上，新的建築物在礦場上蓋起，新的女工穿著她們的絲襪，新的男工到跳舞場去。後代人是完全意識不著老英格蘭的。在意識的持續中有個缺口，差不多是美國式的；但其實是工業的破缺。

康妮總覺得那兒並沒有明天，她想把頭藏匿在沙裡；或者，至少藏匿在一個活著的男人的懷裡。

世界是這樣的錯雜，這樣的奇怪，這樣的醜惡！平凡的人是這樣多，而又這樣可怕！真的。她回家去時，心裡這樣想著，望著礦工們緩慢地離開礦坑，又灰又黑，一身歪曲，一片肩聳著，一片肩而低垂著，響著他們沉重鑲鐵的長靴。臉色蒼白的像鬼似的，眼睛閃著白，頸項縮著，肩膊失了肩膊的模樣，這是人！這是人！唉！在某種說法，他們是些有忍耐心的好人，在其他一種說法，他們只是些鬼。他們的人類所應具有的某種東西，是被戮殺了。然而，他們卻是人。

他們卻能生孩子。人是可以由他們而出生的，好可怕的思想啊！他們是溫和的好人。但是他們只是一種半人，灰色的半人。直至現在，他們是「好」的；但是也不過是他們的一半是好的。啊！假如他們死了的部分甦醒過來。唔！去想像這個，真是太可怕了！康妮是深怕工人群衆的。她覺得他們是這樣的不可思議，他們的生命是沒有美感、沒有靈性的，老是在「礦坑裡的！」

這樣的人所生的孩子！啊，我的天！

雖然，梅樂士是這樣的一種人生的。也許不十分是，在人情上四十年是有變化的，有大大的變遷的。鐵與煤，把人類的肉體與靈魂，深深地吞食了。

那醜惡化身的「人類」卻活生生的！這一切結果要怎樣呢？也許煤炭消滅之日，他們也會從這地面上消滅吧！他們是當煤炭號召他們之時，成千成萬從無中而來的。或者他們只是些煤層裡的怪異動物吧！他們是另一世界的生物，他們是煤的一種元素，好像鐵工是鐵的一種元素一樣。這是些非人的人，他們是煤、鐵與陶土的靈魂。炭素、鐵素、矽素的元素的動物。這些小元素，他們也許是非人的礦物的美；煤的光澤，鐵的藍色、重量與抵抗，和玻璃的透明一樣的美。礦物世界的、妖怪的、佝僂的、元素的生物！他們屬於煤、鐵與陶土，正如魚之屬於水，蟲之屬於腐木一樣，他們的礦物的分解的靈魂。

康妮懼怕這煤鐵混合的米德蘭，這種懼怕使她渾身不自在，與流行性感冒一樣。她高興地離開了這一切，而回到家裡把頭埋在沙裡。她甚至很高興地去和克利夫聊天。

「當時呀，我不得不在彭萊小姐的店裡喝杯茶的。」她說。

「眞的嗎！但是文達家裡會請妳喝茶的。」

「啊，是的；不過我不便向彭小姐推辭。」

彭萊小姐是個臉色帶黃的老處女，有個大大的鼻子和浪漫的氣質，她侍候人喝茶時候的殷勤熱烈，是好像在做聖典一樣的。

「她有問起我沒有？」克利夫說。

「當然啦！『請問夫人，克利夫男爵身體好嗎？』我相信她把你看得比嘉威爾小姐還要重要呢。」

「我想妳對她說了我身體很好吧？」

「是的！她聽了這話，好像聽了我對她說天堂的門為你而開一般的喜悅。我對她說，要是她來達哇斯時，她定要到這兒來看看你的。」

「我！為什麼要來看我？」

「啊，是的，克利夫，你不能儘讓人家這樣崇拜你，而不稍稍報答人家的。在她的眼睛裡，嘉巴多西亞的聖喬治都絕對趕不上你呢！」

「你相信她會來嗎？」

「啊，她的臉紅了起來，那片刻間，她變得亂美麗的，可憐的東西！為什麼男人們不跟著眞正崇拜他們的女子結婚呢？」

「女人們的崇拜往往太遲了。但是她有沒有說過要來呢？」

「啊！」康妮故意模仿著彭萊小姐的喘息著的聲音說：「夫人喲，我那兒敢這麼冒昧高攀呢！」

「高攀！多麼可笑！我倒希望她不要眞的來了。她的茶怎麼樣？」

「啊，立敦茶，濃得很的！但是，克利夫，你可知道你是蓬萊小姐和許多這類老處女的白馬王子哩！」

「我才不引以為榮呢。」

「她們把你在報章上所登的相片，都好像寶貝般地珍藏了起來，也許，她們每天晚上都還要為你祈禱呢！」

她說了回到樓上去換衣裳。

那天晚上，他對她說：

「妳覺得在婚姻生活中，有些什麼永遠的東西吧，是不是？」

她望著他。

「不過，克利夫，你把『永遠』看得像頂帽子似的，或者看得像是條長長的鏈鎖似的，拖曳在一個人後邊，無論人走到多麼遠都得曳著。」

他煩惱地望著她。

「我的意思是，」他說：「假如妳到威尼斯去，妳不要抱著一種希望，希望有個什麼轟轟烈烈的大情史之類的。」

「哼！在威尼斯有個偉大的愛情故事？不！放心吧，我在威尼斯，了不起只會來個逢場作戲吧！」

她的聲調裡，帶著一種奇特的、蔑視的意味。他皺著眉頭望著她。

第二天早晨，當她到樓下去時，看見看守人的狗——佛蘿茜，正坐在克利夫臥室門前的走廊裡，輕輕叫著。

「怎麼，佛蘿茜！」她溫柔地說：「你在這兒幹嗎？」

她靜靜地把克利夫的門打開了。克利夫正坐在床上，他的床桌和打字機堆在一邊。看守人站在床邊等著。佛蘿茜跑了進去。梅樂士的頭部和眼睛做了個輕輕地姿勢叫牠到門外去，牠才溜了出去。

「呀，早安，克利夫！」康妮說：「我不知道你們有事？」

然後她望著看守人，向他道了早安。他模稜地望著她，低聲地回答著。但僅僅是這樣，已使她感到有股熱情之浪，湧向她身上來了。

「我打擾了你們嗎，克利夫？眞對不起。」

「不，沒什麼重要的事。」

她重新走出門來，到這一層樓上的藍色梳妝室裡去。她坐在窗前，望著他那種奇異的、靜默的模樣，向那大路走去。他有著一種自然的、緘默的高貴，一種孤傲的品質，和某種斯文的氣息。一個傭工！一個克利夫的傭工！「親愛的布魯圖斯喲，不要埋怨我們的星辰不拱照，如果我們低人一等，那是我們自己的過錯啊！」〈註：此句引自莎士比亞的Julius Caesar。〉

是不是低人一等呢？他是不是？他又怎樣看她呢？

那是陽光閃耀的一天，康妮在花園裡工作著，波太太幫著她。爲了一種什麼緣故，這兩個婦人，給人類間存在的一種不可解的同情之潮所融合了。她們種著一些夏季的小植物。這種工作是她們兩人都喜歡的。康妮尤其覺得把小植物的嫩根，插入輕鬆的黑土裡，再把它們輕輕埋好，這是一種快樂的事。在這春日的早晨，她覺得子宮的深處在顫動著，彷彿陽光照著了它，而使它快活起來似的。

「你丈夫過世好久了？」她一邊對波太太說，一邊拿起一根小植物放在泥穴裡。

「二十三年了！」波太太一邊說，一邊小心地把樓斗菜一一分開。「自從他們把他帶回家到現在，已經有二十三年了。」

康妮聽了這「帶回家」的可怖的結局，心裡不禁跳了一跳。

「你以爲他是怎麼遭難的？」她問道：「妳們快樂嗎？」

這是婦人與婦人間的問題。波太太用她的手背，把垂在臉上的一撮頭髮拂了開去。

「我不曉得！夫人，他是一種不屈不撓的人；不與他人同流合污的。那是一種致命的固執；寧死而不願低頭的。他對什麼都是一副漠然。我認爲那是礦坑的罪過，他原就不應該到礦坑裡去，但那是他還小的時候，他父親強迫他去的，這一來，直到過了二十歲時，想改行已經不容易了。」

「他曾說過憎恨到礦坑裡去嗎？」

「啊，不！從來沒說過！他從不說自己恨什麼，只露出難看約臉色罷了。他不會保護自己，好像大戰時第一批狂歡赴戰，便立刻陣亡的青年們一樣。他們的頭腦不是不清醒，他就是什麼都漠然。我常對他說：『你對什麼都不關心！』但他還是有所關心的！當生第一胎孩子時我受了不少的苦痛，他那緊張靜默的表情，和孩子生過後，他望著我的那種不忍心的眼神，很令人感動！我安慰他說：『不要緊的，親愛的，不要緊的！』他望著我，怪異地微笑著，他從來不說什麼的。從此以後，他在夜裡和我再也沒有什麼眞正的樂趣了；他再也不恣意放浪了。我常對他說：『啊，親愛的，讓你自己痛快一下吧！』……我有時會對他說這種害羞的話。他卻不說什麼。他總是不願讓他自己放浪形骸，也許他不願我再有孩子了。我常常怪他母親，她不該讓他進去產房。他不應到那裡去的，男人一旦熟思起來的時候，往往把一切事情都小題大作的！」

「那對他有這麼大的影響嗎？」康妮驚愕地說。

「是的，那種生產的苦痛，他不以爲是天然的。那把他在夫婦之愛中所應得的樂趣都蹋了。」我對他說；「是我自己願意的，爲什麼你要介意？那是我的事情呢！」他只回答道：「那是不公平的！」

「那麼，他也是個易受感動的人了。」康妮說。

「對了！當妳認識男人的時候，妳就可了解他們在不該感動的地方，卻太容易感動。我相信，連他自己也不曉得他是痛恨礦坑的，恨之入骨的。他死後的容顏是那麼安詳，彷彿他是被解救了似的，他生前是很漂亮的小夥子！當我看見他那麼安泰、那麼純潔的樣子，彷彿是他自己願意死似的，我的心都碎了。唉！眞的，那使我心碎了。但那是礦坑的罪過。」

說著，她流了幾滴傷心淚，康妮哭得比她更厲害。那是一個溫暖的春日，空中浮蕩著大地與黃花的馨香；許多東西都在萌芽，陽光的精華充滿著肅靜的園裡。

「妳一定難過極了！」康妮說。

「啊，夫人！起初我還不太明白呢！」我只能夠反覆地哭著說：「我的人喲，爲什麼你要離開我？……」

「但是，那並不是他要離開妳的呢！」康妮說。

「是的，夫人！那不過是我哭著說的傻話。我繼續地希望他會回來的。尤其是在夜裡。我我眼不交睫地想著：爲什麼他不在這床上？……彷彿我的感覺不容我相信他是死了似的。我只覺得他是定要回來的，回來緊偎著我，使我感覺和他在一起。唉！不知經過了多少次的失望，經過了多少的年歲，我才明白他不會回來了！」

「和他肉體的接觸不會回來了。」康妮說。

「對啦，夫人！和他的肉體接觸！直至今日，我還忘不了，而且永遠忘不了的。假如上面有天的話，他將在那兒，他將緊偎著我躺著，使我能入睡。」

康妮驚懼地向她深思的、標緻的臉孔瞥了一瞥。又是一個達哇斯出來的熱情的人！和他肉體的接觸，因爲愛之束縛，不易解開！

「妳一但深愛了一個男人時，那是可怕的！」她說。

「唉！夫人，那便是使人覺得這麼痛苦的原因了。你覺得人們都是希望他死的，你覺得礦坑是存心害死他的，唉！我覺得假如世上沒有礦坑，並且沒有經營著煤礦的人的話，他是決不會離開我的，他們全都是想拆散一對對情投意合的男女的。」

「也是肉體相投的男女！」康妮說。

「對了，夫人！這世上鐵石心腸的人太多了。每天早晨，當他起身去礦坑做工時，我總覺得那是不祥的，不祥的地方。但是他除了到礦坑裡做工以外還能怎樣呢？一個窮人能怎麼樣呢？」

一種奇異的嫉恨燃燒著這個婦人。

「難道一種接觸關係能夠延續到這麼久嗎？」康妮突然地問道：「那使妳這麼久還能夠感覺著他嗎？」

「啊，夫人，除此以外還有什麼能持久呢？孩子們長大了便要離開妳，但是男人，啊！……但是連這種接觸的記憶，他們都想把妳掠奪了。甚至妳自己的孩子！或許他們最後還是會離去的。但是感情是不同的東西喲！也許最好是永遠不要愛上了誰。不過，當我看見那些從來不曾眞正地受男子徹底溫暖過的婦人，我便覺得她們總是些可憐蟲，不論她們穿得多漂亮、多風韻猶存。不！我的看法是不會變的，我對於人世是沒有什麼尊敬的！」

第十二章

午餐過後，康妮立刻到林中去了。那眞是可愛的日子，蒲公英開著太陽似的花，新出的雛菊花是這樣潔白。榛樹的茂林，半開的葉子中雜著塵灰顏色的垂直花絮，好像是一束花邊。盛開的黃燕蔬滿地簇擁，像黃金似的閃耀。這種黃色，是初夏最有力的黃色。櫻草花，花枝招展的，再也不畏縮了。綠油油的玉簪花，像是個蒼海，向上舉著一串串的蓓蕾，跑在路上。忘憂草亂蓬蓬地繁生著，樓斗菜乍開著紫藍色的花苞，在那邊矮叢林的下面，還有些藍色的鳥蛋的殼。

處處都是生命的跳躍！

看守人並不在那小屋裡。那兒，一切都是在靜穆中，棕色的小雞在恣意地奔竄著。康妮繼續向著村舍走去，因爲她要去會他。

村舍浸在陽光裡，在樹林的邊緣外。小園裡，野水仙叢簇地生長著，靠近大門前，沿著小徑的兩旁，長滿了紅雛菊。一隻狗吠著，佛蘿茜走了前來。

門是大開著的，那麼他是在家裡了。陽光鋪陳在紅磚的台階上。當她經過小園裡時，她從窗裡看見了他，穿著襯衣，正在桌邊吃著東西。狗兒汪汪地叫著，緩緩地搖著尾巴。

他站了起來，走到門前，用一條紅手巾擦著嘴，嘴裡不住地咀嚼著。

「我可以進來嗎？」她說。

「進來！」

簡樸的房子裡，陽光照了進去，房子裡還飄著羊排煎過的味道；煎煮東西用的爐子還在防火架上旁邊，那白色的地上，有個盛著馬鈴薯的黑鍋子，放在一張紙上。火是紅的，但是不太起勁，通風的爐門關著，開水壺在響著。

在桌子上，擺著他的碟子，裡面是些馬鈴薯和剩下的羊排，還有一個盛著麵包的簍子，和一個盛著啤酒的藍杯子，桌上鋪著一張白色的漆布。他站在陰影處。

「你現在才吃午餐吶！」她說。「請繼續吃吧！」

她在門邊的陽光裡，坐在一把木椅上。

「我得到阿斯魏去。」他一邊說著，一邊坐下來，但他並沒有繼續吃。

「請用吧！」她說。

但他還是沒動。

「妳要吃點什麼東西嗎？」他用著土話問她。「妳要喝杯茶嗎？開水壺裡有燒好的開水。」他欠身起來。

「假如你讓我自己來弄的話——」她說著站了起來。他彷彿憂悶的樣子，她覺得自己正使他煩惱不安。

「好吧，茶壺茶葉都在那邊。」他指著一個壁角的褐色小櫥子。

她從爐架上取下了那個黑茶壺和一盒茶葉，用熱水把茶壺洗濯了，呆了一會兒，不知水該倒在那裡才好。

「倒在外邊。」他看了她遲疑的模樣說：「那是乾淨的水。」

她走到門邊，把水倒在小徑上。多可愛的地方，這麼清靜，這麼真實的森林世界！橡樹發著赭黃色的小葉兒；花裡，紅雛菊像是些紅毛絨上的鈕結似的。她望著門限上串塊帶洞的大石板，現在這門限上跨過的腳步是這麼小了。

「這兒眞是個可愛的地方，這麼美妙地靜寂，一切都靜寂而富有生命！」她說。

他慢慢地，有些不太願意地，重新用他的午餐；她能夠覺察到他有點掃興的。她默默地沖了茶，把茶壺放在爐上，她知道普通人是這麼做的。他推開了他的碟子，走到屋後邊去；她聽見了開門的聲響，一會兒，他拿了一盤乾酪和牛油回來。

她把兩個茶杯放在桌上，這是僅有的兩個茶杯。

「你喝杯茶嗎？」她說。

「假如妳願意的話，糖是在櫥子裡，牛奶壺也在那兒。牛奶是在廚房裡。」

「我把你的碟子收起來好嗎？」她問道。他向她望著，微微地嘲笑著。

「唔……假如妳願意的話，」他一邊說，一邊慢慢地吃著麵包和乾酪，她到後邊的洗滌盤碟的側屋裡，水龍頭是安在那兒的。左邊有個門，無疑地這是廚房的門了。她把門打開了。看見了這個所謂的廚房，莞薾笑了，這只是一個狹長的粉白色的壁櫥。但是這裡面還放得下一桶啤酒和幾碟食物。她從一個黃色的罐子裡取了點牛奶。

「你的牛奶怎麼得來的？」當她回到桌邊時，她問他。

「弗林家裡的。他們把瓶子放在畜牧場邊，妳知道的，就是那天我遇著妳的地方。」

他還是悶悶不樂的。

她斟了茶，然後舉著牛奶壺。

「不要牛奶。」他說，他好像聽見什麼聲響，向門外望著。

「把門關了比較好。」他說。

「那未免有點煞風景。」她回答著。「沒有人會來吧，是不是。」

「誰知道呢？」

「縱使有人來了也不打緊。」她說。「我不過來喝一杯茶罷了。調羹在那兒？」

他彎身把桌子的抽屜打開了。康妮坐在桌邊，大門裡進來的陽光曬著她。

「佛羅茜！」他向那睡在樓梯下一塊小蓆上的狗說：「去守望去，守望去！」

他手一指，狗兒奔了出去偵察。

「你今天不高興嗎？」她問道。

他藍色的眼睛迅速地轉了過來凝視著她。

「不高興！不，只是有點煩惱罷了！我得去申請兩張傳票，去傳我抓到的兩個偷獵的人，哎！我是討厭這類事情的。」

他說的是冷靜的、正確的英語，他的聲音裡含著怒氣。

「你討厭當看守人嗎？」她說道。

「當看守人？不！只要人們讓我安安靜靜地。但是要我上警察局或其他的地方，等著那些混蛋來理我時……啊，哎，我便要發瘋了……」他帶著點幽默的微笑著。

「難道你不能眞正地自立嗎？」她問道。

「我？我想能夠的，我有撫恤金可以生活，但是我得有點工作，否則我會悶死。那是說，我需要做點什麼事情使我不空閒著。而我的壞脾氣是不容我為自己工作的。所以便不得不替他人做事了，不然的話，我的壞脾氣來了，不出一個月，便要把一切踢翻的，所以算起來，我在這兒是很好的，尤其是近來……」

他又向她幽默地嘲笑起來。

「但是爲什麼你有這種壞脾氣呢？」她問道。「難道你常常都是壞脾氣的嗎？」

「差不多是常常的。」他笑著說。「我有滿腔的忿怒。」

「什麼忿怒？」她說。

「什麼忿怒！」他說，「妳不知道那是什麼嗎？」

她失望地沉默了。他並不注意她。

「下個月，我要暫時離開這兒了。」她說。

「是嗎？到那兒去？」

「威尼斯。」

「威尼斯？和克利夫男爵去嗎？去多久？」

「一個月左右。」她答道：「克利夫他不去。」

「他留在這兒嗎？」他問道。

「是的，他是不喜歡在他這種情況下去旅行的。」

「可憐的傢伙！」他帶著同情心說。

停了一會兒。

「我走了你不會把我忘記吧，會不會？」她問道。他又向她凝視起來。

「忘記？」他說：「妳知道沒有人會忘記的。那不是個記憶的問題。」

她想問：「那麼是個什麼問題呢？」但是她忍住了，她只用一種沉啞的聲音說：「我告訴了他，也許我要有個孩子了。」

現在他帶了強烈的好奇心，睜著眼睛望著她。

「眞的嗎！」他終於說：「他有什麼反應？」

「啊，他是無所謂的；只要孩子是他的，他倒喜歡呢。」

她不敢看他，他靜默了好一會兒，然後再凝望著她。

「妳沒有提及我吧？」他說。

「沒有，沒有提及你。」她說。

「不，他是決難容忍我做他的代理人的……那麼他會怎樣設想這孩子的來歷呢？」

「我可以在威尼斯有個情人呀！」

「不錯！」他緩緩地回答著。「這便是妳到威尼斯去的緣故了吧！」

「但並不是眞的去找情人。」她望著他，辯解著說。

「只是做個樣子罷了。」他補充說。

兩人重新靜默著。他望著窗外，半悲傷、半譏嘲地苦笑著，她恨他這種苦笑。

「難道妳沒有預先避免有孩子嗎？」他突然說。「我是沒預防的。」

「沒有。」她說：「我不喜歡那樣。」

他望著她，然後又帶著那種特殊詭譎的苦笑望著窗外。

兩人間怪緊張地靜默著。最後他轉頭來，譏刺地向她說：

「那麼，那便是妳要我的緣故，爲的只是想要有個孩子的緣故吧？」

她低著頭。「不，事實上也不盡是如此。」她說。

「什麼叫事實上？」他用著有點激動的聲音問道。

她埋怨地望著他說：「我不知道。」

他大笑了起來。「妳不知道，那麼我知道囉！」他說。

兩人靜默了好久，冷冷地靜默著。

「唔！」他最後說道：「隨妳吧，如果妳有了個孩子，我是喜歡送給男爵的，我並不吃什麼虧。我倒得了個很快意的經驗，的確快意的經驗！……」他伸著腰，半打著呵欠。「如果妳只是在利用我，那並不是我第一次給人利用，並且這一次是最快意地給人利用了，雖然這對於我是不十分榮譽的事。」他重新伸著腰，奇異地，他的筋肉顫抖著，牙關緊閉著。

「但是我並沒有利用你呀！」她辯護著說。

「我隨時聽候夫人差遣。」他答道。

「不！」她說：「我喜歡你的身體。」

「眞的嗎？」他笑著答道：「好，那麼我們是銀貨兩訖了，因爲我也喜歡妳的。」

他以奇異陰暗的兩眼望著她。

「現在我們到樓上去好不好？」他用著窒息的聲音問她。

「不，不要在這兒，不要現在！」她沉重地說。

雖然，假如他再堅持點的話她定要屈服了，因爲她是沒有力量反抗他的。

他又把臉翻轉了去，好像把她忘了似的。

「我想觸摸你，同你觸摸我一樣。」她說。「我從來沒有眞正地觸摸過你的身體。」

他望著她，重新微笑起來。「現在？」他說。

「不！不！不要在這兒！到小屋裡去。你不介意吧？」

「我怎麼使妳心動的呢？」他問道。

「當你撫摸我的時候。」

他的眼睛和她沉重不安的眼睛遇著了。

「妳喜歡我撫摸妳嗎？」他老是笑著。

「是的，你呢？」

「啊，我！」然後他換了調兒說：「我也喜歡，那還用得著說嗎？」這是實在的。

她站了起來，拿起了她的帽子。

「我得走了。」她說。

「妳要走了嗎？」他文雅地說。

她希望他來撫觸她，對她說些話，但是他卻什麼也不說，只是斯文地等待著。

「謝謝你的茶。」她說。

「我正要謝謝夫人賞光呢！」他說。

她向著小徑走了出去，他站在門口，微微地苦笑著。佛蘿茜搖著尾巴走了過來。康妮沉默地向林中蹣跚走去，她知道他正站在那兒望著她，臉上露著那不可思議的苦笑。

她很掃興而煩惱地回到家裡。她一點也不喜歡他說他是被人利用了：在某種意義上，這是眞的。但是他不應該說了出來，因此她重新給兩種感情佔據著了；一個是怨恨他的，另一是想與他和好的欲望。

她不安且憤怒地用完了茶點後，立刻回到樓上房裡去了。但是她在房裡不知所措、坐立不安，她得做點什麼事。她得再到小屋裡去，假如他不在那兒的話，那便算了。

她從旁門溜了出去，有點鬱悶地直向目的地走去。當她來到了林中那空曠地時，她更覺得不安起來，但是他居然在那兒，穿著襯衣，蹲在雞欄前，把欄門打開了讓母雞出來。在他周圍的那些小雉雞，現在都長得有點笨拙了，但比之普通的小雞卻雅致得多。

她直向他走了過去。

「我來了。」她說。

「我看見了！」他一邊說，一邊站了起來，有點嘻笑地望著她。

「你現在讓母雞出來了嗎？」她問道。

「是的！它們孵到只剩一把骨頭了。現在，牠們全不想出來取食了。一隻孵卵期的母雞是沒有自我的，牠的整個身心都是爲了牠的卵或小雞的。」

可憐的母雞！多麼盲目的愛！甚至所孵的卵並不是牠們自己的！康妮憐憫地望著牠們。她與他之間，給一種陰鬱的沉默籠罩著。

「我們進小屋裡去吧？」他問道。

「你要我嗎？」她猜疑地問道。

「是的，假如妳願意來的話。」

她沉默著。

「那麼來吧！」他說。

她和他進到了小屋裡。當他把門關上了時，裡面全黑了，於是，他點了盞小小的燈光，和前次一樣。

「妳把內衣脫了嗎？」他問道。

「脫了。」

「好，那麼我也把我的脫了。」

他把氈子鋪在地上，把一張放在旁邊，是預備蓋的。她把帽子解下，把頭髮鬆了一鬆。他坐了下來，脫了他的鞋和綁腿，解著他那粗棉布褲的扣子。

「那麼躺下吧！」他說，那時他只穿了一件襯衣站著。她默默地服從著，他也在她旁邊躺了下去，拉了氈子把他們蓋上。

「好了！」她說。

他掀起了她的衣裳，直至胸脯上。他溫柔地吻著她的乳房，把她的乳頭含在嘴裡，輕輕地含弄著。「啊，妳眞可愛，妳眞是可愛！」他說，突然地把他的臉，在她溫暖的小腹上輾轉地摩擦著。

她呢，伸著兩臂在他的襯衣裡面緊緊摟著他；但是她卻害怕，害怕他那削瘦、光滑又近乎強毅有力的裸體，害怕那強壯的筋肉。她覺得又畏懼又害怕。

當他幽怨似地說：「啊，妳眞是可愛！」時，她裡面的什麼東西在顫抖著，而她的精神裡面，什麼東西卻僵硬起來準備反抗；反抗這可怕的肉體親密，反抗他的奇特而迅速的佔有。這一次她並沒有被她自己銷魂的情慾所壓倒；她躺著，兩手無力地放在他抽動著的身體上，無論怎樣，她都禁不住她的精神在作局外觀，她覺得他臀部的衝撞是可笑的，他陰莖的那種渴望著得到那片刻發洩的樣子，是滑稽的。是的，這便是愛，這可笑的兩片臀部的衝撞，這可憐的、無意義的、潤濕的小陰莖的萎縮，這便是神聖的愛！畢竟，近代人的藐視這種玩意兒是有理由的；因爲這是一種把戲。有些詩人說得對，創造人類的上帝，一定有個乖戾的、幽默的官能，他造了一個有理智的人，而同時卻追加做幾種可笑的姿勢，而且使他盲目地追求這可笑的把戲。甚至那位莫泊桑都覺得愛是屈辱的沒落。世人輕蔑床笫間的事，卻又拚命地幹著這檔事。

冷酷地，譏誚地，她奇異的婦人之心牽引著，雖然一動不動地躺著，但是她的本能卻使她挺起腰肢，想把這男子擠出去，想從他醜惡的擁抱中，從他怪誕的後臀衝撞中，逃了出來。這男子的身體是個愚蠢魯莽又不完備的東西，它是缺憾笨拙的，是有點令人討厭的。人類如果是完備地進化的話，這種玩意兒，這種「官能」，是一定要被淘汰的。

然而，當他很快地完了時，當他臥在她的身上、很靜默地牽引著，牽引在一種奇異的、靜息的境域裡，很遠地，遠到她所不能及的天外時，她開始在心裡慟哭了起來。她覺著他像潮水似的退開、退開，留下她在那兒，像一塊海岸上的小石。他抽退時，他的心也馬上離開了她。她知道。

一股眞正的悲傷佔據了她，她痛哭起來。他並未注意，也許甚至不知道。強烈的嗚咽愈來愈厲害，搖撼著她，搖撼著她。

「哎！」他說。「這一次是失敗了！妳不該來的！」

這樣看來，他是知道的！她哭得更劇烈了。

「妳是怎麼啦？」他說：「有時是會這樣的。」

「我……我不能愛你。」她哭著說，突然地，她覺得她的心碎了。

「妳不能，那麼妳就不要愛就是了，世上並沒有法律強迫要愛，聽其自然好了。」

他的手還在她的胸上；但是她卻沒有摟著他。

他的話是不太能夠安慰她的，她大聲地嗚咽起來。

「不要這樣，不要這樣！」他說。「甜的要，苦的也要。而這一次是有點苦的。」

她哀痛地哭道：「但是我很想愛你，而我卻不能。那是討厭的！」

他半揶揄地笑了一笑。

「那並不可怕。」他說：「縱使妳是那麼覺得，妳還是不能使討厭的東西變成喜愛的。不管妳愛不愛我，那是不必勉強的。一籃核桃之中，總有壞的，好的壞的都得要。」

他撇開了她的手，再也不摸觸她了。現在他沒摸觸她了，她頑皮的感到滿足起來。她憎恨他的土話；這些「您」「您」「您的」。假如他喜歡的話，他可以站起來，毫不客氣地站在她面前，去扣他那荒唐的粗棉布的褲子。畢竟麥克里斯還知羞地背過面去。這個人卻是這樣地自信，他甚至不知道人們會覺得他是魯莽而無教養的。

雖然，當他悄悄地抽了出來。預備起身時，她歇斯底里地緊抱著他。

「不！你不要走！不要離開我！不要和我鬥氣！抱著我吧！緊緊抱著我吧！」她盲目地、瘋狂地喃喃地說，也不知道自己說著什麼，她用一種奇異的力量緊抱著他。她要從她自己內在的暴怒中和反抗中逃了出來，然而這佔據著她的內在的反抗力，是多麼強烈啊！

他重新把她抱在他的兩臂中，緊壓著她，突然地，她在他的兩臂中變得嬌小了，這樣地嬌小而服帖了，完了，反抗力是沒有了，她開始在一種神妙的和平裡溶解了。當她神妙地在他的臂中溶解成爲嬌小玲瓏的時候，他對她的情慾也無限地膨脹了；他所有的血管裡都好像爲了這臂裡的她，爲了她的嬌媚，爲了她勾人心魄的美，沸騰著一種劇烈的卻又溫柔的情慾。他那充滿著純粹溫柔的情慾的手，奇妙地，令人暈眩地愛撫著，溫柔地，他撫摩著她腰間軟骨的曲線，往下去，在她柔軟而溫暖的兩股中間，再移近她，直到她身上最生動的地方，她覺得他像是一團慾火，而且是溫柔的慾火，並且覺得自己融化在這火焰中了，她不能自禁了，她覺得他的陰莖帶著一種靜默的、令人驚奇的力量與果斷，向她豎舉著，她不能自禁地去迎合他。她顫抖地降服了，她的一切都爲他展開了。啊！假如他此刻不和她溫存，那是多麼殘酷的事，因爲她是整個地展開著，全心全意地祈求他的憐愛！

那種強猛的、不容分說地向她攻進，是這樣的奇異，這樣的可怕，使她重新燃燒起來，也許他的來勢要像利刃似的，一刀刺進她溫柔展開的肉裡，她要死了。她在一種驟然的、恐怖的憂苦中，緊緊地抱著他，但是，他的來勢只是一種緩緩的、和平的進入，幽暗而和平的進入，一種有力而反原始的、溫情的進入，這種溫情是和那創造世界時候的溫情一樣。於是恐怖的情緒在她的心裡消退了。她的心安泰了；她毫無畏懼讓自己的一切盡情奔馳，她讓她自己整個地盡情奔馳，投奔在那泛濫的波濤裡。

她彷彿像個大海，滿是些幽暗的波濤，上升著、膨脹著，膨脹成一個巨浪，於是慢慢地、整個地幽暗的她都在動作起來，她變成了一個默默地、蒙昧地、興風作浪的海洋。在她的裡面，在她的底下，左右盪漾，悠悠地，一波一波地盪到遠處去，不住地在她的最生動的地方，因那海分開，中央便是探海者在向溫柔處探索著，愈探愈深，愈來愈觸著她的底下；她愈深愈遠地暴露著，她的波濤越盪越洶湧地盪到什麼岸邊去，使她暴露著；無名者的深探，愈來愈近，她自己的波濤越盪越遠地離開她、拋棄她，直至突然地，在一種溫柔的、顫抖的痙攣中，她的整個生命的最美妙之處被觸著了！她已經自己被觸著了；一切都完成了，她已經沒有了，她已經沒有了，她再也不存在了，她出世了——一個女人。

啊！太美了，太妙了！在那波濤退落之中，她體會這一切的美和可愛了。現在她整個的身體，在深情地緊依著那不知名的男子，在盲目地依戀著那萎縮著的陰莖，它經過了全力的、狂暴的衝刺後，現在柔軟地、嬌弱地、不自知地退縮著。當它——這神秘的銳敏的東西，從她的肉裡退了出來時，她不自覺地叫了一聲，一聲迷失的呼喊，她試著把它放回去。剛才是這樣的絕妙！這樣的使她歡愉！

現在她才知道那陰莖的小巧，和花蕊似的靜穆柔嫩；她不禁又驚奇地尖銳地叫了一聲；她的女人的心，為這權威者的柔嫩嬌弱而驚奇地叫著。

「美極了！」她呻吟著說。「美極了！」

但是他卻不說什麼，靜息地躺在她的身上，只是溫柔地吻著她。幸福地呻吟著，好像一個犧牲者，好像一個新生的東西。

現在，她的心裡卻開始對他奇怪地驚異起來了。一個男子！這奇異的男性的權威壓在她身上！她的手還有點害怕在他身上輕撫著，害怕他那曾經使她覺得有點厭惡的、格格不入的、奇異的東西——一個男子。現在，她摸觸著他，這是上帝的兒子們和人類的女兒們在一起的時候了。他多麼美，他的皮膚多麼純潔！多麼可愛！這樣的強壯，卻又純潔而嫩弱！多麼安靜！多美！她的兩隻手，在他的背上畏怯地向下愛撫著，直到那溫柔的臀上。美妙！眞是美妙！一種新知覺的驟然小火焰，打她的身裡穿過。怎麼這同樣的美，她以前竟只覺得厭惡？摸觸著這溫暖而生動的臀部的美妙，是不能言喻的！這生命中的生命，這純潔的美，是溫暖而有力的。還有他那兩腿間的睪丸的奇異的重量！多麼神秘！多麼奇異的神秘的重量，軟軟的、沉重的，可以拿來放在手中，這是根蒂，一切可愛東西的根蒂，一切完備的美的原始的根蒂。

她緊依著他，神奇地驚嘆起來，這種驚嘆差不多可說是敬畏的、恐怖的驚嘆。他緊緊地抱著她，但是不說什麼，他決不會說什麼的。她偎近他，爲的是要親近著這感官奇蹟的他。在他絕對的、不可思議的安靜中，她又感覺著那「法樂士」（陽具），那另一個權威者，重新慢慢地顫舉起來，她的心在一種敬畏的情緒中融化了。

這一次，他進入她的裡面，是十分溫雅的、柔美的、純粹地溫柔、純粹地冶艷，直至意識所不能捉摸的。整個的她在顫抖著，像生命之原汁似的，無知而又生動。她不知道那是怎樣的，她不復記憶那是怎麼過去的；她只知道世上再也沒有這更可愛的事情了。僅止於此。然後，她完全地靜默著，完全地失掉意識，她也不知道經過了多久的時間。他和她一樣地靜默著，她和他一樣地深陷在無底的沉寂中。關於這一切，他們是盡在不言中的。

當她的意識開始醒轉的時候，她緊依在他的胸前，喃喃地說：「我的愛！我的愛！」而他呢，沉默地緊抱著她，她蜷伏在他至善至美的胸膛上。

但是他依舊是在那無底的沉默中，他奇異地、安靜地，把她像花似的抱著。

「你在那兒？」她低聲說：「你在那兒？說話吧！對我說話吧！」

他溫柔地吻著，喃喃在說：「是的，我的可人兒！」

但是她不知道他說的是什麼意思，她不知道他在那兒。他的那種沉默，使她覺得有份失落感。

「你愛我，是不是？」她喃喃地說。

「是的，妳知道！」他說。

「但是告訴我，你愛我呀！」她懇求道。

「是的！是的！妳不覺得嗎？」他模糊地、溫和地、確信地說。她愈來愈緊地依偎著他。他在戀愛之中比她安泰得多了。她卻需要他再使她確信。

「你眞的愛我吧！」她固執地細聲說。他的兩手溫柔地愛撫著她，好像愛撫著一朵花似的，沒有性慾的顫抖，但是很微妙、很親切的，她呢，卻依舊好像恐懼愛情會消遁似的。

「是的！」他心不在焉地說。她覺得她的問話，使他遠離她了。

「我們得起來了吧？」他最後說。

「不！」她說。

但是她覺得他是分心了。正在聽著外邊的動靜。

「差不多要天黑了。」他說，從他的聲音裡她聽出了世事是不容人的。她吻著他，心裡帶著一個女人在放棄她的歡樂的時候的悲傷。

他站了起來，把燈火轉大了，之後很快地把衣褲重新穿上。他站著，一邊束緊著他的褲子，一雙烏黑的大眼睛，俯望著她，幾分紅熱的面孔，亂蓬蓬的頭髮，在那朦朧的燈光下，他顯得奇異地溫暖、安靜、而美妙，美妙到她永不會告訴他怎樣的美。她想去緊依著他，摟抱著他，因爲他的美，有著一種溫暖的半睡眠的幽邃，那使她想呼喊起來，把他緊捉著，把他佔據著。但是她是決不會把他佔據的，所以她靜臥在氈子上，裸露著溫柔地彎曲的腰肢；他呢，他一點也不知道她想什麼，但是他也覺得她是美妙的，尤其是他可以進去的那個溫軟的、神奇的東西，是比一切都更美妙的。

「我愛妳，因爲我可以進入妳的身體去。」他說。

「你喜歡我嗎？」她心跳著說。

「我既可以進入妳的身體內，一切便都行了。我愛妳，因爲妳爲我綻開著。我愛妳，因爲我可以這樣進入妳的身體裡面。」

他俯著她柔軟的腰窩吻著，用他的面頰在那兒摩擦著，然後用氈子把她蓋上了。

「你不會拋棄我吧！」她說。

「別問這種事。」他說。

「但是你相信我愛你吧？」她說。

「此刻妳在愛我，熱愛到妳以前所意想不到的。但是一旦妳細想起來的時候，誰知道又會怎麼樣呢？」

「不，不要說這種話！……你並不眞的以爲我在利用你的，是不是？」

「怎麼？」

「爲了生孩子……」

「無論誰都可以生孩子的。」他一邊說，一邊坐了下來束緊他的綁腿。

「呀，不！」她叫道。「你不是這個意思吧？」

「唔，這次最妙！」他望著她說。「我們剛才所做的事，便是最重要的事。」

她靜臥著，他慢慢地把門打開了，天是暗藍色的，鑲著晶瑩的藍玉石色，他出去把母雞關好了，輕輕地對狗兒說著話，她呢，躺在那兒，驚異著生命與萬物的不可思議。

當他回來時，她依舊躺在那兒，嬌艷得像一個流浪的波希米亞婦人。他在她旁邊的一張小凳子上坐下來。

「在妳還沒有走之前，找個晚上到我這裡來……好不好？」他皺著眉頭望著她說，兩手垂在膝間。

「好不好？」她模做著她的土話打趣說。

他微笑著。「是的，好不好？」他重複說道。

「是的？」她模做著他。

「陪我一整個晚上。」他說。「妳一定得來，妳哪天來？」

「我哪天來？」她用著他的土話問道。

「不，妳學得不像。究竟妳哪天來？」

「也許禮拜天吧！」

「不，妳學得還是不像？」他說。

他笑著。她模仿的土話，眞有點令人捧腹的。

「好吧！妳該走了！」他說。

「我得走了嗎？」她說。

身體向前傾著，他輕輕撫著她的臉。

「妳眞是個好『孔』。〈註：Cunt是土話，讀音「孔」，那麼意義也差不多了。〉妳是這大地上剩下的最好的小『孔』兒。當妳興致來的時候，妳就是最好的！」

「什麼是『孔』？」她問道。

「怎麼，妳不知道什麼是『孔』？就是妳下面的那個；那是我進入妳裡面時，我所得到的那個，也是我進入妳裡面時，妳所得的那個。」

「那麼，『孔』像是交合了？」

「不，不，交合只是做的事情，禽獸也能交合。但是『孔』卻是強得多了。那是妳自己，明白嗎？妳是異於禽獸的，不是嗎？——甚至妳在交合的時候。『孔！』噯，那是使妳美麗的東西，小可愛！」

他那雙幽暗、溫柔、無法以言語形容的漂亮眼睛望著她。

她站了起來，在他的兩眼間吻了一下。

「是嗎？」她說：「那麼你愛我嗎？」

他吻了吻她，沒有回答。

他的手兒，撫摩著她身上的曲線，穩定而不含慾望，但是又溫柔、又熱絡。

當她在昏色裡跑著回家去時，世界好像是個夢；園裡的樹木，好像是下碇的帆，膨脹湧起……到大廈去的那斜坡，都洋溢著生命了。

第十三章

星期天，克利夫想到林中走走。那是個可愛的早晨，梨花李花刹那間都盛開了，滿處都是奇艷的雪白世界。當這世界正在千紅萬紫的時候，克利夫還得從一把輪椅裡，被人扶持著轉到一個小車庫裡，那是件殘酷的事，但是他彷彿忘了，並以自己的殘廢而有些自傲呢！康妮看見別人把他那毫無感覺的雙腿抬到輪椅車子上時，心裡還是覺得難過。現在，這種工作是由波太太或菲爾德擔任了。

她在馬路上方的山毛櫸湊成的牆邊等著他。他坐在那噗噗響著的小車裡前進著，這車子走得好像患病人似的緩慢。當他來到康妮那裡時，他說：

「查泰萊男爵騎著冒唾沫的駿馬來了！」

「至少是在鼓著鼻息的駿馬呢！」她笑著說。

他停住，瞭望著那褐色的、長而低的老屋。

「勒格貝的神釆沒有變呢！」他說；「當然啦，爲什麼要變呢？我是騎在人類的思想的成就上，那是勝於騎在一匹馬上的。」

「不錯。從前柏拉圖（Plato）的靈魂上天去時，是乘著雙馬的戰車去的，現在定要坐福特汽車去了！」

「也許要坐勞斯萊斯（Rolls Royce）去呢，因爲柏拉圖是個貴族啊！」

「眞的！再也沒有黑馬會受人鞭韃和虐待了。柏拉圖決沒有想到我們今日會走得比他的黑白駿馬更快，也決沒有想到這駿馬根本沒有了，有的只是機器！」

「只是機械和汽油！」克利夫說。

「我希望明年能夠把這老屋整修一下。爲了整修它，我想我得省下一千鎊左右；工程費太貴了！」他又接著說。

「啊，那很好！」康妮說：「只要不再罷工就好了！」

「他們罷工又有什麼好處呢！那只是把這碩果僅存的一點工業送上死路罷了。這班傢伙應該覺悟了！」

「也許把工業毀了，他們也還不在乎呢！」康妮說。

「啊，不要說這種婦人之見的話，縱使工業不能使他們腰包滿溢，但是他們的肚子還是要靠它溫飽的啊！」他說著，語調裡奇異地帶了些波太太的鼻音。

「但是，那天你不是說你是個保守派無政府主義者嗎？」她天眞地問。

「妳不懂我的意思嗎？」他反駁道：「我的意思只是說，一個人在私生活上喜歡怎麼做、怎麼想，便可以怎麼做、怎麼想，只要保全了生命的形式和架構。」

康妮默默地走了幾步後固執地說：

「這彷彿是說，一顆蛋喜歡怎樣腐敗下去，便可以怎樣腐敗下去，只要保全了蛋殼。但是腐敗的蛋是自己會破裂的。」

「我不相信人和蛋是一樣的。」他說：「甚至這蛋是天使的蛋，也不能拿來和人相提並論，我親愛的小傳道士。」

在這樣清朗的早晨，他的性情是很愉快的。百靈鳥在園裡飛翔歡唱著；那遠遠地在低凹處的礦場，靜悄悄地冒著煙霧。這情境差不多同於大戰前的往日一樣。康妮實在不想爭論，但是她實在也不想和克利夫到林中去。她在他的小車旁走著，心裡在賭著氣。

「不！」他說：「如果事情處理得宜，以後是不會有罷工的事了。」

「爲什麼不會有了？」

「因爲事情會擺佈得罷不成工了。」

「但是，工人肯嗎？」她問道。

「我們不問他們肯不肯。爲了他們自己的益處，爲了挽救礦業，我們要當他們不注意時，把事情安排好。」

「也爲了你自己的利益。」她說。

「自然啦！爲了大家的好處。但是他們好處卻比我們的好處多。沒有煤礦他們便要挨餓了。」他們在那淺谷上望著煤礦，和礦場後面那些達哇斯的黑頂屋宇，好像蛇似的沿著山坡伏起。那褐色的老教堂的鐘響著。禮拜！禮拜！禮拜！」

「但是，工人們肯讓你這樣任意擺佈嗎？」她說。

「我親愛的，假使安排得聰明些，他們便不得不退讓。」

「難道他們與你之間，不可以有互相的諒解嗎？」

「絕對可以的，如果他們認清了礦業比個人爲重。」

「但是，你一定要佔有這礦業嗎？」她說。

「不！但我既已佔有了，便得繼續佔有它。現在產業所有權的問題，已成爲一個宗教問題：自從耶穌及聖法蘭西斯以來就這樣的。問題並不是：將你所有的一切賜與窮人；而是利用你所有的一切發展工業，而給窮人工作。這是所以使芸芸衆生飽暖的唯一方法。把我們所有的一切賜予窮人，那便等於使窮人和我們自己一夥挨餓。饑饉的世界是要不得的，甚至人人都窮困了，也不見得怎樣有趣。窮困是醜惡的！」

「但是，貧富不均又怎樣？」

「那是命！爲什麼木星比海王星大呢？妳不能轉變造化的呀！」

「但是，如果猜忌嫉妒和憤懣的感情一旦悴發起來……」她開始道。

「便要盡你的力量把它壓制下去，群龍總有個首呀。」

「但誰是群龍之首呢？」她問道。

「經營和佔有礦業的人。」

兩人間，靜默了好一會兒。

「我覺得這些人都是些惡棍！」她說。

「那麼，他們要怎樣才算好呢？」

「他們不把他們的地位當作一回事，他們一點都不負責。」她說。

「他們對他們的地位，比你對你的男爵夫人的地位，更當作一回事呢！」他說。

「但是我的地位是人家強給的。我自己並不想要啊。」她脫口而出。

他聽了把車停下來望著她。

「現在是誰想擺脫責任？現在是誰想逃避地位——如妳所稱的——責任。」

「但是，我並不想處在什麼地位呢！」她反駁道。

「哎！這種想法是愚昧的。妳已有了這種地位，這是命定的，妳應該承受下去。礦工們所有的一切起碼的好處，是誰給的？他們的一切政治自由、他們的教育、他們的衛生環境、他們的書籍、他們的音樂，一切的一切是誰給的？是不是礦工們給礦工們的？不！那是英國所有的勒格貝和希伯來，盡了它們的本分給的，而且，他們應該繼續的給予，那便是妳的責任。」

康妮聽了，面孔氣得通紅。

「我很想給點什麼東西。」她說：「但是人們卻不允許我，現在，一切東西都是以金錢來衡量的；你所提起的那種種東西，都是勒格貝和希伯來用高價出賣給礦工的。你們不給一分一毫眞正的同情的。此外，我要問問，是誰把人們的天然生活與人性都奪去了，而給予這種種工業的醜惡環境？是誰？」

「那麼，妳要我怎麼樣呢？」他氣得臉色發青說。「難道請他們到我家裡來搶劫嗎？」

「爲什麼達哇斯弄成這麼醜惡、這麼骯髒？爲什麼他們的生活是這麼絕望？」

「達哇斯是他們自己做成的。這是他們的自由的一種表現。他們爲自己造就了這美妙的達哇斯，他們過著他們的美妙生活。我卻不能過他們那種生活。一條蟲也有一條蟲的活法。」

「但是，你使他們爲你工作。他們靠你的煤礦生活。」

「一點也不！每條蟲子都在尋找自己的糧食，沒有一個人是被迫而爲我做工的。」

「他們的生活是工業化的，失望的，我們自己也一樣。」她叫道。

「我不相信這種話，妳說的只是綺麗的詞藻，只是坐以待斃的殘餘的浪漫主義的話。我親愛的康妮啊，妳此刻一點兒也沒有失望的人的表情呢！」

這是眞的。她深藍色的眼睛發著亮，兩頰紅粉粉地發燙，她充滿著反叛的熱情，全沒有失望者的頹喪模樣呢。她注意到濃密的草叢中，雜著一些新的花草，還裹著一層毛茸。她自己憤憤地奇怪著，爲什麼她既然覺得克利夫不對，卻又不能告訴他，不能明白地說出他在那裡不對。

「怪不得工人們都恨你了。」她說。

「他們並不恨我！」他答道：「不要弄錯了，他們並不是如妳所想像的正直的『人』，他們是妳所不懂的，而且永不會懂的動物，不要對其他的人作無謂的幻想。過去和將來的群眾都是一樣的。羅馬暴君尼羅的奴隸，和我們的礦工或福特汽車廠的工人相差也是微乎其微的。我們的是在煤場裡和田野裡工作的奴隸。這便是群眾：他們是不會變的。在群眾中，可以有個露頭角的人，但是這種特殊現象不會使群眾改變，群眾是不能改變的。這是社會科學中最重要的事實之一。就像諷刺詩人朱文鄙視衰敗時期羅馬人的名句「麵包與雜耍場」一樣。可是不幸地，我們今天把教育拿去替代雜耍場了。我們今天的錯處，就錯在把這般群眾愛看的雜耍場大大地剷除了，並且用一點兒的教育把這群眾弄壞了。」

當克利夫吐露著對於平民的眞正感情時，康妮害怕起來了。他的話裡，有點可怕的眞理存在。但是，這是一種殺人的眞理。

看見了她蒼白的顏色和靜默的態度，克利夫把小車子再開走了。一路無言的到了園門邊，康妮把園門打開了，他重新把車子停住。「現在我們所要執在手裡的是一條鞭，而不是一把劍。群眾是從有人類開始直到末日止，是被人統治的，而且不得不這樣。如說他們能自治，那是騙人的話。」

「但是你能統治他們嗎？」她問道。

「我？當然！我的心和我的志願都沒有殘廢，我不用兩條腿去統治。我能盡我統治者的身份；絕對地能盡我的本分。給我個兒子，他便將繼承父業。」

「但是，他不會是你眞正的兒子，不會屬於你的統治階級；也許不……」她喃喃地說。

「我不管他的父親是誰，只要他是個健康的、有普通智慧的人。給我一個無論那個健康的、有普通智慧的男子所生的兒子，我可以使他成個不愧查泰萊家的門楣的人。重要的不是生我們的是誰，而是命運所給予我們的地位是怎樣。無論怎樣把一個孩子放在統治者階級中，把王子或公爵的孩子放在群衆裡面，他們便要成爲庶民、群衆的產品。那是不可抗拒的環境所逼迫的緣故。」

「那麼庶民並沒有庶民的種，貴族也沒有貴族的血了？」她說。

「不，親愛的！這一切都是浪漫的幻想。貴族是職掌命運的一部分。而群衆則是職掌執行命運的姿態的其他一部分。個人是無關重要的，重要的是你受的是那一種職掌的教養，你適合於那一種的職掌。貴族並不是由個人組成的，而是由全貴族的職掌執行的形態而成的。庶民之所以爲庶民，也是由民衆之職掌執行的姿態而成的。」

「依你這樣說來，我們人與人之間，並沒有共通的人性了！」

「隨你喜歡，我們誰都有把肚子吃飽的需要。但是講到職掌的執行或執行的姿態，我相信統治階級與被統治階級之間有個無底的深淵存在！這兩種職掌情形是相反的！職掌是所以決定個人的東西。」

康妮愕然地望著他。

「你不繼續散步嗎？」她說。

他把小車子開動了，他要說的話都說了。他現在重新陷入他所特有的那種虛無的冷淡中，那使康妮覺得很難堪。但是無論如何，她是決定了不在這林中和他爭論了。

在他們的面前，開展著那條跑馬道，兩旁是兩排榛樹和斑白色的美麗樹木。小車子緩緩地前進，路上榛樹影遮不到的地方，蔓生著牛奶泡沫似的勿忘我花，車子打從上面經過。克利夫在路中駛著他的車，在花草滿地中，這條路中心被腳步踐踏成一條小徑了。在後面跟著的康妮，望著車輪從小鈴蘭和喇叭花上面輾過，把爬地藤的帶黃色的小花壓個破碎。現在，這車輪在勿忘我花中開出一條足跡。

所有的花都像在這兒；初開的吊鐘花，盛開得像是些充滿著死水的藍色池塘。

「妳說得對，這兒可愛極了。」他開心地說：「美極了。有什麼東西比得上英國春天的可愛！」

康妮聽了這話，彷彿春天的花開，都是由議院決定似的。英國的春天！爲什麼不是愛爾蘭的，或是猶太的春天？小車兒在勁健得像蕎麥似的吊鐘花叢中緩緩地前進，壓著牛蒂草的灰色葉兒。當他們來到了樹木伐光了的空曠地時，有點眩眼的光線照耀著他們。滿地鮮藍的吊鐘花中，間雜著一些帶紅或帶紫的藍色。在這花叢中，一些蕨草在舉著褐色的鬈縐的頭兒，像是些小蛇準備著爲夏娃洩漏什麼新的秘密似的。

克利夫把車駛到小山頂上；康妮在後邊慢慢地跟著。山毛櫸的褐色芽兒溫柔地開展著。老去的冬天的粗糙，全變成溫柔了。甚至倔強嶙峋的橡樹，也發著最柔媚的嫩葉，伸展著纖纖的褐色小枝翅，好像些向陽的蝙蝠的翼膀。爲什麼人類從來沒有什麼新鮮的蛻變，使自己返老還童？多麼枯燥刻板的人生！

克利夫把車子停在小山頂上眺望著下面。吊鐘花像藍色的潮水似的，把那條寬大的馬路氾濫著，溫暖地把山麓鋪得一片藍。

「這種顏色本身是很美的。」克利夫說。「但是拿來作畫便沒有用了。」

「的確！」康妮一點也不感到興趣。

「讓我冒險一下把車子駛到泉源那邊去好嗎？」克利夫說。

「車子回來時上得了這個山路嗎？」她說。

「我們試試看。不入虎穴，焉得虎子！」

車子開始慢慢地下著坡，在那條被藍色的海仙花氾濫著的綺麗的寬道上顛簸著。啊！最後的一條船，在飄過風信子花的淺水上。啊！波濤洶湧上的輕舟，在作著人類文明的末次航行，到那兒去啊！這荒唐的輪舟，你蠕蠕地顛簸到那兒去！安泰地，滿足地，克利夫坐在探險的舵前，戴著他的黑帽，穿著軟絨的短外衣，又鎮靜又小心。啊！船長喲，我的船長喲，我們壯麗的航行是完結了！可是還沒有十分完結呢！康妮穿著灰色的衣裳在後面跟著輪跡，一邊走著、一邊望著顛簸著下坡的小車兒。

他們打那條到小屋裡去的狹徑前經過。多謝天，這狹徑並容不下那小車子；小得連容一個人都不易，車子到了小山麓後，轉個彎不見了。康妮聽見後面一聲低低的唇嘯。她轉過頭去；看守人正下著坡向她走來，後面跟著他的狗兒。

「克利夫男爵是不是到村舍那邊去？」他一邊問、一邊望著她的眼睛。

「不，只是到約翰井那邊去。」

「啊，那好！我可以不露面了。但是我今晚再見妳。十點鐘左右，我在園門邊等妳。」

他再度注視她。

「好！」她猶豫地說。

他們聽見克利夫按喇叭在呼喚康妮。她呼嘯著長聲回答著，看守人的眉頭皺了一皺，他用手在康妮的胸前，溫柔的從下向上撫摸著。她驚駭地望了望他，忙向山坡下奔去，嘴裡呼著「喔！喔！」去回答克利夫。那人在上面望著她然後回轉身去，微微地苦笑著向他的小徑裡隱沒。

她看見克利夫正慢慢地上著坡，向半山上落葉的松林中的泉源走去。當她趕上了他時，他已經到了。「車子走得很不錯。」她說。

康妮望著落葉松林邊叢生的牛蒡草，灰色的大葉兒像鬼影似的。普通人都叫它羅賓漢的大黃菜。泉水的周圍，一切都顯得十分清靜、十分憂鬱！而泉水卻歡樂地、神妙地騰湧著，那兒還有幾朵大戟花和藍色的大喇叭花。在那池邊，黃土在掀動著：一隻鼴鼠！牠露著頭，兩隻嫩紅的手在扒著，螺形的嘴兒在盲目地搖著，嫩紅的小鼻尖高舉著。

「牠好像用牠的鼻尖在看似的。」康妮說。

「比牠的眼睛看得更清楚呢！」他說：「妳要喝點水嗎？」

「你呢？」

她把樹枝上掛著的一個珐瑯杯子拿了，彎身去取了一杯水給他，他啜了幾口。然後她再彎身下去，自己也喝了些。

「多麼冰涼！」她喘著氣說。

「很好喝，是不是？妳希望嗎？」

「你呢？」

「是的，我是希望的，但是我不願說。」

她聽見落葉松林裡一隻啄木鳥的聲音，然後一陣輕柔的神秘的風聲，她仰著頭。一朵朵白雲在藍色的天上飄過。

「有雲呢！」

「那只是些白色的綿羊。」他答道。

一朵雲彩在那小空地上蓋了過去。鼴鼠游到那溫暖的黃土上去了。

「討厭的小東西。」克利夫說：「我們該把牠打死才好。」

「瞧！牠是個聖壇上的牧師啊。」她說。

她採了幾朵小鈴蘭花給他。

「野株草！」他說。「香得和前世紀浪漫的貴婦們一般，可不是？畢竟那時的貴婦們並不見得怎麼的癲狂呢！」

她望著天上的白雲。「不知道會不會下雨呢？」她說。

「下雨！爲什麼？你想下雨嗎？」

他們開始向原路去，克利夫小心地駛著顛簸的車子下坡。到了沉黑的山下，向右轉走了幾分鐘，他們便向著藍色吊鐘花遍佈著的長坡上去。

「現在好好走吧！老伙伴！」克利夫一邊說一邊開著車。小車子顛動不穩地上著這險峻的長坡，它好像不太願意似的掙扎著慢慢走著，好不容易他們來到了一處蔓生著風信子的地方。車子好像給花絆著了，它掙扎地跳了一跳停住了。

「最好按聲喇叭，看看守人會不會來。」康妮說。「他可以推一推。不過我自己也可以推的，那也許可以幫上一點忙。」

「我們讓車子休息一下。」克利夫說：「請妳在車輪後面放一塊枕石吧。」

康妮找了一塊石頭。他們等待著。過了一會兒，克利夫把機器開了，想把車子開行起來。它掙扎著，像個病人似的搖晃著，發著怪聲。

「讓我推一推吧。」康妮說著跑到車子後邊去。

「不！不要推！」他惱怒地說：「如果要人推的話，還用得著這該死的機器嗎！把石頭放在車輪底下就行。」

重新停車，又開行著；但是愈來愈糟了。

「你得讓我推一推，」她說：「否則響一響喇叭，叫看守人來。」

「等一等！」

她等候著。他再試了一回，但是越弄越糟。

「你既不要我推，那麼就按喇叭吧。」她說。

「不要管，妳靜一會兒吧！」

她靜了一會兒。他凶暴地搖著那小小的發動機。

「克利夫，你這樣子只會把機器弄壞罷了，還白費你一番氣力呢！」她規勸他說。

「倘若我能夠下來看看這該死的東西就好了！」他激怒地說，使喇叭粗暴地響著。「也許梅樂士會知道毛病在那兒吧！」

他們在壓倒的花叢中等待著，天上的雲漸漸地凝結著了。靜默中一隻野鴿在叫著咕嚕咕嚕！咕嚕咕咕！克利夫在喇叭角上一按，把它嚇住了嘴。

看守人立刻在路旁出現了，行了個禮，問是什麼事。

「你懂機器嗎？」克利夫尖刻地問道。

「我怕不懂呢！車子有什麼毛病？」

「當然囉！」克利夫喝道。

那人留心地蹲伏在車輪邊探視著那小機器。

「這種機器的事，我恐怕全不知道啊，克利夫男爵！」他安靜地說：

「假如汽油和油都沒有了……」

「仔細看看什麼東西破損了沒有？」克利夫截斷他的話。

那人把他的槍靠著一株樹放下，脫了他的外衣，丟在那樹邊。褐色的狗兒坐著守伺著。

然後他蹲伏下去，低下頭審視車子，手指輕觸著油膩的小機器，那油污把他的禮拜日的白襯衣也弄髒了，他心裡有點惱怒。

「不像有什麼破損的樣子。」他站了起來，把帽子向後一推，在額上擦著、思索著。

「你看了下面的支柱沒有？」克利夫問道。「看看那兒有沒有毛病。」

那人俯臥在地上，頭向後傾，在車下蠕動著、摸索著。康妮想，一個男子俯臥在龐大的地上的時候，他是多麼纖弱微小的可憐東西呀！

「據我看來，似乎並沒有什麼毛病。」他說。

「我想你是沒有辦法的。」克利夫道。

「的確沒有辦法！」他欠身起來蹲坐在腳跟上，就和礦工們的坐法一樣：「那兒決沒有什麼毛病的！」

克利夫把機器開著，然後又上了齒輪！可是車子動也不動。

「把發動機大力點兒按一下吧。」看守人授意說。這種參預，使克利夫惱怒起來，但是他終於把發動機弄得大蒼蠅似的嗡嗡響起來了。車子咆哮地響起來，似乎好些了。

「我想行了。」梅樂士說。

車子像病人似的向前跳了又退回來，然後蠕蠕地前進。

「讓我推一推，便可以好好地走了。」看守人一邊說，一邊走到車後面去。

「不要動它！」克利夫喝道。「它自己會走！」

「但是，克利夫！」康妮在旁邊插嘴說。「你知道車子自己走不了了，為什麼還要這樣固執！」

克利夫氣得臉色蒼白起來。他在發動機上猛推。車子迅疾地、搖擺地轉了幾步，然後在一叢特別濃密的吊鐘花叢中停著了。

「完了！」看守人說：「馬力不夠。」

「它曾上過這個山坡來的。」克利夫冷酷地說。

「這一次卻不行了！」看守人說。

克利夫沒有回答。他開始動著他的發動機，有時緊，有時慢，彷彿他要發出個抑揚婉轉的音樂來似的。這種奇異的聲音，在林中回響著。然後，他陡然地上了齒輪，一下子把掣動機放鬆了。

「你要把車子弄碎呢！」看守人喃喃地說。

車子咆哮地跳了起來，向著路旁的濠溝走去。

「克利夫！」康妮喊著向他跑了過去。

看守人已經把車槓抓住了。克利夫也用盡了力量，才把車子轉向路上來。現在車子發著古怪的叫囂聲，拚命向上爬著。梅樂士在後面緊緊地推著；小車兒於是前進無阻，彷彿在戴罪立功了。

「妳瞧，走得多好！」克利夫得意地說，說了向後面望著。他看見了看守人的頭。

「你在推著嗎？」

「不推不行的。」

「不要推！我已經告訴過你不要動它！」

「不推不行的。」

「讓它試試看！」克利夫怒喝道。

看守人退開了，回身拿著他的槍和外衣。車子彷彿立刻窒息了，它死了似的停著，克利夫像犯人似的困在裡面，惱怒得臉都白了。他用手推著發動機，他的腳是沒有用的。結果車子響著怪聲。在狂暴的焦躁中，他把柄轉動著，結果怪聲更大。但是車子一點兒也不肯動。他把發動機停住了，在憤怒中硬直地坐著。

康妮坐在路旁的土堤上，望著那些可憐的、壓壞了的吊鐘花，默忖著：「再沒有同英國的春天這麼可愛的東西了。」、「我能盡我統治者的本分。」、「現在我們所要的是一條鞭，而不是一把劍。」、「……統治者階級！」

看守人拿了他的鎗和外衣走了上來，佛蘿茜小心地跟在他的腳邊。克利夫叫他看看機器。康妮呢，她對於機器的技術是毫無所知的，但是對於汽車在半路壞了時的滋味，卻經驗得多了，忍耐地坐在土堤上，無關緊要的呆呆地坐著。

看守人重新俯臥地下。他站了起來忍耐地說：「現在再試一試吧。」

他的聲音是安靜的，差不多像是在對一個孩子說話。克利夫把發動機開了。梅樂士迅疾的退到車後邊去，開始推著。車子走了；幾乎一半是車力，其餘是人力。克利夫回轉了頭，氣極了。「你走開好不好！」

看守人立刻鬆了手，克利夫繼續說：「我怎麼能夠知道它走得怎樣？」

那人把鎗放下了，穿著他的外衣。車子開始慢慢地往後退。

「克利夫停住！」康妮喊道。

三個人立刻手忙腳亂起來，康妮和看守人輕輕地相碰著。大家死寂了一陣。

「無疑地，我是非聽人擺佈不可的了！」克利夫說著，氣得發黑了。

沒有人回答他。梅樂士把鎗掛在肩上，他的臉孔怪異而沒有什麼表情，有的是一副心不在焉的忍耐罷了。狗兒佛蘿茜差不多站在主人的兩腳間守著，不安地動著，這三個人，迷惑而不知所措，又狐疑又厭惡地望著那車子，好一幅活圖畫，擺在那些壓倒的藍吊鐘花叢中，大家都默然！

「我想要推一推了。」克利夫故作鎮靜地說。

沒有回答。梅樂士心不在焉的樣子，彷彿沒有聽見似的。康妮焦慮地向他望了望。克利夫也回過頭來探望。

「梅樂士！你不介意把車子推回去吧！」他用一種冷淡的、尊嚴的聲調說：「我希望沒有說什麼使你見怪的話。」他用不悅的聲調加了一句。

「一點也沒有；克利夫男爵！你要我推嗎？」

「請！」。

那人走上前；但是這一次卻沒有效了。擊動機絆著了。他們拉著、推著，看守人重新把他的鎗和外衣脫下來，現在克利夫一言不發了。最後看守人把車子的後身，從地上抬了起來，踢了一腳，想使車輪脫去羈絆。但沒有用，車子重新墜了下去。克利夫靠在車的一邊。那人則因用力之後不停地喘著氣。

「不要這樣做！」康妮向他喊道。

「假使你把輪子這麼一拉，那就行了。」他一邊說、一邊指示她怎樣拉。

「不，不要去抬那車子。你會把自己扭傷的！」現在氣得一臉通紅的是她了。

但是他向她的眼裡直望著，點了點頭，她不得不上前扶著輪子，準備著。他把車子抬起來了，她拉了一拉，車子顛簸起來。

「老天呀！」克利夫嚇得喊了起來。

但是現在好了，擊動機不絆著了。看守人在後輪放了一塊石頭，走到土堤邊坐下，這一番氣力，使他心跳起來，臉孔發白地差不多昏迷了。康妮望著他，氣得幾乎叫了出來。大家死寂了一會兒。她看見他的兩手在大腿上抖著。

「你受傷了沒有？」她問他，走向前去。

「不，不！」他有幾分含怒的翻轉頭去。

一陣死似的沉寂。一頭金黃色頭髮的克利夫動也不動。甚至狗兒也站著不動。天上給雲遮蔽著了。

最後看守人嘆了一口氣，用他的紅手巾擤著鼻。

「那肺炎病使我氣力衰弱不少。」他說。

沒有回答。康妮心裡打量著，把那車子和笨重的克利夫抬起來，那得要一番氣力；那得要太大、太大的一番氣力啊！假如他沒有因此丟了命……他站了起來，重新拿了他的外衣，把它掛在車子的門鉤上。

「你準備好了嗎，克利夫男爵？」

「是的，我正等著你！」

他欠身把石頭拿開了，用全身重量推著車子。康妮從沒見過他這麼蒼白、這麼無心的。山既陡峻，而克利夫又沉重。康妮走到看守人旁邊說：「我也來推！」

她用了一種生了氣的婦人的潑辣的氣力推著。車子走得快點了。克利夫回轉頭來。

「何苦呢？」他說。

「何苦！你要這人的命嗎！假使剛才機器還沒有壞的時候，你就讓它走的話……」

她沒有說下去。她已喘不過氣來了。她推得輕一點兒了；因為那是十分費力的工作。

「啊！輕點兒！」看守人在她旁邊微笑著說。

「你的確沒有受傷嗎？」她兇狠地說。

他搖了搖頭。她望著他的手，一隻小小的、生動的、給曬黑了的手。這手是愛撫過她的。她還沒有端詳過它呢。它的樣子是這麼安靜，和他一樣，一種奇異的內在的安靜，康妮看了，怪想把它握著，彷彿這隻手是不能被她接近似的。她整個的靈魂突然地為他顫動起來；他是這麼沉默，這麼不可接近！而他呢，他覺得他的四肢復活了。左手推著車，右手放在康妮的圓而白的手腕上，溫柔地、愛撫地挽著她的手腕。一把力量的火燄在他背上、腰下，下降著，使他恢復了生氣。突然地她欠身吻他的手。這時，正在他們面前的克利夫，竟兀然不動。

到了小山頂上，他們歇了一會兒，勞動後的康妮，覺得很高興可以休息一會了。她有時曾夢想過這兩個男子友愛起來：一個是她丈夫，一個是她孩子的父親。現在她明白了，這種想法是荒唐無稽的。這兩個男子是水火般不相容的。他們是不能兩立的。她體會了恨的奇妙，這是第一次。而這也是她第一次，明白而斷然地，深深地恨著克利夫，恨不得他從這大地上消失。說也奇怪，她這麼恨他，並且她自己完全承認是恨他，使她覺得自由而充滿生命起來了。她心裡想：「現在我恨他了，我再也不能繼續和他同居了。」

在那平地上，車子只要看守人推便行了。克利夫和康妮談起話來，表示著他是很安閒的：他說起在狄浦的愛娃姑母，說起麥爾肯爵士，他曾寫信來問康妮究竟和他一起坐汽車去威尼斯呢，還是和希爾達乘火車一起去。

「我情願坐火車去。」康妮說：「我不喜歡坐著汽車走遠路，尤其是有灰塵的時候。但是我還要看希爾達的意思怎樣。」

「她要坐自己的汽車和妳一起去吧？」他說。

「也許……這會兒我得幫一幫忙把車子推上去。你不知道這車子多麼重呢！」她走到車後看守人的旁邊，推著車子向那微紅色的小徑走上去。這會兒，他並不怕給人瞧見不好看了。

「爲什麼不去叫菲爾德來幫忙推，讓我在此地等著。他是夠強壯來做這件事的。」克利夫說。

「現在不過幾分鐘就到了。」她喘著氣說。

但是，當他們到了山頂時，她和梅樂士兩個人都在揩臉上的汗。這種共同的工作，奇異地使他們更接近了。當他們到屋門口時，克利夫說：「勞駕得很，梅樂士。我得換一架發動機才行。你願意到廚房裡吃頓午飯嗎？我想差不多是時候了。」

「謝謝，克利夫男爵，我要去我母親那裡吃飯，今天是星期日。」

「隨你吧。」

梅樂士把外衣穿上了，望著康妮。行了個禮便走了。康妮悻悻地回到樓上去。

午飯的時候，她忍不住了。

「克利夫，你爲什麼一點也不體諒人呢？」她說。

「體諒誰？」

「那看守人！假使那便是你所謂的統治階級的行爲，我要替你惋惜呢。」

「爲什麼？」

「他是一個病後體弱的人！老實說，假使我是勞役階級的人的話，我一定不睬你，讓你儘管呼喚！」

「我很相信妳會這樣。」

「假使車裡坐的是他，兩腿又癱軟了，並且舉止又和你一樣，你將對他怎樣？」

「我親愛的傳道士，你把兩種地位不同的人相提並論，是很無聊的。」

「而你這卑劣地、枯萎了似的缺乏起碼的同情，才是最無聊的呢。你有貴者的義務！哼，你和你的統治階級！」

「我有何義務呢？難道要為我的看守人作一場莫須有的感情衝動？我不！這些讓我的傳道士擔任去。」

「彷彿他不像你一樣是『一個人』似的！」

「總之，他是我的看守人，我每星期給他兩鎊，並且給他一個屋子住。」

「你給他！你想為什麼你要給他兩鎊一星期，和一間屋子住。為什麼？」

「為了他的勞役。」

「哼！我看你還是留下你的兩鎊一星期和你的屋子吧！」

「大概他也想過這樣對我說；不過他就是沒有這個能耐！」

「你，你的統治！」她說。「你並不能統治，別夢想吧。你不過比他人多點錢，利用這錢去使人替你勞役，一星期兩磅，否則便叫他們餓死罷了。統治！統治什麼？你從頭到腳都是乾涸的！你只知道用金錢去壓榨他人，和任何猶太人及任何渾水摸魚的人一樣！」

「妳說出漂亮的話，查泰萊男爵夫人！」

「你呢！你剛才在林中時，才眞是漂亮極了！我眞替你蒙羞！哼，我的父親比你人道多了，你這上流人物啊！」

他按鈴叫波太太，但是他已經兩腮發青了。

康妮怒不可遏地回到樓上去，心裡說著：「他！用錢去買人！好，他並沒有買我，所以我沒有和他共住的必要。一條像死魚的上流人，他的靈魂是化學象牙的！他們只會欺騙人，用他們的態度和他們奸滑虛僞的上流人物的神氣。他們大概只有和化學象牙一樣多的感情。」

她計劃著晚上的事情，決意不去想克利夫了。她不願去恨他，她不願在任何感情上和他太親切地混合了。她不願他了解她太多，尤其不願他知道她對於那看守人的感情。關於他對待傭僕的態度的這種爭吵，已不自今日始了。他覺得這是家常事了；她呢，她覺得他一提到別人的事情的時候，他是痲木不仁的，而且很專橫。

晚餐的時候，她泰然地下樓去，帶著平素那種端莊的神氣。他的兩腮還在發青，他的肝火又發作了，那時他就變得十分怪異了。……他正在讀一本法文書。

「你讀過普魯斯特〈註：Proust係法國近代小說家〉的作品嗎？」他問道。

「讀過，但是他的作品使我厭煩。」

「他眞是個很特殊的作家。」

「也許！但是他使我厭煩：那種種詭譎的花言巧語！他並沒有感情，他只是對於感情說得滔滔不休罷了。妄自尊大的人心，我最厭倦了。」

「那麼你寧愛妄自尊大的獸性嗎？」

「也許！但是一個人也許可以找點什麼不妄自尊大的東西吧。」

「總之，我喜歡普魯斯特的銳敏，和他的高尙的無政府情態。」

這樣，他們又開始那爭吵了！但是她忍住不去和他爭鬥。他在那兒像一具骷髏似的，施放著一種骷髏的腐朽、冷森森的意志去反抗她。她彷佛覺得那骷髏正把她抓住著，把她壓抑在它胸膛的骨架前。這骷髏也武裝起來了，她有點害怕。

她等到一可以脫身的機會，便回到樓上寢室裡，很早便上床睡去了。但是到了九點半，她便起來往外邊打聽動靜，一點聲音也沒有。她穿了一件室內便衣走下樓去，克利夫和波太太正在打牌賭錢，大概他們是要玩到半夜的。

康妮回到寢室裡，把所穿的室內便衣丟在凌亂的床上，穿上了一件薄薄的寢衣，外面又加了件日常穿的絨衣，穿了一雙膠底的網球鞋，披了一件外套。一切都準備好了，假使碰見什麼人的話，總可以說是出去一會兒。早上回來的時候，她可以說是在晨霧裡散步回來，這是她在早餐以前常做的事。唯一的危險是在夜裡有人到她寢室裡來，但是這是罕有的事：一百回碰不到一回的。

白蒂絲還沒有把門上鎖，她是十點鐘關門，早上七點才開門的，她悄悄的閃了出來，沒有誰看見她。天上懸著半彎月，亮得夠使大地光明，但卻不能使人看見這穿著暗色外套的她，她迅疾地穿過了花園，與其說是幽會使她興奮，不如說是某種反叛的忿怒使她心裡燃燒著。這種心境是不適於愛情的幽會的，但是一切只有聽其自然了。

第十四章

當她將到園門邊時，她聽見了門閂打開的聲音。他已經在那黝黑的林中，並看見她了。

「妳來得早呢。」他在黑暗裡說。「一切都好嗎？」

「一切都好。」她出了園門後，他悄悄地把它關上了。他的手電筒在黑暗的地上照著，照著那些夜裡還開著的灰白色的花朵。默默地，他們前後相隔著前進。

「你今天早上的確沒有爲了那車子受傷嗎？」她問道。

「沒有，沒有！」

「你什麼時候得的那肺炎，這病對你的影響怎樣？」

「啊，沒有怎樣！只是心弱一點，肺硬一點罷了。但是肺炎過後總是這樣的。」

「你不應該作激烈的勞動吧？」

「不要常常就是了。」

她在憤怒的靜默中緩緩地前進著。

「你恨克利夫嗎？」她最後說。

「恨他？不，和他一樣的人，我碰過太多了，我再也不自尋煩惱地去恨他們了。我早就知道這一類的人不是我所喜歡的。所以，我早就置之漠然了。」

「他是那一類的人？」

「啊，妳比我更清楚。他是那種沒有卵子又帶點娘娘腔的世家子弟。」

「沒有什麼？」

「沒有睪丸，男子的睪丸。」她沉思著。

「難道問題就是那個嗎？」

她有點煩悶說。

「當一個人是蠢笨的時候，你說他沒有腦筋；當他是卑下的時候，你說他沒有心；當他是怯懦的時候，你說他沒有膽子。當他是毫無那種男性的兇猛的火氣的時候，你便說他沒有睪丸。當他是一種馴服了的人時……」

她沉思著。

「克利夫是不是馴服了的人？」她問道。

「是的，馴服了，並且可惡得很；那是和大多數的這類人一樣的；當你反抗他們的時候。」

「你以爲你是不馴服的嗎？」

「也許不太。」

遠遠地她看見了一點黃色的燈光，她站住了。

「有燈火嗎？」她說。

「我常常是點一盞燈在家裡的。」他說。

她繼續和他並行著，但沒有觸著他；她自己心裡奇怪著，爲什麼要同他去，爲什麼？

他把門打開，兩個人進去後，他再把門閂上。她覺得這好像是個監獄呢！紅熱的火邊，開水壺正在響著，桌子上擺了幾個茶杯。

她坐在火邊一把木椅子上，從寒冷的外面進來，覺得這兒挺溫暖的。

「我的鞋都濕了，我脫了吧。」康妮說。

她把她穿著襪的兩隻腳放在光亮的火擋上，他到伙食間裡找了些食物，麵包、牛油和醃肉。她熱起來了，她把外套脫了。

「你要喝可可或茶呢，還是咖啡？」他問道。

「我什麼都不想，你自己吃吧。」

「不，我不想吃什麼，只要給狗兒吃一點。」

他在磚地上穩重地、恬靜地踱來踱去，預備了一碗狗吃的東西。那獵狗不安地擧著頭望著他。「來，這兒是您的晚餐，不用裝那副怪樣子！」他說。

他把碗放在樓梯腳下的地席上後，在靠牆的一把椅子上坐了下去，脫著他的腳絆和鞋兒。那獵狗並不吃，卻跑到他的旁邊坐下，不安地仰望著他。

他緩緩地解著他的腳絆，狗兒越靠近著他。

「你怎麼啦？因爲這兒有個外人所以不安嗎？啊，女性終是女性！去吃你的晚餐吧。」

他把手放在牠的頭上，狗兒側著頭依著他。他輕柔地拉著牠軟滑的長耳朵。

「那邊，那邊，去吃你的晚餐，去！去！」

他把椅子移向樓梯那邊，狗兒柔順地走去吃牠的東西。

「你喜歡狗嗎？」康妮問道。

「不，不太喜歡，牠們太馴服、太纏綿了。」

他脫了腳絆又在脫著笨重的鞋。康妮背火向房子裡望著，多麼簡樸的一間小房子！但是牆上卻掛著一張令人生厭的結婚放大相片，顯然地是他和他的女人，一個有著剛毅的臉孔的年輕女子。

「這是什麼?」康妮問道。他回過頭來望著他頭上的那幀放大相片。「是的!這像是剛要結婚前照的,那時我是二十一歲。」他冷靜地望著那相片。

「你喜歡這個相片嗎?」康妮問道。

「喜歡?我從來都不喜歡這樣。但是她卻非照不可。」

他回轉頭去把鞋脫掉。

「你既不喜歡,為什麼掛在那兒?也許你太太會高興得到這相片呢!」她說。

他突然苦笑起來,望著她說:

「凡是家裡值得帶走的東西,她都搬走了;但是這張相片,她卻留下了!」

「那麼為什麼你還留著它呢?為了癡情的緣故嗎?」

「不,我從來就沒有瞧它。我幾乎都忘了,那是從我們到這兒來掛在那裡的。」

「你為什麼不把它燒了?」

他又回過頭來望著那張像:四面裝的是醜陋的褐色油金的框子,上面是個沒有鬍子的、活潑的、樣子很年輕的男子,衣領有點過高,和一個身材有點臃腫,穿著一件暗色的外衣,鬈髮蓬鬆的、剛勇的年輕婦人。

「眞的,這主意倒不錯。」他說。

他小心地把玻璃和木板拿到樓上去。

他把相架用鐵鎚打碎了,上面的漆灰飛揚著。然後他把碎片帶來到雜物間裡去。

「這個我們明天再燒,」他說:「上面的泥灰漆眞是太多了。」

把一切收拾好了之後,他坐下來。「你愛不愛你的女人?」她問他。

「啊?」他說:「那妳愛不愛克利夫男爵?」

但是，她非問個究竟不可。

「而且你很想她吧？」她堅持地問。

「想她？」他苦笑著。

「也許你現在還想她吧？」她說。

「我？」他睜大著眼睛，「啊，不，我一想到她就難受。」他安靜地說。

「爲什麼？」

他只是搖著頭。

「那麼，爲什麼你不離婚，她總有一天要回來的。」康妮說。

他尖銳地望著她。

「決沒有這事，她恨我，比我恨她更甚呢！」

「你看吧，她將要回來。」

「決不會。那是沒有問題的了！我再也見不著她了。」

「你將要見她。你們的分居是沒有法律根據的，是不是？」

「沒有。」

「啊，那麼她是要回來的。那時你便不得不收容她了。」

他呆呆地望著康妮。然後奇怪地搖著他的頭。

「妳的話也許是對的。我回到這地方來眞是笨哦！但是我那時正在飄零無依，而不得不找個安頓的地方。人再也沒有比落魄者更可憐的境遇了。不過妳說的對，我必須去把婚離了，這樣才能自由的。公務員、法庭裁判官……我是恨之入骨的。但是我不得不忍受。我要離婚去。」

她看見他把牙關咬緊了，心中暗暗地在狂喜著。

「我現在想喝杯茶了。」她說。

他站起來弄茶。但是他臉上的神態還是沒有變。

當他們在桌邊就坐後，她問道：

「你爲什麼和她結婚？她的出身比你低賤。波太太對我講過她的事情。她到現在還不明白爲什麼你會和她結婚。」

他凝視著她。「讓我告訴妳吧！」他說。「我第一個情婦，是我在十六歲的時候開始追求她的。她是一位奧拉東地方校長的女兒；長得很好看，還可以說是很美麗。那時人家認爲我是個有爲的青年；我是雪菲爾德公學出身的，我懂點法文和德文，我自己也是非常自負的。她是個很浪漫的女人，討厭一切庸俗的東西。她慫恿我讀書吟詩；在某一種說法，她使我成了個大丈夫。爲了她，我熱心地讀書思索。那時我在巴特來事務所做事，又蒼白又瘦弱，所有讀過的東西都使我胡思亂想起來。

「我和她一切都談，無所不談。我們從波斯的巴斯波里談到非洲的唐普度，在百里以內，再也找不著我們這樣有文學修養的一對了。我對她說得出神入化，的確地出神入化。我簡直是飄飄欲仙了。並且她崇拜我。可是草中有伏蛇：那便是性愛的問題。她並沒有性感；至少是那應該有的地方她卻沒有。

「我一天一天地消瘦，一天一天地癡狂。我對她說，我們非成情人不可了。我同平常一樣，用言語去把她說服了。於是，她委身與我了。我覺得很興奮，可是她總是沒有興味。她壓根兒就不想那個。她只是崇拜我，她只愛聽我說話，愛我抱她吻她。其餘她就壓根兒不想。世上有不少同她一樣的女子。我呢，我所想的恰恰相反。於是，我們便鬧翻了。我殘忍地丟棄了她。

「當時，我和一個少女發生關係，她是個女教員，不久以前曾有過一場不體面的事，姘上了一個有婦之夫，幾乎把她弄得發狂。她是個溫柔的、皮膚白嫩的婦人，年紀比我稍大，還會拉四絃琴。她眞是個妖精，關於戀愛的東西，她樣樣喜歡，就是性愛她不喜歡。又嬌媚，又纏綿，不知用多少花樣來迷你。但是你如果追她進一步到性愛上去，她便要咬牙切齒地憎恨起來。我強迫她屈服，她簡直把我恨死了。於是，我又失望了。我痛惡這些種種。我需要的是一個需要我的，而又需要『那個』的婦人。」

「接著來了白黛．古蒂絲。當我還是孩童的時候，古蒂絲家就在我家的隔鄰，所以我們很熟悉。他們是很庸俗的人。白黛到波明漢去做什麼事——據她自己說，是在一個人家裡當女伴；但是大家卻說她是在一家旅館裡當女僕一類的事。這且不提，事情是當我再也受不了剛才說的那個女人的時候，白黛出現了，風致燦然，穿著入時，帶著一種花枝招展的光彩，這種由肉體性感的光彩，我們有時可以從一個婦人或一部電車上看得見的。我呢，我正在一種失望的、敢作敢爲的情境中。我辭了巴特來的差，因爲我覺得幹那些事情太不值得了，我回到達哇斯來當鐵匠頭；主要的工作是替馬安裝蹄鐵。那是我父親的職業，我一向是和他在一起的。我喜歡這職業，我喜歡馬，我覺得這職業正合我意。於是我不說他們所謂的『斯文』話了，那便是說，不說正確的英語，而重新說起土話來了。

「我不輟地在家裡讀書；但是我打著鐵，安著馬蹄，我有一匹小馬和一部汽車。我父親死後給我留下了三百鎊。於是，我和白黛發生了關係，而且我喜歡她的庸俗；我需要她庸俗；我要我自己也庸俗起來。於是，我娶了她。

「起初，她還不壞。別的『純潔的』婦人們幾乎把我的性慾都褫奪了，但是白黛在這一點上卻還好。她需要我，而不需要人千呼萬喚，我滿心得意，那正是我所需要的——一個使人憐愛的婦人。於是，我拚命地對她憐愛。我想她有點看不起我，因為我高興得不可言狀，有時還服侍她在床上吃早餐呢！她一切都不管，當我返工回來時，沒有一頓像樣的晚餐是常有的事，要是我說個不是，她便鬧起來。以毒攻毒，我也不讓，她把個茶杯向我頭上飛過來，我就扼著她的頸項，把她窒息得魂出七竅。如此這般地繼續下去。她很傲慢地對待我。到後來我需要她時，她永不讓我……永不！她老是拒絕我，粗野得不成話。她簡直使我厭惡極了，我再也不要她了，那時她卻狡猾似的要我了，我只好屈服。我老是遷就。但是當我們苟合起來時，她卻永不和我一塊享受。永不！她只是等待。要是我能忍得半點鐘，她卻能忍得更久。當我完畢時，她又開始索求，我得在她裡面一直等到她完畢，嘴裡呼喊著，全身擺盪著，她下面的那個地方鉗緊著，然後失了魂魄似的舒暢。於是，她說：『好極了！』

「漸漸地，我覺得討厭了；而她卻愈來愈壞。她漸漸地更不容易得到滿足了，她在那下面撕扯著我，彷彿她那兒有個尖喙似的撕扯著我。天喲！人家以為女人那下面是柔軟得像一顆無花果。但是我告訴妳，那老賤婦的兩腿間有個尖喙，直把你撕扯得忍無可忍為止。我！我！我！她們只想著她們自己，撕扯著，呼喊著。她們還說男人是自私的；但是男人的自私，較之這種一旦成了習慣的婦人盲目的撕扯，恐怕只是小巫見大巫了。好像是個老娼妓！她卻是無可奈何的。

「我對她說過，我告訴她我多麼厭惡那樣。而她卻也很願意改過來，她試著靜靜地躺著，一切工作都讓我。她試著；但是那是沒有用的。她對我的動作一點兒感覺都沒有。這一來她又得開始那一套了，她非要讓自己放肆不可，扯著、撕著、扯著、撕著，彷彿她身上只有她那尖喙上有感覺，只有那磨擦著撕扯著的尖喙的頂端上有感覺。也許，老淫婦便是那樣。這是她的一種卑下的固執性，一種嗜酒的婦人的癡狂固執性。後來我忍不住了，我們便分床睡了。這是她自己開始的，當她發脾氣的時候，不想要我的時候，她說我虐待她。於是，她要自己一個人一間臥室。直到後來，我不許她進我房子裡來的日子；我再也不要她了。」

「我恨這一切。她呢，她也恨我。我的上帝，那孩子出世以前她多麼恨我！我常想這孩子是她在恨中懷的胎。雖然孩子生後，我便不理她了。以後大戰來了，我入了伍。我是在探知她和史德門的一個傢伙姘上了，才回家的。」

他停著了，臉孔是蒼白的。

「史德門是怎樣的一個人？」康妮問道。

「一個有點孩子氣的大漢子，滿口穢言。他百般凌虐她，並且他們兩口兒都喝酒。」

「唉！假如她回來的話呢？」

「啊！我的上帝！那我便得走，我便得重起爐灶！」

兩個人靜默了一會兒。火上的相片已經燒成灰燼了。

「這樣看來，」康妮說：「你在得到個需要你愛的婦人後，不久你便覺得膩了。」

「是的，大概是的！雖然是這樣，我卻寧願因白黛而不要那些『永不！永不！』的女子，那種我年輕時的『純潔』愛人，那種有毒的百合花，和其他。」

「其他？」

「其實也沒有什麼其他的。不過經驗告訴我，大部分的婦人都是這樣的，她們需要一個男人，但不要性愛；她們忍受著，彷彿那是惡運中的不得不忍受的事。再舊式一點的，她們像木頭似的，躺在那兒任你衝撞。事後她們也不關心。她們喜歡你，但那件事的本身，對她們是沒有任何意義的，只是有點無味罷了。大多數的男子都喜歡這樣，我卻討厭。但是有一種奸詐的婦人，她們雖然也是一樣，卻假裝不一樣。她們表面上似乎狂熱，似乎消魂不禁。但實際上只是一套把戲，只是裝模作樣罷了。……其次是那些什麼都愛的，什麼樣的撫愛，什麼樣的滋味無所不愛，就是不愛自然的那一種。她們常常使你在唯一享受的地方以外的地方去享受。……還有是一種堅硬的女子，想享受眞比上天還難，她們只注重自己的享受，正如我的女人一樣。她們要站在主動的地位。……還有的是裡面簡直是死了的，全死了的，她們自己也知道。還有的是那種不讓你過癮就使你草率了事，然後她們繼續靠緊你的大腿，簸動著她們的腰，直至她們自己完畢爲止的。她們大多數都是女同性戀者（Lesbian）。世上多少婦人有意識或無意識地，都是屬於同性戀的，眞令人驚異。她們全是這一類的。」

「你覺得厭惡嗎？」康妮問道。

「我覺得她們都是該死的！當我碰到一個眞正同性戀的婦人時，我心裡咆哮著，想把她殺死。」

「你怎麼對付呢？」

「遠離她，愈快愈好。」

「但是你以爲女同性戀，比男同性戀更要不得嗎？」

「是的，我以爲更要不得。因爲她們給我的苦頭更大。在理論上，我倒不能說。當我遇到一個女同性戀，不論她自己知道不知道，我便要發狂。不，不，我再也不想和任何婦人有什麼來往了。我要自己孤守著；我要守著我的孤獨和我的高潔。」

他臉色蒼白地蹙著眉頭。

「你遇著我了，你覺得懊悔嗎？」她問道。

「我也懊悔也高興。」

「現在呢？」

「現在，我擔心外邊的不可避免的種種糾紛、種種誹謗、種種醜惡，這種種遲早是要來到的。那是當我氣餒的時候，我是沮喪的。但是當我氣盛的時候，我又覺得快樂了，甚至覺得勝利了。我沒有遇到妳以前，正是我最苦惱的時候。我想人世間再也沒有眞正的性愛了，再也沒有眞正而自然地，能和一個男子在肉體上共鳴的婦人了；有的只是黑種女子……不過我們是白人，黑人卻有點像一團泥。」

「現在呢，你高興我嗎？」她問道。

「是的！當我能忘掉其他的時候。當我不能忘掉其他的時候，我便想躲在桌子下面去呢！」

「爲什麼躲在桌子下面呢？」

「爲什麼？」他笑了起來。「去捉迷藏呢，孩子！」

「你對於女人的經驗，似乎眞的太壞了。」她說。

「那是因爲我不能自欺的緣故。在這一點上，多數的男子卻能做到。他們採取一種態度，接受欺騙。我呢，我決不能自欺。我知道我所要求於一個女人的是什麼，如果沒有得到，我決不能說我得到了。」

「現在你得到了嗎？」

「好像得到了。」

「那你爲什麼還悒悒不樂呢？」

「也許怕自己有一肚子的回憶吧？」

他們默然的坐著，時間慢慢過了。

「你認爲男女關係很要緊嗎？」她問他。

「對我而言，那是生命的全部；如果她適合我的話。」

「要是得不到呢？」

「那就是命吧。」

她又沉思了一陣子，然後開口問道：

「你認爲，你對女人的態度很正確嗎？」

「啊，絕不！縱容我太太變成那樣子，大部分是我的錯，我慣壞了她，而且多疑，不容易相信任何人，所以我也可能是一個自欺欺人的人，我不相信別人，我不會把溫情與愛情混淆的。」

她凝視著他。

「當你血氣沸騰時，你不懷疑你的肉體吧？」她說：「那時你不會懷疑，是不是？」

「唉，是的！我的一切煩惱就是那樣得來的。這也便是我的心所以如此狐疑的緣故。」

「讓你的心去狐疑吧，這有什麼要緊！」

狗兒不安地在蓆上嘆著氣。爐火給灰燼掩著，弱了起來。

「我們是一對被打敗了的戰士。」康妮說。

「妳也被打敗了嗎？」他笑著說。「現在我們又上前線再戰去了！」

「是的！我眞有點怕。」

「是嗎！」

他站了起來，把康妮的鞋子拿去烘火，把他自己的鞋擦了一擦，也放在火邊去。明天早上他將摻點油去把它們擦亮了。他攪著火，把灰燼攪了下去。「甚至化了都還骯髒。」他說。然後他拿了些柴枝放在火架上，預備早上用的。然後他帶了狗兒出去了一會兒。

當他回來時，康妮說：

「我也要出去一會兒。」

她獨自到黑暗的外邊去。那是一個繁星之夜。在夜色裡，她聞著花香。她覺得她濕了的鞋更加濕了。但是她覺得想走開，一直走開，遠離他，遠離一切的人。

外面是冷的。她戰慄著回到屋裡去，他正坐在半熄了的爐火前面。

「呵，好冷呀！」她戰慄著。她添了些柴枝，再去取了些柴枝，直至一爐子滿是熊熊的火炭，發著劈叭的聲響。跳躍著飛騰的火焰，使他倆都快活起來了，溫暖著他們的臉和他們的靈魂。

看見了他靜默地疏遠地坐著，她握著他的手說：「不要發愁，每個人只有盡力而爲。」

「是的！」他嘆了口氣，苦笑著。

她挨近他，依在他的兩臂裡。「把一切都忘了吧！」她細聲說。

在火焰奔流的熱力中，他抱緊著她。火焰的本身也像被遺忘似的。而她柔媚溫熱成熟的身子，慢慢地，他的血流轉變了，開始有力量、有生氣、而且勇猛了。

「也許那些女人們，在心底裡是想親近你，並且要好好地愛你的，不過她們也許不能。也許那不全是她們的過失吧！」她說。

「我知道。我自己曾經是一條被蹂躪的、斷了脊骨的蛇，妳以爲我不知道嗎！」

她突然緊緊地依著他。她本來不願再提起這一切了；但是這種惡作劇的念頭在推著她。

「但是你現在不是那樣了。」她說，「你再也不是一條被蹂躪的斷了脊的蛇了。」

「我不知道現在我怎麼樣；前面還有黑暗的日子哩！」

「不！」她緊緊依著他抗議著：「爲什麼？爲什麼？」

「我們的一切，我們每個人，都將有黑暗日子到來。」他用一種預言家的憂鬱口氣說。

「不！不要說這種話！」

他靜默著。但是她可以覺得著他的內心深處有一個失望的黑洞。一切慾望，一切愛戀，都在那兒死了；人們的心靈便消失在他裡面的這種失望的黑暗窖中。

「你這麼冷酷地談著性愛，」她說：「你那種說法，彷彿你只求個人的快樂，和你個人的滿足似的。」

她興奮地起來反抗他了。

「不！」他說：「我想從女人那裡得到我的快樂和滿足，但我卻從未得到。因爲我決不能得到我的快樂和滿足，除非她也同時從我這兒得到她的。那是從來沒有實現過的事，那是要兩情相悅的。」

「那是你從來就沒有信任過你擁有的女子。實際上你是連我也不信任的。」她說。

「我不懂信任女人是什麼意思。」

「你瞧！你的缺點就在這兒。」

她依舊在他的膝上蜷伏著。但是他的心是飄忽的，不定的，她所說的話，只把他驅得更遠。

「究竟你信任什麼？」她堅持著說。

「我不知道。」

「什麼也不信。和我所認識的男人們一樣。」她說。

他們沉默了，後來他興奮地起來說：

「是的，我相信點什麼東西的。我相信要有熱情的心；我特別地相信在戀愛的時候、在性交的時候，要有溫暖的心。我相信假如男人們在性交的時候有熱情的心，女子們也用溫熱的心去接受，一切便會很美好。那種種心冷意淡的性交，都是愚昧的死把戲。」

「你不會心冷意淡地和我性交吧？」她說。

「我現在一點兒也不想和妳性交。此刻我的心正冷得像冷蕃薯似的。」

「呀！」她吻著他笑謔地說：「讓我們把這冷蕃薯來熱一熱吧！」

他笑了起來，挺直身子說：

「那是眞的。一切都要有點溫熱的心兒。可是女子們卻不喜歡。甚至妳也不眞的喜歡，妳喜歡舒服的、劇烈的、尖銳的、心冷意淡的那種性交，然後妳卻說那是甜蜜的。妳那兒對我有柔情？妳對我狐疑得就像貓對狗似的。我告訴妳：要想有溫熱的心和柔情，也得兩相情願才行。妳愛性交，那是不待言的了；但是妳卻想把這玩意兒加上個什麼綺麗神妙的名堂，去諂媚妳的自尊心。在妳看來，妳的自尊心比任何男女關係都更重要的。」

「這恰恰是我要怪你的地方。你的自尊心太強了。」

「那麼，好吧！不要說了！」他說著，想站起來。「讓我們各行其責吧。我寧願死，也不願再幹那心冷意淡的性交了。」

她離開了他，他站了起來。

「你以爲我願意嗎？」她說。

「我希望妳也不願意。無論如何，妳到樓上去睡吧，我就在這樓下睡好了。」

她望著他。他是蒼白的，兩眉深鎖著。他好像北極一般的遠離著她。男人都是一樣的。

「天不亮，我不能回去。」她說。

他走過去拿起他的鞋，她呆望著他。

「等一等！」她支吾著說：「等一等！我們究竟怎麼了？」

他彎著身繫著他的鞋帶，沒有回答。時間過著。康妮覺得一陣黑，像要暈眩了。她的意識全失了，她發呆地站在那兒，圓睜著眼睛望著他，一切知覺都失去了。

這種靜寂，使他抬起頭來，看見她圓睜著眼睛、迷失的樣子。好像一陣狂風打著他，他站了起來，向她蹣跚走去，一隻腳穿著鞋，一隻腳沒有鞋，他把她抱在懷裡，緊緊地擁著，他覺得全身都疼痛起來，他抱著她，她讓他抱著。

他的手盲目地探索著她，直至探到她衣裳下面那又滑又暖的地方。

「我的小人兒！」他用土話喃喃地說。「我的小人兒！我們不要鬥氣吧！讓我們永不要鬥氣吧！我愛妳，我撫觸妳！別和我爭執！不！不！不！讓我們和好在一塊兒吧！」

她抬頭望著他。

「不要煩悶！」她鎮靜地說：「煩悶是沒有用的。你眞的想要和我好好在一塊兒嗎？」

她寬大而鎮靜的眼睛望著他的臉。他停住手，突然地靜默起來，臉迴避著。但是他的身體並沒有避開。

然後他回過頭。深深地望著她，臉上帶著他那古怪的自嘲式苦笑說：「是的！讓我們和好地在一塊兒，誓不分離！」

「是眞的嗎？」她說，兩眼充滿著眼淚。

「當然眞的！身體和陽具都和妳在一塊兒。」

他一邊望著她，一邊微笑著；他的眼裡有一種諷嘲的晶光，還帶了一種苦味。

她忍聲地哭泣著，他在爐火前的地氈上，和她躺了下去，並且進入她的裡面，這樣他們才得到了幾分安靜。然後他們即速上樓就寢，因爲夜氣漸漸地寒冷起來了，而且他們都互相弄得疲乏極了。她小鳥兒似的在他的懷裡，他們立刻入睡，深深地進入了夢鄉。他們安靜地，直至太陽出了林梢，直至白日開始的時候。

然後他醒了，望著陽光，聽著垂簾的窗外，山鳥和畫眉在林中噪叫。這定將是個放晴的早晨；約莫五點半了，這是他平日起床的時候。他夜來睡得多熟！這是個多麼新鮮的日子！她還在溫甜地蜷伏地睡著。他的手撫著她，她睜開了她的又藍又驚異的眼睛，朦朧地向他微笑著。

「你醒了嗎？」她說。

他望著她。他微笑著，吻著她，突然地，她清醒的坐了起來。

「想不到我竟在這兒呢！」她說。

她向那粉白的小房子四下望著，天花板是傾斜的，屋角的窗戶，白簾垂著；房子裡空空地，只有一個黃色的衣櫃、一把椅子、和那張她和他睡著的小白床。

「想不到我們竟在這兒呢！」她一邊說，一邊俯望著他。他躺在那兒，癡望著她，在她的薄薄的睡衣下，愛撫著她的乳房。當他這樣溫熱的橫陳著的時候，他顯得年輕而俊美。他的眼睛竟是這麼溫暖！她呢，她是鮮艷而年輕得像一枝花。

「我要妳把這個脫了！」他邊說，邊掀起了她的薄薄的麻紗睡衣，向她頭上拉了下來。她坐在那兒，裸露著雙肩，和兩個有點垂長而帶金色的乳房。他喜歡把她的乳房像吊鐘似的輕搖著。

「你也得把衣褲脫了。」她說。

「啊，不！」

「要，一定要！」她命令著說道。

他把棉的舊短衫脫了，把長褲推了開去。除了手和手腕、臉和頸項以外，他是牛乳一般的白，他優美的皮膚是幼嫩而有筋節的。驟然的，康妮重新覺得他灼熱的健美，正如她那天午後看見他洗身的時候一樣。

陽光灑在白色的垂簾上。她覺得太陽正想進來。

「啊！讓我們把窗簾打開吧！鳥兒唱得眞高興！我們讓太陽進來吧！」她說。

他走下床去，背向著康妮，赤裸裸的，又白又瘦，身子有點前傾，走到窗邊把簾拉開了，向外邊望了一會兒。他的背是白嫩的，臂部富有著迷人的美妙的男性美，他的頸項是微赤色的，優美的，卻又有力的。

在這纖細的美妙的肉體裏，有著一種內在的、而非外在的力量。

「你眞美喲！」她說：「如此純潔而美妙！來吧！」她伸著兩臂。

她因爲他的赤裸的肉體正在興奮著。

他在地上拾起了他的襯衣，遮掩著前身向她走了過去。

「不！」她依舊伸著纖細而美麗的兩臂，挺著兩只下墜的乳房。「讓我看看你！」

他讓襯衣墜了下去，木立著向她望著。陽光從矮窗裏射進來，照著他的大腿和纖小的小腹，和挺舉著的「法樂士」（陽具），在一小撮金赤色的發亮的毛叢中，黑黝黝的，溫熱熱地舉了起來。她覺得驚愕而害怕。

「多麼奇怪！」她緩緩地，「它在那兒的樣子多麼奇怪！這樣大，這樣黝黑而鎭定！是不是？」

梅樂士俯望著他纖細白晳的前身，他笑了。在他纖細的兩乳間，毛色是暗的，幾乎是黑的。但是在小腹下那「法樂士」舉起的地方，濃濃地一小叢的毛色是金赤的、發亮的。

「這麼驕傲！」她不安地，喃喃的說。「又這麼威風！現在我明白為什麼男人們都這麼專橫了！可是它的確是可愛的。好像它有它自己的生命似的！有點令人害怕，可是的確可愛！並且它是向我來的呢！……」她咬著她的下唇，又驚怕又興奮。

梅樂士沉默的望著那怒昂的「法樂士」——「是的，」他最後細聲地用著土話說。「是我的兒喲！你在那兒還不錯呢。你可以昂首而無畏！你在那兒優遊自得，毫不求人！你是不是我的主人約翰。多馬士（指男人性器）？你是我的主人嗎？喂，約翰。多馬士，你比我更生動，你比我寡言！你想她嗎？你想我的珍奴夫人（指女人性器）嗎？你使我沉淪了，好傢伙！是的，你笑瞇瞇地高舉起來。那麼去問她吧！去問珍奴夫人吧！你說：『啊，門喲，把你的門開了吧，光榮之君主要進來了！』啊，你這不害羞的東西！你所要的便是一個『孔』。告訴珍奴夫人，說你要一個『孔』。約翰．馬多士和珍奴夫人的『孔』！」

「啊，不許揶揄它！」康妮一邊跪在床上向他爬了過來，她的兩臂環抱著他的白晳的細腰，把他拉了近去，這樣她的下墜而搖蕩著的乳房，觸著了那騷動挺直的「法樂士」的頭，並且染著了那滴潤液。她緊緊地摟著他。

「躺下！」他說。「躺下去！讓我來！」

他現在急促起來了……

當他們完畢後，當他們十分靜息下來的時候，女人重新要去發現男子，去瞧瞧那「法樂士」的神秘。

「現在它是縮小而柔軟了，像一個生命的小蓓蕾似的！」她一邊說，一邊把那柔軟的陰莖握在手裡。「可不是，多可愛！這麼自由不羈，這麼奇異！並且這麼天眞！它進入我裏面進得這麼深！你知道，你決不要去得罪它。它也是我的！它不單是你的！它是我的！這麼可愛，這麼天眞！」她溫柔地把那陰莖握在手裡。

他笑著。「祝福那結合我們的心於同一的愛的連結。」

「當然啦！」她說：「甚至當它柔軟而細小的時候，我都覺得我的心全部聯繫著它。並且你這裡的毛是多麼好看！多麼奇異！」

「那是約翰．多馬士的毛，不是我的毛！」他說。

「約翰．多馬士！約翰．多馬士！」她吻著那柔軟的，但是開始顫動起來的陰莖。

「是的！」他一邊說，一邊好像痛苦地在伸展著他的身子。「它的根蒂是生在我的靈魂裡，那好傢伙！有時我不知把它怎麼樣好。它是固執的東西，不容易得它的歡心的。可是我卻不願失去它。」

「無怪乎男子們總是懼怕它了。」她說；「它眞是夠可怕的。」

他覺得全身起著一種戰慄，同時，意識之波濤又換了方向，朝向下面去了。他覺得軟弱無力，同時他的陰莖，慢慢地，溫柔地，一波一波的膨脹、上升、舉起、堅硬起來，奇異地在那兒高聳著，挺直而傲慢。婦人一邊瞻望著，一邊也覺得戰慄起來。

「好！拿去吧！它是妳的！」他說。

她戰慄著，她的心融解了。當他進去時，不可名狀的快樂之波濤，激烈而溫柔地、蕩漾著她，一種奇異的、驚心動魄的感覺開始展開著，直到了最後的、極度的、盲目的氾流中，她似乎是被淹沒而逝了。

他聽見了遠遠的史德門在發著七點鐘響聲。那是禮拜一的早晨。他有點害怕起來，他把臉孔埋在她的兩只乳間，把她軟軟的兩只乳房掩著他的耳朵，好使他聽不見。

她卻沒有聽見。她沉靜的躺著，她的靈魂像洗過了般的晶潔。

「妳得起來了，不是嗎？」他喃喃的說。

「幾點鐘了？」她無精打彩地問道。

「七點鐘的鐘聲響過了。」

「我想我是得起來了！」

她和平時一樣，對於這種迫人的外界，不禁激怒起來。

他坐了起來，失神地向窗外望著。

「你眞的愛我，是不是？」她安靜地問道。

他望著她，有點煩躁的說：「妳知道我愛妳，還要問什麼呢？」

「我要你留著我，不要讓我走了。」她說。

他的眼睛籠罩著一種溫熱而柔媚的暗影，根本不能思索。

「現在是什麼時候？」

「現在把我留在你的心裡。我願不久便和你永遠同住。」

他赤裸裸地坐在床上，低著頭，不能思索什麼。

「你不願意那樣嗎？」

「願意的！」他說，然後他那幽暗的眼睛帶著另一種差不多像睡寐似的火焰，望著她。

「現在什麼都不要問我。」他說：「他喜歡妳，他愛妳，當妳躺在那兒的時候。女人是個可愛的東西，如果能深深的進入她，如果她有個好『孔』；我愛妳、妳的大腿、妳的姿態、妳的女人味，我愛妳的女人氣息。我整個心，整個睪丸都愛妳。可是現在什麼都不要問我，不要逼我說什麼。以後什麼都可以問，現在讓我保持這樣子吧！」

溫柔的，他把手放在她兩股間的小丘上，放在那溫柔的褐色的毛叢上；他靜靜地、赤裸地坐在床上，他的入定似的靜止臉孔，差不多像個菩薩。在另一種意識的不可見的火焰中，他呆然地坐著，他的手放在她的身上靜待著轉機。

過了一會兒，他取了襯衣穿上，默默地、迅疾地穿好了外面的衣服，向著赤裸裸地橫陳在床上，燦爛得像個「狄容的光榮」的她，望了一眼，走了。她聽見他走下樓去，把門打開了。

她躺在那兒冥想著。從他的懷裡走開，眞不容易！他在樓梯下面喊道：「七點半了！」她嘆息著走下床來。空洞洞的小房子，除了小衣櫃和小床外，空無他物。可數的樓板是擦得光亮的。靠近窗邊的角落裡有個小書架，上面有些書是從巡迴圖書館借來的。她看了一看，有的是關於蘇俄的，有的是遊記，一本是論原子與電子的，一本是研究地層及地震原因的，此外有幾部小說，還有三本是關於印度的書。這樣看來，他是個喜歡讀書的人呢！

太陽從窗上進來，披在她赤裸裸的四肢。他看見狗兒佛蘿茜在外面徘徊著。綠茸茸的蕨草下面，是些深綠色的水銀菜。那是個清朗的早晨，鳥兒飛翔著，勝利的歌唱著。啊，希望她可以留在這兒！希望沒有另外的煙霧與鐵的可怖的世界！希望他能替她創造個世界！

她從那壁立而狹小的樓梯下去。假如這所房子是在一個隔絕的世界中的話，擁有這棟小房子的她已經很滿足了。

他已經梳洗過了，爐火正在燃著。

「妳想吃點什麼東西嗎？」他說。

「不！借個梳子給我好了。」

她跟他到廚房後面去，在後門邊的一塊小鏡子面前把頭髮梳好了。現在她準備要走了。

她站在屋前的小花園裡望著那些帶露的花，一圃灰色的石竹花都已經含苞待放了。

「我眞願外面的世界全都消滅了。」她說。「並且和你同住在這兒。」

「那個世界是不會消滅的。」他說。

他們穿過那可愛的、帶露的樹林，兩人沒有說話。可是他們是在一個他們所獨有的世界中相偕著走的。

回到格勒貝去，對她是一件痛苦的事啊！

「但願不久便來和你永久同住。」她在離開他的時候說。

他只是微笑著，沒有回答。

她安然地回到家裡，回到她樓上的臥室裡去，沒有人看見她。

第十五章

早餐的時候，一封希爾達的信，放在托盤上。

爸爸這個禮拜要到倫敦去，我將於六月十七日星期四那天到妳那兒。妳得準備好，我們隨即要出發。我不想在勒格貝多留，那是個可怕的地方。我大概要在勒霍的高爾門家裡過夜；所以星期四便可以在妳那裡午餐。我們在午後茶點的時候便起程，晚上或可在格蘭森宿一宵。和克利夫過一個晚上是沒有好處的，因爲假如他不喜歡妳走，那對他是件乏味的事。

好！她又在棋盤上給人擺佈著了。克利夫是不喜歡她走的；原因是她走了，他便要覺得「不安全」。她在的時候，不知怎麼的，他便覺得安全，便覺得可以自由自在地做他的事。他常到煤坑裡去，鑽牛角尖地去求解決那些幾乎不能解決的問題，就是如何用最經濟的方法採煤，然後賣出。他知道應該找個方法用自己的煤，或者把煤煉成其他的東西，這樣他才不必爲沒有銷路發愁。但是，假如他把煤變成了什麼，他自己又用得著嗎？或賣出得了嗎？至於把煤化成油，還是件太花錢而且不容易的事。要維持礦業的生命，便需要創造新的工業，那像是一種瘋狂的病。是的，那是瘋狂的，非得由個狂人來完成是不可以的。

唔！他不是有點兒狂嗎？康妮這麼想。她覺得他對於礦務的熱中和敏感，也是癲狂的表現；甚至他的興奮本身也是瘋狂的興奮。

他對她說著偉大的計劃，她只呆然地聽著，讓他獨自說去。一堆廢話說完了，他轉頭過去聽無線電收音機，失神似地一語不發，無疑地，他的計劃像夢一般地隱退了。

現在，每天晚上，他和波太太玩著「潘東」牌戲，（Pontoon, the gaino of Tomies），並且是賭六辨士的。在這一方面，他也是一樣，他一邊賭著，一邊迷失在一種無意識的境界裡，或沉醉的失神。康妮看了真覺難受。可是她回到樓上就寢以後，他和波太太有時還要賭到早上二、三點鐘，怪耽溺地。波太太耽溺得不亞於克利夫；她越耽溺，她便輸得越多。

她有一天對康妮說：「昨晚我輸了二十三個先令給克利夫男爵。」

「他接受了妳的錢？」康妮驚愕地問道。

「當然啊，夫人！那是榮譽債呢。」

康妮嚴厲地譴責他們兩個。結果是克利夫把波太太的年薪加了一百鎊；她賭的錢也有了。同時，康妮覺得克利夫日見死氣沉沉了。

她最後告訴他，她十七日便要走了。

「十七日？」他說：「什麼時候回來？」

「最遲是七月二十日左右。」

「七月二十日。」

他怪異且失神地望著她，飄忽得像一個孩子似的，但又奸詭得像一個老人。

「妳該不會把我丟棄了吧，是不是？」他說。

「怎麼？」

「當妳走了以後，我的意思是說，妳一定會回來吧？」

「那是當然的，我一定會回來的。」

「是的，好！七月二十日！」

他很奇異地望著她。可是他實在是同意她走了。那是奇怪的。他的確願意她走，願意她有點小小的羅曼史，也許她懷了個胎兒回來呢。而同時，她這一走，卻又使他害怕。

她戰慄著，她等待完全脫離他的時間，等待著時機，等待她自己，和他自己的成熟。

她有一天對看守人談起她的國外旅行的事。

「那麼，當我回來的時候，我可以告訴克利夫我要離開他。你和我便可以出走。他們決不會知道是和你走的。我們可以到外國去，是不是？到非洲去或澳洲。你覺得怎麼樣？」

她對這個計劃興奮起來。

「妳從來沒有到過殖民地去過，是不是？」他問道。

「沒有！你呢？」

「我到過印度、南非和埃及。」

「爲什麼我們不到南非去呢？」

「是的，爲什麼不？」他慢慢地說。

「也許你不想到那兒去吧？」她問道。

「那倒是無所謂的。怎麼樣我都可以的。」

「那不會使你快樂嗎？爲什麼不呢？我們不會窮困的，我一年大約有六百鎊的入息，我已經寫信去問過了。這數目並不多但是足夠了，是不是？」

「對我來說是很富裕了！」

「啊，那很好！」

「可是我應該離了婚，而妳也應該離了婚才行，否則我們便要有麻煩了。」

「要考慮的事情多著呢！」

有一天，她問些關於他自己的事情，那時他們是在小屋裡，外面正在雷雨交加。

「從前你是一位中尉，一位軍官，而又是一位貴紳的那個時候，你是不是快樂呢？」

「快樂？是的。我喜歡我的那位上校。」

「你愛他不？」

「是的，我愛他。」

「他呢？他愛你不？」

「也許我可以說，他是愛我的。」

「說點他的事情給我聽吧！」

「有什麼好說？他是軍人出身的，他愛軍隊生活。他沒有結過婚。他比我大二十歲，他是個很聰明的人，在軍隊裡很喜歡與人來往，這種人便是這樣的；他是熱情的人，並且是個很聰明的軍官。我和他在一起的時候，我是在他的指引之下生活的。我讓他指揮著我的生活，這點我是永遠不會懊悔的。」

「他死了以後，你覺得很痛苦吧？」

「我自己都差不多死去了，但是當我恢復了原狀時，我明白我的一部分是死去了。但是我一就知道那總是要一死了之的。其實什麼東西不總是要一死了之的嗎？」

她沉思著。外面雷聲轟轟響著。他們好像是在一艘洪荒時代的巨舟內。

「你好像有很多的過去。」她說。

「是嗎？我覺得我已經死過一兩次了。可是，結果我還在這兒苟且偷生著，而且準備接受這種麻煩。」

「你的上校死了以後，你覺得你的軍官和貴紳的生活是幸福的嗎？」

「不！我的同胞們都是一些蠢才！」他突然笑了起來。「上校常常說：孩子喲，英國中等階級的人，每口東西都得咀嚼三十回的，因爲他們的食道太窄，只要一粒小豆子便要把他們窒塞。他們都是一些可憐蟲，虛榮而驕傲，甚至鞋帶鬆了也要大驚小怪的；他們腐爛得像獵獸的肉，而且常常自以爲對的。我之所以不上進也便是如此。這些磕頭，磕頭（原文 **Know-tow, Kow Tow**）舐屁股舐得舌頭硬了的東西，常常自以爲對的。他們尤其是裝模作樣的假道學。假道學！每個人只有半個睪丸，陰陽怪氣的假道學！……」

康妮笑了起來。外邊的雨在傾盆地下著。

「他恨他們！」

「不！」他說。「他是不屑去恨他們的。他只是討厭他們罷了。那是有分別的。因爲據他說，普通的士兵們現在都變成一樣假道學，一樣半睪丸，一樣食道狹小的人了。這種情形是人類的命運！」

「普通的群衆、工人們也一樣嗎？」

「一模一樣。他們的血氣都死了。他們剩下的一點，都給汽車、電影院和飛機吸引了，相信我，一代人比一代人更不像樣了，食道是塑膠管做的，臉和兩腿是洋鐵皮做的。這是洋鐵皮的群衆！一種牢固的布爾什維克主義正在消滅人性的東西，崇拜著機械的東西。金錢，金錢，金錢！所有近代人祇有這個主義；便是把人類古老的人性的感情消滅毀掉了，把從前的亞當和夏娃切成肉醬。他們都是一樣。世界到處都是一樣；把人性的眞實性殺了，每條陰莖一鎊，每對睪丸兩鎊！什麼是『孔』？還不是性交的工具！隨處都是一樣。給他們錢，叫他們去把世界上的陽具都割了。給他們錢，錢，錢，叫他們把人類的血氣都消滅了，只剩下一些站立不穩的小機械！」

他坐在那小屋裡，臉上籠罩著譏諷的神氣。雖然是這樣，他還留著一隻耳朵聽著外面林中的暴風雨聲。那暴風雨聲使他覺得非常孤寂起來。

「但是，那一切不會有個了結嗎？」她說。

「是的，當然。世界將會自己解救出來。當最後的一個眞正的人被消滅了以後，當所有的人都被馴服了，白種人、黑種人、黃種人、各色人種都成了馴服的畜生，那麼一切人都會愚癡起來。因爲健全的心理是植根於睪丸之內的。他們都將愚癡起來，並且將舉行偉大的火焚刑。妳知道『火焚刑』是種宗教儀式嗎？好，他們將舉行他們偉大的宗教儀式呢，他們將互相成爲獻祭品！」

「你的意思是說他們將互相殘殺嗎？」

「是的，親愛的；要是我們照現在這樣生活下去，那麼百年以內，這島上的人民將不到一萬；也許不到十個。他們將斯文地互相消毀。」

隆隆的雷聲漸漸地遠了。

「那很可愛！」她說。

「可愛極了！幻想著人類之消滅，和消滅後其他物類尙未產生以前的空間，那是最足以靜人心氣的事情。要是他們繼續這樣下去，要是所有的知識份子、藝術家、統治者、工業家、工人，都繼續癲狂地消滅他們最後的有人性的感情，最後的一點直覺，最後的健全機能，要是這樣代數式的一步一步地繼續演下去，那麼，人類便要完了！再見，愛人！蛇把自己吞嚥而剩下一個空殼，亂紛紛的，但是並不是無望的，一些兇悍的野狗將在勒格貝屋裡面狂吠，一些兇悍的野馬將在達哇斯的煤坑邊踐踏！·te denm landamns！·」

康妮笑了起來，但不是很快樂的笑。

「他們既都是布爾什維克主義者，那麼你應該高興了吧？你定覺得高興地看著他們，急忙地向著末日走吧！」

「的確，我不能阻止他們，因爲即使我想阻止他們也做不到。」

「那麼，爲什麼你這樣悲傷呢？」

「我並不悲傷！要是我的雄雞做了最後一次的鳴啼，〈註：If my cock gives its last eros 係雙關語，雄雞——cock亦指陽具而言。〉我也無所謂。」

「但是假如你有個孩子呢？」她說。

他俯著頭。「其實……」他終於說：「我覺得在這種世界中讓一個孩子出世，是件謬誤而悲傷的事。」

「不！不要這樣！不要這樣說！」她懇求道。「我相信如果有個孩子，告訴我你將快活吧！」她的手放在他的手上。

「妳既覺得快活，我是會快活的。」他說。「不過我卻以爲那是很對不起那孩子的。」

「啊，不！」她激憤的說：「那足見你不眞正想要我！如果你有這種感覺，你不會眞正要我的！」

他重新靜默起來，臉孔沉鬱著。外邊只剩下雨打的聲音了。

「我不太承認這話。」他低聲地說：「我不太承認這話。我有我的苦衷。」

她覺得此刻所以使他悲傷的緣故，一部分是因爲她要到威尼斯去了。這是使她高興的。

她把他的衣服拉開了，露出了他的小腹，她在他的肚臍上吻了吻。然後她把臉偎依在他的小腹上，兩臂環抱著他那溫暖而柔軟的腰。他們孤寂地在這洪荒世界中。

「告訴我，你實在想有一個孩子，你期待著。」她喃喃地說，她的臉孔壓在他的小腹上。「告訴我，你想吧！」

「唔！」他最後含糊地說。

她覺得那奇異的意識的轉變與鬆懈，顫抖穿透著他的身體。「我有時想，假如有人能在這兒的礦工們之間試一試！他們現在沒什麼工作了，而且入息不多。假如有人能夠對他們說：想想旁的事情去吧，不要再想錢了。假如只是爲了需要，我們所需要的並不多。讓我們不要爲金錢而生活吧！……」

她的臉頰溫柔的磨著他的小腹，並且把他的睪丸托在手裡。柔柔地，那陰莖再顫動著堅挺起來。雨在外面急打著。

「讓我們爲旁的一些事物而生活，我們唯一的目的不只是爲找錢，不是爲自己或爲他人找錢。理由是因爲我們是迫不得已的；我們只能替自己找一點錢，卻替主人找一大堆。讓我們制止這種情境吧！一步一步地讓我們來制止它吧。我們不必急燥狂暴，一步一步地讓我們把整個工業生活丟棄了，而回到後頭去。金錢只要一點點兒便行了；其實無論誰，你與我、工頭、老板們，甚至國王，只要一點兒金錢便行了。只要有決心，你便可以從這紛亂中跳了出來。」

他停了一會兒，然後繼續說道：

「我將對他們說：瞧吧！瞧瞧老查吧，他一舉一動多可愛！又生動又靈敏。他多美麗，再瞧瞧老張！他又笨又醜，那是因爲他從來不肯激勵自己。現在，瞧瞧你們自己吧！一肩高一肩低的，兩腿彎曲，兩腳走了樣。你們做了什麼來著，你們的工作使你們變成怎麼了，你們把自己弄壞了；不必做那麼多的工呢！把衣服脫了瞧瞧你們自己吧！你們本應富有生氣而美麗的，而你們卻是弄得醜陋得半死！我將這樣告訴他們。而且我要使人們穿上另一套的衣裳；也許是紅色的貼身褲子，深紅的，和一件小而短的白襯衫。啊，假如男人們有了紅色的漂亮的兩腿，單憑這個便足使他們在一個月內改變了。他們將重新變成眞正的人，眞正的人！婦人們呢，她們要怎樣穿便怎樣穿，因爲男人們一旦用那鮮紅的兩腿走起路來，短小的白襯衫後面，露著那可人的鮮紅的屁股的時候，那時婦人們便也要變成眞正的婦人了。那是因爲男人不像男人，所以女人也不像女人。……然後，把達哇斯消毀了，而建築幾座美麗的建築，以收容我們大家。再來把國家各處收拾個乾淨。可是不要多生孩子，因爲世界已經人口過剩了。」

「但是我卻不向人們說教；我只把他們的衣服剝光了說：瞧瞧你們自己吧！這便是爲金錢而工作的結果！你們一向是爲了金錢而工作！看看達哇斯！可怖極了！那是因爲他是當你爲金錢而工作時建樹起來的。瞧瞧妳們女人！她們不在乎你們。你們也不在乎她們。那是因爲你們的時間只用在工作和金錢的打算上，你們不能說話，不能活動，不能生活；你們不能和一個女人好好地在一起。你們不是活著的，瞧瞧你們自己吧！」

跟著是一陣死寂。

康妮半聽著，一邊把她到小屋裡來時在路上採的幾朵勿忘我，結在他小腹下的陰毛叢裡。外面已變成靜謐而有點寒冷了。

「你有四種不同的毛。」她對他說。「你胸膛上的毛是黑色，你的頭髮是淺色，但是你的髭鬚是粗而深紅，而你這兒的毛，愛情的毛，卻像是一叢光耀的金色的荊棘。這是最好看的毛。」

他俯頭望著，看見幾朵乳色的勿忘我在他腹下的毛叢裡。「噯！這陰毛裡正是個放勿忘我的好地方。但是，難道妳不關心未來嗎？」

「啊，我其實是很關心的呢！」她望著他說。

「因爲當我覺得人類的卑微齷齪到了無可救藥的時候，我更覺得殖民地並不怎麼遠。甚至月亮也並不怎麼遠。因爲在那兒，你回轉頭來便看得見雜在繁星之中的世界，又骯髒、又殘忍、又乏味；被人類弄成卑鄙污穢了。那是我覺得吞了一粒膽，一肚子苦著，只要有可以逃避的地方，無論那裡都不會覺得怎麼遠的。但是近百年來，一部分人對於群衆的行爲是可恥的；人變成工作的昆蟲了，他們所有的勇氣，他們所有的眞正生活，都被剝奪了。我定要把地球上的機器掃個乾淨，絕對地了結工業的時代，好像了結了一個黑暗的錯誤一樣。但是我既不能，並且也沒有人能，我祇好靜靜地過我的生活——假如我有生活可過的話。這倒是使我有點懷疑的。」

外面的雷聲已停止了。但是雨卻又傾盆地下起來，天上閃著最後的電光，還有一兩聲遠遠的悶雷。康妮覺得不大高興。他滔滔地說了這麼一大堆話，而事實上，只是對他自己說的；並不是對她說的。他彷彿給失望完全佔據著了。

而她呢，卻覺得快樂，而憎恨失望。她知道他之所以重陷在這種心境裡，是因爲她要離開他了，是因爲心裡剛剛體會了那種離情。她覺得幾分得意起來。

她把門打開了，望著外面的滂沱大雨，好像一塊銀幕似的，驀然地她有股衝動，欲望著向這雨裡飛奔，飛奔而去。她站了起來，急急忙忙地除掉她的襪子，然後她的衣裳和內衣，他屏息地望著她。她那尖尖的兩只乳房，隨著她一舉一動而顛擺著。在那蒼茫的光線裡，她是象牙色的。她穿上了她的塑膠鞋，發了一聲野性的癡笑，跑了出去，向著大雨挺著雙乳，展著兩臂，朦朧地在雨裡跳著她多年前在德勒斯登所學的諧和的舞蹈。那是個奇異的灰影，高著，低著，彎曲著，雨向她淋著，在她飽滿的臀上發著亮，她再度起舞著，小腹向前在雨中前進，重又彎著身下去，因此，只見她的臀和腰向他呈獻著，好像向他呈獻著一種臣服之禮，一種野性的禮拜儀式。

他癡笑著，把自己的衣服也脫了。那是令人難忍的！他裸著白皙的身體，有點戰慄著，向那疾雨裸奔了出去。佛蘿茜狂吠著飛躍在他的前頭。康妮濕透了的頭髮黏在額際，她回轉了溫熱熱的臉，看見了他，她藍色的眼睛，興奮地閃著光亮，她奇異地開步向前狂奔，衝進了林中的小徑上，濕樹枝兒打著他。她奔竄著，他只看見一個圓而濕的頭，一個濕的背脊，在透遁中向前傾倒著，圓滿的臀部閃著光：一個飛遁中的女人的美妙赤裸的胴體。

她快要到那條大馬路上去了，然後他才趕到了，赤裸裸的兩臂抱著她，抱著她溫軟的、赤裸的腰身，她叫了一聲，伸直著身體，把整個柔軟而寒冷的肉體，投在他的懷裡。他瘋狂地緊摟著，這柔軟而寒冷的女性的肉體在交觸著，瞬間變成火一般的暖熱了。大雨傾盆地淋著他們，直到他們的肉體冒著蒸氣。他把她可愛的、沉重的雙乳握在兩手裡，並且狂亂的緊壓在他自己身上，在雨中戰慄著，靜默著，突然地他把她抱起了，和她倒在那小坡上，在雨聲怒號的靜謐中，迅速地、猛烈地佔有了她，迅速地、猛烈地完畢，好像一隻野獸似的。

他立即站了起來，揩著眼上的雨水。

「回去！」他說。於是他們向著小屋奔去。他迅疾地走著，他不喜歡給雨打著。可是她卻走得慢，採得勿忘我、野蝴蝶花和藍吊鐘花，走了幾步，然後又停下來望著他走遠。她帶著花，喘著氣，回到小屋裡去時，她看見爐火已經燃著了，柴枝在劈叭地響著。她尖尖的乳房，一高一低在盪動著，她的濕頭髮緊黏在頭上，面孔鮮紅，滿身閃著光。她圓睜著眼睛，喘著氣，濕了的小小的頭顱，飽滿而天眞的滴著水的臀部，她看起來像是另一個人似的。

他取了張舊被單，從上至下替她擦著，她像個孩子似的站著不動。然後，他把屋門關上了，再擦著他自己。火爐裡火焰高冒著，她把被單的一端包著她的頭，在擦著她的濕髮。

「我們共用一條毛巾揩擦，這是吵嘴的預兆！」她說。

她向他望了一會兒，她的頭髮是亂蓬蓬的。

「不！」他說，圓睜著眼睛。「這並不是一條毛巾，而是一條被單呢。」

他倆繼續忙碌的擦著頭。剛才的那番運動，使他們還在喘息不休。他們各自披了張軍氈，露著前身向著火，在火焰前一塊大木頭上並排地坐著靜憩。康妮嫌惡那氈子披在皮膚上的感覺；不過被單又已全濕了。

她把氈子擺脫了，跪在火爐面前，伸著頭搖著，使頭髮乾起來。他默望著她臀部的美麗的下垂曲線，他今天所心醉的就是那個。這曲線多麼富麗地下垂到她沉重而圓滿的兩股上！在這兩股間，深隱在神秘的溫熱中的，便是那神秘的進口！

他用手在她的背後愛撫著，緩緩地，微妙地，愛撫著她臀部的曲線和飽滿。

「妳這後面多美麗！」他用那喉音的愛憐的土話說。「那是人間最美麗的臀兒，那是最美麗的婦人的臀兒！那上面每一個地方都是婦人，純粹的婦人！妳並不是那種臀兒像鈕扣似的女孩，她們該是些男孩子，可不是！妳有的是一個眞的、柔軟的、下傾的後臀，那是男人們所愛，而使他們心動的東西。那是可以負擔世界的臀兒。」

他一邊說，一邊輕柔地愛撫著那圓滿的後部，直至他覺得彷彿一種蔓延的上勢，從那兒傳到了他的手上。他的指尖觸著了她身上的前後兩個神秘的孔兒，他用一種火似的拂掠的動作，摸了這個又摸了那個。

「妳眞嬌媚，啊，是的！妳是很嬌媚，甚至有點兒淫蕩。我愛妳這一切，妳有著一個婦人的眞正臀兒，引以驕傲的。它的確是可以驕傲而無愧的。」

他的手緊緊地壓在她那個秘密的地方，好像表示一種親切的問候。

「我愛它！」他說：「我愛它！假如我只有十分鐘的生命，可以去愛撫妳這個臀兒，去認識它，我一定要承認活了一輩子了！妳明白嗎？管什麼工業制度！這是我生命中的一個偉大的日子。」

她回轉身去，爬在他的膝上，偎依著他。「吻我吧！」她細聲說。

她明白了他倆的心裡都帶著離情別意，最後她覺得悲傷起來了。

她坐在他的大腿上，她的頭依在他的胸膛，她象牙似的雙腿，懶慵慵地分開著；火爐裡的火光照耀著他們。他俯著頭，在那火光裡，望著她肉體的摺紋，望著她開著的兩腿間那叢柔柔的褐色的陰毛。他伸手在後面桌上把剛才她採來的花拿來，這花還是濕的，幾滴雨水滴在她的身上。

「這些花兒，刮風下雨都在外頭。」他說，「它們都沒有家的。」

「甚至沒有一間小屋！」她喃喃地說。

他用幽靜的手指，把幾朵勿忘我花結在她那美神丘陵上的美麗的褐色毛叢裡。

「那兒！」他說：「那兒便是勿忘我應該存在的地方！」

她俯視著那些乳白色的小怪花兒，雜在她下身的褐色的陰毛叢裡。

「多麼好看！」她說。「好看得同生命一樣。」他答道。

他在那毛叢裡添了一朵粉紅色的野蝴蝶花的蓓蕾。

「瞧！那代表我，站在妳這勿忘我的地方！那是蘆葦叢中的摩西（Moses）。」

「我要離開了，好嗎？」她不安地問道，仰望著他的臉。

在那沉重的雙眉下面，他的臉是失神、不可思議的。

「妳有妳的自由。」他說。

他說起正確的英語來了。

「但是，假如你不願意我走的話，我便可以不走的。」她心裡緊依著他說。

兩人靜默了。

他俯著身在火上添了一塊柴。火焰照射在他靜默而深思的臉孔。

她等著，但是他不說什麼。

「不過，我覺得那倒是和克利夫斷絕的第一步。我眞想有個孩子。那給我一個機會去，去……」她正要說下去。

「去使他們相信一些謊話。」他說。

「是的，那也是一種。難道你要他們知道眞相嗎？」

「他們相信什麼？我一點也不在乎。」

「我卻不然！我不願他們用冰冷的態度來對待我，至少是當我還在勒格貝的時候。當我決定走開了的時候，他們愛怎麼想便可怎麼想的。」

他靜默著。

「克利夫男爵期望妳回來的嗎？」

「啊，我得回來的。」她說。

兩人又靜默起來。「孩子呢？在勒格貝生嗎？」他問道。

她的手臂緊攬著他的頸項。

「假使你不願帶我走的話，我便只好如此了。」她說。

「帶妳到那兒去呢？」

「那兒都好！只要遠遠地離開勒格貝。」

「什麼時候？」

「當我回來了以後呀！」

「但是妳走了又何必回來呢？何必一件事分兩次做呢？」他說。

「啊，我得回來的。我已答應過了！我已明確地答應過了。不過，其實我是爲了你而回來的。」

「爲了妳丈夫的看守人而回來的？」

「那又有什麼關係呢？」她說。

「眞的？」他沉思了一會兒。「那麼妳想什麼時候決定再走呢？確定一個日子。」

「呵，我不知道。當我從威尼斯回來以後，我們再準備一切。」

「怎樣準備？」

「啊，我會把一切都告訴克利夫，我不得不告訴他。」

「眞的？」

他靜默著。

她的兩臂依然緊緊地環抱著他的頸項。

「不要把事情弄得使我爲難吧。」她懇求著說。

「把什麼事情弄得使妳爲難？」

「我動身到威尼斯去和以後應該安排的事情。」

他的臉略帶著苦笑。

「我不會把事情弄得使妳爲難的。」他說。「我只想知道，妳究竟抱什麼目的。妳自己實際上也不知道的。妳只想拖延一陣子；走到遠處去把事情考慮思量一番。我並不責備妳。我想這是聰明的手段，妳儘可以仍舊做勒格貝的主婦，我不會怪妳的。我沒有勒格貝來呈獻給妳。事實上，妳知道我只有些什麼。不，不，我相信妳是對的！我實在是相信妳是對的！並且我是毫不想靠妳生活。這也是值得考慮的一件事。」

她不知道怎樣，覺得他有點報復意味。

「但是你要我，是不是？」她問道。

「妳呢？妳要不要我？」

「你知道那是不用說的。」

「好！妳什麼時候要我？」

「你知道等我回來以後，我們便可以計劃那一切的。現在我什麼也說不上。我得冷靜地盤算一下。」

「好！冷靜去計算一下妳的得失吧！」他有點惱怒起來。

「但是你應該相信我，是不是？」她說。

「啊，絕對的！」

她聽得出他的聲音裡含著譏刺。

「請你告訴我吧。」她沒精打彩地說：「你以爲我不去威尼斯好些嗎？」

「我以爲妳還是去威尼斯好！」他答道，他的聲音是冷靜的，有點譏諷的。

「你知道我下禮拜四便要動身了嗎？」她說。
「是的！」
她現在沉思起來了。
最後她說：「當我回來的時候，我們將更明白我們的處境，是不是？」
「啊，一定的！」
他們間隔著一種奇異的、靜默的深淵。
「我已經為了離婚的事情，見過律師了。」他有點勉強地說。
她微微戰慄了一下。
「是嗎！」她說：「怎麼說？」
「他說我早就該進行了；現在也許會有些困難。不過因為是從軍去了，所以他想是可以辦得。只是不要她突然跑回來就好了！」
「她一定會知道嗎？」
「是的！她將接到一張傳票。和她同居的男人也是一樣，他是共同被告。」
「多麼可恨，這種種手續，我想我和克利夫也得打這條路經過的。」
他們沉默了一會兒。「當然啊，」他說：「我得在半年或八個月內過著一種模範生活，這一來，要是妳到威尼斯去了，至少兩三個星期以內，我可以少掉一個誘惑。」
「我是在引誘你嗎？」她愛撫著他的臉說：「我真高興我竟是個引誘你的人！讓我們不要想它了吧！你一思索起來的時候，你會使我害怕；你會把我壓扁了似的。讓我們不要想它了吧！當我們分開的時候，我們有足夠時間去想著呢。最要緊的，我曾想過在我動身以前，我無論如何得再和你共宿一宵。我得再到村舍去一次。我禮拜四晚上來好嗎？」

「但是，那天妳的姊姊不是要來嗎？」

「是的！但是她說我們將在午茶的時候動身。那天晚上她可以在別的地方過夜，我呢，我到你家裡來。」

「但是，那麼一來她不就知道了？」

「啊，我打算把一切告訴她。其實我已經多少告訴她了，她會幫助我的；她是個老於世故的人呢。」

他考慮著她的計劃。

「那麼，妳們將於午茶後的時候離開勒格貝，好像妳到倫敦去似的？妳們的路線是怎樣走的？」

「經過諾汀漢和吉蘭森。」

「妳姊姊把妳在路上什麼地方放了，然後，妳再走路或坐車回來嗎？這樣未免太冒險了。」

「是嗎？好，那麼希爾達可以送我回來。她可以在曼斯菲德過夜；晚上把我帶了回來，早上再來找我，這是很容易的事。」

「但是，給人瞧見了怎麼辦？」

「我會戴上黑眼鏡和面紗的。」他沉思了一會兒。

「好！」他說：「隨妳喜歡吧！一切和往常一樣。」

「你不覺得高興嗎？」

「啊，是的！高興得很。」他有點冷酷地說。「打鐵要趁熱。」

「你知道我心裡想到了什麼嗎？」她突然說。「那是我突然想起的。你是燙人的『鐵杵武士』！」

「是的！妳呢？妳是紅熱的『春臼夫人？』」

「好，我竟被封起爵士來了！約翰．多馬士變成珍奴夫人的約翰爵士了。」

「是的！約翰．多馬士被封了爵位了！我便是褐色陰毛爵士夫人。你也得掛上幾朵花才是。」

她在金色的陰毛叢中，結了兩朵粉紅色的蝴蝶花。

「啊！」她說：「美哉！妙哉！約翰爵士！」

她又在他胸前暗色的胸毛裡，嵌了一朵勿忘我。

「你這兒不會忘掉我吧！」她吻著他的胸膛，把兩朵勿忘我，分別黏在他的乳頭上，她再吻了吻他。

「把我當個日曆嗎！」他說著笑了起來，胸前的花也墜了下來。

「等一會！」他說。

他站了起來把小屋的門打開了。門廊裡臥著的佛蘿茜站了起來望著他。

「認得嗎？這是我呢！」他說。

雨停了。外邊籠罩著一種潮濕的、沉重的、芬芳的靜寂。天色已近黃昏了。

他向著林中小徑走了下去。康妮望著他白皙而清瘦的形影，彷彿一個鬼影、一個幽靈似的，一步一步向著遠處縹緲而去。當她看不見他的時候，她的心沉重起來。她站在那小屋的門裡，披著一張氈子，對著外面黯然、沉默地站著。

不久他回來了，蹣跚地跑著，兩手裡拿著一些花。她有點害怕他，彷彿他不像個人似的。當他跑近來的時候，他望著她的眼睛，但她不懂他這種視線的意思。

他帶回來的是些樓斗菜花、野蝴蝶花、野秣草、橡樹枝葉，和一些含苞未放的耐冬花。他把橡樹的柔軟細枝環繫著她的兩隻乳房，再添了些吊鐘和野蝴蝶花；在她的陰毛叢裡，是一些勿忘我和眞珠花。

「現在妳是富麗輝煌了！」他說：「珍奴夫人與多馬士合歡之日的嫁衣。」

他又在他自己身上的毛裡嵌了些花朵，在陰莖的周圍繞了一枝爬藤，再把一朵玉簪花黏附在肚上。她守望著他，這種奇異的熱心，使他覺得有趣。她拿了一朵蝴蝶花插在他的鬍鬚上，花在他的鼻下掛著。

「這是迎娶珍奴夫人的約翰．多馬士。」他說：「他們得知康妮與梅樂士分手了。也許……」

他正伸手做著一種姿勢，隨即打了個噴嚏，把鼻子下和肚臍的花給搖掉了。他再打了個噴嚏。

「也許什麼？」她說。等著他繼續說下去。

他有點茫然地望著她。

「沒有什麼。」他說。

「也許什麼？繼續說下去呀。」她堅持著說。

「曖，我剛才正要說什麼了？」

他忘記了。他這種有頭無尾的話，是她覺得最令人喪氣的事。

一片黃色的陽光在樹林上照耀著。

「太陽！」他說：「是你應該走的時候了。啊，時光！時光！我的夫人呀，什麼是無翼而飛的東西？時光！時光！」

他拿了他的襯衣。

「向約翰．多馬士道聲晚安吧。」他說著，俯望著他的陰莖。「他在爬地藤的臂環裡是安全的！此刻並不像是怎麼燙人的鐵杵呢。」

他把佛蘿茜的襯衣舉到頭上穿著。當他的頭冒了出來的時候，他說：

「一個男子最危險的一剎那，便是他的頭放進襯衣的時候。那時候他的頭是在一個袋子裡。所以我喜歡那些美國襯衣，穿的時候，和穿普通的褂子一樣。」她老是望著他。他把短褲穿上了，扣好了。

「瞧瞧珍奴！」他說：「在這些花卉中！明年將是誰替妳結花，珍奴？是我，還是他人？再見吧，我的吊鐘花，福星拱照！我恨這歌兒；這使我想起大戰初起的那些日子。」他坐下去穿著他的襪子。她依舊木立著。他把她的手放在她的臀部下面。「美麗的小珍奴夫人！」他說：「也許妳將在威尼斯找到一個男子，在妳的陰毛裡放茉莉，在妳的肚臍上放石榴花吧！可憐的小珍奴夫人！」

「別說這種話！」她說：「你只是在傷我的心罷了。」

他把頭低著。然後用土話說：「是的，也許，也許！好，那麼我不說了，我停嘴了。但是妳得穿上衣服，回妳的堂皇大廈去了。時間過了！約翰和小珍奴的時間過了！穿上妳的內衣吧，查泰萊男爵夫人！妳這樣子站著，沒有內衣，只有幾朵花兒遮掩著，妳是誰都可以的。好，好讓我來替妳解衣吧，妳這沒有尾巴的小畫眉喲！」

他把她頭髮上的葉子除去了，吻著她的濕髮；他又把她乳房上的花除去了，吻著她的乳房；她吻著他的肚臍，吻著他的陰毛，卻讓他所結的花留在那裡。

「把這些花留在那兒，假如它們願意。」他說：「好了！妳重新赤裸起來了，妳只是一個赤裸裸的女人，帶著幾分珍奴氣息！現在，穿上妳的內衣吧，妳應該走了，否則查泰萊男爵夫人便要趕不上她的晚餐了！」

當他說著滿口土話的時候，她是從來不知道怎樣回答的。於是，她穿上了衣裳，準備要回去，有點恥辱地回勒格貝去。至少她是這樣感覺著；有點恥辱地回去。

他要陪她到馬路上。他的小雉雞已經關好了，可以放心了。

當他和她走到馬路上的時候，恰巧碰見波太太，臉孔蒼白，慌慌張張地向他們走來。

「啊，夫人，我們正擔心是不是發生什麼事情呢？」

「不！沒有什麼事情。」

波太太望著看守人，愛情使他滿面春光。她遇著了他半含笑、半嘲諷的視線。他有不如意的事情的時候，總是這樣笑著的。但他是和藹地望著她的。

「晚安，波太太！現在我可以不陪男爵夫人了。晚安，夫人。」

他行了個禮，轉身走了。

第十六章

康妮到家後，忍受了一番盤問。午茶時候出去了的克利夫，到暴風雨開始的時候才回來。夫人那兒去了？誰也不知道。只有波太太想出她是到林中散步去了。在這種暴風雨裡到林中去！這一次，克利夫神經興奮地狂亂起來了。

電光閃一下，雷聲轟一下，他失神一下。他望著冰冷的大雷雨，彷彿世界的末日到了。他愈來愈狂躁起來。

波太太試著去安慰他。

「她會躲避在林中的小屋裡的。放心吧，夫人不會有什麼不妥的。」

「在這種雷雨裡，我不喜歡她停滯在林中！我壓根兒就不喜歡她到林中去！現在她已經出去兩個小時了。她是什麼時候出去的？」

「在你回家以前不久出去的。」

「我沒有看見她在花園裡。上帝知道她在那兒和發生了什麼事！」

「啊，不會發生什麼事的。你看吧，等雨一停了，她馬上就會回來的。那只是雨把她阻住罷了。」

但是雨已停了，夫人卻還沒馬上回來。時間過著，夕陽出來發著最後的黃光了，依舊沒有夫人的影子。夕陽沉下去了，暮色漸漸地深了，晚餐的第一次鑼亦敲了。

「再等也沒有用了！」克利夫在狂躁中說。「我要打發菲爾德和白蒂絲找她去。」

「啊，不要這樣！」波太太喊道：「他們將瞎想發生了自殺或什麼大事。啊，不要讓人說閒話……讓我到小屋那邊去看看她在不在。我找得著她的。」

這樣，康妮在馬路上碰見她，臉色蒼白地，遲疑不敢前進。

「不要怪我來找妳，夫人！克利夫男爵狂躁得那種樣兒！他以爲妳一定是給雷打死了，或給一株樹倒下來壓死了。他決意要打發菲爾德和白蒂絲來林中找屍首呢。這一來，我想還是我來好，別騷動了所有的僕人。」

她不安地說著。她看得見康妮的臉上，還帶著熱情的光潤和夢影。並且她覺得，她是不高興她來找她的。

「很好！」康妮說，她再也找不著什麼話說了。

兩個婦人在那濕世界裡緩緩地前進。兩個人都不說話。一些大水滴響亮地在林中滴著。當她們到了大花園裡時，康妮在前邊走著，波太太有點喘不過氣來；她日見肥胖了。

「克利夫這種大驚小怪的表現很蠢。」康妮最後惱怒地說。其實她只是對自己說著。

「唉！你知道男人們是怎樣的！他們是喜歡狂躁的。但只要一見夫人就會好了。」

康妮很惱怒波太太知道了她的「秘密」；無疑地——她是知道的。

突然地，康妮在小徑上站著了。

「眞是豈有此理，人們竟敢來跟蹤我！」她說，眼睛發著光。

「啊！夫人啊，別這麼說！我不來，他一定要叫那兩個人來的，並且他們一定會找到小屋裡去的。我，我當然不知道小屋在那兒！」

聽了這話，康妮的臉氣得更紅了。雖然，她心裡還有一股熱情的時候，她是不能說謊的。她甚至不能做出她和看守人之間毫無關係的樣子。她望著那另一個婦人，詭譎地站在那兒，低著頭，畢竟她也是個婦人，她是個同盟的。

「啊！好吧！」她說：「既然如此，我也不多說了！」

「但是，夫人，妳放心吧，妳只不過是在小屋裡避雨，那是無所謂的。」

她們到了家裡。

康妮走進克利夫的房裡去，她對他，對他蒼白緊張的面孔和突出的兩眼，狂怒起來。

「我得告訴你，我想你無需叫僕人來跟我的！」她劈頭便說。

「我的上帝！」他也暴怒起來，「妳這婦人上那兒去了？妳去了整整幾點鐘了？而且在這樣的暴風雨裡！妳到那瘟樹林裡去弄什麼鬼？直到現在妳幹嘛回來？雨已停了幾點鐘了？幾點鐘了？妳知道是什麼時候了不？妳眞夠使任何人發瘋！妳到底上那兒去了？妳又幹些什麼了？」

「假如我不願告訴你，又怎樣呢？」她脫去了帽子，搖著她的頭髮。

他望著她，他的眼睛突著，白眼膜起著黃色。這種暴怒於他的害處是很大的；結果是波太太在以後的幾天裡，會沒好日子過的。康妮突然地內疚起來。

「的確！」她說，語氣溫和些了。「誰都會奇怪我究竟到那兒去了！打暴風雨的時候，我只是坐在小屋裡罷了，而且生了點火，很快活的。」

她現在安閒的說話了。畢竟，爲什麼要火上加油使他難過呢！

他狐疑地望著她。

「瞧瞧妳的頭髮！」他說。「瞧瞧妳自己！」

「是的。」她泰然的答道。「我脫光了衣服在雨中奔了一陣。」

他驚愕地望著她。「妳一定是瘋了！」他說。

「爲什麼？喜歡雨水浴有什麼好發瘋的地方？」
「妳用什麼擦乾妳自己的？」
「用一條舊毛巾和火烘乾的。」
他老是目瞪口呆地望著她。
「假如有人來了？」
「誰會來？」
「誰？無論誰呀！梅樂士呢？他沒有來嗎？晚上他一定到那兒去的。」
「是的，他在雨停了後才來，他是來餵雞的。」
她說話的從容的態度，是令人驚愕的。在隔房聽著的波太太，嘆服得五體投地。想想吧，一個婦人竟能這樣自然地周旋應變。
「假如他當著妳赤裸裸地、瘋婦似地在雨中奔竄著的時候來到了？」
「那麼我想他定要嚇得魂不附體，逃之唯恐不及呢！」
克利夫屹然不動地望著她。他的下意識裡究竟在想什麼，他是決不知道的。而他是太徬徨無助了，因爲他的下意識裡也不能構成什麼明確的思想。他簡單地接受了她所說的話，毫不加以思慮。他佩服她。他不由自主的佩服她。她的樣子是這麼紅潤、這麼美麗、這麼光澤、神奇奕奕。
「總之，」他說，心情漸漸平靜下來了。「假如妳沒有受涼傷風，便算妳的幸運了。」
「啊，我沒有受涼！」她答道。她心裡正在想著那個男子的話：「妳有的是最美麗的婦人的臀兒！」她希望，她眞是希望她，眞是希望她能告訴克利夫，在那雷雨交作的時候，有人曾對她這麼說過。然而，她卻擺個被忤逆了的王后的樣兒，到樓上換衣服去了。

那天晚上，克利夫想向她討好起來。他正讀著一本最新的關於科學的宗教的書；他身體有著一種無誠意的宗教的血脈；他是自私的關心著他自我的將來。就像他和康妮的文學上的談話一樣。他們須在頭腦裡化學地調製他們的談話。

「喂，妳覺得這個怎樣？」他說著，把書拿了過來。「假如我們的宇宙再進化多少時代，妳便用不著走到雨中去冷卻妳熱烈的肉體了。啊，妳聽吧！『宇宙顯示著我們兩種光景：一方面，它是物質的耗損者；另一方面，它是精神的昇華。』」

康妮等著下文。但是克利夫並不讀下去。她奇怪地望著他。

「假如它是精神的昇華，」她說：「那麼下面剩下什麼東西呢！下面那個從前它的尾巴所在的地方？」

「嗳，」他說：「得留心作者的意思。我想它所謂『昇華』便是『耗損』的相反。」

「那麼可以說，精神出了毛病！」

「唔，正經點，別說笑，妳覺得怎樣？」

她重新望著他。

「物質的耗損？」她說：「我看你卻日見肥胖起來，而我也不見得耗損著我自己。你相信太陽是比從前小了些嗎？我卻不。我想亞當獻給夏娃的蘋果，不見得會比我們的橙子大些。你想怎麼樣？」

「好吧，聽聽下文吧：『宇宙便這樣慢慢地過去，慢得非我們所能思議，而到了一種新的創造的情境，在這種情境裡，我們今日所見的物質世界，將變成一種縹緲的波紋，這種波紋與虛無是無甚分別的！』」

她覺得怪可笑地聽著。她心裡湧著種種不便說出的話。但是她僅僅說：

「多麼愚笨的騙人的鬼話！彷彿他可憐的小小的知覺，能知道在那麼悠久緩慢的時間裡，會有什麼發生似的！那只是說，他自己是個物質的失敗者，所以他想使全宇宙也成爲一個物質的失敗者罷了！胡說亂道的假道學！」

「啊，且聽吧！別中斷了這偉人的莊重之詞：『目前世界的這種情境，係從一個不能想像的過失中生出來的，並且將在一個不能想像的過去中生出來的，且將在一個不能想像的將來中消滅。剩下的是抽象的、無窮盡的天國，和自新不息、變化萬端的創造力，以及主宰大千的聰明上帝。』那便是結論！」

康妮輕蔑地聽著。

「他是精神出了毛病出殼了。」她說：「多麼荒唐！什麼不可想像，什麼世界的消滅，什麼抽象的天國，什麼萬變的創造力，甚至上帝也湊在一塊兒！這是白癡說的話！」

「我承認他說得有點糢糊，有點像煙幕。」克利夫說：「可是，說到宇宙是物質的耗損，精神的昇華，我倒相信是有幾分眞理的。」

「是嗎？那麼讓它昇華吧，只要它讓我在這世界的物質能安全堅實。」

「妳喜歡妳的物質生活嗎？」他問道。

「我崇拜我的物質生活呢！」同時她的心裡湧起了這句話——

「這是世界上最美麗、最美麗的婦人的臀兒！」

「但是你這話使我有點驚異。因爲物質生命無疑的是個多餘累贅的東西。在我想來，女子在精神生活方面，是不能享受最高樂趣的。」

「最高樂趣？」她望著他說：

「難道那種白癡的想法便是精神生活的最高樂趣嗎？謝謝你吧！我不要這種最高樂趣！

我只要肉體。我相信肉體的生命，比精神的生命更眞實；只要這肉體的確有生命。但是世間許多的人，都和你的著名的風力機器一樣，他們的精神僅僅依附在他們的屍首上！」

他驚愕地望著她。

「肉體的生命，」他說：「不過是野獸的生命。」

「甚至這樣也好像是煞有介事的死屍的生命。不過你的話是不對的！人類的肉體現在不過才開始生活。在古代希臘民族裡，肉體生命曾煥發過，不久便給柏拉圖和亞里斯多德毀了，到了耶穌便完全沒有了。但是現在，肉體實在是開始生活了，從墳墓中復活起來了。這人類肉體的生命，將是這美麗的宇宙間的、美麗的、美麗的生命！」

「親愛的，妳講得彷彿正引領著這肉體生命到世界上來了！不錯，妳要旅行去了；但是請不要高興得這樣沒有分寸！相信我，假如有個上帝在，不管是什麼上帝，他會把人類肉體裡的腸胃淘汰了，而使人類變成一個更高尚、更神聖的東西。」

「爲什麼我要相信你，克利夫？我倒覺得假如有個什麼上帝的存在，他將在我的腸胃裡覺醒轉來，並且在那裡曙光似的幸福地盪漾著。爲什麼要相信你的話？我所相信的恰恰與你相反！」

「呀！眞的？是什麼使妳變得這麼異樣？是不是因爲赤裸裸地在雨中奔跑了一陣，學了一回古代的、爛醉的酒神的女祭司？或者是因爲某種感官的慾望？或者是因爲要到威尼斯去了？」

「都是原因！爲了旅行覺得滿腔興致，難道是可驚怪的嗎？」她說。

「表現得這麼露骨，就未免奇怪了。」

「那麼我隱藏起來就是了。」

「啊，用不著！妳興奮得幾乎使我也興奮起來了。我差不多覺得是我自己要旅行了。」

「那麼，爲什麼你不和我一起去呢？」

「理由我們已經說過了。不過，我想妳興奮的原因，是因爲妳可以暫時告別這一切了。此刻再也沒有比這『告別這一切』更令妳興奮的事了？……但是，凡是旅行便必有邂逅，也就是一種新的關係。」

「我並不想有什麼新的關係。」

「不要口出誇言，上帝聽著呢！」他說。

「不，我不是口出誇言！」她爽脆地說。

但是她對於旅行——把舊的關係截斷的興奮並沒減少。這是她無可奈何的事。

不能入寐的克利夫，整夜裡和波太太打牌賭錢，直到她瞌睡得發昏了。

希爾達要來的日子來到了。康妮和梅樂士已經商議好了，假如他的愛情之夜，沒有什麼阻礙的話，她便在她的窗上掛一條綠色的圍巾；否則，便掛一條紅色圍巾。

波太太幫著康妮收拾行李。

「換換空氣，對於夫人是很有益處的。」

「是的，我也這麼想，克利夫男爵的事，都得妳一個人爲他打理了，妳不介意吧？」

「啊，不！他的事我都可以處理的．我是說，他所需要我做的事，我都做得了。妳覺得比以前好些了嗎？」

「啊，好得多了！妳替他做了些驚人的事呢！」

「唉，那裡呀！不過男子們都是一樣的；他們只是一些嬰孩。妳得諂媚他們，拿甜言去誘騙他們，讓他們相信他們是事事隨心所欲的。妳覺得對不對，夫人？」

「這種事情我恐怕沒有什麼經驗呢。」

康妮停止收拾東西了。

「甚至妳的丈夫，妳也得像嬰兒似的去諂媚他，用甜言誘騙他嗎？」她一邊說、一邊望著波太太。波太太也停了下來。「說到他，」她說：「是的，我也得好好地去奉承他的。但是他常常知道我所求的是什麼，這是我不得不說的。不過他總是讓步的。」

「他從來不擺老爺的架子嗎？」

「不！不過有時當我看見了他神色不對的時候，我便知道非讓步不可罷了。但是平常總是他讓步的。不，他從不擺老爺的架子，而我也不。我知道可以跟他強硬到哪一步，便得退讓；雖然這種退讓有時是會吃虧的。」

「假如妳強硬下去會怎麼樣呢？」

「啊，我可不知道。我從來就沒有強硬下去過，甚至他錯了，假如他是固執的話，我也退讓。妳知道，我決不願使我們的東西破壞了，假如妳固執著對付一個男子，那便完了，假如妳愛上一個男子，當他眞是決了意的時候，妳便得退讓，管你有理沒理，都得退讓，否則什麼東西便要破壞了。但是，我不得不說，有時他看見我決了意的時候，甚至我沒有理，他也會退讓的。我想這是雙方面的。」

「妳對付妳所有的病人也這樣嗎？」康妮問道。

「啊，那是不同的。我對他們是不這樣的。我知道什麼是對於他們有益的，或者我努力去知道；然後我想辦法爲他們好。那和自己眞正所愛的人是不同的，大不同的。假如你眞正地愛一個人，你便能對任何人表示親愛，也許他不太需要妳。但那是不同的；因爲不眞正地愛他。如果一個人眞正地愛過了一回，還能眞正地再愛一回，那是令人懷疑的。」

這話把康妮嚇著了。

「你以爲一個人只能愛一次嗎？」她問道。

「愛一次或永遠不愛。大多數的女人是從來不懂得愛，從來不會開始愛的。她們不知愛是什麼？男人也不例外。我呢，當我看見了一個女人在戀愛的時候，我對她只有同情。」

「妳覺得男人很容易動怒的嗎？」

「是的！假如你傷了他們的虛榮心。但是女子也是一樣，不過男子的虛榮心和女子的有點不同罷了。」

康妮把這話思量著。她對於她的到威尼斯去的事，又開始有點疑懼起來。其實，她不是故意要躲避她的愛人嗎？——雖然是短時間。他是知道的；所以，他的神色是那麼怪異和充滿了譏刺的。

雖然！人常是受環境的支配的。康妮就是這環境的犧牲者。她不能在五分鐘內擺脫了出來。她甚至連擺脫的心也沒有了。

星期四的早晨，希爾達按照預定的時間來到，駛著她的雙人座的輕便汽車，她的衣箱用皮帶牢牢地綑在後面。和平常一樣，她的樣子是端莊的、淑女的；但是也和往日一樣，她有一種倔強的氣概。她有一種魔鬼似的倔強的自我意志，這是她丈夫發現的。但是現在，這位丈夫正在要求和她離婚了呢，她雖然沒有情人，但是她卻給了他許多方便去提出他的要求。目前她和男子們疏遠了。她倒覺得很滿意自己做了自己的主人，和她的兩個孩子的主人，她打算把這兩個孩子「好好地」教養成人，姑且不論這意義是怎樣的。

在小汽車上，康妮也只准帶一個衣箱。但是她已經把一個大箱子寄給她的父親，由火車帶去了。他的父親剛由蘇格蘭到倫敦，他以爲到威尼斯何必坐汽車去？七月裡的天氣，在義大利用汽車旅行是太熱了！所以，他還是舒舒服服地乘火車去。

這樣，希爾達儼然大元帥似的，嚴肅地把旅行的事計劃好了。

她和康妮在樓上房裡閒談著。

「但是，希爾達！」康妮說，心裡有點驚懼著她要說下去的話。「今晚我要在這附近過夜；不是這兒，是這附近。」

希爾達灰色的、不可思議的眼睛，注視著她的妹妹，她的樣子似乎是非常鎭靜；事實上她卻是異常盛怒的。

「什麼地方？這附近？」她柔和地問道。

「希爾達，妳知道我愛上了一個人吧，是不是？」

「是的，我是知道有了什麼事情的。」

「他就在這附近。我要和他度這最後的一夜。我得去！我已經答應了。」

康妮固執起來。

希爾達靜默地低著她那像梅娜娃〈註：梅娜娃（Minerva）係藝術女神〉的頭，然後望著她。

「妳願意告訴我他是誰嗎？」她說。

「他是……我們的……看守人。」康妮支吾地說著。她的臉孔鮮紅起來，好像個做了壞事的孩子一樣。

「康妮！」希爾達說，厭惡地微挺著她的鼻子；這是她母親遺傳下來的姿勢。

「我明白，但他的確是可愛的、他的確是了解溫情的人。」康妮企圖辯護她的愛人說。

希爾達，像臉色鮮艷的雅典娜〈註：雅典娜（Athena）係思想女神〉似的低頭沉思著。實際上她正在困惑著。但是她不敢表露出來，因爲酷似父親的康妮，勢將立刻放肆爭抗起來的。

無疑的，希爾達是不喜歡克利夫，和他大人物自居的冷靜神氣。她覺得他無恥地利用著康妮。她曾希望過她的妹妹會離開他。但是，她是屬於蘇格蘭的堅固的中等階級的人，她深惡任何貶抑自己身分或貶抑家聲的事情。

「妳將要懊悔的！」她說。

「不，我決不懊悔！」康妮紅著臉喊道：

「他是個罕有的例外。我的確愛他。他是個美妙的情人。」

希爾達依舊沉思著。

「妳很快就會厭倦他的。」她說：「然後妳一生便要永遠愧疚這種行爲的。」

「不，決不！我希望不久便會有個他的孩子呢。」

「怎麼！康妮！」希爾達說，嚴厲得像一聲鐵鎚，氣憤得蒼白起來。

「假如可以的話，我便將有個孩子。假如我有了他的孩子，我將發狂似的驕傲。」

希爾達明白和她爭論是無用的；她沉思著。

「克利夫沒有猜疑什麼嗎？」她問道。

「啊，不！猜疑什麼呢？」

「我深信妳一定給了他不少的猜疑的機會。」希爾達說。

「不，一點都沒有。」

「我覺得今晚的勾當是純粹的瘋狂。那個人住在那兒？」

「在樹林那一端的村舍裡。」

「他沒有結婚嗎？」

「結了；但是他的女人離棄了他。」

「什麼年紀？」

「我可不知道，比我大些。」

康妮的每一句回答，都使希爾達越發憤怒起來，憤怒得和她母親在生之日一樣，憤怒到無以復加的地步。但是她還是隱忍著。

「假如我是妳，我決不幹今晚的勾當。」她安靜地勸道。

「我不能！今晚我定要在他那兒過夜，否則我便不能去威尼斯。我決不能！」

希爾達從康妮的話裡，聽出了她父親的聲音。她只得讓步，但這不過是外交手腕。她同意了和康妮到曼斯菲德去晚餐，天黑後把她帶回到村舍去的小路盡頭，早上再到那裡去找她。她自己將在曼斯菲德過夜，那不過是半點鐘汽車的路程，假如汽車開得快的話。但是她對於她妹妹破壞她的計劃，感到非常憤怒，她的心裡隱忍著。

康妮在她的窗檻上掛了一條鮮綠的圍巾。

在她對於康妮的憤怒裡，希爾達不覺對克利夫寬大起來。他畢竟是個有智慧的人。說他沒有性能，這更好，可以少了一件爭吵的理由！希爾達也不想要肉體的愛了，這東西把男子都變成自私可惡的人。康妮的生活，實在比多數的婦人的生活都安適，只不過她不知道她的福氣罷了。

而克利夫也斷定希爾達畢竟是個聰明的女人，假如一個男子想到政治上活動的話，這種女子是最好不過的助手和伴侶。是的，她不像康妮那麼孩子氣，那麼不可依靠。

在大廳裡，大家提早用了午後的茶點。

大廳的門開著，讓太陽射了進來。大家都彷彿有點氣喘。

「再會，康妮，好孩子！平安地回來！」

「再會，克利夫！是的，我不久便回來的。」康妮很溫柔起來。

「再會，希爾達，請妳用隻眼睛看護她。」

「我將用兩隻眼睛呢，」希爾達說：「她決不會迷路的。」

「妳能保證吧！」

「再會，波太太！我知道妳會好好侍候克利夫男爵的。」

「我將盡我的能力，夫人。」

「有什麼消息的時候，寫信給我，並且告訴我克利夫男爵的種種情形。」

「是的，夫人，我不會忘記的。祝妳快活，並且早日回來解我的悶！」

大家揮著手巾，車發動了。康妮回轉頭來，看見克利夫在台階上坐在輪椅裡。畢竟他是她的丈夫；勒格貝是他的家；這是環境所決定的。

柏茲太太把大門開著，道了聲夫人一路平安。汽車悄悄地出了小樹叢幽黑遍佈著的大花園，上了大道，那兒礦工們正曳著沉著的步伐回家。希爾達朝著克羅斯山的路走去，這並不是條大路，但也是到曼斯菲德的路。康妮戴上了墨鏡。他們沿著鐵路駛去，這鐵道是在他們下邊的一條壕道裡的。然後他們在壕道上的橋上橫過。

「這兒便是到村舍去的小路！」康妮說。

希爾達憤憤地望了那條小路。

「我們不能一直往前去，眞是太可惜了！否則我們九點鐘便可到巴爾摩了。」

「我眞抱歉。」戴著墨鏡的康妮說。

她們不久到了曼斯菲德。以前這兒是絕妙的一個城市。現在卻是個令人喪氣的礦工城市了。希爾達在一本旅遊指南書中介紹的旅店停下了，開了一個房間。這種事對她是毫無意思的，她氣憤得不能說話。但是康妮卻忍不住要告訴她一些關於那男子的事情。

「他！他！他叫什麼名字？妳儘是說『他』！」希爾達說。

「我從來就沒有用名字叫過他；他也從沒有用名字叫過我。想起來也是奇怪的。我們有時只是用珍奴夫人和約翰・多馬士的名字。但是他的名字是奧利佛・梅樂士。」

「妳覺得做奧利佛・梅樂士太太，比做查泰萊男爵夫人要得嗎？」

「可愛得多了！」

「妳眞是令人失望的了！雖然，那男人已經在軍隊裡當過四、五年的軍官，他一定相當的有儀表，他似乎是有個身分的。」希爾達有點溫和起來了。

「但是妳不久便會厭倦他的。」她又說：「那時妳便要覺得可恥和他發生了關係呢。我們是不能和工人階級相愛的。」

「但是妳自己卻是個熱心的社會主義者！妳常常是站在工人階級那一方的。」

「在政治的危機中，我可以站在他們那一方；但是正因爲我站在他們那一方，我知道想在生活上和他們相混，是多麼不可能的事。這並不是勢利，實在是因爲我們和他們的節奏完全不同。」

希爾達曾經在道地的政治界的知識份子中生活過，所以她的話是令人無可答辯的。

在旅館裡，慢慢地度過了「曖昧的黃昏」，最後來了個「曖昧的晚餐」。晚餐後，康妮撿了些東西放在一個小綢囊裡，再梳了一次她的頭髮。

「希爾達！」她說：「畢竟愛情是美妙的；那使妳覺得妳是生活著，妳是在創造的過程中。」她彷佛是在自誇著。

「我想每隻蚊子都有這同樣的感覺。」希爾達說。

「是嗎？那麼我要替它們高興呢！」

黃昏是美妙地，清朗地，甚至在這小城市裡，黃昏也流連不去。今夜一定是個半透明的夜。希爾達氣憤著的臉孔，像是個假面具似的冷酷，她把汽車開走了，姊妹倆向著原處回去，但是取了經過波梭哇的另一條路。

康妮戴著她的墨鏡和掩飾臉孔的帽子，靜默地坐著。希爾達的反對，使她更絕決地站在她愛人的方面。縱令海枯石爛，她也要依附他。

當他們經過克羅斯山時，他們的車燈亮著；在壕道裡駛過的光亮的小火車，使人覺得如同在夜間了。希爾達打算在橋的盡頭轉入小路裡，她的速度有點突然地慢了下來，汽車離開了小路，車燈明亮地照著那蔓草叢生的小路。

康妮往外望著，看見了一個暗影，她把車門打開了。

「我們來了！」她低聲地說。

但是希爾達已經把燈火熄了，正專心地把車子退後，想轉過頭來。

「橋上沒有東西嗎？」她簡略的問道。

「沒有，妳倒吧！」男子的聲音說。

她把車子倒在橋上，轉了方向，在大路上前進了幾步，然後再退入小路裡，在一株榆樹下面，壓倒著草叢和微蕨。康妮步下車來。男子在樹下站著。

「你等了很久嗎？」康妮問道。

「不太久。」他答道。

他們倆等著希爾達下來。但是希爾達卻把車門關上了，坐著不動。

「那是我的姊姊希爾達，你願意來和她說話嗎？希爾達！這是梅樂士先生。」

看守人脫了脫他的帽子，但是沒有上前去。

「希爾達，請妳和我們到村舍裡去吧。」康妮懇求道：「離這兒不遠了。」

「但是汽車呢？」

「放在小路上不要緊的，妳有鑰匙。」

希爾達不說什麼，她猶豫著。然後她望著後面的小路。

「我可以繞過這樹叢進入後面嗎？」

「啊！可以的！」看守人說。

她慢慢地退著，繞過了樹叢後面，把汽車鎖好了，走下來。已經是夜了，但是夜色是明亮的。荒涼的小路兩旁，起著高高的野生籬笆，樣子是很黑的。空氣中散佈著一股新鮮的芬芳。看守人走在前面，康妮在他後面，最後是希爾達，大家都靜默著。在離去的地方，他用手電筒照著，然後又繼續前進。一隻貓頭鷹在橡樹上輕輕地叫著。大家都不能說話，也沒有好說的話。

最後，康妮看見了屋裡的黃色燈光，她的心劇跳起來，她有點害怕起來，他們繼續著魚貫前進。

他把鎖著的門開了，先她們進那溫暖的、但是空洞的小屋子裡。爐火低低地紅熱地燃著。桌子上擺好了兩份碟子和玻璃杯，這一次，桌布是潔白的。希爾達搖了搖她的頭髮，瀏覽著那空洞而憂鬱的屋子。然後她鼓著勇氣望著那男子。

他的身材是中等的，纖瘦的；她覺得他樣子還好看，他默默地守著一種冷淡的態度，彷彿他決不願開口似的。

「希爾達，請坐吧！」康妮說。

「請！」他說。「我給妳們什麼好呢，茶呢還是別的？或者一杯啤酒？啤酒夠冷涼。」

「啤酒吧！」康妮說。

「是的，請你也給我啤酒吧！」希爾達用一種做作的生澀的態度說。他冷眼望著她。

他拿了一個藍色壺子到廚房後面去，當他帶著啤酒回來時，他臉上的表情又變了。

康妮坐在門邊，希爾達背著牆坐在他常坐的椅子上，正對著窗角。

「那是他的椅子。」康妮溫和地說。希爾達站了起來，彷佛那椅子燒了她似的。

「別起來，隨便坐，我們這兒並沒有誰是大熊。」他很泰然地用土話說道。〈註：此係暗指著名童話中之大熊。〉

他給希爾達一個玻璃杯，替她先斟了啤酒。

「我這兒是沒有香菸的。」他說：「但是也許妳們自己有吧。我自己是不抽菸。妳要吃點什麼東西嗎？」她回轉頭去對康妮說：「妳要吃點什麼東西嗎？妳通常是不推辭的。」他神色自若地說他的土話，彷佛是個鄉間旅舍的主人。

「有什麼好吃的？」康妮紅著臉問道。

「煮熟的火腿和乾酪、核桃，隨妳們喜歡。並沒有什麼好東西。」

「好的。」康妮說：「妳吃一點嗎，希爾達？」希爾達舉目望著他。

「爲什麼你說約克州的土話？」她溫和地說。

「那不是約克州話，那是德爾貝的話。」他望著她，模稜地冷笑著說。

「德爾貝話，好吧！爲什麼你要說德爾貝話呢？你開始的時候，不是說大家所說的英語嗎？」

「是的。但是假如我高興的話，難道我不能換換嗎？唔，唔，讓我說德爾貝話，如果我覺得合適。我想妳不反對吧？」

「那彷彿有點矯揉造作了。」希爾達說。

「嗄，也許！但是在達哇斯，倒是妳才像矯揉造作呢。」他用一種很疏遠的態度，偏著臉打量著她，彷彿說：「妳，妳是誰啊？」

他到伙食間裡去取食物。

姊妹倆沉默地坐著。他帶了另一份碟子和刀叉回來。然後，他說：「假如妳們不介意，我要像平常一樣把外衣脫了。」

他把他的外衣脫了掛在衣鉤上，穿著一件薄薄的、淡黃色的法蘭絨襯衣，在桌邊坐下。

「隨意吧！」他說：「隨意吧！別等人來請！」

他把麵包切了，靜坐著受希爾達，像康妮前些時一樣，覺得了他的靜默和冷淡的力量。她看見他不大的、銳敏的手不經意地放在桌上。無疑地他不是簡簡單單的工人！不！他是故作姿態的！

「不過！」她一邊拿了一小塊乾酪、一邊說；「假如你對我們說普通的英語，一定比說土話來得自然些了。」

他望著她，感覺著她惡魔般的堅強的意志。「是嗎？」他用普通的英語說。「是嗎？不過我與妳之間有什麼很自然的話可說？除非妳告訴我，妳願我墜入地獄，好讓妳的妹妹不再見我；於是我回答一些難聽的話。此外還有什麼自然的？」

「啊，有的！」希爾達說：「說話禮貌一點便是自然的。」

「那可以說是第二天性吧？」他說著笑起來。「不，我是厭惡禮貌的。別管我吧！」

希爾達分明無話可說了，賺得滿腔的惱怒。哼！他應該知道人家體面了他，而他卻擺著重要角色的威風神氣，彷彿以為是他給了人家體面似的。多麼鹵莽！可憐的康妮，迷失在這麼一個人的爪掌裡！

三個人靜靜地吃著。希爾達留心看著他在餐桌上的儀態。她不得不承認他是本能地比她自己優雅高尚得多。她有著某種蘇格蘭人的笨重態度。而他呢，他有著英國人所有緘默的、自制的安泰——無隙可乘的鎮靜。他是不易屈服於人的。

但是，她也是決不為他所屈服的。

她說：「你眞是以為這件事値得冒險嗎？」她有點溫和下來了。

「什麼事値得這麼冒險？」

「你和妹妹的這件事。」

他臉上露著不快的苦笑，用土語說。

「那妳得去問她！」

然後，她望著康妮。

「那是妳心甘情願的，是不是，寶貝？我沒有強迫妳吧？」

康妮望著希爾達。

「我希望妳不要挑撥是非吧，希爾達。」

「我決不想挑撥什麼是非。但是總得有人去想想是非。在生命裡，不得不有點某種永久性的，妳不能一味胡鬧的。」

他們靜默了一會兒。

「咳，永久性！」他說；「那是什麼？妳自己生命裡可有什麼永久性？我相信妳正在離婚吧。不知道這裡頭的永久性是什麼？這不過是妳自己的執拗的永久性吧。我看得很明白。那種永久性於妳有什麼好處？妳不久便要厭惡這種永久性。一個執拗的婦人和她的自我意志；咳！這兩種東西合起來便成個好漂亮的永久性，的確，謝謝天，幸得妳的事與我無關！」

「你有什麼權利對我說這種話？」希爾達說。

「什麼權利？妳又有什麼權利把妳的永久性來厭煩他人？不要管別人的永久性吧。」

「我的男子漢喲，你以爲和我有什麼關係嗎？」希爾達溫和地說。

「是的，」他說：「有的。妳願也好，不願也罷，妳總算是我的大姨子了。」

「還差得遠呢，我老實告訴你。」

「並不如妳想像的遠。我確實告訴妳，我有我自己的永久性，我的永久性絕不輸給妳的永久性！假如妳的妹妹到我這兒來找點性愛的溫情，她自己知道她打的是什麼主意。她在我床上睡過，這不是妳的永久性所能有的事，謝謝上帝！」他停了一會，然後繼續說：「嗳，我不是個呆子。假如一塊天鵝肉落在我嘴邊，我只好多謝老天。有這麼一個美人兒，一個男子不知能夠享受多少的樂趣，不像妳一類的婦人那麼難說。說起來也是可惜的，妳本來是可以像一個好蘋果的，而妳卻是個好看不好吃的野蘋果。像妳這樣的女人是需要接種的。」

他帶了一種鑒賞家的、有點好色的怪笑望著她。

「而像你這種男人。」她不客氣地說：「是應該隔離起來的，這是你們的粗鄙與自私所應得的刑罰。」

「是的，世上還有我這種人算是很幸福了。至於妳呢，沒有人睬妳，這是妳活該的。」

希爾達已經站了起來向門邊走去。他也站了起來，在鉤上取了他的外衣。

「我一個人可以找到路的。」她說。

「我恐怕妳不能呢。」他從容地答道。

在靜默中，他們重新在那小路上可笑地魚貫而行。那隻貓頭鷹還在叫著。他恨不得把牠殺掉了。汽車還是好好地站在那兒，有點給露水沾濕了。希爾達上了車，把機械開動。剩下的兩個人等待著。

「總之，我的意思是——」她在車裡面說：「我誠恐你們兩個都要覺得悔不當初！」

「一個人的佳餚或許是另一個人的毒藥。」他在黑暗中說：「但是在我，這既是佳餚又是美酒。」

車燈亮了起來。

「康妮，早上別讓我等。」

「是的，我不會讓妳等的。晚安！」

汽車慢慢地駛出到了大路上，然後飛逝了，寂靜的夜又籠罩了一切。

康妮羞怯地挽著他的手臂，他們向著村舍走去。他一句話也不說。過了一會兒，她要他站住了。「吻一吻我吧！」她喃喃地說。

「不！等一會吧，讓我的氣消了吧。」他說。

這話使她覺得好笑起來。她依舊挽著他的手臂。他們靜默地、匆匆地回去，她現在和他在一起了，她實在很高興。當她想到希爾達差不多把他們拆散了的時候，她寒顫了一下。他在不可思議的靜默著。直當他們回到村舍裡去時，她覺得脫離了她的姊姊了，她高興得差不多要跳躍起來。

「但是你使希爾達太難爲情了。」她對他說。

「她實在是該吃耳光的。」

「爲什麼呢？她是個蠻好的人！」

他並不回答她，只是靜默的、安詳的、忙著晚上的工作。他在外表上是憤怒的，但不是對她憤怒。康妮感覺得出來。在憤怒中的人，有一種深刻的、光澤的、特殊的美，使她心醉，使她的四肢酥軟。

他並不太注意她。

最後，他坐下來解他的鞋帶。然後他仰望著她，那眉端依舊隱藏著怒氣。

「妳要上樓去嗎？」他說：「那邊有一支蠟燭！」

他迅疾地把頭傾了一傾，指示著桌上點著的蠟燭，她馴服地把蠟燭拿在手裡，當她上樓的時候，他注視著她那飽滿的臀部曲線。

那眞是個銷魂的情慾之夜；在這夜裡，她有點吃驚而且覺得無可奈何；然而在那最可人的關頭，一種比溫情的戰慄更不同、更尖銳、更可怖的、刺人的肉體的戰慄，把她鑿穿了。雖然是有點懼怕，她卻毫不推卻地讓他恣情任性，一種無羈而不羞怯的性戲，搖撼到她的骨髓裡，把她剝脫到一絲不掛，使她成了一個新的婦人。實在那並不是愛。那並不是淫慾。那是一種火似的、燒人的、尖銳的肉體感覺，把靈魂燒成火球一樣。

這種火似的感覺，在那最秘密的地方，把最古老而最深刻的羞恥心焚毀了。結果是使康妮賣力讓她的愛人恣情任性地享受她。她是個無抵抗的奉迎遷就的妙人兒，好像一個奴隸，一個肉體的奴隸。然而情慾的毀滅的火，卻舐著她的周身，當這慾焰緊束地經過她的心懷與臟腑的時候，她眞是覺得她是死著了；眞是好一個痛快而神奇的死喲！

她曾常常奇怪過，亞培拉〈註：Abelard。係法國十一世紀的神道家。他和海蘿伊絲Holoisc 的熱戀是出名的。〉所謂他與海蘿伊絲相愛之時，所有情慾的微妙花樣都嘗過了，是什麼意思。原來同樣的東西，在千年以前，甚至在萬年以前就有過了！同樣的東西在希臘的古瓶上，隨處都有，情慾的種種微妙，肉體的種種放肆！那是必須的，絕對地必需的，用純粹肉體的火，去把虛僞的羞恥心焚毀了，把人體內的沉濁的雜質溶解了，使它成爲純潔。

在這一個短短的夏夜裡，她不知了解了多少的事情！在這夜以前，她差不多相信了一個女人是爲因羞恥而死的，然而現在，死的卻是羞恥！羞恥不過是恐懼罷了；在我們的肉體的根蒂裡深伏著的那種官能的羞恥，那種古老的、古老的肉體的恐懼，只有肉體之火才能把它趕走；最後，它是給男子的陰莖的追擊所驚醒而潰散；於是，她便來到她生命的莽原之中。

現在的她，覺得她已經到了她的天性眞正的原始處了，並且覺得她原本就是毫無羞懼的。是她原來的、有肉體的自我，赤裸裸的、毫無羞懼的自我，她覺得勝利差不多光榮起來！原來如此！生命原來是如此的！一個人的本來面目原來是如此的！世上是沒有需要掩藏的東西，沒有需要害羞的！她和一個男子——另一個人，共享著她終極的赤裸。

而且是個多麼肆無忌憚的、惡魔似的男子！眞像個惡魔！一個不堅強的人是承受不了他的。但是要達到那肉體的莽原的中心，要達到那官能的羞懼心的最後最深的潛伏處，是不容易的。只有「法樂士」有這窺探的本領。啊！他把她壓得多麼緊密！

啊，在驚懼中，她曾多麼恨他；但是實際上，她多麼需要他！現在她明白了。在她靈魂的根基裡，深深地，她是需要而且曾秘密地希望這「法樂士」的追擊的。不過，她相信她永遠會得到罷了。現在突然地，它來到了；一個男子在共享著她最終而最後的赤裸，她一點兒羞懼都沒有了。

詩人和世人眞是一些騙子！他們使你相信你需要感情；其實你需要的是這尖銳的、消蝕的、有點可怕的肉體感覺。想找個無羞懼、無罪過、無愧疚的大膽從事的男子。假如他事後覺得羞懼，而且令人覺得羞懼，那就令人寒心了！多麼可惜，多數的男人都這麼怯懦、害羞，如克利夫！甚至如麥克里斯！這兩個人在肉體感覺上都是有一點兒像狗，有點兒奴顏婢膝的。所謂「精神的無上快樂」，這對於一個女子有什麼價值？而且事實上，對一個男子又有什麼價值？那不過把精神弄得一塌糊塗而且卑鄙罷了。甚至想把精神純潔化、靈敏化起來，也得要這個唯一的肉體才能成功。唯一的火似的肉體，而不是混濁一團的幻想。

啊，上帝啊，一個眞正的男子是多麼珍貴的東西！他們都是些東跑西竄、只知東聞西嗅、只知苟且交配的野狗。找到了一個無畏縮、無羞懼的男子！多麼珍貴！她望著他在酣睡著，好像一個睡著的野獸似的，深深的迷失在睡寐中。她鳥兒似的偎依在他的旁邊，唯恐脫離了他。

他醒來的時候，她的睡意也全消了，她坐了起來俯望著他。她從他的眼睛裡，看出了她自己的赤裸，直接的認識了她的自我。那男性對她的認識，好像流液似的從他的眼睛裡傳到她身上，把她春意融融地包了起來。啊，這半睡的飽和著熱烈的情慾，沉重的肢體，是多麼肉感撩人，多麼可愛！

「是該起來的時候了嗎？」她說。

「六點半了。」

八點時她要到小路的盡頭去。人總是，總是會受到世俗的逼迫。

「我可以去弄好早餐，帶到這兒來吧？」

「啊，好極了！」

佛蘿茜在樓下輕輕地嗚咽著。他起身把睡衣脫下，用一條毛巾擦著身體。當一個人在充滿著勇氣與生命的時候，是多麼美麗！她一邊靜默地望著他，一邊心裡這麼想著。

「把窗帘拉開了，好不好？」

太陽已經在早晨嫩綠的樹上照耀著了，鄰近的樹林，顯得蔚藍而新鮮的顏色。她坐在床上，夢幻地望著樓窗外面，她赤裸裸的兩只乳房擠得湊合起來，他在穿著衣服。她在夢幻著生活，與他共同的生活！生活！生活！

他正要走開，想逃避她危險的媚人的赤裸。

「難道我把睡衣都丟失了嗎？」她說。

他伸手在床下邊，掏出了一件薄薄的綢衣。

「在夜裡我就覺得腳踝上有著什麼綢的東西。」他說。

但是那睡衣已經差不多裂成兩片了。

「不要緊！」她說。「它是屬於這間房子的；我把它留在這兒吧。」

「是的，把它留在這兒吧。夜裡我可以把它放在兩腿中間陪伴我。上面沒有什麼名字或標記吧？」

她穿上了那撕破的睡衣，夢幻地望著窗外。窗門開著，清晨的空氣和鳥聲透了進來。鳥兒不斷地飛過。然後她看見佛蘿茜徘徊著走出門外。這是早晨了。

她聽見他在樓下生火、抽水、從後門出去。她漸漸地聞著了煎肉的氣味，最後他端了一個大得僅能進門的黑色大托盤，走上樓來。他把托盤放在床上，斟著茶。康妮穿著那撕破了的睡衣，蹲伏著狼吞虎嚥起來。他坐在唯一的椅子上，他的碟子放在膝上。

「多麼好！」她說：「在一起吃早餐是多麼美妙！」

她靜默地吃著，心裡想著那正在飛逝的時光。那使她也想起來了。

「啊，我眞希望我可以留在這兒和你一塊兒，並且勒格貝在一百萬里以外！但是事實上我正脫離著勒格貝呢。你知道的，是不是？」

「是的！」

「你答應我們將住在一起，將共度一個生活，你和我，你答應了，是不是？」

「是的，當我們能夠的時候。」

「是啊！這不會久了，不會久了！是不是？」她向他傾斜著，握著他的手腕，她把茶杯裡的茶傾溢了出來。

「此後，我們再也不能不在一起生活了吧，是不是？」她懇求地說。

他苦笑了一下，仰望著她。

「不錯的！不過在二十五分鐘內，妳便要走了。」

「只有二十五分鐘了嗎？」她叫道。突然地，他舉著手指，叫她不要出聲，他站了起來。佛蘿茜吠了一聲，跟著又高聲地吠了幾聲，彷彿警告似的。

默默地，他把碟子放在托盤上，走下樓去。康妮聽見他向園裡的小徑出去，一個腳踏車鈴聲在那邊響著。

「早安，梅樂士先生，一封掛號信！」

「啊，喂，你有鉛筆嗎？」

「有的。」

停頓了片刻。

「是加拿大來的！」那陌生人的聲音說。

「是的！這是從前的一位朋友，他現在在英屬哥倫比亞。不知道什麼事得用掛號。」

「也許他寄給你一筆大財吧！」

「或者是來要點什麼東西吧！」

又靜止了一會兒。

「喂！又是個晴朗的日子！」

「是的！」

「再見了！」

「再見！」

過了一會兒，他回到樓上，臉上帶點怒容。

「是郵差！」他說。

「他來得好早啊！」她答道。

「這是鄉間的郵遞，他來的時候，多半總是七點鐘左右。」

「是不是你的朋友寄給了你一筆大財？」

「不！只是幾張關於那邊的一個產業的相片和些文件罷了。」

「你想到那邊去嗎？」

「我想或者我們是可以去的。」

「啊，是的！我相信那是個可愛的地方！」

但是這郵差的來到，使他掃興了。

「這該死的腳踏車，不等到你留神它們便來到了。我希望他沒有聽見什麼。」

「他能聽得見什麼呢？」

「現在妳得起來了，並且預備好。我要到外面去看看就來。」

她看見他帶著他的狗兒和鎗，到那小路上巡察，她下樓去梳洗，等到他回來的時候，她已經準備好了，把幾件零星的東西也放進她的小綢囊裡了。

他把門上了鎖，他們向著林中走去，他們卻不走那條小路，他小心翼翼地。

「你以爲一個人在一生中，可以有幾個時期過著和昨夜似的那種生活嗎？」她對他說。

「是的！不過也得想想其餘的時間呢。」他有點焦躁地答道。

他們在林中的草徑上緩緩地走著；他默默地走在前面。

「我們不久，便將在一起過著共同的生活吧，是不是？」她懇求道。

「是的！」他答道，頭也不回，只顧前進。「當時機到了的時候！但是此刻妳正要到威尼斯或什麼地方去了。」

她無言地跟著他，他心裡抑鬱著。啊，多麼難捨依依！

最後，他站住了。「我要打從這邊過去了。」他指著右邊說。

而她舉著兩臂環抱著他的頸項緊緊地偎依著他。

「你對我的感情不會改變吧，會不會？」她細聲說：「我愛昨夜！你對我的感情不會變吧，會不會？」

他吻了吻她，把她緊緊地擁抱了一會兒。然後他嘆息著，重新吻了吻她。

「我得去看看汽車來了沒有。」

他踏過了那低低的荊棘和羊齒草叢，經過處留下了一條痕跡，他去了幾分鐘，回來說：

「汽車還沒有來。但是大路上停著一部送麵包的貨車。」

他顯著焦慮不安的樣子。

「聽！」

他們聽見一部汽車輕輕地響著喇叭駛了近來，並在道上慢了下來。她無限悲哀地踏進了荊棘叢中，沿著他留下的腳痕走去，一直到了龐大的冬青樹的籬笆面前。他正在她的後面。

「那邊！打從那邊去！」他指著一個空隙說：「我不出去了。」

她失望地望著他，但是他吻了吻她，叫她出去。她滿懷悲傷地爬過了冬青樹叢和木柵，顛躓地走下小壕塹裡，走上那小路上。希爾達不見康妮，正在那兒惱怒著走下車來。

「啊，妳來了！」希爾達說：「他在那兒呢？」

「他不來了。」

當康妮拿著她的小手囊上車去的時候，她的臉上流著眼淚。希爾達把風帽和墨鏡交給她。「戴上吧！」她說。

康妮把掩飾的東西戴上了，然後再穿了一件乘汽車用的外套，變成了一個陌生的人。希爾達匆匆地把汽車開動，她們出了小路，向著大路駛去。康妮回轉頭去望著，但是沒有看見他的蹤影。

他走了！走了！她苦楚地流著眼淚。

這離別像是來得這樣驟然，這樣意外！好像是死別似的。

「謝謝天，妳要離開這人一陣子了！」希爾達一邊說，一邊把車子轉著方向，免得從克羅斯山的村落經過。

第十七章

「妳知道，希爾達！」午飯過後，當她們接近倫敦的時候，康妮說。「妳從來沒有認識過什麼是親熱的感情，或是什麼眞正的銷魂性慾，假如妳從一個人身上經驗到這兩種東西，那是大不相同的。」

「天喲，別誇張妳的經驗了！」希爾達說：「我從來就沒有碰到過一個能和女人親密、能委身與女人的男人。我所需要的便是這一種男人。我並不希罕他們自私的感情，和他們的情慾。我不願做一個男子的洋囡囡，也不願做他取樂的機器。我所要的是完備的親密，而我卻得不到。所以我覺得夠了。」

康妮思量著這話。完備的親密！她猜想所謂親密，便是兩個人互相的裸裎。但那是煩惱的事情。在男女關係之中，而不能忘卻自我，那是個疾病！

「我覺得妳在別人面前，太注意妳自己了。」她對她的姊姊說。

「至少我希望沒有被奴隸的天性吧！」希爾達說。

「但是，也許妳恰恰有這種天性呢！也許妳是自我觀念的奴隸呢！」

希爾達駛著她的汽車，靜默了半晌。心想康妮這小妮子！竟敢說這聞所未聞的頂撞的話！「至少我總不是他人觀念的奴隸；尤其這個人並不是我丈夫的傭僕。」她最後狂怒地報復道。

「啊，希爾達，妳不明白的。」康妮泰然地說。

她一向總是讓她的姊姊支配。現在呢，雖然她的心底裡有不能言宣的苦痛，但是她卻不讓另一個女人來支配她了。啊！只這一端便足使她覺得解脫了，覺得好像得到另一個生命似的。從另一個女人的奇異的支配和魔力之下解脫而自由起來！這些女人們是多麼可怕喲！

和父親聚首，是使她快樂的事；她一向是他的寵愛。姊妹住在波爾摩區的一家小旅館，麥爾肯爵士住在他的俱樂部裡。但是晚上他帶女兒們出去，而她們是喜歡和他出去的。

雖然他有點害怕周圍的新興世界，但是他還是個挺拔而強壯的人。他在蘇格蘭續絃娶了一位比他年輕而富有的女人。但是他一有離開她的可能的時候，他總喜歡在外邊優游度日的：這正是像他的前妻在世的時候。

在歌劇院裡，康妮坐在他的旁邊，他有點發福，他的大腿是肥滿的，但依舊是結實而輕快的；這是一個享受過生之樂趣的人的大腿。他的愉快的性情，他的自私，他的固執的放縱無羈，他無悔的放縱聲色，康妮覺得這一切都可以從他輕快而堅直的兩條大腿看出來。這是個眞正的男子！不過，他現在已成爲一個老人了。這是令人不快的事！因爲青春精華所寄的敏銳感和溫情的力量，是一旦有過便永不消失的，而在他強壯肥厚的男性的兩腿上，卻毫無影蹤了。

突然地，康妮明白了兩腿的意義了。她覺得兩腿的意義比臉孔更爲重要，因爲臉孔的意義已帶點虛僞了。有生命的靈敏的腿，多麼罕有！她望著正廳裡的男子們。都是一些黑布包裹著的臘腸似的大腿，或是一些像套著黑色喪衣的瘦削的木竿，或是一些模樣子好看的年輕的腿，但是毫無意義、沒有肉感、沒有感情、沒有銳覺，只是些高昂闊步的庸俗的死東西。甚至像他父親所有的性感都全沒有。它們都是被懾服了的、失去了生命的東西。但是女子是沒有被懾服的！唉！多數女人可怕的粗大的腿！看了令人震怒，令人想把它斬去的粗大的腿！或者是些可憐的瘦長木柱！或者是些穿著絲襪、毫無生氣的雅致的小東西！眞可怕，這幾百萬條毫無意義的腿，毫無意義地，隨處趾高氣昂地！……

但是，康妮在倫敦並不覺得快活。人們活像都是幽靈似的空洞。雖然有時他們也顯得活潑和亮麗，但是他們都是沒有生命、沒有幸福的。一切都是空洞荒蕪。而康妮呢，她有的卻是一個女人的盲目地渴望幸福的心，渴望確實得到幸福的心。

在巴黎，她至少還能感覺得到一點色慾。但這是多麼厭倦、疲乏和衰敗的色慾。因爲缺乏感情而衰敗的色慾。啊！巴黎是愁慘的；是世界上最愁慘的城市之一；它厭倦著它的現在已成了機械式的肉感，厭倦著金錢、金錢、金錢的追逐，甚至厭倦著憎恨與虛榮，簡直厭倦得要死，卻又不夠美國化或倫敦化，去把這厭倦掩藏在機械的囂聲裡！唉！那些男子，那些遊蕩者、那些調戲女性者、那些佳餚的享受者！他們是多麼厭倦！厭倦了，衰敗了，因爲得不到一點溫情，也沒有一點溫情可以給予。那些能幹的、有時是動人憐愛的女子們，對於色慾的眞實性是知道一點皮毛的。在這一點上，她們是比英國的愚昧的姊妹略勝一籌了。但是她們對於溫情，卻知道得更少。她們是乾枯的，她們的意願，是無窮地乾枯地緊張著的，她們正在衰敗了。人類的世界，漸漸地一衰敗下去了。也許這種世界將變成兇暴的破壞者。變成一種無政府狀態！克利夫和他的保守的無政府主義！也許不久便再也不「保守」的了。也許將要變成最偏激的無政府狀態了。

她高興地離開了巴黎，去繼續她們的旅程，天氣突然變得很熱了。所以，希爾達決意通過瑞士，經布倫納道，然後從多羅米山至威尼斯。希爾達喜歡自己開車，愛處理一切的事情，事事由她作主。康妮則樂得清閑安靜。

沿途的確是很適意的。但是康妮不住地對自己說：「我爲什麼一點興趣都沒有？爲什麼一切都引不起我的興趣？多麼可怕，我對於風景都失掉興趣了！那是可怕的！我像聖伯納似的，他渡過了綠賽尼湖，卻連青山綠水都沒有看見。風景竟然再也不使我發生興趣了。那麼為什麼要逼迫自己去欣賞？為什麼？我不！」

是的，她在法國、瑞士、泰羅爾和義大利都找不到有生氣的東西。她只像貨物似的被運載著從這些地方經過，並且這一切都比勒格貝更不真實，比那可憎的勒格貝更不真實。

至於人們呢！他們都是一樣的，並沒有什麼大不同的地方。他們都想使你掏腰包；否則，假如他們是遊客的話，他們便不知如何去找快樂，好像把石頭擠出血來的找尋。可憐的山巒！可憐的風景！它們給人擠，擠出點小快活、小樂趣來。這些決心享樂的人們，究竟是什麼意義？

「不！」康妮對自己說：「我寧願留在勒格貝那兒，動靜由我，不用鑒賞什麼，不用做作什麼。這種旅客的尋樂，實在是太卑屈、太無聊了！」

她想回勒格貝去，甚至回到克利夫那裡去，甚至回到那可憐的、殘廢的克利夫那兒去，無論如何，他總不像這般利用暑假遊歷的傻子們一般的傻呢。

但是在她的內心裡，她卻沒有忘記那另一個人。她和他的聯繫決不可中斷。啊，決不可中斷，否則她便要迷失了，便要完全迷失在這些有錢的廢人和尋樂蟲之中了。啊！這些尋樂蟲！啊！「享樂！」這是令人作嘔的另一種摩登花樣。

她們把汽車停在梅斯特的一家汽車行裡，坐了定時航行的汽船到威尼斯去。那是一個可愛的夏日午後。湖水起著漣漪，在彼岸背向著她們的威尼斯，在耀眼的陽光下，顯得朦朧黯淡。到了碼頭後，他們換了一艘遊艇，把地址告訴了舟子。那是個普通舟子，穿著一件藍帶白的寬外衣，相貌並不很好看，一點特別的地方都沒有。

「是的！愛斯姆拉達別墅！是的，我認得的！那裡的一位先生坐過我的船。但是離這兒很遠呢！」

他看來是個孩子氣的躁急的傢伙，他躁急得有些過甚。他划著船，經過那兩邊起著可怖的黏膩的綠牆的小運河，這些小河經過一些窮苦人家的區域，那兒，看得見洗滌過的衣物高高地掛在繩上，並且有一股難聞的陰溝氣味。

但是，她們終於來到了兩邊有人行道的空曠的運河，上面跨著一些拱橋，河道筆直，和大運河適成直角。他們坐在小船篷下面，舟子高踞在她們的後面。

「小姐們要在愛斯姆拉達別墅久住嗎？」他一邊說，一邊從容的划著船，並且用一條白色的手巾揩著臉上的汗。

「約莫二十天光景。我倆都是已結婚的太太了。」希爾達說。她奇異的、沉啞的聲音，使她的義大利話說得更是難聽。

「啊！二十天！」那個人說。過了一會，他又問道：「太太們在這二十天內要不要僱一艘艇子？按日計算或按星期計算？」

康妮和希爾達考慮著。在威尼斯，總是有一艘自己的遊艇好，正如在陸地上，總是有一部自己的汽車好一樣。

「別墅裡有些什麼船？」

「有一艘小汽船，也有一艘遊艇；但是……」這個「但是」是說：它們不是你們的。

「你要多少錢？」

「它要三十先令一天，十鎊一個星期。」

「這是一般的價錢嗎？」希爾達問。「比一般的價錢還便宜，太太，通常是……」

姊妹倆考慮著。

「好吧！」希爾達說：「你明天早上來。」

希爾達沒有名片。康妮把她的給了他一張。他那熱烈的南國人的藍色眼睛，迅疾地往上瞥了一瞥，然後又望了一望。

「啊！」他說，臉孔光亮了起來。「妳就是男爵夫人！男爵夫人，是不是？」

「我就是柯士登莎男爵夫人！」康妮說。〈註柯士登莎Cosdanza，係康妮的名字唸成義大利文時的音。〉

他點了點頭，循聲說：「柯士登莎男爵夫人！」然後小心地把名片放在他的外衣袋裡。

愛斯姆拉達別墅是很遠的，在淺湖的邊上，面對著喬治亞，房子並不很老，卻很可愛，上面的平臺前臨大海，下面是個樹木蔥籠的花園，從湖邊有一道圍牆繞著。

主人是個有點粗俗的笨重的蘇格蘭人，他在大戰前在義大利發了一筆大財，因爲在大戰中十分愛國，所以封了爵士。他的女人是個清瘦的、蒼白的、潑辣的那種人，她自己是沒有財產的，她不幸的地方，便是要管束她丈夫那有點齷齪的招蜂引蝶的行爲。但是在冬季裡，他生了一場小病，現在他是比較容易被駕馭了。

別墅裡差不多住滿了客人。除了麥爾肯爵士和他的兩個女兒外，還有七位客人：一對蘇格蘭夫婦，也是帶了兩個女兒的；一位是年輕的義大利的伯爵夫人，她是個寡婦；一位是年輕的喬治亞的親王；另一位是年紀還輕的英國牧師，他因爲患過肺炎，現在在亞力山大爵士的小教堂裡主事，藉此休養身體。那位親王是個囊空如洗的俊偉人物，厚顏無恥，拏來做個車夫是很不錯的！伯爵夫人是隻沉靜的小貓，她有她自己的勾當。那牧師是一個從巴克斯教會來的缺乏經驗、頭腦簡單的人，僥倖地把他的女人和兩個孩子留在家裡。那蘇格蘭夫婦一家四口——他們姓賈斯利，是愛丁堡堅實的中等階級人家，他們堅實地享受著一切，事事敢做敢說，只要自己不吃虧。

康妮和希爾達立即把那親王排擠了。賈斯利一家人，很實在，但是令人討厭；他們的兩個女兒正在找著丈夫。牧師並不是一個壞傢伙，就是太注重繁文褥禮了。亞力山大爵士呢，自從他生了小病後，在他的歡愉中，總是帶著一種可怕的呆滯，但是家裡來了這麼許多美麗的少婦們，依然是一件使他心迷意亂的事。

他的太太——柯伯爵士夫人，是個沉靜的、善於阿諛的婦人，可憐她並不怎麼快樂，她只冷靜地留心著所有的女子，這竟成了她的第二天性了；她說些冷酷的、卑劣的閒話，那證明她對於一切人類天性是多麼瞧不起。康妮覺得她對於僕人們是非常惡毒的，不過她表面的樣子很恬靜罷了。她巧妙地使亞力山大爵士相信「他」是一家之主和侯爵，因為他有那自以為快活的隆凸大腹，他有那使人厭煩的笑話，他有那「愚蠢的笑話」——依希爾達的說法。

麥爾肯爵士還繼續著繪畫。是的，他還想在一有時間的時候，畫一幅威尼斯的水景，這種水和他的蘇格蘭風景比起來是迥然不同的。於是每天早晨，他帶了他的畫布，乘著遊艇到他的取景處去。稍晝一點，柯伯爵夫人有時也帶了畫簿和色筆，乘遊艇到市區中心去。她是個執迷不悟的水彩畫家，滿屋裡盡是一幅幅的玫瑰色宮殿、黯淡的運河、拱橋、中古時代的建築物，再畫點，便是賈斯利一家人、親王、伯爵夫人、亞力山大爵士，有時是牧師林德先生。乘船到麗島去洗浴，大家都回來得晚，午餐總是在一點半左右。

別墅裡賓主聚會的時候，是特殊地令人厭煩的。但是姊妹卻用不著埋怨。她們整天都在外邊。她們的父親帶她們來看展覽；幾哩路幾哩路的令人頭痛的圖畫；他帶她們上綠齊西別墅去看他的老朋友們。天熱的晚上，他和她們坐在皮亞沙上面的佛洛連咖啡館裡；他帶她們上劇院，看哥多尼的戲劇，有的是燈彩生輝的水上遊藝會，有的是跳舞場。這是所有遊樂城市中的一個遊樂城市。

麗島上擁擠著成千上萬的陽光曬赤了的，或穿著輕便的「派遮瑪」服裝〈註：派遮瑪（Pijamae），係一種長褲短衣，原係西方人在室內穿的。〉的肉體，好像是無數的海豹從水中出來在那海濱尋配偶似的。皮亞沙人太多了，麗島的人類肢體太多了，遊艇太多了，汽船太多了，鴿兒太多了，冰凍飲食太多了，醇酒太多了，等小費的人太多了，不同的語言太多了，陽光太多太多了，威尼斯的氣味太多了，楊梅太多了，絲圍巾太多了，大塊的西瓜、生牛肉片太多了，花樣太多了，唉！太多太多的娛樂了！

康妮和希爾達穿著夏季的輕便衣裳，東穿西竄。她們認識許多的人。許多的人也認識她們。驀地裡麥克里斯出現在她們的面前：「喂，怎麼！妳們住在那兒？來吃冰淇淋或什麼東西吧！和我乘我的遊艇到什麼地方去吧。」甚至連麥克里斯都快給太陽曬紅了，但不如說是給太陽曬焦了，才更適合於這一大堆的人肉的那種光景。

在某方面說來，那是有趣的。那可說是快樂。總之，痛飲醇酒，身體浸在暖海水裡，在炙人的沙上曬太陽，在暖熱的夜裡，循著樂隊的喧聲跳舞，肚兒偎著肚兒，吃些冰凍東西涼快下來，這是個完美的麻醉劑；他們全體都需要的，便是麻醉劑；靜流之水，是麻醉劑；太陽，是麻醉劑；遊艇、紙煙、醇酒、冰及苦艾酒，都是麻醉劑！麻醉！那便是享樂！那便是享樂！

希爾達也不反對麻醉的。她喜歡望著所有的女人，猜想著她們是什麼人，幹什麼的。女人對於女人的興趣是十分濃厚的。她是否漂亮？她勾搭上的是什麼男人？她得到的是什麼樂趣？……男人們像是些穿著白色法蘭絨褲的大狗，等待著被人愛撫，等待著打滾作樂，等待著在音樂聲中，用他們的肚皮去摩擦另一個女人的肚皮。

希爾達喜歡跳舞，因爲她可以把她的肚皮貼著一個所謂男子的肚皮，並且讓他引導著她的所有動作，在場中四處打轉，然後她可以悄悄地走了，把那「腳色」忘記了。人家不過是利用他一下罷了。可憐的康妮，她卻有點悶悶不樂。她不願跳舞，因爲她簡直就不能把她的肚皮去摩擦他人的肚皮。她厭恨這麗島上成堆的幾乎赤裸裸的人肉聚合——麗島的水幾乎還不夠把他們個個浸濕呢。她不喜歡亞力山大爵士和柯伯爵士夫人。她不願意麥克里斯或任何人跟著她。

有時，她把希爾達說服了，陪著她渡過淺湖，遠遠地到一種荒寂的沙灘上，那兒她們可以怪孤獨地洗浴，把遊艇停在礁石的後面，這便是康妮快樂的時間了。

那時佐尼多用了一個舟子來幫他，因爲路太遠了，而且他在太陽下面，是汗流如注的。佐尼是很可愛的、對人很親切的人——義大利人都是這樣的，但卻不是熱情。義大利人不是很熱情的民族；因爲熱情是深刻的、蘊蓄的。他們易於感動，常常也很親切起來，但是他們卻罕有持續不變的任何熱情。

這樣，佐尼的心早已委身於他的兩位太太了，正如他過去曾委身於無數的其他太太們一樣。〈註：威尼斯遊艇的舟子，許多是變相的水上男娼，故有此段似乎離奇的描述。〉他會毫不猶豫地甘心賣身於她們，假如她們要的話，他私下盼望著。她們會給他一筆可觀的纏頭，那便巧妙了，因爲他正要結婚了。他告訴她們關於他結婚的事，而她們也津津有味地聽著。

他想橫渡這淺湖到那荒寂的沙灘上去，大概總是做「那回事」（所謂那回事便是指「做愛」。所以他叫了一個幫手，因爲路途遙遠，而且那裡有兩位太太呢。兩位太太便得兩條魚！高明的計算！況且是位艷麗的太太喲！他想到這個便不禁得意起來。雖然給錢和出命令的是那位大太太，但他卻頗希望那位年輕的男爵夫人會選中他去擔任「那回事」。她給的錢一定更多的。

他帶來的助手叫做丹尼，他並不是眞正的遊艇舟子，所以他沒有那種賣笑男娼的神氣。他本來是個大船上的水手，這種大船是運載附近島嶼上所產的生莫和其他產品到威尼斯來的。丹尼生得俊貌，身材高大頎長，他圓整的頭上，長著淡褐色的細密鬈髮，他有一個雄獅似的好看的男性臉孔，和一雙間隔很遠的藍色眼睛。他不像佐尼似的媚態洋溢、饒舌和嗜酒如命。他靜默著，他從容而有力地划著槳，旁若無人。太太們是太太們，和他是遠隔著的。他甚至瞧也不瞧她們，他祗望著前面。

這是一個眞正男子，當佐尼喝多了，笨拙地亂撥著槳的時候，他便怒起來。這是一個男子，正如梅樂士是一個男子，一樣是個威武不屈、貧賤不移的人。康妮不禁替那放蕩的佐尼的妻室憐借起來。但是丹尼的妻子是個威尼斯的嫵媚可愛的民間婦女之一，這種婦女，我們還可以見到，她們住在這迷宮似的城市中幽僻的地方，幽雅樸素如花一般。

唉！多麼悲哀的事！起先是男人買女人的身，現在卻是女人買男人的身子了。佐尼渴想著出賣自己，像一隻狗似地流著口沫，希望著把自己送給一個女人。爲了金錢！

康妮遙望著威尼斯；一團紅粉似的顏色，低低地鋪在水上。它是金錢建築起來的、它是金錢繁榮起來的、並且也是金錢把它殺死的，啊，這致命的金錢！金錢！金錢！金錢！賣身與死！

丹尼卻依舊是個男人，他有著一個男人的自願的忠貞。他並沒有穿上遊艇舟子的那種寬外衣，他穿的是件藍色的毛線短衫。他有點粗野和驕傲的神氣。他是那卑鄙的佐尼的受雇者，而佐尼卻又是兩個女子的受雇者。世界便是這樣！當耶穌拒絕了惡魔的金錢的時候，他卻讓這惡魔成了個猷太銀行家似的，把一切權威都握在手裡了。

當康妮給湖水的光芒照耀得昏沉沉地回家去時，有些家裡的來信等著她。克利夫是按時有信來的。他寫得一手好信，他的信都是可以拿來出版的。因此，康妮也就覺得他的信沒多大意思。

她在那湖光照耀的昏迷中，在那鹽質的氣氛中，在空曠處，在虛無縹緲的生活著，她過著健康的、快樂的生活，她覺得一種健康的迷醉。那是太舒適了。她像躺在搖籃中似的，一切都置之度外。況且她已經懷胎。她現在已經確定了。因此，曬著太陽，呼吸著鹽質的湖水空氣，作著海水浴，或躺在沙灘上，或尋覓著貝殼，或乘著遊艇，遠遠地、遠遠地浮盪，這種迷醉，再加上了她身上懷了孕，這另一種令人適意的、迷醉的、豐富的健康。於是，她的迷醉是到了無以復加的了。

她在威尼斯已經半個月了，她還有十天或半個月的逗留。太陽使她忘記了時間，而她豐富的肉體的健康，使她的忘記更完全了。她在幸福的迷醉中生活著。

直至克利夫的一封信把她驚醒了。

我們也有一場本地的小風波。聽說看守人梅樂士的逃妻，突然地跑回村舍裡去，吃了個閉門羹，他把她趕了出去，然後把門上了鎖。但是，有人說，當他從樹林裡回去的時候，他發現那不再艷麗的婦人，一絲不掛的——不如說淫猥地一絲不掛吧，穩然佔據在他的床上。她是打碎了一塊玻璃進去的。既無法把這有點疲乏了的「維納斯」從他的床上驅逐，他只好鳴鼓退兵，據說，他是退避到達哇斯的母親家去了。於是，史德門的「維納斯」佔據了村舍，她聲稱那是她的家，而「阿波羅」呢，似乎是住在達哇斯了。

這是傳聞所得，因爲梅樂士並沒有親自來見我。這些廢話是從我們的廢話鳥，我們的朱鷺，我們的吃腐肉的兀鷹波太太那裡聽來的。假如這婦人是要在這鄰近的話，夫人決不能再到林中去了！假如波太太沒有誤傳的話，我是決不願向妳提起這事的。

我很喜歡妳的對於麥爾肯爵士跨步入水時候的寫生，風輕拂著他的白髮，陽光照耀著他鮮紅的肉體，我羨慕你們的太陽，這兒在下雨呢。但是，我並不羨慕麥爾肯爵士的對於不朽的肉身事物的苦戀。不過，在他這年齡也怪不得。一個人似乎是越老越留戀不朽的肉身事物的。只有青春才能體會不朽的滋味。

在幸福的迷醉中的康妮，聽了這個消息，煩惱到幾乎激怒起來。他現在是不得不被那個兇惡的婦人所糾纏了！她沒有接過梅樂士的信。他們倆是相約過不要寫信的；但是多麼可恨！現在一切都擾亂了！那些下層階級的人民是多麼可憎！這兒的陽光，這兒終日優游的生涯，較之那英國、米德蘭的憂鬱的一團糟，是多麼可愛！晴朗的天空，畢竟可以說是生命中最緊要的東西啊！

她沒有向人提起過她已經懷孕的事，甚至對希爾達也沒有說。她寫了封信給波太太探問詳細的情形。

愛斯姆拉達別墅裡，從羅馬新來了一位藝術家鄧肯·霍布斯，這是她們認識的朋友。他現在陪她們乘遊艇出去，在淺湖的彼岸和她們一起洗浴，處處護從著她們。這是個沉靜的、寡言的青年，對於藝術的造詣是很深的。

她接了一封波太太的覆信：

夫人，我保準妳見了克利夫男爵時，一定會很高興的。他很容光煥發，充滿看希望地刻苦工作著。不用說，他天天盼望妳回來。家裡自從夫人走後是沉悶的，等夫人回來時，我們大家都要高興了。

關於梅樂士先生的事，我不曉得克利夫男爵對妳說了多少。事情似乎是在某天的午後，她的女人突然跑回來了，當他從林中回家時，他發現了她坐在門檻上。她對他說，她是他的合法妻子，她現在回來了，要和他重新相偕度日，並且不願離婚。因爲梅樂士先生似乎正在提出離婚的決定了。不過，他卻不聽這話，不肯讓她進去，而他自己也沒有進去，門也沒有開，便回樹林裡去了。

但是那天晚上他回去時，他看見窗户給人打碎了。於是，他跑到樓上看她幹的什麼勾當，他發現她一絲不掛地在他的床上。他提議給她錢，可是她說，她是他的妻子，她得把他收回。究竟怎麼鬧了一場，我也不甚清楚。他母親對我談及這種事。她是非常懊惱的。總之，他對她說，他寧死而不願再和她同居；於是，他拿了他的東西，一路回到達哇斯他母親家裡。他在那兒度過了一夜，她卻跑到北加利她的哥哥叫做丹的家裡去，呼天喊地地發誓，說她是他的合法妻子，並且說他曾在村舍裡有過女人，因爲她在他的抽屜裡找到了一瓶香水，在爐灰上找到了一些名貴的紙煙頭，和其它不知些什麼的東西。而且送信的郵差——佛烈．吉克，似乎說過，他有一天大清早上，聽見梅樂士先生臥室裡有人說話，並且在小路上有汽車的痕跡。

梅樂士先生繼續住在他母親家裡，他到樹林裡去時是從花園裡進去的，而她似乎也繼續留在村舍裡。外面的閒話說個不了。最後梅樂士立即跑到村舍裡去，把大部分的家具和床褥搬走了，把抽水管的柄也取下了，因此，她也只好滾了。但她並不回史德門去，她卻去住在北加利的史橫太太家裡，因爲她的嫂嫂不要她了。她不斷地到梅樂士媽媽家裡去追他。並且開始對人發誓，說她曾經和他在村舍裡睡過，她到處向人說些關於他的最難堪的話，說他在村舍裡留女人，說他結婚後他怎樣的行爲，他迫她忍受一切下賤野蠻的事情，和一切我也說不清的事。多麼可怕！一個婦人開口的時候，她什麼惡行做不出來呢？不論她是多麼下賤，總會有人相信她；而醜詆之詞將傳揚下去。她把梅樂士先生說成一個對待女子又下賤又殘暴的人的德性，簡直是令人震怒的。但是人們是怪輕易相信誹謗的話的，尤其是關於這一類的事情的話。她宣稱如果他活著一日，她便不讓他有著一日的好過，但我卻對自己說，假如他對她是這麼殘暴的話，爲什麼她還是這麼焦急著要回到他家來呢？當然她是快到停經期的人了，因爲她比她大好幾歲呢。這些庸俗粗野的婦人，當停經時期來到的時候，總是要變成半瘋狂的……

這封信，給康妮一個大大的打擊。現在，毫無疑義的，她是要混在這讒言醜詆之中了。她惱怒他連一個白黛．古蒂絲都奈何不了，她甚至於惱怒他，幹嘛和她結了婚。也許他眞是有點下賤的某種傾向吧！康妮想起那最後的一夜，她不禁戰慄起來。那種種的性戲，他竟和白黛．古蒂絲這麼個女人共有過！那眞是有點令人作嘔了。也許最好是脫離了他，完全避免了他。他也許眞是個庸俗下賤的人呢。

她對於這整個事情的情感劇變了，她差不多要羨慕賈斯利姊妹倆的不諳世事的天眞少女了。現在她怕她和看守人的事被人知道了。那是多麼不可言宣的屈辱！她覺得厭倦、懼怕，她渴望過著體面而無瑕的生活。假如克利夫知道了她的事，那是多麼不可言宣的屈辱！她恐懼著、驚駭著這個社會，和他的污穢的中傷。她差不多希望他能摒除了那個孩子，避免了一切。簡言之，她是陷在一種畏縮怯懦的困境中。

至於那瓶香水，那全是她幹的傻事。她就是忍不住自己孩子氣的發作，要把他抽屜裡的幾條手巾和他的襯衣芳香起來，又把那小半瓶的野紫羅蘭香水留在那裡。她想使他聞了這香味而想起她。至於紙煙頭，都是希爾達留下的。

她不能自禁地對鄧肯・霍布斯傾訴了幾分心曲。她並沒有說她已經是那看守人的情人，她只說她喜歡他，並且把他的歷史告訴霍布斯。

「啊，」霍布斯說。「妳看看吧，他們是非打倒這一個人不可的。假如他不願攫著機會爬到中等階級去，假如他只是個維護他自己的『性』的話，那麼他便完了。人們唯一不肯退讓的事，便是對於『性』這玩意兒爽直和坦白，至於你怎樣的齷齪，人們卻不管。事實上你對於性愛愈齷齪，便愈得他們喜歡。但是假如你忠於你的『性』，而不願它齷齪的話，那麼他們便要打倒你。這是人類所剩下的最後一個『野蠻的禁忌』：他們不願聽說性愛是個自然的、重要的機能，假如你想用這機能，他們便要殺你。你瞧吧，他們將把那個人逼迫到死為止的。畢竟，他有什麼不是？說他和他的妻子的性愛太狂了，這不是他的權利嗎？她還該引以為榮呢！但是，你看，甚至個下流的東西和他的妻子都要起來反對他，而且挑撥暴民野狗似的反對性愛的本能來推倒他。在實行性愛以前，你得像一隻狗似地聞聞嗅嗅，覺得犯罪而難過。啊，他們是要把這可憐的傢伙陷入絕路的。」

現在康妮的情感又有了另一方面的劇變。畢竟他有什麼不是？他對於她自己——康妮，又有什麼不是？他給過她美妙的快樂，和一種自由的、欣欣向榮的感覺，他把她身上困著的自然而溫暖的性之水域的閘門打開了，為了這個，他便將被人逼入死巷。

啊，不，那是不應該的！她的心裡看見他，赤裸裸的、白皙皙的，只有臉孔和兩手是赤色的，他垂著眼睛，對他挺起的陰莖說著話，彷彿它是一個人似的，他的臉上掛著那奇異的苦笑，他聽見他的聽音：「你有最美麗的婦人的臀兒！……」

覺得他的手在熱烈的、溫柔的、愛撫她的臀部，愛撫著她的秘密之處，好像是個祝福的表示。一種熱力在她的子宮裡流過，一些小小的火燄在她的兩腿上搖曳，她說：「啊，不！我決不能退縮！我絕不能拋棄！無論如何，我定要依附他，和他給我的東西！我溫暖的光芒的生命，是他給我的。我不願退縮。」

她做了件冒失的事。她寫了封信給波太太，裡面附了一封短函叫波太太轉交給他。她給他寫道：

我聽到你的女人所給予你的種種煩惱，覺得非常痛苦；但是你寬心吧，那只是一種歇斯底里罷了。那是來得驟然，而去得也驟然的。但是我很抱歉，我很希望你不致於太憂心。那究竟是不值得的。她不過是個想給你點苦頭的歇斯底里的人罷了。我在十天內便要歸來，我希望一切都將順適。

過了幾天，克利夫來了一封信。他顯然是很懊惱的——

我聽到妳們打算十六日離開威尼斯，眞是高興得很。但是假如妳在那邊很快活的話，那便不必急於回家。我們很想念妳，勒格貝沒有了妳也太空洞了。但是最要緊的還是妳多多享受陽光——陽光與「派遮瑪」，好像麗鳥的廣告上所說的。所以，要是妳在那兒覺得愉快，並且對妳的健康有益以準備度我們的嚴冬的話，那麼妳就請多留一些時日吧。拿今天說吧，這兒就下著雨呢。

波太太勤勉可嘉地侍候我，她眞是個怪異的人類的標本。我越活著就越覺得人類是奇怪的生物。許多人是很可以像蜈蚣似的有一百條腿或像龍蝦似的有六條腿的。人類的一致，和一個人所希冀於他人的尊嚴，實際上彷彿不存在的。我們甚至要懷疑這種東西本身是否存在呢。

看守人之非議事件日漸增大，如雪球滾地一般。波太太供給著我種種消息。她會使我聯想到一條魚，魚雖然是不會說話，但是只要它是活著的，它的鰓就好像在呼吸著沉默的閒言。一切都打她的鰓節裡經過，並且沒有使她驚異的事情，彷彿他人的事故，是她生命所必須的氧氣似的。

她很留心著梅樂士事件；假如我讓她開口的話，她便要把我引到深底裡去的。她對於梅樂士的女人，是無限憤慨——她堅持地叫白黛．古蒂絲。我曾經到過白黛．古蒂絲污濁的生活的深處；當我從那滔滔的閒話裡解脫出來，慢慢地重新游出水面的時候，我望著光明的陽光，驚異著怎麼能有這樣的一種生活。

我覺得我們所眼見的這個世界，實際上是個深深的海底；所有的樹木是海底植物，我們自己是海底的奇異的甲殼動物，我們像小蝦似的以腐物飽腹，很罕地，靈魂從我們所住的這深不可測的地方，吠息著浮了起來，遠遠地浮到有眞空氣的以太〈註：天空中傳播光、熱、電、磁的一種假想媒介物質〉的水面，我確信我們普通所吸的空氣是水之一種，而我們男男女女都是魚類之一種。

但是海底掠食後的靈塊，有時也會像海鷗似的，狂喜地向著光明展翼疾飛。我想，我們在那人類的海底林中，掠食看我們水族同類的獰惡的生命，這是我們的死運吧。但是，我們不朽的命運卻是逃走，一旦吞噬了我們的黏膩的掠物後，我們便從這古老的海洋突出，重回到光輝的以太裡。重回到眞正的光明裡，那時我們便了解了我們永久的天性了。

當我聽著波太太說話時，我覺得我自己是在沉著，沉著，沉到了海底裡，那兒，神秘的人類魚在打轉，在游泳。肉慾來潮的時候，他們攫取了一塊肉食，然後向著高度上升，從迷霧裡到以太裡，在低濕處到乾燥處。對妳，我可以將這整個的程序解譯。但是和波太太，我只感覺著可怖地向上、向下沉著，沉著，沉到了那絕底的海藻與死灰色的妖怪中間。

我恐怕我們的看守人要走了。逃婦所引起的醜事，不單沒有緩和下去，反而愈見大了。她譴責他一切不可名言的事情，說也奇怪，她竟有法子使大部分的礦工的妻子們——可怖的魚類——站在他的後邊，村裡是給讕言所腐化了。

我聽說這位白黛．古蒂絲把村舍和小屋搜索一番後，到梅樂士母親家裡把梅樂士囉唆了一場，還有她的女兒放學回來，她想把這酷肖母親的東西帶走；但這小女兒不但沒有吻她慈母的手，反而把她狠狠的咬了一口，這麼一來，慈母的另一隻手給了她一個耳光，把她蹣跚地打落溝渠裡：那位憤懣窘迫的祖母才把她救了出來。

這婦人在她的周圍，散佈了驚人的大量的毒氣。她把夫妻生活的一切大小情事都散播出去，這種種情節在普通夫婦之間，是只有埋藏在婚姻的沉默墳墓之最深處的，在十年的安葬之後，她再發掘出來，好個異樣的陳列！這些詳情我是從林醫生那裡聽來的。醫生覺得那是件娛人的事。

自然個中的一切都是毫喜意義的。人類一向就是貪婪與厭地探究著性交的特殊姿勢的；假如一位丈夫，喜歡和他的女人「義大利式」地——崇尚賽凌尼（Berrvenuto cellini）的說法——盡情盡意，又有什麼不可以呢？那不過是嗜好的問題罷了。不過，我卻沒有想到我們的狩獵人也能玩這許多戲法。無疑地那是白黛．古蒂絲啓蒙他的。無論如何，那是他們自己的家醜，與他人是無關係的。

雖然，大家都在聽看，正和我自己一樣。在十年前，只要普通的廉恥心便足以把這件事情窒息的。但這普通的廉恥心已不再存在了，礦工的妻子從頭到腳都武裝起來了，再也與法使她們緘默了。人一定要以爲五十年來，達哇斯的孩子們，個個都是聖胎所出，我們背教的婦女們，個個都和瓊．達爾克〈註：瓊．達爾克（Jeame d, Aro）已係十五世紀的法國殉國女英雄〉一般光榮。我們可敬的看守人竟有拉勃來〈註：拉勃來（Rabelais）係十六世紀的法國大作家，富幻想與熱情。〉的傾向，這在村人的眼中，似乎使他變得比一個殺人兇手如巨立朋更爲妖怪而令人髮指的。可是，照種種傳說看來，達哇斯村裡這些人民也是荒淫不羈的。

困難的地方，便是這可惡的白黛．古蒂絲，並不安於她自己的苦痛經驗。她到處叫喊著她發現了她的丈夫在村舍裡「留」女子，並且膽敢指出人名。於是，幾個可敬的名字便被曳在污濁裡了；事情竟鬧到使人不得不下個拘禁她的命令。

梅樂士已不能使那婦人不到林中去，所以我不得不叫他來把事情問個詳細。他和平常一樣踱來踱去，好像說：「別管我的事，我也不管你的！」可是，我卻十分懷疑他自己覺得像個尾巴上了縛的洋鐵罐的狗；雖然他裝著像洋鐵罐不在那裡的自然的樣子。但是我聽人說，當他經過村裡的時候，婦人們會把她們的孩子叫開，好像他是邪惡的沙德侯爵（Marduis de Sade）的化身似的。他是一味的魯莽，但是，我恐怕他尾巴上罐子縛得太緊，並且他內心像丹・羅穗里哥（Don Rodrigo）似的唸著那句西班牙短歌：「噢！我最犯罪的那個地方，現在被咬傷了！」

我問他是不是能盡林中的職務，他說他相信並沒有疏忽他的職務。我對他說，他的女人在林中這樣打擾是件討厭的事；他答道，他實在沒有法子制止她。然後我，暗示他那件不名譽的事情，是越來越難聽了。「是的，」他說。「人們應該只管自己床笫間事，那麼，他們便少聽他人的床笫間的事的閒話了。」

他說這話是帶點苦味的，無疑地都是眞的。但是他說這話的樣子，既不文雅又不尊敬。我把這個意思暗示給他，這一來我聽見了那洋鐵罐在響起來：「克利夫男爵，像你這種情境的人，是不應該責備我的兩腿間有一條鰲魚的。」

這種事情，不分皂白的逢人便說，當然於他是毫與益處的，因此我們的牧師，和林來、和波老斯，大家都認爲最好是辭退他了。

我問他在村舍裡留女子的事是否眞的，他說：「那與你有什麼關係呢？克利夫男爵？」我對他說：「在我的林園裡面，是不容不正經的事的。」他卻答道：「那麼，你得把所有婦人的嘴都封起來。」……當我追著問他在村舍裡的生活情形時，他說：「你儘可以把我和我的小母狗兒佛蘿茜捏造一些穢史。那會給你一個漂亮的題目的！」眞的，他的魯莽無禮，是無人能出其右的。

我問他另外去找個工作是否容易，他說：假如這話是暗示他，他毫不反對在下星期末離開此地，而且似乎願意把這職業的種種秘密傳授給他的代替者——佐・張北斯，一個年輕的傢伙。我提議在他走的時候，多給一個月的薪水。他說我還是留著這錢好，因爲他的良心無法安靜。我問他這話是什麼意思，他說：「克利夫男爵，你沒有另外欠我什麼。所以不要給我什麼。假如你還有什麼不滿的話要說，便只管說吧。」

好了，此刻事情是完結了；那婦人終於走了；我們也不知道她上那兒去了。但是她如有在達哇斯露面的話，她是要被拘禁起來的。我聽說她最怕坐監的，因爲她是罪有應得了，而梅樂士將於下星期六離開，那地方不久也便要重歸原狀了。

我親愛的康妮，假如妳覺得快活的話，妳就在威尼斯或瑞士留到八月初吧，妳能遠隔著這些污穢的謠諑，我是覺得欣慰的；這些謠諑到了月底便可以全息了。

妳看，我們是海底的妖怪，當一條龍蝦在泥上走過時，它把水給攪濁了，我們只好坦然受之了……

克利夫信裡的激惱和同情心的缺乏，給康妮的印象是很壞的。但是當她接到了梅樂士的下面那封信時，她對於事情才明白些了。

秘密被刺穿了——袋子裡的貓出來了，而且還帶著種種小貓呢。想來妳已經聽到了，我的妻子白黛，向我無情的臂彎衝來了，而且卜居於村舍裡，那兒——說句不恭敬的話——那小瓶高狄香水，在她的鼻子裡卻是老鼠味兒。在幾天內，她沒有找到旁的東西。然後，那張焚了的相片，使她狂號起來，她在雜物間裡發現了玻璃和框板。不幸地，在那板上，有人塗了一些小畫，和幾個縮寫的名字G.S.R。起初，這還不能供給什麼線索，直到她跑到小屋裡去，在那裡發現了一本妳的書——女伶朱狄芙的一本自傳，在第一頁上，寫有了妳的名字：Gonstance Stcwart Reid，得了這個後，她便到處狂叫了幾天，說我的情婦不是別人，就是查泰萊男爵夫人自己。這消息終於傳到了牧師、波老斯先生和克利夫男爵的耳朵裡。於是，他們把我的好太太告到官裡去，她是懼怕警察如怕死的人，聽了便逃之夭夭了。

克利夫男爵要見我，我便到他那裡去。他把事情說來說去，好像惱恨我的樣子。然後他問我知不知道連查泰萊夫人的名字也給人提及了。我說我從來不聽讒言，這話竟從克利夫男爵嘴裡聽得，是使我驚異的。他說，這自然是個絕對的侮辱，我答道，在我的洗滌間裡，掛了個日曆，上面有個瑪麗王后的像，無疑地，而王后便是我的阿房宮裡的一個宮女了。可是他並不賞識這個笑話。他說我是個不扣褲鈕在外面走路的莽夫，而我也告訴他，他自己卻是個沒有東西可以扣褲鈕的。因此，他把我辭退了。我將於下星期六離開，這地方將不再認識我了。

我要到倫敦我從前的房東英格太太那裡去，他住在高堡廣場十七號，她將給我一間房子，或替我找間房子的。

「妳可以確信吧，妳的罪惡是不會把妳放鬆的，尤其妳是有夫之婦，而且她的名字叫做白黛……」

信裡沒有一個字是關於她的，或是給她的。康妮不禁憤恨起來。他很可以說幾句撫慰她的、或安慰她的心的話，但是她明白他的意思是要讓她自由地回到勒格貝和克利夫那裡去。而這也使她憤恨他何必如此故作豪俠？她倒希望他對克利夫說：「是的，她是我的愛人，我的情婦，而我也為她驕傲！」但是他卻沒有這個勇氣。

那麼，在達哇斯，她的名字竟和那個女人混在一起了！可怖的混沌！但是，不久便要靜息下來了。

她憤怒著，那是一種複雜而紊亂的憤怒，這憤怒使她失去了生氣。她不知做什麼好，說什麼好？於是，她也不說什麼，也不做什麼。她在威尼斯的生活和以前一樣，和鄧肯·霍布斯乘著遊艇出去，洗海水浴，讓時光輕輕地過去。十年前憂鬱地愛戀她的鄧肯，現在又愛起她來了。但是她對他說：「我希望於男人的只有一件事，便是他們能讓我寧靜！」

於是鄧肯讓她安靜了，而且毫不生氣。雖然，他還是對她露著一種奇異的痴迷之愛。他希望與她親近。

「你有沒有想過？」他有一天對她說：「人與人間的關係是多麼淡薄？看看丹尼吧，他俊美得像一個太陽的兒子似的，但是妳看，他在他的俊美中，看起來是多麼孤獨！而我敢打賭，他一定有了妻兒，而且這妻兒是他所不能離棄的。」

「問他自己去吧！」康妮說。

鄧肯問了他。丹尼說他已經結了婚，生了兩個男孩；大的九歲，小的七歲。但是他對於這事實並不流露任何感情。

「也許唯有能與他眞正結合的人，才有這種孤獨於宇宙之間的外表吧。」康妮說。「此外的人都有著某種黏性，他們只知膠黏著群衆和佐尼一樣。」而她心裡想：「你，鄧肯！也是這一類的人。」

第十八章

她再也不能猶豫了！她決定於星期六也就是他離開勒格貝的那天，離開威尼斯。她將於下星期一到倫敦，那時她便可以會見他了。她給他寫一封信到他的倫敦的地址去，要他回信到哈蘭飯店，並且星期一晚上七點到那兒去會她。

她的心裡覺著一種奇異的、複雜的憤怒，她所有的感應都好像麻木了。她甚至對希爾達也不願意說出心事；希爾達呢，對她的這種固執的緘默，十分不高興，她很親切地跟一個荷蘭女子交好起來。康妮覺得女子與女子間這種有點悶抑的親切是可僧的；而希爾達卻趨之唯恐不及。

麥爾肯爵士決意和康妮一路回去，鄧肯將陪希爾達回去，這老藝術家是養尊處優慣了的人，他買了兩張「東方快車」的臥鋪，雖然康妮並不喜歡奢侈的臥車，和這種車裡的庸俗腐敗的氣氛。然而坐這種車到巴黎要快得多了。

麥爾肯爵士回家見太太時，心中總是侷促不安的，這是她的第一位太太在世時傳下來的習慣了。但是家裡因將舉行一個松雞的遊獵會，他必須及時趕到，陽光曬赤了的美麗的康妮，卻默默地坐著，對沿途的景色全都視而不見。

「回勒格貝去，妳覺得有點煩悶嗎？」她的父親看見了她的鬱鬱不快的情形說。

「我還不一定要回勒格貝去呢。」她驟然的說。一雙藍色的大眼睛望著她的父親。她藍色的大眼睛，顯出一個良心有內疚的人的驚愕神情。

「妳的意思是說，要在巴黎逗留幾天嗎？」

「不！我是說永不回勒格貝去。」

他老人家自己的小煩惱已經夠受了，他衷心希望不要再擔負她的煩惱。

「這是怎麼說呢，這麼突然？」他問道。

「我有孩子了。」

這句話是她第一次對人說的；她的生命好像也隨著這句話而裂成兩半了。

「妳怎麼知道的？」她的父親問道。

她微笑著。

「我怎麼知道？」

「當然不會是克利夫的孩子吧？」

「不！是另一個人的。」

她覺得有點快意，使他捉摸不住地焦急起來。

「我認識那個人嗎？」麥爾肯爵士問道。

「不！你從來沒有見過他。」

靜默了很久後，他說：「那妳打算怎麼樣呢？」

「我不知道，問題也就是在這兒。」

「沒法子跟克利夫商量解決嗎？」

「我想克利夫一定會接受孩子的。」康妮說。「前回你跟他談話後，他對我說過，假如我有個孩子的話，他決不會介意的，只要我審慎處理。」

「在這種情境下，這是他唯一有理智的話。那麼我想事情是沒有什麼問題的。」

「何以見得?」康妮直望著她父親的眼睛說。她父親的眼睛是有點像她自己的,又藍又大,但是籠罩著某種不安的神色,有時像個不安幼童的眼睛,有時又帶著乖辟自私的樣子,平常是樂觀而小心翼翼地。

「妳可以給克利夫一個查泰萊的傳宗接代的人,而且在勒格貝安置另一個小男爵。」

麥爾肯爵士的臉孔上露著半性感的微笑。

「但是我想,我是不願意的。」她說。

「爲什麼不?難道妳牽掛著那另一個人嗎?唉!我的孩子,讓我告訴妳一點眞話吧!世界是要持續下去的。勒格貝存在著,它將繼續存在。世界多少是固定的,我們表面上不得不去適應它。我個人的意見是我們喜歡怎麼樣便怎麼樣。情感卻是會變的,妳今年可以喜歡這人,明年喜歡另一個;但是勒格貝卻繼續存在著。只要勒格貝忠於妳,妳便要忠於勒格貝,此外,妳什麼都可以隨意。但是如果妳把事情破壞了。妳要是喜歡破壞的話,妳儘可破壞。妳有妳個人的收入,只有這個永遠不會使妳失望。可是它也不會令妳得到太多好處的。把個小爵士放在勒格貝吧,那倒是挺有意思的。」

老爵士把身子朝座位上一靠,又露出微笑。康妮沒回答。

「妳終於擁有了一個眞正的男人。」

過了一會兒,他對她說。在性方面他是很機警地。

「我眞的有了一個,麻煩就在這兒,這種人現在不多了。」她說。

「眞的,我的天!」他想了想。「現在眞的不容易找到了,寶貝女兒,看看妳,我就知道他是個幸運的人,他不會給妳什麼麻煩吧?」

「對,一點兒也不!他完全由我自己作主。」

「對！對！一個眞正的大丈夫便會尊重別人。」

老爵士很高興。康妮是他寵愛的女兒。他一向喜歡她有女人味兒。不像希爾達那樣像母親，他也一直不喜歡克利夫。

因此，他很高興，對他女兒呵護備至，彷彿她懷的孩子就是他的。

他開車送她到哈蘭飯店，把她安置在房間裡，才到他的俱樂部去。他本來要陪她吃飯的，她拒絕了。

她發現梅樂士有封信給她。

我不到妳的旅館來，七點鐘在亞當街的金雞酒館外面等妳。

他果然站在那兒，身材瘦長，穿了一身很正式的暗色薄料子衣服。他有一種天生的非凡氣概，而沒有她那階級的人的典型儀態。可是，她一看就知道他無論那兒都能去的。他有天生的風度，比那階級的典型儀態實在要自然適宜得多。

「妳來了！妳的氣色不錯啊！」

「是的！可是你卻不見得好。」

她不安地望著他，他瘦了，額骨顯露出來。但是他的眼睛向她微笑著；而她覺得與他毫無隔閡。突然的，她的故作鎮靜的力量瓦解了。一種肉體上的什麼東西，從他的身體洋溢出來，那使她的內心覺得安詳、快樂且無拘束。她追求幸福的敏銳的女子本能，立即告訴她：只有他在時，我才是快樂的！威尼斯的所有陽光，並沒有給過她這種內在的煥發與溫暖。

「那件事，使你覺得害怕了吧？」當他們在一張桌子相對而坐後，她問道。

「人言總是可怕的。」他說。他眞的太瘦了；她現在看出來了。她看見他的手，和從前一般，像個入睡了的獸類似的，迷失在一種奇異的遺忘中，放在桌上。她眞想拿來親吻。但是她沒有這個膽量。

「你很難過嗎？」她說。

「是的，我覺得難過，而難過的日子還長著呢。我知道我這種難過是愚蠢的。」

「你是不是覺得像一隻尾巴縛了個洋鐵罐的狗？克利夫說你有那樣的神氣呢。」

他望著她，此刻對他說這種話，是太殘忍了，因爲他的自尊心曾受過很大的苦楚。

「我想是的。」他說。

她決不知道他是多麼痛恨受人侮辱！

沉默了好一會兒。

「你想念我嗎？」她問道。

「我很高興，妳能遠離這事件的一切。」

他們重新沉默著。

「但是，別人相信不相信你和我的事情？」她問道。

「不！我決不以爲他們相信的。」

「克利夫呢？」

「我想他也不。他把事情擱在一旁不去想它。但那當然是使他永遠不想再見到我出現在他的眼前了。」

「我就要有個孩子了。」

他臉上及全身的表情，全僵住了。他兩隻陰鬱的眼睛望著她，這種注視是使她莫名其妙的：用這樣一種黑火燄的靈魂在望著她。

「告訴我，你是快樂的吧！」她握著他的手懇求道。她看見某種得勝的狂喜，從他的心裡流溢出來。但是這喜悅卻被一種她所不明白的東西網著的。

「那我要爲將來著想了。」他說。

「難道你不快樂嗎？」她堅持著說。

「我是很不信任將來的！」

「你根本不必煩惱要負什麼責任的。克利夫將接受這個孩子如同己出，他一定會高興的。」她看見他聽了這句話後，蒼白而退縮起來。

「你是要我回到克利夫那裡去，而給勒格貝生個小男爵嗎？」她問道。

他望著她，又蒼白又疏遠。那陰沉的微微的苦笑掛在他的臉上。

「妳不必告訴他——誰是父親吧？」

「啊！」她說：「即使我告訴他，他也要接受這個孩子的——」

他思索了片刻。

「是的！」他最後自言自語地說；「他是會要的。」

他們靜默著。他們中間好像有個廣大的深淵似的。

「你不願意我回克利夫那兒去，是不是？」她問他。

「妳自己的意思呢？」

「我願意和你同住。」她簡單地說。

他聽了這話，彷彿覺得剎那間有一些小火燄在他的小腹上奔馳而過，他把頭垂下。然後用他那陰鬱的眼睛再望著她。

「妳認爲値得嗎？」他說。「我是個一無所有的人。」

「你有的東西比大多數的男子更多。算了吧，你自己是知道的。」她說。

「是的，在某種說法，我是知道的。」他靜思了一會兒，然後繼續道：「人家一向說我較陰沈。但是這話是不正確的。因爲我喜歡弄錢，不喜歡上進。我在軍隊裡要上進，本來是很容易，但是我卻不喜歡軍隊。雖然我可以駕馭兵士們；他們也喜歡我，而當我發起脾氣來的時候，他們卻是敬鬼神而遠之了。咳！軍隊之所以是個死東西，絕對地呆笨的死東西，就是那愚昧的、機械的、上級的權威所造成的。我喜歡兵士，兵士也喜歡我。但是我忍受不了那班經營這世界的人們的無病呻吟，和擺臭架子的無恥。這便是我不能上進的緣故。我恨金錢的無恥行爲，我恨階級的無恥行爲。在這世界裡，我空無一物，還有什麼可以獻給一個女人的東西？」

「但是爲什麼要獻什麼東西呢？那又不是一個交易，我們不過是互相鍾愛罷了。」

「不，不，事情不是這麼簡單的。生活便是前進。我的生命不願步上適當的軌道，而且還是脫軌的。所以我是有點像廢物似的。我沒有權力讓一個女人和我的生命相混，除非我的生命有所作爲，有所成就——至少是在精神上，能使我們倆常覺新鮮、奮發。男人應該把一個有意義的生命獻給女人，假如這個生命將是個孤立的生命，假如這個女人是個端莊的女人！我更不能只做個吃軟飯的傢伙。」

「爲什麼不呢？」她說。

「咳！就是不能，而且妳很快便會厭恨這種生活的。」

「你這話說得好像你不能信賴我似的。」她說。

他苦笑著。「錢是妳的，社會地位也是妳的，一切都將由妳主決。總之，我只是太太的肉慾滿足者罷了。」

「此外，你還是什麼呢？」

「我不怪妳這種疑問。無疑地那是看不見的。可是，我對於自己，也不妄自菲薄。我明白我自己生存的意義，雖然我也了解旁人是不明白的。」

「難道你和我同居後，你生存的意義便要減少了嗎？」

他停了很久才答道：「也許。」

她也遲疑地思索著。

「什麼是你的生存意義呢？」

「告訴妳，那是無形的。我不相信世界，我不相信金錢，我不相信進步，我不相信我們的文明的將來。假如人類是有個將來的話，那便得有個大大的轉變。」

「那麼眞正的將來是怎樣的呢？」

「上帝才知道！我覺得我的心裡有一種什麼東西和滿懷的憤怒混合著。但是那確切地是什麼，我卻不知道。」

「你要我告訴你什麼？」她望著他的臉說。「你要我告訴你，你有的是什麼東西嗎？那是他人所沒有的，而且是創造將來的東西。你要我告訴你嗎？」

「告訴我吧！」他答道。

「那是你自己熱情的勇氣，當你的手放在我的臀上，說我有個美麗的臀部的時候，便是那個東西。」她說。

他的臉上又是苦笑。

「對了！」他說。

然後，他靜默地想著。

「是的！」他說：「妳說得對。就是那個，全是那個。在我和男人們的關係中，我不得不用身體和他們接觸，而且不能退縮。我得帶領他們，提醒他們，而且對他們表示一點溫情，甚至當我使他們苦痛折磨的時候。這便是佛所謂的意識問題。男人之所以剛強勇敢，而不是一些猿猴，也就是因爲有那種東西。是的，那是溫情，的確；也是性的醒悟。性愛實在只是一種接觸，一切接觸中最密切的接觸。而我們所懼怕的便是接觸。我們只醒悟了一半，生活了一半。我們得完全地生活和醒悟。尤其是我們英國人得用點溫情與殷勤，互相接觸起來，這是我們急迫需要的。」

她望著他。

「那麼你爲什麼懼怕我呢？」她說。

他望著她很久才答道。

「那是因爲妳的金錢和妳的地位。那是妳所有的世界。」

「但是，我難道沒有熱情嗎？」她熱切地問道。

他陰鬱地、心不在焉地望著她。

「是的！有的！卻是飄忽不定，和我自己一樣。」

「你難道不信任這熱情在你和我之間存在嗎？」她焦慮地疑視著他問道。

她看見他的臉色溫和了下來，那反抗的神色漸漸減少了。

「也許！」他說。

兩個人都靜默著。

「我要你把我抱在你懷裡。」她說：「我要你對我說，你高興我們將有個孩子了。」她是這樣的美麗，這樣的溫暖，這樣的熱切，他的內心為她騷動起來了。

「我想我們可以到我房子裡去吧。」他說。「雖然這又是一件令人誹謗的事情。」她看見他又把世界忘懷了，他的臉孔現著溫柔的、熱情的、柔媚而純潔的光彩。

他們沿著偏僻的街道走到高堡廣場。他的房子在最高的一層，是個屋頂樓房，整潔而大方。他有個煤氣爐，自己燒煮食物。

她把自己的衣裳脫了，叫他也把他的脫了。初期妊娠中的溫軟鮮麗的她是動人的。

「我不該再打擾妳的。」他說。

「別說這話！」她說：「疼愛我吧！疼愛我，說你不會丟棄我吧！說你不會丟棄我吧！說你永久不會讓我回到世界上去，或回到任何人那裡去吧！」

她偎近他，緊貼他纖細而強壯的裸體——這是她所知道的唯一的棲身處。

「那麼我將留著妳。」他說。「要是妳願意，我將留著妳。」

他緊緊地環抱著她。

「告訴我，你高興有這孩子吧。」她重複地說：「吻吻他吧！吻吻這孩子所在的地方，說你高興他在那兒吧。」

但是，他猶豫著。

「我很懼怕這孩子生到這種世上來；我很替他的將來擔心。」

「但是，你已經把他放在我的裡面了。對他溫柔些，這便是他的將來了。吻他吧！」

他戰慄著，因為那是對的。對他溫柔些吧，這便是他的將來了。吻吻吧！這時，他對她的愛情是無以言喻的。他吻著她的小腹和她的美妙之丘，他偎近著她的子宮和子宮裡面的胎兒吻著。

「啊，你是愛我的！你是愛我的！」她細聲呼喊起來，這種呼喊是像她的性慾亢奮時的呼喊一樣，盲目的、模糊不清的。他溫柔地進到她的裡面，覺得熱情的波濤，洶湧地從他自己的心腸流到她的心腸裡，兩個相憐相愛的心腸在他們之間燃燒著。

當他進入她的裡面去時，他明白了這是他應該做的事情。和她做熱情的接觸，而保存著他的驕傲、尊嚴，和一個男人的完整。

總之，雖則她有錢，而他則兩袖清風，但是他的驕傲心與正義心，卻不容他因此而撤回他對她的熱情。他心裡想著：我擁護人與人之間的肉體的醒悟的接觸和溫情的接觸，她是我的伴侶，她將援助我和金錢、機械，以及世人的獸性的呆鈍的理想作戰。多謝上帝，我得了個女人！我得了個又溫柔又了解我的女人和我相聚！多謝上帝，她並不是個兇暴的蠢婦。多謝上帝，她是個溫柔而理性的婦人。當他的精液在她裡面播射的時候，在這種創造的行爲中——那是遠甚於生殖行爲的——他的靈魂也向她播射著。

現在她是完全決定了；他和她是不可分離的了。不過，到底要用什麼方法呢？那是仍待解決的問題！

「你恨不恨白黛．古蒂絲？」她問他道。

「別對我提起她！」

「啊！你得讓我說說，因爲你曾經喜歡過她；而且曾經和她親密過，正如你現在和我一樣。所以你得告訴我，在你們之間有過這種親密以後，而恨她到這步田地，這不是有點可怕嗎？這是什麼緣故？」

「我不知道。她的意志好像是無時無刻不在準備著反抗我。唉！她那可惡的女性的意志，她那自由狂！這種自由狂的結局是最殘酷的暴虐！啊，她老是拿她的自由來反對我，好像她把硫酸拋在我臉上一樣。」

「但是，她到現在還沒有脫離你呢。她還愛不愛你？」

「不，不！她所以沒有放棄我，是因爲她有一種狂恨，她只想傷害我罷了。」

「但是，她一定愛過你的。」

「不，唔，有時也許的。她是受我吸引的，我想這一點也是她所憎恨的。她有時愛我，但轉瞬間，她便要開始刻薄我。她最大的慾望便是刻薄我，那是沒有辦法使她改變的。在一開始的時候，她的意志就是反抗我的。」

「也許，那是因爲她覺得你並不眞正愛她，而她想使你愛她的緣故呢。」

「老天！那是什麼想法？」

「但是，你不曾眞正愛過她吧，是不是？這就是你給她的苦頭。」

「我有什麼法子呢？我開始想去愛她；但是她總給我釘子碰，不，不，不要談論這個了吧。那是個劫數；而她是個禍水。最近這些日子裡，假如人家准許我的話，我一定把她這具有婦人形的狂暴東西，像一條野獸似的殺掉了。假如我可以把她殺了的話，這一切不幸便沒有了！人們眞應該准許這種去除惡暴的行爲。當一個女子絕對地給她固執的意志佔據著的時候，當她固執的意志在反抗著一切的時候，那就可怕了，那就非把她殺掉不可了。」

「而男子們呢，當他們給固執的意志佔據著了的時候，不也應該把他們殺掉嗎？」

「是的！一樣！……但是我得把她擺脫了，否則她將向我重新逼迫的。我早就想告訴妳，只要有可能，我必須離婚。所以，我們得小心，妳和我，不要讓別人看見我們在一起。

假如她撞到妳我頭上來時，我是絕對忍受不了的。」

康妮沉思著。

「那麼我們不能在一起嗎？」她說。

「大約在六個月內是不能的。我相信離婚在九個月中便可完成。那得等到明年三月。」

「但是，孩子要在二月末出世呢！」她說。

他靜默了。

「我願所有像克利夫和白黛之流的人都死盡了！」他說。

「你對待他們並沒有多大的溫情呢。」她說。

「用溫情對待他們？但是對他們最溫情的事，也許就是給他們一個死！他們是不懂生活的！只知破壞生命。他們體內的靈魂是令人生厭的。死之於他們應該是最甘甜的了。人們應該准我去把他們殺盡才是！」

「但是，你決不會這樣做吧。」她說。

「我一定會！我殺他們比殺一隻鼬鼠還要覺得泰然。鼬鼠還有它孤寂的美。但是這種人太多了。啊，假如我可以的話，我定要把他們殺盡。」

「你既不敢，那麼便沒有問題了。」

「也許。」

康妮現在想的事情多著了。無疑地他是絕對想把白黛・古蒂絲擺脫掉的；她覺得這是對的；她覺得他是對的。最後的鬥爭是太可怕了。那便是說，她將孤獨地生活到春天。也許她可以和克利夫離婚。但是怎樣？假如梅樂士的名字一被提起，那麼他那方面的離婚便離不成了。多麼討厭！一個人難道不能一直走到地球的盡頭，擺脫一切嗎？

這是不可能的！現在世界的盡頭，從倫敦的查理十字街起不過五分鐘的距離罷了。只要有無線電，地球是沒有遠近的。非洲、達荷美的王和西藏的喇嘛，都能聽到倫敦和紐約之聲呢！

忍耐吧！忍耐吧！這個世界是個廣大而可怕的機器網，若要不身陷其中，一個人得好好地小心行事。

康妮把心事告訴她的父親。

「你知道，爸爸，他是克利夫的看守人；但是他從前是駐印度的軍官。不過，他是像佛羅倫斯上校似的，他願意回到從前的階級裡去的。」

但是麥爾肯爵士，對於這著名的佛羅倫斯的輕薄的神秘主義，是沒有好感的。他覺得在那許多的謙遜的後面，宣傳的作用太濃厚了這種自傲的行爲——故意自仰的自傲行爲是這老爵士所最討厭的。

「妳的看守人是打那裡迸出來的？」麥爾肯爵士憤憤地問道。

「他是達哇斯礦工的兒子。但是他是個絕對不會貽笑大方的人。」

這位有爵銜的藝術家更加憤怒起來了。

「在我看來，這像是個掘金礦的人。而妳顯然是個——很容易被開採的金礦。」

「不，爸爸，你錯了。要是你見過他，你便知道了。他是個眞正的大丈夫，克利夫所以厭惡他，就是因爲他是個毫不屈服的人。」

「這樣看來，克利夫倒有過一次不錯的本能了。」

麥爾肯爵士所難堪的，便是怕人知道了他的女兒跟一個看守人私通。這種私通他是不反對的；他只是怕各方的非議罷了。

「那個人怎樣，我倒不管，他顯然地是知道怎樣迷惑妳！但是，天喲！想想人家的閒話吧！想想你的繼母聽見時的樣子吧！」

「我知道！」康妮說。「閒話是可怕的；尤其是在上流社會裡。而他呢，他是渴望著他的離婚能夠成功。我想我們也許可以說孩子是另一個人的，完全不提梅樂士的名字。」

「另外一個人的？是誰？」

「或者鄧肯．霍布斯。他從小就是我們的朋友。他又是個出名的藝術家。而且，他也一直都喜歡我。」

「啊，這個嘛！可憐的鄧肯，他將得到什麼好處呢？」

「我不知道！但是那也許可以給他某種的愉快吧！」

「眞的，眞的嗎？咳，如果是這樣，他可眞是個怪物！難道你和他甚至從來沒有發生過關係嗎？」

「沒有！但是他實在也不想。他只愛親近我，但是不想做愛。」

「我的上帝，多麼古怪的一個人！」

「他最喜歡我的地方，就是做他的模特兒。不過，我從未允許過。」

「可憐的傢伙，但是這種沒有骨氣的人，看來是什麼都做得出來的。」

「不過，他喜歡他的名字和我的湊在一起！」

「老天呀！康妮，這一切都是詭計！」

「我知道！這是令人作嘔的。但是我有什麼辦法呢？」

「一個詭計過了，又是一個詭計！我想我活得太久了。」

「算了，爸爸，你年輕的時候，不也使用過不少的詭計嗎？」

「但我告訴妳，那是不同的。」

「你老是這樣說！」

希爾達到了，聽到了這種情形，她也狂怒著。她也一樣，想起人人都知道她的妹妹和一個看守人發生關係，她簡直無法忍受。那是太大的屈辱了。

「為何我們不可以乾脆地隱遁了，跑到英屬哥倫比亞去，那便沒有非議了？」康妮說。

但是那是沒用的，非議還是一樣要爆發的。康妮如果要跟那個人去，那麼最好是能嫁他。這是希爾達的意見。麥爾肯爵士猶豫著。他想也許事情還可以補救吧。

「你想不想見他，爸爸？」

可憐的麥爾肯爵士！他是毫不願意地。可憐的梅樂士！他更不願意。雖然，見面終於成了事實。那是在俱樂部的一個廂房裡的午餐，只有他們兩個人在那兒，兩對眼睛互相打量著對方。

麥爾肯爵士喝了不少的威士忌，梅樂士也喝著。他們滔滔地談著印度，這是那年輕人所熟悉的話題。

這種談話佔去了全部用餐的時間。直至咖啡來了，侍僕走了，麥爾肯爵士才燃了一雪茄，誠懇地說道：「咳，年輕人，我的女兒的事怎麼樣了？」

梅樂士的臉上顯著苦笑。

「唔，先生，她的事怎樣？」

「是你給了她一個孩子呢！」

「這是我的榮幸！」梅樂士苦笑著說。

「榮幸，老天爺！」麥爾肯爵士響亮地笑著說，這是蘇格蘭人猥褻的笑。「榮幸！噯事情怎麼樣？是不是，妙極了？」

「妙極了！」

「但是我敢打賭！哈，哈！我的女兒的確是麥某人的女兒！我自己也一樣，我是從不懊惱絕妙的性交的。雖然她的母親……啊，老天爺！」他的眼睛向天望著。「但是，你使她熱起來了，啊，我看得見的，是你使她熱起來的。哈，哈！我的血在她血管裡流著呢！而你卻知道怎樣放火燒她呀！哈，哈哈，哈！我眞高興，我可以告訴你。她需要那個。啊，她是個好女子，她是個好女子，我早就知道，只要有個知道怎樣放火燒她的男子漢，她就成事了。哈，哈，哈！一個看守人，噯，我的孩子！你是個拿手的獵人！我告訴你！哈，哈！但是現在說正經話吧！我們怎樣安排這事呢？說正經話吧，你知道的。」

說正經話吧！他們都摸不著什麼頭腦。梅樂士雖然有點醉了，但這兩人中他是較清醒的一個。他盡力使談話不至太糊塗起來。

「啊，你是個看守者！啊，你是很對的！這種偷獵是值得費心的！可不是嗎！一個女子的試金石，就是當你在她屁股上捏她一把的時候，只要摸摸她的臀兒，便知道她合適。哈哈！我羨慕你，我的好孩子。你多大年紀了？」

「三十九。」

麥爾肯爵士皺著眉頭。

「有這麼多了？好，看你這神氣，你應該是前途無量的。啊，是看守人也罷，不是也罷，你是隻好雄雞。這個我只用一隻眼睛便看得出來，不像那討厭的克利夫；一個沒有點兒興頭的可憐蟲。我喜歡你，我的孩子。我敢打賭你是一條鯊魚；啊，你是隻小雄雞，一隻善鬥的小雄雞，我看得出來！看守人！哈哈，我決不讓你看守我的獵場呢！但是，說正經話吧，我們怎樣安排這事呢？世界是充滿著衰老的婦人的。」

說正經話吧，他們都毫無芥蒂，他倆之間只成立了一個男性的親密結合。

「你知道，我的孩子，我有什麼地方可以幫忙你的話，你儘管信賴我。看守人！老天！那眞新鮮！我高興極了！啊，我高興極了！那足見我女兒有骨氣。可不是嗎？而且你知道，她有她個人的入息，雖然並不多，但也夠吃夠穿了。我將把我所有都給她繼承。這是她應得的，因爲她在這充滿著衰老的婦人的世界裡，顯示了她的骨氣。七十年來，我掙扎著想把自己從衰老婦人的裙帶下解放出來，至今還沒成功。但是你這人是可以成功的。我看得出來。」

「我眞高興你這麼想。人們總說我是一隻猴子呢！」

「啊！當然啦！我親愛的朋友，在那些衰老婦人的眼中，你不是猴子是什麼？」

他們快樂地分手；梅樂士過後在心裡整整笑了一天。

第二天，他在一個僻靜的地方，和康妮、希爾達午餐。

「這種情況，怎麼看怎麼不妙，眞是太可惜了。」希爾達說。

「我卻得到了不少的樂趣。」他說。

「我以爲在你們倆尚未有結婚生子的自由以前，是應該避免有小孩的。」

「上帝把果實結得有點太早了。」他說。

「我想這不干上帝的事。自然，康妮的錢儘管夠你們兩個人的生活；但這種情形眞叫人受不了。」

「但是，妳並不需忍耐多久的！」他說。
「假如你是她那階級的人就好了！」
「或者，假如我被關在動物園中的一個籠裡就更好了！」
大家都靜默了。
「我想，」希爾達說：「最好是她指出另一個人為情夫，而你完全置身事外。」
「但我是當事人呀！」
「我的意思是說，在進行離婚訴訟的時候。」
他驚異地凝視著她。康妮不敢對他提起借重鄧肯的計劃。
「我不明白你的意思。」他說。
「我們有位朋友，他大概可以答應在這離婚案中，扮演一個被告的名字，這一來你的名字就可以不被提起了。」希爾達說。
「妳是說一個男子？」
「當然！」
「她還有另一個！……」
他愣愣地望著康妮。
「不！不！」她連忙說：「他只是個老朋友，毫無感情的。」
「那麼為什麼他願肩負這擔子？如果他毫無所得的話？」
「有些男子是很豪俠的，不斤斤計較於得到什麼女人的好處的。」希爾達說。
「這倒是挺方便的呢！這位英雄是誰？」
「他是我們在蘇格蘭從小就認識的朋友，一位藝術家。」

「鄧肯・霍布斯！」他立即說道，因爲康妮對他說過鄧肯的。「但是妳們要怎麼叫他擔負起這個呢？」

「他們得共同住在什麼旅館裡，或者她甚至得到他家裡去。」

「我覺得那未免小題大作起來了。」他說。

「除此之外，還有什麼辦法呢？如果你的名字給提起了，你和你女人的離婚也離不成了；你的女人似乎是怪難對付的人呢。」

「唉，這一切！」他沉鬱地說。

他們靜默了許久。

「我們可以乾脆一走了之。」

「康妮卻走不了，」希爾達說。「克利夫太出名了。」

又是頹喪的靜默，重新把三人籠罩起來。

「世界就是這樣，如果你們想要安然同居，你們便得結婚。要結婚，你們兩個都得先離婚，那你們將怎樣安排呢？」

他靜默了很久。

「妳將替我們怎樣安排呢？」他說。

「我們要看看如果鄧肯能出面的話，那麼我們便要向克利夫提出離婚；你在另一方面進行你自己的離婚。你們倆得分離一段日子，直至你們都自由的時候。」

「這世界像是個瘋人院。」

「也許！但是，在世人的眼中，你們才是瘋人……也許更甚呢。」

「更甚什麼？」

「犯罪，我想。」

「好，我希望我還能多用幾回我的匕首。」他冷笑道。說完，他默默地憤怒著。

「好吧！」最後他說：「我同意這一切。這世界是個暴戾的白癡，誰也消滅不了它；但是我將盡我的力。妳是對的。我們得盡力營救我們自己。」

他屈辱地、憤怒地、厭煩地、憂苦地望著康妮。

「我的可人兒！」他說：「世人要在妳的屁股上加鹽了。」

「不，假如我們不屈服的話。」她說。

她對於反抗世界的情緒，比他是澹泊多了。

探詢鄧肯的意思時，他堅持著要見這罪人看守者。他約定四人在他家裡晚餐。鄧肯是哈姆雷特（Homlet）之流，有點矮而胖、膚色暗黑、寡言笑、頭髮黑而不鬆，他有一種色爾特人的古怪虛榮心。他的作品是一些管條、螺形線和奇異的顏色混合物；極其近代風，可是也有某種氣魄，甚至某種純粹的形式與格調。不過，梅樂士覺得這種藝術是殘酷的、令人厭惡的，他不敢說出來，因爲鄧肯對他的藝術的主見差不多是病態的；藝術之於他，是個人的一種崇拜、一種宗教。

他們在圖書室裡看著圖書，鄧肯的褐色的小眼睛，總不離開梅樂士。他想知道這看守人的意見是怎樣的。對康妮和希爾達的意見，他早已知道了。

「那有點像純粹的謀殺。」梅樂士終於說；這種話是鄧肯所預想不到會從一個看守人口中說出來的。

「被殺的是誰呢？」希爾達有點冷酷嘲諷地問道。

「是我！一個人所有的惻惘心腸都被殺了。」

這句話，引起了藝術家的深恨。他聽出那人的聲調裡帶著厭惡與輕蔑。而他自己是討厭人提起什麼惻惘心腸的。那是令人厭惡的情感！

梅樂士站著，又高又瘦，態度疲憊、心不在焉地搖曳不定，彷彿飛舞的飛蛾，凝視著那些圖畫。

「也許是愚蠢的東西被殺了，多情的、愚蠢的東西全被殺光了。」藝術家譏誚著說。

「你覺得嗎？我覺得所有這些管條和起伏的顫動，比什麼都愚蠢，而且夠多情了。我覺得他們表示著不少的自憐自嘆的意味，和太多的神經質的自尊自傲了。」

另一種的疾憤湧上心來，那藝術家的臉都黃了。但是，他靜默地、高傲地，把圖書向著牆壁翻了過去。

「我想我們可以到餐室裡去了。」他說。

他們在一種沉鬱的靜默中離開了畫室。

咖啡過後，鄧肯說：「我毫不介意充當康妮的孩子的父親。但是有個條件，康妮得來作我的模特兒。這是我多年的心願，這是她一向所拒絕的。」他說這話是抱著黑暗的決心，好像一個宣布火刑的裁判官似的。

「啊！」梅樂士說：「一定要在這條件之下，你才肯做嗎？」

「對了！非有這條件我便不做。」鄧肯的話裡，故意帶著對梅樂士的最大的藐視；只是有點太誇張了。

「最好是同時也把我當作你的模特兒。」梅樂士說。「最好是把我畫在一起；把維納斯和華爾根〈註：據希臘神話華爾根（Vulcain）係維納斯（Venus）的丈夫，他是火與金屬之神，容貌醜陋。〉

放在藝術的網下。我在做看守人以前，是一個鐵匠呢。」

「謝謝！」藝術家說：「華爾根的尊容不合我的胃口。」

「甚至他的容貌像管條一樣，而且修飾得像新郎一樣，也不合尊胃嗎？」

藝術家沒有回答，他覺得回答起來未免太降格了。

這回聚會就這樣沉悶下去，鄧肯故意不理梅樂士，他只跟兩位太太談話，而且很簡短的談話，彷彿那些字句是從他的不可思議的憂鬱的深處拔了出來似的。

「你不喜歡他；但是他並不是那麼壞的。他實在是個好人呢。」當他們回去時，康妮如此解釋著。

「他是一個患狂犬病的小黑狗。」梅樂士說。

「眞的；他今天眞是不可愛。」

「妳將去做他的模特兒嗎？」

「啊，我現在實在也不介意了！他不會摸觸我的。如果那因此可以完成你我的共同生活，我什麼也不介意了。」

「但是，他只會在畫布上作賤妳的。」

「管他！他只畫他對我的感情，那我是不反對的。我當然決不願他摸觸我。但是如果他以他那藝術家的夜梟之眼瞧我，對我是有益的話，那麼讓他去瞧吧！他只管把我畫成許多空管子和陰陽怪氣。那是他的不幸。他所以恨你，是因爲你說他的管子藝術是多情的、自大的。但是，當然啦，你是對的。」

第十九章

親愛的克利夫，我恐怕你所預料的事情發生了。我愛上了另一個人；我希望你會提出離婚。現在我住在鄧肯的家裡。我告訴你，我們在威尼斯時曾在一塊兒。我替你抱憾；但請你把事情平心靜氣地看吧。你實在是不再要我了；而我呢？回勒格貝來是件難堪的事。我是十分抱歉的。但請你原諒我，請你提出離婚，而另找一個比我更好的人。我決不能回來和你同住了。這一切對你來說是非常抱歉的。但是，如果你平心靜氣面對此事，你便知道這並不是那麼遺憾的事！以你而言，你實在並不眞正在乎我或關心過我。請你寬恕我的離去……

在克利夫的內心裡，其實是不驚訝這麼一封信來到的。他的心中老早就知道她要離開他的。但是表面上，他是絕對不願承認的。所以，這封信給了他一個最強烈的打擊，因爲他對她的信任之外層一向是平靜的。

我們大家不都一樣嗎？我們用意志的力量，去強制著內在直覺的東西，不使它表露出來。一旦這種制止失效的時候，便造成了一種無端的恐懼，於是打擊來到時，便有十倍以上的難受了。

克利夫像個患歇斯底里症的孩子，面色如灰，失神地在床上坐下來，把波太太嚇著了。

「你怎麼了，克利夫男爵，怎麼了？」

沒有回答！她誠恐他的病發作了。她慌忙地摸摸他的臉，把把他的脈。

「什麼地方疼痛？告訴我什麼地方不對了。請你告訴我吧！」

沒有回答！

「老天！那麼我要打電話到雪菲爾德去叫林東醫生；也請勒基醫生馬上趕來。」

向門邊走去時，她聽了他的重濁聲音說：

「不要！」

她停下來凝視著他。他的臉色蠟黃，失神地，像個白痴的臉。

「你不要我去找醫生嗎？」

「是的！我不需要醫生！」他低低的發出了幽冥的聲音說。

「但是，克利夫男爵喲，你是病了，我可不敢負這責任。我得叫醫生來，否則有人會責備我的。」

停了一會兒；然後又是那重濁的聲音說：

「我沒有病，我的女人不回來了……」這聲音彷彿是石像在說話似的。

「不回來了？你是說夫人嗎？」波太太走近床邊說：「啊，別相信這話，你放心夫人是一定會回來的。」

床上的石像依舊不動，只是把一封信從被單中推了出來。

「看吧！」幽冥中傳來的聲音說。

「但是這封信，我確信夫人是不願意我看她寫給你的信，克利夫男爵，如果你願意的話，請你告訴我什麼好了。」

但是，那兩隻眼睛在那固定的臉孔上，動也不動。

「看吧！」那聲音重新說道。

「好吧！克利夫男爵，就聽你的。」她說。

她把信看了之後。

「唔，太太倒是令人驚訝！」她說：「她曾很認眞地答應要回來！」

床上的那張臉孔上粗野而失神的表情，似乎加深了。波太太不安地望著他。她知道她所要對付的是什麼；男性的歇斯底里。這種討厭的病，她從前在看護士兵的時候已經經驗過不少了。

她有點討厭克利夫男爵。無論那個頭腦清醒的男子，都應該知道他的女人愛上了別人，而要離開他了。雖然她知道，克利夫的內心裡面也絕對地明白，只是不肯承認罷了。假如他承認了它，而作某種的準備；假如他承認它，而與他的女人盡力避免這種變故，那才算是大丈夫的行爲。

但是，事實不然！他明明知道，卻又是欺瞞自己說事情並非如此。他明明覺得惡魔在扭著他的尾巴，卻又裝模作樣說那是天使向他微笑。這種虛僞的態度，引發了思想上錯亂的危機——歇斯底里，這是瘋狂的一種形式。她心裡有點恨他地想道：「所以有這件事情，都是因爲他太重視自己了。他全副心神都在想他那不滅的自我。所以，打擊一來的時候，他便像是在自己的繃帶裡絞結著的木乃伊！瞧瞧他！」

但是，歇斯底里是危險的，而她是個看護，她有義務去幫助他；想把他的大丈夫氣概與自尊心鼓舞起來，那於他有害無益的；因爲他的大丈夫氣概已死了——如果不是永遠地，那至少是暫時地，他只會像一隻蟲子似的越捲越軟，越掙扎越錯亂。

唯一可做的事情便是解放了他的自憐心。好像丁尼生（Tennyson）詩人筆下的貴婦一般，她必須痛哭一場，否則他一定會一命嗚呼的。

於是，波太太開始先哭起來。她用手掩著臉孔，抽抽噎噎地哭著。「我從沒有想到夫人竟做得出來，我從沒有想到！」她嗚咽著說；她突然憶起她往日所有的憂苦悲傷，眼淚是爲她自己的不幸而流下。一經開始了，她的眼淚是眞切的，因爲她有她自己要哭的事情。

克利夫想著他是如何給康妮拋棄了，而且波太太的愁苦感染了他，不禁淚水盈眶，而開始流下淚來，他是爲自己哭的。波太太看見了他失神的臉上流著眼淚時，忙用小手絹揩乾她自己的兩頰，向他斜視著。

「不要煩惱，克利夫男爵！」她眞摯地說。「不要煩惱吧，那對你有害的！」

他忍下了嗚咽，他的身體顫抖起來，臉上的淚流得更急了。她的手放在他的臂上，她自己的淚又流起來了。他重新顫抖著，好像痙攣似的，她的手繞著他的肩膊：「好了，好了！不要煩惱了！不，不要煩惱！」她一邊流淚、一邊悲哀地對他說。她把他引近著他，她的臂環繞著他的寬大的肩膊；他的臉孔依在她的胸口上嗚咽著，震動著他偉大的肩膊，同時她溫柔地愛撫著他的頭髮說：「好了！好了！好了！別傷心了！別傷心了！」

他把兩臂摟抱著她，他的眼淚把她漿硬的圍裙和淺藍色的衣裳弄濕了。他終於把自己完全地宣洩放鬆了。

過了一會兒，她吻著他，把他抱在她懷裡搖著。她的心裡說：「啊，克利夫男爵喲！啊，作威作福的查泰萊喲，你終於到了這步田地了！」最後，他甚至像孩子似的入睡了。她覺得疲乏極了，回到她的房裡去，又是笑著又是哭著，她也給他的歇斯底里感染了。多可笑，多可怕！這麼一個下場！多可恥！而且令人心煩不已！

以後，克利夫對於波太太，變成小孩般的依賴。他有時握著她的手，把頭依偎在她的胸懷裡。當她輕輕地吻他時，他說：「是的！吻我吧！」當她用海棉洗滌他雄偉的身體時，他也一樣要說：「吻我吧！」她便隨意在他身上任何地方，半打趣地輕吻著。

他的臉孔怪異地、失神地，像個孩子似的錯愕地躺在床上。他有時用孩子似的大眼睛凝視著她，沉溺在一種聖母的崇拜裡。他完全沉溺了，他所有的丈夫氣概都消失了，墮落地返回孩童的狀態。他的手有時放在她的懷裡撫摸著她的乳房，在那裡熱烈地吻著，這是一種自以為孩子的人的變態墮落！

波太太覺得又喜又害羞，又愛又恨。可是她從不推卻與斥責他；他們之間在肉體上更親近了，這種墮落式的親近，使他成為一個天眞的孩子，驚異錯愕得好像一種宗教的狂熱；這是「除非您再變成了小孩」之墮落的眞切表現。她呢，卻是富有權力的偉大聖母，把這大孩子完全懾服在她的意志與愛憐之下。

奇怪的是，當這個變成了大孩子的克利夫——幾年來他就漸漸變成了孩子——到這世上來的時候，他竟比從前銳利而靈敏多了。這個墮落的大孩子，現在是個眞正的事業家了；如果關係他的利益問題，他是個絕對任性的，銳利得像一枚針，堅固得像一塊鋼。當他和其他的男子在一起的時候，對於他個人目的物的追求上，對於他的煤礦業的發展上，他有一種幾近神秘的褊狹與刻薄，和運動自如的力量。彷彿是他自己的忍受性，和他的獻身與偉大聖母，給了他一種對於物質問題的敏銳觀察，賦予他一種超人的力量。他的耽溺於私情，和他的丈夫氣概的完全消失，似乎給了他一種冷酷的、幻象的、適於事業的第二天性。

在事業上，他確實是超人的。

在這一點上，波太太是得意極了。她有時驕傲地對她自己說：「他是多麼得心應手！這都是我一手造成的！老實說，他和查泰萊男爵夫人相處的時候，是從沒有這麼順手過的。她不是一種能夠推動男人的女人。她太爲她自己著想了。」

同時，在她的古怪的、女性靈魂的某角落裡，她多輕蔑他、憎恨他！在她看來，他是個仆倒了的野獸，只會蠕動的怪物。她一邊極力幫助他、鼓舞他，一邊卻在她往日的健全女性的最深最遠處，殘酷地無限地輕蔑他。她覺得最卑下的流氓都勝他一籌。

克利夫對於康妮的態度是奇怪的。他堅持著要再見她一面；他尤其堅持要她到勒格貝來！這點他是絕對地堅決的。因爲康妮曾經忠實地答應過回勒格貝來的。

「那有什麼用呢？」波太太說：

「難道你能說服她，而不讓她走嗎？」

「不！她說過她要回來，她便得回來。」

波太太不再反對他了。她知道自己在面對著什麼。

他寫了封信給在倫敦的康妮——

我不用告訴妳，妳的信對我的影響如何。如果妳肯爲我用點心思，妳也許可以想像得到的；不過無疑地，妳是不會費神替我想一想的！

我的回答只有一句：在我決定什麼以前，我定要在勒格貝這地方親自見妳一面。妳曾忠實地答應回勒格貝來，妳得履行這個允諾。我非在這兒和往常一樣親自見妳之後，我不能相信什麼或明白什麼。不用說，這邊沒有人狐疑什麼，所以，妳的歸來是十分自然的。待我們詳細談過後，如果妳還不願意改變心意，那麼無疑的，我們是可以找個解決的辦法的。

康妮把這封信給梅樂士看。

「他想開始報復了。」他一邊說，一邊把信交還她。

康妮默默無言，她有點驚訝爲什麼怕起克利夫來。她怕回到他那邊去。她怕去，彷彿他是個危險的惡人。

「我怎麼辦呢？」她說。

「不理他，如果妳不願意的話。」

她回了封信給克利夫，想推辭這個會面。

但他的覆信，卻是——

> 如果妳不回勒格貝，我便認爲妳還是有朝一日要回來的。我便依這判斷行事。我繼續在這兒等妳，那怕會等上五十年。

她被嚇呆了。這是一種無賴的威嚇手段。她很明白他說得到做得到。他將不提出離婚，於是，孩子便要成爲他的。除非她有方法證明不是。

經過一番憂苦焦慮之後，她決定請希爾達陪她到勒格貝。她把這個決定通知克利夫。

他答道——

> 我不歡迎妳的姊姊，但是我也不會給她吃閉門羹。我可以確信，妳的背叛，是她慫恿的；那麼請妳不要以爲，我將有一個笑臉去見她吧。

她們到了勒格貝之際，剛好克利夫出去了。波太太出來迎接他們。

「啊，夫人！這並不是我們期望的『欣然歸來』啊！」她說。

「是嗎？」康妮說。

（原來這女人是知道了！不知其他的僕人知道多少或猜疑多少呢？）她心中這樣想。

她進了大門，現在這屋子是她恨之入骨的地方了。這種寬大散漫的地方，好像是個險惡的東西在威脅著她。她現在已不是它的女主人了，而是個受難者了。

「我不能在此久留。」她恐懼地對希爾達低語著。

她很難過地到她寢室裡去，重新佔有這間房子，彷彿沒有發生過什麼事似的！在勒格貝這室內的每一分鐘，她都覺得憎惡。

直至她們下樓晚餐的時候才看到克利夫。他穿了晚禮服，結了一條黑領帶；他態度拘謹，顯得一派紳士的樣子。

在席間，他是十足文雅的，說著一種文雅的話；可是一切含著瘋狂意味。

「僕人們都知道了什麼？」當女僕出去了時，康妮問道。

「妳的事嗎？一點也不知道。」

「但是波太太卻知道了。」

他的臉色變了。

「正確地說，波太太並不是一個僕人呢。」他說。

「啊，那我是不介意的。」

咖啡喝過後，當希爾達說要回房裡去時，情勢緊張起來了。

她走後，克利夫和康妮靜坐著。兩個人都不願開口。康妮見他並不激動，心中倒覺有些舒泰。她竭力使他保有這種高傲的神氣。她只靜坐著，低頭望著她自己的手。

「我想妳可以把妳的話收回吧？」他終於開口了。

「我可不能。」她喃喃地說。

「如果妳不能，誰能呢？」

「我想沒有人能。」

他冷酷地、狂怒地望著她。他是習慣了她的人。她可以說是他的生命和意志的一部分。她現在怎麼膽敢對他失信，而把他日常生活的組織毀滅了？她怎麼膽敢把他的人格搖動了！

「什麼原因使妳肯背叛一切？」他堅持著說。

「愛情嘛！」她說：「還是平凡點的好。」

「對鄧肯・霍布斯的愛情？但是當妳認識我的時候，妳認爲那是不值得的？妳不是想使我相信妳愛他甚於一切吧？」

「一個人總會改變的。」她說。

「也許！也許妳是反覆無常的。可是，妳還是使我確信這種變化的重要。我簡直不能相信妳愛鄧肯・霍布斯。」

「爲什麼你一定要相信？你只要提出離婚，而不必相信我的感情。」

「爲什麼我一定要提出離婚呢？」

「因爲我不願再在這兒生活了。而你實在也並不需要我了。」

「妳錯了！我不是變了。在我的這方面看來，妳既是我的妻子，我便要使妳高貴端莊，住在這裡——一切感情的問題擱在一邊——我告訴妳，我這方面擱開了不少——我覺得僅爲妳的反覆無常，便把勒格貝這兒的生活秩序破壞，便把這高尙的生活打碎，那對我是死一般的難受。」

沉默了一會兒，她說：

「沒有辦法，我一定得離開，我將會有個孩子了。」

他沉默了一會兒，然後說：

「是爲了孩子的緣故，妳才要走嗎？」

她點了點頭。

「爲什麼？難道鄧肯·霍布斯這樣重視他的小生命！」

「無疑地！比你重視多了。」她說。

「但是我告訴妳，我需要我的妻子，我不覺得有什麼讓她走的理由。要是她喜歡在我家裡生個孩子，我不覺得有什麼不便，而且孩子是受歡迎的：只要合理而尊重生活的秩序。妳想告訴我鄧肯·霍布斯對妳的魔力較大嗎？我不相信。」

他們沉默著。

「但是你不明白，」康妮說：「我一定要離開你，我一定要和我所愛的人生活。」

「眞的，我不明白！我毫不相信妳的愛，和妳的愛人。我不相信這種胡言亂語。」

「也許，但我是確信的。」

「是嗎，我親愛的太太，妳沒有愚蠢到去相信妳對鄧肯是有愛情的吧。相信我吧，即在此刻，妳還是比較愛我的呢。那麼我爲什麼要去相信這種荒唐的故事！」

她覺得他的話是對的；她忍不住對他全盤托出——

「我眞正愛的並不是鄧肯。」她仰望著她說：「我說是鄧肯，爲的是儘量不傷害你。」

「不傷害我？」

「是的！因爲我眞正鍾愛的人，是會使你憎恨我的，他是梅樂士先生，就是我們往日的那個看守人。」

假如他能夠的話，他一定從椅子裡跳出來了。他的臉色變黃了，他凝視著她，他的眼睛像大難臨頭似的凸了出來。然後，他倒在椅子裡，喘著氣，兩眼朝著天花板。最後，他坐了起來。

「妳說的是眞話嗎？」他的樣子非常可怕。

「是的！你知道我說的是眞話。」

「那是什麼時候開始的？」

「春天的時候。」

他靜默著像一隻墜入陷阱裡的野獸。

「那麼，在村舍小屋裡的人就是妳嗎？」

原來他早就曉得了。

「是的！」

他依舊在他椅子裡向前彎著身，像一隻陷於絕境的野獸似地凝視著她。

「天哪！妳這種人眞應該從大地上毀滅掉！」

「爲什麼？」她喃喃地說。

但是，他好像沒有聽見。

「那賤東西！那魯莽的下流胚子！那卑鄙的無賴！妳在這兒的時候，竟和他發生了苟合關係，和我的一個僕人發生了關係！天哪！天哪！女人的下賤，究竟有沒有止境啊？」

他憤怒極了，這是她所預料到的。

「妳竟然要這麼個無賴漢的孩子嗎？」
「是的！我有了。」
「妳有了！妳確定嗎？從什麼時候起，妳敢確定？」
「從六月起。」
他氣結了。他的樣子又像個孩子似的那麼怪異而失神了。
他詭異地望著她，沒有回答。明顯地他不能承認梅樂士的存在，或是與他有任何關係，那是絕對的不能宣洩的無力的憤恨。
「妳有意嫁他嗎？……而接受他的穢名嗎？」他終於問道。
「是的，那是我所希望的。」
他又目瞪口呆了。
「是的！」他最後說：「這證明我一向對妳的想法沒錯；妳是變態的；妳是瘋狂的；妳是墮落的母狗，沒有被搞爛便要發愁的，妳注定要追逐污濁的東西。」
突然地，他成了狂熱的道德家了；他覺得自己是善的化身，像梅樂士、康妮這種人是賤與惡的化身，他好像頭上罩了聖靈之光似的飄飄然了。
「那麼，你還是跟我離婚，把我丟棄了吧！」她說。
「不！妳要到那裡去，妳儘管去；但我卻不離婚。」他痴呆地說。
「爲什麼不？」
他靜默著，像一個獃子似的，執拗地靜默著。
「你竟要承認這孩子是你的合法的孩子和繼承人嗎？」她說。
「我才不管什麼孩子了。」

「但如果他是個男孩，那麼他將成爲你合法兒子，他將繼承你的爵位和這勒格貝啊！」

「我毫不在乎這一切了。」他說。

「但是，你不得不管！我也會盡我的力量，不使這孩子成爲你的合法孩子。我寧願他是個私生子，而屬於我——假設他不能屬於梅樂士的。」

「妳喜歡怎樣做就怎樣做。」

他的態度仍然倔強的。

「但是，你爲什麼不和我離婚呢？」她說。「你可以拿鄧肯做個藉口，眞正的名字是不必提出的，而且鄧肯也同意了。」

「我決不提出離婚。」他執意著說，好像已經釘了一枚釘似的。

「但是爲什麼？這是我要求的呀？」

「因爲我要照我的意志行事，而我的意志是不想離婚。」

多談也沒用了。回到樓上，她把這結果告訴希爾達。

「我們最好明天走吧，讓他靜靜地清醒過來。」希爾達說。

這樣，康妮把她私人的東西收拾到半夜。

第二天早上，她把她的箱子叫人送到車站去，也沒有告訴克利夫。她決意在午餐前才去和他道別。

她對波太太說。

「我要和妳道別了，波太太，妳知道是什麼緣故，但我相信妳是不會對人說的。」

「啊，相信我吧！夫人。唉！大家都很難受，的確，我希望妳和那位先生將來幸福。」

「那位先生！他便是梅樂士先生，我愛他。克利夫男爵是知道的。但是，也不必對別人說。假如那天妳以爲克利夫男爵願意離婚時，請讓我知道好嗎？好不好？我願我能好好地跟我所愛的人結婚。」

「那一定的，夫人！啊，一切都信任我吧。我將盡忠於克利夫男爵，我也將盡忠於妳，因爲我很明白你們雙方都是對的。」

「謝謝妳！波太太！請妳接受我的謝意吧！……」

於是，康妮離開了勒格貝，和希爾達到蘇格蘭去了。梅樂士呢，他已經在一個農場找到了工作，到鄉間去了。他的計劃是無論康妮能否離婚，但他鐵定要離婚的——如果可能的話。他要在農場裡工作六個月，以便和康妮或可有個自己的小農場，那麼他的精力便有用處了。因爲他得工作，甚至是勞苦的工作；他得謀自己的生活，雖然康妮有錢幫助他的開始。

這樣，他們得等著，等到春天，等到孩子出世，等到初夏再來的時候。

九月二十九日，梅樂士從吉蘭治農場寫信給康妮——

經過了一番進行後，我在這兒找到工作了，因爲我在軍隊裡的時候，認識理查斯，他現在是公司裡的工程師。這農場是屬於拔拉·斯密登煤礦公司的，他們在這兒種植著牧草和燕麥，以供給煤坑工作的小馬做食料；而這並不是個和人的農場。但是他們還有牛、豬和其他的一切，我的工資是每星期三十先令。農場的管理人羅萊，盡量給我以種種不同的工作，這樣我從現在到復活節期間，可盡量地學習。白黛的消息我毫無所聞。我不知道爲什麼她在離婚案中不出面；我更不知道她在那兒玩什麼鬼把戲。但是如果我靜靜地忍耐到三月，我想我便可以恢復自由了。而妳呢，不要爲了克利夫的事而煩惱，總有一天他要擺脫妳的。如果他不糾纏妳的話，那就已經太好了。

農場的工作我倒還喜歡。這種工作雖不是津津有味，但我並不求津津有味。我是習慣於馬的人；擠乳牛雖是女人做的事，可是對我有一種鎮靜的作用。當我捋著牛奶的時候，我坐著把頭依在它的身上，我覺得很足以解悶。這兒有六隻希爾福來的漂亮乳牛。我們剛把燕麥收割完了，雖然天下著雨而且兩手受了不少的傷，卻給了我樂趣。我太喜歡這兒的人們，我和他們倒挺合得來。

礦業很蕭條了。這兒是個煤礦區，和達哇斯一樣，但是地方倒好些。有時我們到酒店裡和工人們談敘起來。他們都怨聲載道，卻不願去改變什麼。大家都說，諾斯特·達見的礦工們的心都在適當的位置；但是在這種不需要他們的世界裡，他們的心以外的其他生理部分，一定是在不適當的位置了。

我喜歡他們，但是不大令人激勵的；他們缺少老雄雞爭鬥的精神。他們大談國有主義、利益國有和工業國有等等。但是你不能把煤礦國有，而其他工業聽其自然。他們說要給煤炭找些新的用途，這和克利夫男爵的想法一樣。在局部也許可以成功，但是要全世界都成功，卻是有疑問了。不管把煤炭能變成什麼，總得有銷路才行。工人們都是很冷淡的，他們覺得什麼都不可救藥了，這一點我是相信的。於是，他們自己跟著不可救藥了，其中有些年輕人，侃侃而談要一個蘇維埃什麼組織，但是他們自己卻沒有什麼確信了。即在一個蘇維埃之下，煤炭還是要賣的；困難便在這裡了。

既有了龐大的工業群眾，而他們又非吃飽不可，所以這該死的把戲就得繼續演下去。婦女們現在比男子們更絮絮不休，而且妳們的看法更有把握。男子們是軟弱的，他們覺得災禍將臨，他們於是苟且偷生，彷彿毫無辦法。大家儘管講來講去，卻沒有人知道怎麼樣好，年輕的瘋狂起來，因為他們的整個生命就是在花錢，現在他們沒錢可花了。我們的文明和我們的教育便是這樣：叫群眾爲花錢而活，然後金錢便流出來了。妳想對婦女們說生活和花錢是不同的事麼？那只是枉然的。

假如她們所受的生活教育，不是找錢花的教育，那麼二十五個先令對他們就可以快活夠用了。假如男子們都穿上了緊身紅褲子——我曾說過，那麼他們便不會那麼想錢了；假如他們可以舞蹈、跳躍、狂歌、高視闊步而且漂亮起來，那麼腰包雖很瘦，他們也可以滿足了。假如他們知道享受女人，而讓女人也來享受他們，那就好了！他們應該學習怎樣使自己赤裸無畏和漂亮起來，怎樣唱合唱歌，和跳那舊日的合跳舞，怎樣雕刻他們所坐的凳子，半刺繡他們自己的標幟。那時他們便不需要金錢了。這是解決工業問題的唯一方法；教導人民生活，而不需要花錢。

但是，這是不可能的，我們今日都是些智力有限的廣大群眾，他們應該生動、活潑、崇拜偉大的自然牧神潘（Pan），只有他才是永久的群眾之神。少數的人，如果他們喜歡的話，儘可另外有更高等的崇拜。但還是讓群眾永遠是些異端吧。

但是，礦工們卻不是沒有信仰，他們是一群半死的可憐蟲，他們對於他們的女人毫無生氣，對於生命毫無生氣。年輕的一有機會，便帶一些女子坐摩托車或單車兜風、跳舞。但是他們從頭到腳都死了。而且那是須要花錢的。錢這東西，你有了的時候，它便毒害你，你沒有了的時候，它便餓死你。

這一切一定使妳厭煩。可是我不願多說自己的事；同時我也沒有什麼可說的。我不敢多想妳，因爲那將使我更覺茫然無頭緒。我現在生命的目的是與妳共建幸福的未來。其實我是懼怕的。我覺得惡魔在空中，他試圖把我們捉住。或者這不是惡魔而是貪財鬼（Mammon）；這鬼不是別的，我想只是貪錢而生的群眾之總意志罷了。

總之，我覺得一些粗大的貪婪的手在空中，想要扼住每一個想試看活下去的人的咽喉，要想逃離金錢的束縛而生活的人的咽喉，而把他的老命擠了出來。悲慘的日子就要來了。朋友們，悲慘的日子就要來了！如果事情繼續下去，這些工作大眾的將來，便只有死與毀滅。我有時覺得我的心腸都化成水了；而妳卻等待看一個孩子！但是不要緊。世界過去的所有悲慘日子，都不能把人的心給摧殘；甚至不能摧毀女子的愛情。所以，我對妳的慾望，和妳我間的小光明，也不會被摧毀的，明年我們便要在一塊兒了。雖然我害怕，但是我相信妳我終必結合的。一個人得竭力抵抗掙扎以後，才能相信某些事物。一個人對終將來的唯一保證，便是深信他自已有最好的東西，和它的權力。

那麼，我相信我們之間的小火炬，現在，以我看來這是世界上的唯一之物了。我沒有朋友，沒有知己朋友；只有妳。現在，那小火炬是我們生命中唯一的掌握。孩子呢！那是旁枝末葉。妳我間的那把熊熊之火炬，便是我的「聖靈降臨！」人們往日所說的「聖靈降臨」是不太對的。「我與上帝！」這無論如何是有點傲慢的。但是妳與我間的熊熊小火，那便是可恃的東西了！那便是我所堅持的，而且要堅持到底的，管他什麼克利夫和白黛、煤礦合司、政府、和追逐金錢的群眾！

這便是此刻我不願多想妳的緣故。那只使我痛苦而且無益。妳的遠離是我所難忍受的。但是如果我開始煩悶起來，什麼東西便要變質了。忍耐吧！不折不撓地忍耐著吧！不久我的第四十個冬天就要到來了。我過去的所有冬天都在無可奈何中過去。但是這個冬天，我要堅持著我「聖靈降臨！」的小火炬，而去嘗點和平滋味。我將不讓世人的大氣把它吹熄。我信仰一種微妙的神秘，這種神秘是不讓人摧殘心花的。

雖然妳在蘇格蘭，而我在米德蘭，雖然我不能擁妳入懷、夾在兩腿之間，但是我心裡卻有妳在。我的靈魂溫柔地在「聖靈降臨」的小火炬中，和妳一起翩翔著，這好像是性交時的和平一樣。我們在性交的時候，便產生了那種火焰。即使是植物的花，也是尚太陽與大地相交而產生的。但是偉大的事情，需要忍耐與長久的等待著。

所以，我現在愛貞潔了，因爲那是從性交中產生出來的和平。現在，我覺得可愛多了。我愛貞潔如雪花之愛雪一樣。我喜愛這種貞潔，它是我們性交的和平靜止，它在我們中間好像一撮熊熊白火似的雪花。當眞正的春天來臨時，當我們相聚之日來到，那時我們便可以在性交之中，使那小小的火炬光輝起來，鮮艷而光輝起來。

但不是現在，時候還不到！現在是守住貞潔的時候。能守住貞潔多麼美妙，那像是一條清涼的河水在我們靈塊裡流著。我愛貞潔，它在我們之間流蕩看。它像新鮮的水和雨水。怎麼男子能夠醜惡地調情汎愛！像唐璜（Don Juan）〈註：唐璜係西班牙傳奇故事中的風流人物。〉是個多麼可憐的人，在性交之後，不能贏得和平，小火炬無力地燃著，而不能在那清涼的休止期——像在一條河邊似的貞潔。

好吧，說了不少的話了，這都是爲我不能摸觸妳之故！假如我能夠把妳抱在臂裡共枕而眠的話，這斑斑的墨跡便不會顯在紙上了！我們可以在一起守著貞潔，正如我們可以住在一起做愛一樣。但我們不得不分離一些時日，而我以爲這是最明智的抉擇。只要我們能夠確信就好了。

這些都不要緊，不要緊的，不要苦惱我們自己。我們堅持信任那小火炬。我們信任庇護這火炬永不熄滅的無名的上帝。我的心裡不知有多少的妳，眞的，可惜的就是妳不全部在我這兒。

不要怕克利夫。如果他守著靜默，不必怕。他永遠不能傷害妳的！等著吧！他終會放棄妳的，終要擺脫妳的！他終要把妳像個可惡的東西似的吐了出來的。

現在，我愈寫愈難下筆了。

現在我們的大部分都已經結合了，我們只要堅持著，準備我們不久的相聚。

現在，「約翰．多馬士」向「珍奴夫人」道晚安；儘管約翰頭有點低垂著，但是它心中卻充滿著希望！

〈全書終〉

國家圖書館出版品預行編目資料

查泰萊夫人的情人／D.H 勞倫斯／著　張瑜／譯
-- 修訂一版-- 新北市：新潮社，2018.05
面；　公分
ISBN　978-986-316-705-1（平裝）

873.57　　107005551

查泰萊夫人的情人

D.H 勞倫斯／著
張瑜／譯

【策　劃】林郁
【出版人】翁天培
【出　版】新潮社文化事業有限公司
電話：(02) 8666-5711
傳真：(02) 8666-5833
E-mail：service@xcsbook.com.tw

【總經銷】創智文化有限公司
新北市土城區忠承路89號6F（永寧科技園區）
電話：(02) 2268-3489
傳真：(02) 2269-6560

印前作業　東豪印刷事業有限公司

修訂一版　2018年05月